Gallmeister

LA CONTRÉE OBSCURE

DU MÊME AUTEUR

Komodo, 2021 ; totem n°223

Le Bleu au-delà, totem n°148

Un poisson sur la Lune, 2019 ; totem n°183

L'Obscure Clarté de l'air, 2017 ; totem n°121

Aquarium, 2016 ; totem n°100

Goat Mountain, 2014 ; totem n°88

Dernier jour sur terre, totem n°44

Impurs, 2013 ; totem n°68

Désolations, 2011 ; totem n°25

Sukkwan Island, 2010 ; nouvelle édition anniversaire, 2020 ; totem n°12

David Vann

LA CONTRÉE OBSCURE

Roman

Traduit de l'américain
par Laura Derajinski

Gallmeister

FICTION

Titre original: THE DARKENING LAND

ISBN 978-2-35178-315-3
ISSN 1956-0982

Photo de l'auteur © Jean-Marc Fiesse
Illustration de couverture © David de las Heras
Conception graphique : Aurélie Bert

1

L'HOMME s'appelle Kana'ti, qui signifie chasseur chanceux, et la femme s'appelle Selu, qui signifie maïs. Ils ont érigé une maison de branches et d'arbrisseaux tressés en forme de petit dôme qu'ils ont enduite de boue et couverte d'écorce de peuplier. Ils dorment avec leur fils entre eux, afin de le protéger. Ils sont installés dans cet endroit, ils le connaissent et ils y sont chez eux. C'est le pays cherokee, à l'époque où le monde est encore neuf, où la terre humide sèche encore.

Dès que Kana'ti s'aventure dans la forêt, il en revient avec du gibier. Un cerf ou un dindon pour Selu, qui l'emporte à la rivière et l'y vide. Elle utilise un couteau de pierre pour entamer la peau du cerf, bruit de déchirure, elle plonge les mains dans tout ce qui capte la lumière, reflets rouges et verts et même bleus, irisés, elle laisse jaillir les entrailles, les arrache à leur ancrage, met de côté le cœur et le foie, puis utilise le couteau une fois encore pour sectionner la fine membrane gorgée de sang contre la colonne vertébrale. Elle lave ce sang dans l'eau froide.

Le garçon joue chaque jour dans la rivière et, un matin, Kana'ti et Selu croient entendre des rires et des conversations, comme s'il y avait là deux enfants.

Ils attendent le soir, puis demandent à leur fils :

— Jouais-tu avec quelqu'un à la rivière ?

— Il sort de l'eau, dit le garçon. Plus grand que moi. Plus fort. Il dit qu'il est mon frère aîné.

— Tu n'as pas de frère aîné, dit Selu. Je n'ai accouché qu'une seule fois.

— Il dit que sa mère était cruelle et qu'elle l'a jeté dans la rivière.

Ils sont assis à même le sol et mangent de la viande de cerf grillée sur des piques, plongent les mains dans la bouillie de maïs. La lumière disparaît dans le ciel, des nuages roses sur un bleu plus profond, et Kana'ti et Selu s'interrogent.

Ils attendent la nuit, que leur garçon se soit endormi entre eux.

— Je crois que le garçon vient du sang des cerfs et du gibier que j'ai rincé, dit Selu.

— Je le crois aussi.

— De mon propre sang, aussi, je me lave là-bas. Il pourrait venir des deux.

— Nous pourrons l'appeler l'Enfant Sauvage. Nous ne l'avons pas choisi, nous ne l'avons pas créé de façon directe. Il s'est créé lui-même, ou le monde l'a fait. Ce n'est pas notre fils.

— Oui, dit Selu. Ce n'est pas notre fils. Ce n'est pas nous.

2

De Soto se réveille d'un rêve, non pas de sa femme qui dort à ses côtés, mais de Tocto, sa maîtresse à Cuzco. Tocto était la première et, même s'il ne doit jamais la revoir, elle sera la dernière. Les angles plats de ses joues, ses yeux sombres et infinis qui l'observaient mais jamais directement. Rebaptisée Leonor en l'honneur de sa mère à lui, mais jamais Leonor, toujours Tocto, aussi immuable que l'or. Dans son rêve, ses bras se fondent en or et elle sourit et une flaque d'or se forme sur sa langue.

Quelqu'un le secoue et il doit se lever. En pleine nuit, comme toujours lorsque quelque chose se passe mal en mer. Jour de fête, la Saint-Lazare, 7 avril 1538, premier jour de leur voyage.

— Mon frère, dit Moscoso. Un navire droit devant.

— Qui ?

— Nous l'ignorons.

Un page, Prado, aide de Soto à enfiler ses bottes tandis que le bateau tangue et crisse et grince.

— Un démon, dit de Soto. Tous les navires sont des démons.

Prado reste coi, le visage aussi ordinaire qu'une miche de pain.

Le bateau roule fortement à bâbord, la traverse sous le pont craque comme une côte sur le point de se briser.

— Ce n'est pas que du bois, dit de Soto.

Il prend appui sur la paroi et monte vers le gouvernail à la suite de Moscoso.

La nuit claire et froide, l'hiver encore présent. De Soto frissonne et aperçoit un navire à l'avant, à portée de canon.

— Ennemi ? demande-t-il.

Gonzalo Silvestre, en charge des sentinelles, acquiesce simplement.

— Et qu'est-ce que ça signifie ? demande de Soto.

— Ce pourrait être n'importe qui, dit Silvestre. Il fait nuit. Je ne vois que des halos.

Mais le canonnier est plus déterminé, comme le sont tous les canonniers.

— C'en est forcément un, dit-il avec ardeur.

— Luís ? demande de Soto.

— Mon frère, dit Moscoso. Le châtiment, c'est la mort. Tu l'as énoncé clairement. Alors comment un de nos navires pourrait-il voguer hors formation ?

De Soto empoigne le plat-bord tandis qu'ils tanguent sur les vagues de travers, une secousse vers le ciel, un glissement vers le côté. Ils n'ont pas encore le pied marin, ils s'accrochent tous. La puanteur de vomi sur les ponts. Les voiles lourdes semblables à des sacs dans lesquels s'agiterait un être vivant, se gonflant et changeant sans cesse d'amure.

— La terre ferme, dit de Soto. Un cheval et une lance. Mais il nous faudra si longtemps pour l'atteindre. Des jours interminables et insoutenables, et nous n'en sommes qu'au premier, et déjà tout va mal.

— Quels sont vos ordres, mon commandant ? demande le canonnier.

— Faites feu, dit de Soto en levant le bras. Écoutez-moi, vous tous, démons de la nuit. Au Panama, au Nicaragua, au Pérou et ici, au large des terres qui m'ont vu naître, l'Estrémadure. Partout, du feu et des brasiers. Et pourchassez-moi si vous l'osez.

— Feu ! relaie le canonnier, et le canon de proue explose. Des flammes et de la fumée, le sifflement d'un boulet de fonte à travers la nuit, l'orbe éphémère qui transforme les constellations, et il transperce toutes les voiles de la poupe à la proue, un bruit de déchirure audible même à cette distance. Des cris, portés par le vent au-dessus des flots.

— J'adore ça, dit de Soto. Voilà trop longtemps. Pourquoi rentrer chez soi ?

— Cela me manquait aussi, dit Moscoso. Merci de m'avoir repris avec toi.

— Tu seras à la tête de chacune de mes armées, Luís de Moscoso y Alvarado. Jusqu'à ce que notre territoire soit plus vaste que la Nouvelle-Espagne ou le Pérou. La Florida sera une contrée plus riche encore.

— À la grâce de Dieu, dit Moscoso.

De Soto attend, dans le vacarme des voiles au-dessus et des vagues en dessous.

— Alors ?

— Aucune réponse, mon commandant, dit Silvestre. Ils ne ripostent pas.

— Tirez encore, dit de Soto. Ils pensent peut-être qu'il ne s'agissait que d'une simple semonce.

Le canon de proue tire, un raffut extrême dans la nuit, crachant du feu et un immense nuage de fumée qui s'insinue dans la voilure et s'élève au-dessus. Le boulet fait de nouveaux dégâts, déchirant les voiles du bâtiment ennemi qui ralentit aussitôt, le *San Cristobal* creusant rapidement l'écart.

Des cris au-dessus de l'eau, en provenance du navire ennemi et des autres bateaux de la flotte de de Soto, en formation de chaque côté et derrière.

— Préparez les autres canons, dit de Soto.

Les cris se font plus insistants, et les hommes entendent désormais leurs propres sentinelles à la proue annoncer que le navire n'est pas ennemi, mais l'un des leurs.

— Les chiens, dit de Soto. Préparez les chiens. Ou le gibet. Je ne sais pas encore. La première nuit du périple, et nous tirons sur nos propres navires.

Personne n'ose émettre le moindre commentaire.

Toutes voiles dehors, le navire de de Soto gagne rapidement sur le bâtiment endommagé, immobile et grandissant à vue d'œil.

— Je ne pourrai pas virer à temps ! lance le timonier. Nous avons pris trop de vitesse.

— Affalez les voiles ! s'écrient Moscoso et les autres.

— Parfait ! hurle de Soto parmi les autres cris. Éperonnons un de nos propres navires dès la première nuit et coulons ensemble ! Faites de moi le marquis de La Florida qui n'a même pas été capable de sortir de son propre port !

Il attrape un taquet en bois et frappe le bras du timonier.

— Si tu n'arrives pas à barrer avec deux bras, essaie donc avec un seul.

On déroule des cordages sur les ponts, pareils à des serpents qui se dressent. Le bruit des voiles qui chutent, des fragments de ciel nocturne qui s'abattent, des ombres d'hommes sur les vergues au-dessus, improbables, à peine plus tangibles que des chauves-souris.

— Ce ne sont pas des hommes ! hurle de Soto, mais plus personne ne l'écoute.

Il regarde une ombre prendre son envol, bras écartés, en équilibre sur une corde, avant de disparaître parmi la voilure et les gréements.

— Des démons, murmure-t-il.

Le bateau tangue, ralenti et impossible à manœuvrer, mais dérivant toujours vers une inévitable collision.

— À vos piques !

Les hommes paraissent trop petits et les perches trop longues, tout est déformé dans la nuit. De cruels crochets à viande abaissés pour repousser la paroi de bois. Le navire se meut comme une montagne, s'écrase contre l'autre, les piques ploient et se brisent net. Des hommes qui crient, s'attroupent et s'agitent comme une sorte d'essaim, de Soto qui baisse les yeux comme s'il ne voyait personne.

Les piques ont ralenti la collision, la masse d'hommes qui pousse et pare, mais le *San Cristobal* s'enfonce à présent dans l'autre navire, un bâtiment de Salazar à destination de Vera Cruz, les gréements s'emmêlent, les vergues cognent contre les vergues. Des taquets le long des plats-bords se brisent et leurs cordages se libèrent soudain, explosant vers l'obscurité du ciel.

Les deux navires se penchent l'un vers l'autre comme deux confidents, les ponts s'inclinent.

— Salazar, murmure de Soto pour lui-même mais il descend aussitôt se joindre à la masse et hurle toutes les insultes possibles sur cet homme, sur sa mère, ses filles, sur quantité d'animaux, mais les sons les plus puissants sont ceux du bois qui craque et des cordages qui cèdent, le poids d'un mastodonte contre un autre, tous deux penchés, donnant de la bande, menaçant de chavirer, accrochés mais toujours en mouvement.

Tout ce qui n'a jamais obéi : navires, chevaux, hommes, Incas, femmes, rois, richesses, cochons, même la nuit et le jour et les vents et le soleil, il détruirait tout à mains nues, par pure frustration.

L'unique satisfaction, véritablement, les chiens, comme il l'a appris de son beau-père, Pedrarias, désormais décédé mais toujours aussi méchant. Quand on leur jette un être humain, comme leurs crocs claquent, comme ils se précipitent sur les parties génitales et le ventre, comme ils déchiquètent et lacèrent et dévorent. Il peut toujours compter sur les chiens. Ils sont immuables. Et ils festoieront ce soir.

— Coupez les cordages !

De Soto et d'autres encore crient ces injonctions, et les marins perchés sur les gréements sectionnent les extrémités, de longues piques qui s'élèvent et penchent et glissent et cherchent à écraser les hommes contre des parois de bois. Le roulis des vagues fait s'entrechoquer les coques qui se meuvent de manière désordonnée, même les voiles s'entremêlent. Ils vont sûrement chavirer, emportés par les voilures. Si le vent se lève, ils sont condamnés.

De Soto cherche Salazar mais il y a trop d'hommes, la lueur des lanternes oscille, des ombres partout.

Lentement, le *San Cristobal* s'éloigne de l'autre navire, le grincement du bois et le déchirement des voiles se dirigent vers la poupe, l'essaim suit le mouvement. On apporte de nouvelles piques et des gaffes depuis les étages inférieurs, on coupe des cordages, on les jette de côté, on les démêle. Curieusement, c'est efficace, malgré les cris et la confusion et l'obscurité, et enfin, les voilà libérés. Le *San Cristobal* tangue légèrement sur les flots, dérivant sans voilure, entouré de la flotte au complet, myriade de lumières éparpillées à la surface de la mer, qui attend elle aussi.

— Salazar ! hurle de Soto, et sa voix se fait entendre, à présent que les autres se sont tues.

De Soto remonte à la poupe et observe l'endroit où le navire de Salazar flotte non loin.

— Viens ici immédiatement ! s'écrie de Soto. Parce que tu es mon chien et que tu vas m'obéir.

Nul navire ne hisse les voiles. Ils dérivent lentement vers le Nouveau Monde à environ un demi-nœud, roulant sur les vagues de travers. Ils arriveront à destination, même si les marins disparaissent ou ne font rien.

Pour finir, une petite chaloupe est abaissée depuis le bâtiment de Salazar, et ce dernier est amené à la rame jusqu'au *San Cristobal* par une demi-douzaine d'hommes. Ils s'éclipsent par intermittence dans le creux des vagues.

Ils peinent à monter à bord. Une tâche ardue dans le roulis, les bateaux se heurtant puis s'écartant, la paroi du *San Cristobal* assez haute. Et Salazar est gras, un conquistador de Nouvelle-Espagne devenu bureaucrate, chargé de surveiller les finances du roi. Mais il grimpe enfin à bord, on le hisse grâce aux cordages et il atterrit sur le pont, face à de Soto.

— La pendaison ou les chiens, dit de Soto. Je n'arrive pas à me décider.

— Je suis au service du roi, dit Salazar. J'ai vingt bâtiments à mener à Vera Cruz, où je servirai comme Dépositaire des Ressources Impériales à La Ciudad de Mexico. Vous croyez que le roi ne tient pas à son argent ?

— La pureté de mon sang a été certifiée, dit de Soto. J'ai été admis dans l'Ordre de Santiago. Je vais devenir marquis de La Florida.

— Oui, dit Salazar, c'est très bien pour vous. Je vous souhaite le meilleur. À présent, je dois rejoindre mon navire et nous devrions poursuivre la traversée. (Salazar tourne le dos à de Soto et adresse un signe de la main à ses hommes.) Aidez-moi à redescendre.

— C'était la peine capitale, dit de Soto. Tout le monde l'a entendu. Le châtiment pour naviguer ainsi hors formation. Et tu l'as fait. Tu as causé tout ça.

Salazar se retourne, le visage rond, à la fois repentant mais impénitent.

— Je ne l'ai pas causé. Je dormais. Le navire a dû prendre un peu le vent ou je ne sais quoi. Qui peut bien le savoir ?

— C'est la vérité, mon commandant, dit un membre de l'équipage de Salazar. Nous venions à peine de découvrir notre erreur que nous avons essuyé des tirs. Il faisait nuit, le timonier a peut-être perdu le cap.

Voilà bien le problème pour de Soto, oui, les navires et le climat se comportent mal, et l'équipage est faillible, comme chacun le sait. Il regarde les hommes autour de lui et ne perçoit en eux nulle soif de sang.

— Luís ? demande de Soto.

— Cela ne me semble pas être un acte de malveillance, dit Moscoso. Rien qu'une erreur.

— Et tu n'aimes pas les chiens ?

— J'aime les chiens.

— Ta mère suce des poneys morts, Salazar, dit de Soto. Mais je vais t'épargner les chiens pour cette fois, car de toute évidence, tu es trop gras et idiot et paresseux pour avoir planifié quoi que ce soit.

Salazar dévisage de Soto avec une haine perceptible mais ne rétorque rien.

— Par-dessus bord comme les déchets, dit de Soto qui attend que Salazar franchisse à nouveau le plat-bord et qu'on l'aide à descendre les cordages, deux membres de son équipage en contrebas pour soutenir ses jambonneaux massifs.

— Quand ils seront remontés à bord, nous lèverons les voiles, déclare de Soto. Et essayez de ne pas couler. Essayez de survivre au moins une nuit.

De retour dans son lit, de Soto se plaint à son épouse Isabel.

— Personne ne m'écoute.

— Tu as réagi comme il fallait, dit Isabel. C'était si effrayant, la collision des deux navires. Je nous ai cru perdus. Mais tu nous as sauvés.

De Soto réfléchit à ses propos, observe la petite lanterne qui se balance au-dessus d'eux.

— Oui, je nous ai sauvés.

SELU et Kana'ti attendent que leur garçon aille jouer à la rivière. Ils entendent à nouveau des voix et des rires, ils se glissent à travers les broussailles aussi discrètement que possible jusqu'à la berge mais l'Enfant Sauvage a déjà disparu.

— Il se cache dans l'eau, dit leur fils. Il ne veut pas vous voir.

Ils savent bien qu'il ne faut pas parler près de la rivière où l'Enfant Sauvage les entendra. Ils retournent au campement, ils s'assoient près des cendres du feu et attendent que leur enfant les rejoigne.

L'air est frais, un changement de saison avec l'hiver qui arrive, une période dangereuse pour les bêtises.

— Voilà ce que tu vas faire demain, dit Kana'ti à son fils. Encourage le garçon à lutter avec toi, et quand tu l'auras maîtrisé, appelle-nous et ne le lâche pas.

Leur fils acquiesce mais ils ne sont pas certains qu'il soit d'accord. L'Enfant Sauvage le pousse déjà à désobéir.

— Tu sais que ta vie ne sera facile que si tu nous obéis, dit Selu.

— Oui, dit leur fils.

Mais comment peut-il le savoir, si sa vie n'a jamais été difficile ?

Le lendemain, il part tôt pour aller jouer à la rivière. Les premières lueurs du jour sur l'eau, un bleu pâle qui semble aussi solide que la pierre, comme s'il pouvait marcher dessus, et la pierre se condense sous ses yeux, s'élève, puis dégouline et retombe comme de l'eau, et elle forme une sorte de corps qui se découpe dans la lumière, passant du bleu à une peau brune, des cheveux noirs, des yeux noirs, des dents blanches, l'Enfant Sauvage rit en approchant, ses jambes des trombes d'eau qui se changent en muscles.

— Tu vas essayer de me piéger aujourd'hui, dit l'Enfant Sauvage.

Le garçon a peur, debout sur la berge tandis que l'Enfant Sauvage marche vers lui, plus grand et plus fort, dégageant une odeur de terre et d'eau et de vent et de sang. Ses cheveux n'ont jamais été coupés, ils lui tombent jusqu'à la taille, ils dégoulinent, il est nu et n'essaie pas de se cacher.

— Luttons un peu, dit le garçon bien qu'il n'en ait aucune envie.

Il recule plus haut sur la rive et l'Enfant Sauvage le suit, le corps ramassé, prêt, bras tendus.

Le garçon se sent dissocié de la terre, de l'eau, de l'air, un petit être isolé, faible, et il sait que l'Enfant Sauvage puise dans tous ces éléments. S'il a besoin de jambes plus longues, la terre jaillira pour lui en donner de plus grandes. S'il est fatigué, le vent lui emplira la poitrine. Mais le garçon craint ses parents, aussi s'élance-t-il en avant pour passer les bras autour de l'Enfant Sauvage et hurler :

— Père ! Mère ! Venez vite ! Je l'ai attrapé.

L'Enfant Sauvage panique, se débat comme un poisson, les projette tous deux à terre, roule, mais le garçon tient bon, les yeux fermés, il affronte une entité surgie des profondeurs de ce monde.

Kana'ti et Selu apparaissent au bord de la rivière et empoignent l'Enfant Sauvage par les bras.

— Lâchez-moi ! hurle-t-il. Vous vous êtes débarrassés de moi.

Mais ce sont les anciens, puissants, des formes primitives, différents des humains d'aujourd'hui, et ils le maintiennent, et il ne peut pas s'échapper. Leur fils est plus faible, créé plus tard, mais il a mené une lutte acharnée pour eux.

— Tu es vigoureux, lui disent-ils. Plus vigoureux qu'on le croyait.

Le garçon contemple l'Enfant Sauvage, sa colère, et il sait qu'il en paiera le prix, encore et encore.

Les anciens ramènent l'Enfant Sauvage chez eux, ils le confinent dans la petite hutte ronde, le nourrissent, l'abritent, le surveillent et refusent de le relâcher. Toujours l'un des deux présent pour garder la main sur lui, dormant chacun à leur tour.

La hutte est petite, et leur fils doit dormir près de son nouveau frère. Et il apprend que son frère ne dort jamais vraiment. Il le surprend, éveillé, à n'importe quelle heure du jour ou de la nuit, étendu simplement là, les yeux fermés pour faire semblant. Et il se rapproche sans cesse de l'entrée de la hutte, lentement, jusqu'à ce que Kana'ti ou Selu le tire en arrière. Il murmure des choses, aussi, qui perturbent les rêves du garçon. Dans l'un d'eux, ils pourchassent ensemble un cerf, un couteau de pierre à la main. L'Enfant Sauvage est plus rapide, il disparaît au loin et le garçon demeure seul en arrière, ses jambes faites de bois.

Ils ne sont pas autorisés à jouer à la rivière car l'Enfant Sauvage pourrait se changer en eau. Ils ne peuvent jouer que dans les bois, où l'Enfant Sauvage fabrique des outils. D'abord des couteaux en pierre, taillés des deux côtés, et il montre au garçon comment faire. Trouver une longue pierre adéquate, étroite, tranchante et délicate, dense et homogène, maintenir le bord de cette pierre contre une plus grande, puis en retirer de petits éclats, la travailler progressivement.

L'Enfant Sauvage utilise aussi son couteau pour tailler le bois, créer des lances, et il veut chasser mais Kana'ti lui dit non, que c'est lui le chasseur et qu'il rapporte toujours assez à manger. Et c'est la vérité. Dès qu'il va dans la montagne, il en revient avec du gibier.

Selu ne nettoie plus le sang des bêtes à la rivière, craignant de créer un autre Enfant Sauvage. Elle vide les cerfs dans la forêt, enterre les entrailles et le sang dans un petit trou et ne laisse jamais la dépouille d'un animal en toucher une autre, ne laisse jamais rien se mélanger.

— Et pourtant, elle continue à se débarrasser de moi, dit l'Enfant Sauvage. C'est une autre manière de me jeter. Ils voudraient tous les deux que je n'existe pas.

Le garçon sait que c'est la vérité, aussi garde-t-il le silence. Ils ne veulent que lui. Mais il ne comprend pas pourquoi. L'Enfant Sauvage est bien meilleur que lui, dans tous les domaines, plus grand et plus fort et plus tanné, fait de terre et d'eau et de vent et de sang, il connaît des formes qui n'existent pas encore. Il peut fabriquer quelque chose pour la première fois, aussi parfaitement que si cela avait déjà été fait, et le grand créateur – qui que ce soit – vit en lui, celui qui a formé le Galunlati pour les animaux, celui qui a suspendu la terre par ses quatre cordes, qui a ordonné aux animaux de ne pas dormir pendant huit jours et a attribué à certains le pouvoir de voir la nuit, qui était-il, Kana'ti et Selu ne l'ont jamais dit, si bien que le garçon ne peut l'appeler que grand créateur, et il est possible que l'Enfant Sauvage soit le grand créateur et fasse seulement semblant d'être retenu par la force des deux anciens. Il est peut-être plus âgé.

Mais il veut tuer. Et il veut désobéir. Il n'est peut-être que la partie malfaisante du grand créateur. Le garçon est incapable de le savoir. Mais il n'est pas surpris le jour où l'Enfant Sauvage déclare :

— Je me demande bien où ton père trouve tout ce gibier, chaque cerf et chaque dindon. Suivons-le pour le découvrir.

C'est mal, le garçon le sait. Il sait que cela attirera des ennuis. Il sait aussi qu'il devra suivre l'Enfant Sauvage, qu'il le suivra toujours sans jamais pouvoir refuser, et il sait que c'est là sa faiblesse et il se déteste pour cela. Il sait aussi que les anciens et l'Enfant Sauvage et les animaux n'ont jamais ce genre de pensées et qu'ils ne se détestent jamais, et il se demande pourquoi. Il s'étonne de son propre esprit.

4

De Soto et sa flotte progressent bien, le vent en poupe. Mais au bout de quelques jours en mer, deux marins se disputent, le florilège habituel d'animaux et de sœurs et de mères et même une apparition de la vierge en personne, jusqu'à ce que les hommes en viennent aux mains, essaient de se jeter au sol et, au lieu de cela, trébuchent par-dessus bord et tombent à l'eau. Ils crient, visages barbus désespérés, mais pas longtemps. Leurs bottes et leurs vêtements alourdis, qui les entraînent vers le fond. Longues chevelures et cols qui flottent à la surface, pareils à des méduses, puis ils s'éloignent lentement vers la poupe, réduits à de simples ombres dans l'eau, et ils disparaissent.

Lorsque les navires approchent des Canaries, un chien tombe par-dessus bord à son tour, et pas n'importe quel chien, un beau lévrier appartenant à Tapia, un hidalgo d'Arévalo. Le chien s'en tire bien mieux que les hommes, maintenant la tête haute dans les vagues, sans se plaindre, nageant avec détermination vers une plage imaginaire. Il semble comprendre et accepter qu'ils ne peuvent pas manœuvrer le bateau pour faire demi-tour au risque de perdre les vents favorables. Plus tard dans la soirée, on discute amplement de l'héroïsme de certains chiens et de leur nature plus courageuse que celle des humains.

— J'en ai été témoin maintes fois, dit de Soto. Avec les chevaux aussi.

Un accord général pour les chevaux, qui peinent actuellement dans les cales, à l'étroit et suffoquant et suspendus dans des baudriers. Les entrailles du navire dégagent une odeur d'étable, ou simplement de latrines, inondées en permanence par la pisse et la merde des chevaux, des cochons, des chiens et des hommes. De Soto et Moscoso occupent des cabines plus hautes à la proue, loin de tout ceci, sous une brise agréable.

— Mais dans Amadis, le cheval craint le lion, remarque de Soto. Le roi Périon est obligé de mettre pied à terre pour combattre le lion.

Des murmures d'assentiment, mais on se concentre davantage sur les boissons. Une soirée idéale, un vent léger et un ciel dégagé, les hommes assis sur le pont, adossés au plat-bord et aux mâts.

— Au Pérou, tu étais comme Périon, dit Moscoso. Avec ta lance, en première ligne de la bataille.

De Soto sourit à ces propos, toujours friand de louanges.

— Mais les Incas n'étaient pas des lions, ni des rivaux véritables. Et combien étaient-ils ? Cent contre un ?

— Plutôt mille, je crois, dit Moscoso. Ton cheval ne faisait preuve d'aucune lâcheté, lorsque tu chargeais.

— Un bon cheval, acquiesce de Soto. Si Salazar pouvait être sellé, il ne ferait pas une bonne monture. Ce serait comme chevaucher un porc qui tournerait en rond dans la boue et la merde.

De Soto se lève et décrit des cercles en tenant des rênes imaginaires.

Les hommes s'esclaffent. Salazar mettra bientôt le cap pour Vera Cruz, donc aucun risque de s'attirer des ennuis.

Ils atteignent les Canaries au bout de quinze jours, accueillis par le comte de Gomera, un cousin de l'épouse de de Soto. Alors qu'on débarque de Soto, Isabel et Moscoso dans une chaloupe jusqu'à la plage, le comte les attend, assis à l'ombre, vêtu de blanc de la tête aux pieds, jusqu'aux chaussures. Il ne se lève pas avant que de Soto et ses hommes aient accosté et traversé la plage.

— Ma cousine, dit-il à Isabel avant de déposer un baiser sur sa joue. Mon frère, dit-il à de Soto. Soyez les bienvenus. J'ai de quoi loger tous vos hommes, ils seront mes invités, bien entendu.

De Soto peine à se concentrer sur lui car dans le petit groupe entourant Gomera, vêtue de blanc elle aussi, se tient la plus belle des jeunes femmes.

— Peux-tu faire les présentations ? demande de Soto, qui s'inquiète de n'avoir rien entendu des propos du comte et de peut-être se montrer abrupt.

Et son épouse Isabel, juste à côté de lui, ne se laissera pas berner.

Gomera est courtois et ne semble pas s'en offusquer.

— Je vous présente ma fille bâtarde, Doña Leonor de Bobadilla.

— Le prénom de ma mère, Leonor, dit de Soto. Vous devez placer Doña Leonor sous la protection de mon épouse, comme dame de compagnie.

De Soto se tourne vers sa femme qui affiche ce sourire typique qu'il n'arrive jamais à déchiffrer. Elle pourrait penser à tout et n'importe quoi.

— Quand nous aurons conquis La Florida, nous lui trouverons sans nul doute un bon parti pour un mariage avantageux, ajoute-t-il.

La vérité, surtout, c'est qu'il veut garder Doña Leonor pour lui seul, et avec le temps nécessaire, il est certain de trouver un moyen. Les épouses périssent parfois pendant les voyages, de précédentes expéditions à La Florida se sont soldées par des échecs, et en période de conquêtes, les lois disparaissent souvent.

— Parfait, dit le comte en tapant dans ses mains et Doña Leonor paraît effrayée. Faites venir vos hommes, qu'on leur apporte à boire et à manger, puis nous continuerons à bavarder.

Tout se passe donc pour le mieux. Les hommes sont heureux de faire une pause sur la terre ferme, le comte se montre généreux, sa fille est magnifique et de Soto achète des provisions pour le long voyage à venir. Le seul problème survient quand Tapia retrouve son lévrier aux mains d'un habitant local.

L'homme effectue d'amples mouvements de mains, il mime un chien qui nage des heures durant, perdu dans l'océan avant d'être repêché dans les flots par ses propres bras généreux, et il s'enveloppe ensuite d'un large geste afin de lui expliquer que ce qui est à lui, est à lui.

— Mon chien, dit-il. Sauvé par moi, trouvé par moi, donné par Dieu. Tu n'étais pas là. Tu as laissé le chien se noyer.

— Mais ce chien est à moi, dit Tapia.

Seul le silence accueille cette affirmation évidente. Les gestes de mains de Tapia n'y font rien, et le chien ne lui appartient plus.

Et Tapia est tout simplement malchanceux. Ils quittent les Canaries une semaine plus tard, voguant par bon vent, et il se tient un jour près du plat-bord. Le regard baissé vers les flots, il songe peut-être à son chien, mais nul n'en saura rien car la bôme tourne brusquement et lui fend le crâne. Il passe par-dessus bord et coule à pic. Personne ne le reverra jamais.

La flotte arrive en vue de Santiago, Cuba, pour la Pentecôte, le 7 juin 1538. Un cavalier galope depuis la ville et les avertit de virer à bâbord. Le navire de de Soto tourne et les autres suivent le mouvement, mais le cavalier change alors d'avis, leur adresse des signes frénétiques pour les faire virer à tribord.

De Soto hurle, le timonier hurle, les marins dans les gréements au-dessus hurlent et pointent les rochers du doigt. Le navire fait une embardée et tremble, des craquements assourdissants de casse sous la surface. Un cri monte soudain :

— Voies d'eau en cale ! On prend l'eau !

Cris et panique, des hommes qui courent aux pompes, les voiles sont affalées, les femmes sont appelées sur le pont et installées dans un petit canot mis à l'eau en hâte, une poignée de marins se joignant à elles pour fuir.

Mais la nouvelle circule enfin que le bateau n'est pas endommagé, aucune entaille dans la coque, seulement quelques imposantes jarres en céramique de miel et de vin, d'huile et de vinaigre qui se sont brisées pendant les secousses.

De Soto est livide, bien entendu, il jure et agite les bras, menaçant de livrer ce cavalier en pâture aux chiens.

Ils jettent l'ancre, enfin, à tribord, dans une zone sûre du port et ils se rendent à terre pour comprendre ce qui vient de se passer.

De Soto se laisse quelque peu amadouer quand on l'accueille dans son rôle de nouveau Gouverneur de Cuba. Alors qu'il met pied à terre, tous les fantassins et la cavalerie de la ville le saluent avec cérémonie, et on lui offre un cheval rouan, ainsi qu'un étalon pour Isabel. On lui propose un logement en ville.

Santiago n'est pas grande. Environ soixante-dix ou quatre-vingts maisons de bois aux toits de chaume et quelques bâtisses de pierre surmontées de tuiles rouges. De Soto est accueilli dans l'une d'elles par un gentilhomme et il l'interroge au sujet du cavalier.

— Nous avons été attaqués par des corsaires, des pirates français. Nous avons missionné le cavalier pour vous guider contre les rochers. Mais il s'est rendu compte que c'était vous.

La simplicité de l'explication lui suffit, et de Soto apprécie Cuba. L'endroit lui paraît opulent et magnifique, et il est heureux d'en avoir terminé avec ce périple.

— Nous allons fêter cela, dit-il.

Le jour même, ils déchargent les chevaux et les cochons, ils les hissent à l'aide de grues, puis les provisions qui n'ont pas été consommées ou détruites.

Le soir venu, ils organisent un festin, puis un bal, une mascarade de marins lavés, parfumés et métamorphosés, hilares tandis que la terre tangue après des semaines en mer, puis qu'elle tangue davantage après plusieurs verres de vin.

Mais la fête apporte une mauvaise surprise à de Soto. Nuño de Tovar, son capitaine général, l'homme en qui il place sa plus grande confiance après Luís de Moscoso, lui avoue qu'il a mis enceinte la jeune et incroyablement belle Doña Leonor pendant le voyage. De Soto a le sentiment qu'on lui arrache son avenir, pas moins que cela, Doña Leonor, un cadeau qu'il se réservait à lui seul, et il est pris d'envie de tuer son ami.

— Tu m'as trahi, mon frère, dit de Soto. Tu as bu mon vin, tu as volé ma nourriture, tu m'as pris par les couilles et tu me les as pressées pour en ajouter le jus à ton vin.

Tovar sourit à ces propos, de Soto enrage et lui assène un violent coup de poing dans la gorge.

— Je suis désolé, dit Tovar. Je croyais que tu plaisantais. Cette histoire de presser tes couilles pour en faire sortir le jus, c'est tellement insensé.

De Soto lui lance un coup de pied et murmure, afin que personne ne l'entende :

— Je la gardais pour moi, sale bâtard. Je te dégrade, tu n'es plus rien. Je te promets que tu ne posséderas plus jamais rien.

Mais Tovar épouse Leonor et s'engage dans l'expédition pour La Florida en guise de rédemption, ne comprenant visiblement rien à de Soto.

À Santiago, Vasco Porcallo de Figuerora rend visite à de Soto. Il paraît marqué par toutes ses campagnes militaires, balafré et la démarche claudicante, ses mains tremblent. Quand il sourit, son visage n'affiche que douleur.

— Mon frère, dit-il et il s'assied, acceptant un verre. Je me joindrai à toi lors de ton expédition à La Florida.

— Ah ? fait de Soto.

— Oui.

De Soto attend. Il a appris qu'en matière de négociations, mieux vaut en dire le moins possible.

— J'ai des mines. Des mines d'or. Tu en as entendu parler ?

— Oui.

De Soto sait que Vasco est l'homme le plus riche de Cuba.

— Des endroits terribles. Les esclaves s'y pendent parfois.

Vasco rit, un son rude et sifflant, trop fort.

De Soto attend.

— Un de mes hommes a entendu dire que plusieurs d'entre eux allaient se pendre. Il a saisi une corde et il est allé leur parler. Tu devines ce qu'il leur a dit ?

— Aucune idée. Désolé.

— Il a dit, Si vous vous pendez, je me pendrai aussi et je vous suivrai. Et si vous trouvez que mon comportement ici est brutal, attendez un peu de voir ce qui vous guette dans l'au-delà.

Vasco lâche un nouveau rire, tonitruant et éraillé. De Soto n'aime pas du tout cet homme.

Vasco rapproche sa chaise et se penche en avant dans un geste de confidence, comme si de Soto était un ami proche.

— Conclusion, il me faut plus d'esclaves. Beaucoup d'indigènes de La Florida.

— Je vois. Et que serais-tu prêt à engager dans l'expédition ?

— Oh, mon ami, dit Vasco avec un sourire. Plus que pourrait t'offrir n'importe qui d'autre. Des hommes, et tant de chevaux, pas seulement pour mes cavaliers, pour les tiens aussi. Un troupeau de cochons pour que tu savoures du jambon alors même que tu arpentes les terres misérables de La Florida. Du pain de manioc. D'autres choses nécessaires à toute armée, des équipements.

De Soto sait qu'il ne peut pas espérer mieux, un début d'expédition plus facile qu'il l'imaginait.

— Mon frère, dit-il. J'accepte ton offre et je te nomme lieutenant général de la flotte et de l'armée.

Vasco lui claque le genou d'un geste paternel.

— Bon garçon. (Puis il se penche davantage.) Et désolé, au sujet de Doña Leonor. C'est une rude perte à encaisser pour un homme.

De Soto se raidit.

— Et désolé au sujet de La Florida. Ça n'a rien à voir avec le Pérou, ce qu'on te donne. Des esclaves, certes, mais des pyramides d'or, je n'y crois pas.

— La Florida sera bien plus prospère que tu ne l'imagines, dit de Soto. Et bien plus vaste. Ils ont cru d'abord qu'il s'agissait d'une île. Mais ce n'est pas une île.

— Vaste, oui. Prospère, non.

— C'est ce que nous verrons.

— Oui, nous verrons. Promets-moi simplement que j'aurai mes esclaves. Autant qu'il m'en faudra, et avant n'importe qui d'autre.

— Entendu.

De Soto envoie ses navires, son épouse et la majeure partie de ses hommes pour La Havane, à l'extrême pointe de l'île, et il voyage lui-même à terre en compagnie de cent cinquante cavaliers. Ils font une première étape à Bayamo où les locaux sont contraints de les héberger, quatre à six par maison. En tant que Gouverneur de Cuba, il peut exiger ce que bon lui semble.

La rivière de Bayamo est effrayante, peuplée de lézards géants capables de dévorer un homme.

— Même Amadis n'a jamais affronté pareille créature, dit de Soto avec une fierté notable. Plus terrifiants qu'un lion ou qu'un homme. Un fragment du diable en personne, hideux, monstre infidèle. J'en combattrai un et le pourfendrai, et vous raconterez tous mon histoire.

— Mon frère, dit Moscoso, je n'ai nul doute que tu es capable de vaincre n'importe quelle bête mais nous avons un long trajet devant nous pour atteindre La Florida, et qui sait ce que sont exactement ces affreux lézards ? Leur gueule est dix fois plus longue que celle d'un lion, et on y compte cent fois plus de dents. On dirait des dragons sans ailes, mais leurs yeux sont tout aussi diaboliques.

— Oui, pareils à des dragons, dit de Soto. C'est parfait. Je serai le premier à les pourfendre, et sans assistance. Je défends à quiconque d'approcher.

De Soto dégaine son épée et ne demande qu'une armure de cuir légère, que Prado l'aide à revêtir tandis qu'il observe les monstres allongés sur la rive.

— Le mal semble jaillir d'eux, dit de Soto. Chaque écaille pointue est sortie en bouillonnant de leur dos et de leur queue, avant de s'y changer en pierre. Et leurs dents, devenues bien trop longues, une extravagance du diable.

Mais leurs yeux. Des yeux de serpent, remontés à la surface pour permettre au démon d'observer notre monde et de comploter. Je vais interrompre ses complots, je vais crever ses yeux.

Les hommes se sont tous massés là, curieux de voir leur chef se faire dévorer, ou briser en deux par une de ces gigantesques gueules, peut-être. Jamais rien de tel dans toute la création. Même des lézards d'Espagne qui deviendraient géants ne pourraient pas rivaliser avec eux, ne pourraient arborer de telles dents ou de telles écailles.

De Soto avance seul, son épée brandie à deux mains devant lui. Il marche d'un pas léger. La fin d'après-midi, le soleil doré, et il ressemble au héros d'un récit romantique. Il songe à la jeune et délicieuse Leonor qu'il a perdue, et à l'autre Leonor, Tocto, qui l'effraie encore, et à l'enfant qu'il a eue avec Tocto, prénommée elle aussi Leonor, et à sa mère, Leonor, toutes les quatre liées à son destin mais aucune d'elle présente pour assister à la scène, peut-être perdues à jamais.

— Rien, dans ce nouveau monde, ne nous arrêtera, déclare-t-il d'une voix forte pour que tous l'entendent. Les soldats du Seigneur ne peuvent être vaincus.

Les lézards géants n'ont pas bougé. Ils n'ont pas pris la peine de se retourner pour lui faire face. Ils attendent, figés comme des statues de pierre devant la rivière.

— Approchez, démons, dit de Soto. Venez rencontrer l'émissaire de Dieu, venez tâter de sa lame.

Il bondit de côté dans le sable, fait tournoyer son épée dans les airs mais les monstres demeurent immobiles.

Il se dirige vers l'un d'eux, le plus gros, avance plus près. Sa chair grise, grasse, flasque et écaillée, aussi répugnante que celle d'un serpent, et il sent son odeur, à présent, pas aussi putride que celle d'un serpent mais aussi étrangère, aussi mystique.

— Démon, dit-il.

Il se tient désormais au bout de la queue, et pourtant, la chose n'a toujours pas bougé. Les doigts écartés dans le sable, dont aucun ne tressaille. De Soto frappe donc la queue de sa botte avant de bondir en arrière.

Toujours rien. Ce n'est pas ainsi que devrait se dérouler un combat chevaleresque.

— Regardez-moi, lance de Soto d'une voix assez forte pour être entendu de tous. Hernando de Soto d'Estrémadure, Gouverneur de Cuba et marquis de La Florida, venu occire le mal. Debout, démon, debout.

Il pourrait tout aussi bien s'adresser à un rocher. Il tranche l'extrémité de la queue d'un coup de lame, et le rocher s'agite soudain, mais avec bien plus de rapidité qu'il ne l'aurait imaginé. Une sorte d'explosion, le reste de la queue catapultant la bête dans l'eau, où elle disparaît aussitôt.

De Soto recule, effaré. Il n'avait jamais vu un animal se mouvoir aussi vite. Comme un serpent, une fois encore, comme un serpent blessé se déroule d'un mouvement si leste que l'œil ne peut le percevoir, mais ce monstre est plus rapide.

— Mon frère, dit Moscoso derrière lui. Ces démons ne ressemblent à rien que nous connaissons. Mieux vaudrait les laisser tranquilles. Qui sait ce que nous risquons à les réveiller.

— Je suis Hernando de Soto de l'Ordre de Santiago, hurle de Soto, et j'aurai mon combat contre le diable, et tout le monde en entendra parler pendant mille ans.

Il se rue sur un autre lézard géant, et celui-ci se recroqueville à une vitesse inimaginable, sa gueule monumentale et béante, pleine de dents, qui traverse à présent l'espace vers de Soto, le fait tomber à la renverse. Terrorisé, certain de sa mort imminente, il lève les mains mais il tient encore son épée et, malgré lui, il l'empale dans la gorge du monstre, la lame ressort par le sommet du crâne et l'animal s'effondre sur de Soto, un poids colossal qui le cloue dans le sable, mais il a vaincu la bête. Elle n'est agitée que de spasmes d'agonie, sans volonté propre.

Un immense hurlement parmi les hommes, un tumulte, et ils accourent pour soulever le monstre, dégager de Soto et le hisser sur leurs épaules, remercier Dieu à grand renfort de cris, et porter leur héros à bout de bras.

De Soto se sent vidé, il a envie de pleurer, mais il parvient à garder la bouche fermée et lève les bras tandis qu'on le porte en triomphe. L'entrejambe de son pantalon est trempé mais caché sous son armure de cuir. Il entend ses hommes l'encenser, il sait que personne n'a vu ce qui s'était passé, Dieu soit loué pour ce cadeau.

5

L'arc de la trajectoire solaire. Mais bien avant le soleil, alors que le monde n'est qu'obscurité, les animaux se rassemblent au Galunlati, la contrée au-delà de l'arche. Plus grands que les animaux actuels, les formes originelles. L'ours et le cerf, la tortue, l'araignée et l'oiseau de chaque espèce, le serpent, tous les êtres vivants qui créeront leurs semblables à leur image. Des millions de dieux. Les animaux sentent l'immense étendue d'eau sous eux, ils l'entendent, la flairent mais ignorent à quelle distance elle se trouve, ni ce qui pourrait s'y dissimuler.

Serrés les uns contre les autres, aucun d'eux ne s'est encore vu ni n'a été vu. La panthère et la chouette n'ont pas encore la capacité de voir dans l'obscurité. Fourrure et peau et plumes et épines se frôlent, et partout le souffle et la chaleur des respirations.

La voûte du ciel au-dessus, une roche dure, un plafond solide, nulle part où aller, si ce n'est vers le bas. Et pourtant, combien de temps leur faut-il ? Combien de millénaires ? Le commencement est toujours une question d'attente. Chaque animal ayant conscience de ses propres contours, conscience des barrières et des limites, rêvant d'eau avant même de connaître l'eau, pas seulement pour étancher sa soif mais parce que sa forme peut se trouver dans toutes les formes que peut prendre l'eau. Le premier désir, celui de devenir. Et le premier échec, la roche solide au-dessus.

Dayunisi, le coléoptère d'eau, descendant de Castor, est le premier à tomber de l'arche, le premier à renoncer à tout ce qui est connu pour l'inconnu, attendant dans l'obscurité, pattes écartées, le contact avec l'eau, découvrir si elle brûle. Lui-même une forme noire, et protégé, revêtu d'une armure. Ses pattes incurvées comme des lames.

Combien de temps dura sa chute, nul ne le sait, dans un ciel qu'aucun oiseau n'avait encore jamais traversé, mais imaginez la prise de conscience, au contact de l'eau. Aucune brûlure, rien qu'une douceur rafraîchissante, et dense, facile d'y flotter, tout semble prévu. Premier battement de pattes et Dayunisi avance, les minuscules poils sur ses membres s'agrippent à l'eau.

Fonçant d'un côté, puis de l'autre, suivant un mouvement et un trajet à peine découvert mais connu depuis toujours. Et dans chaque direction, le même paysage, une infinité d'eau et d'obscurité. Dayunisi commence à avoir peur. Après une si longue attente, pressé contre tous ces êtres vivants, il n'y a désormais plus rien au monde. Tout y est trop grand. Et la peur aussi, de ce qui pourrait se tapir en dessous, prêt à le dévorer. La forme originelle des coléoptères d'eau, bien plus massive qu'aujourd'hui, grand-père de tous, mais minuscule dans cette immensité, aucune conscience d'être une divinité, rien qu'une vaste solitude.

Dayunisi veut se cacher et plonge, nage de toutes ses forces, aperçoit une première lumière, de petits halos intermittents dans les profondeurs, une luminosité vivante, qui disparaît pour réapparaître ailleurs, n'importe où, comme un dieu capable de s'incarner en un millier de formes, d'exister nulle part et partout à la fois. Dayunisi aimerait n'être jamais tombé, n'être jamais venu dans cet endroit. Il s'enfonce plus profond dans l'eau, tend ses pattes, sent des formes plus grandes passer à proximité, leurs gueules béantes, dans l'attente, il sursaute à chaque lueur, certaines si proches de lui, mais rien n'apparaît, aucun corps, rien qu'une lumière.

Combien de temps dura sa chute, nul ne le sait, ni ne connaît la profondeur de ces premières eaux. Mais Dayunisi atteint enfin une couche de vase molle, s'y enfonce, se sent enfin en sécurité. Protégé, à présent, caché. Il pourrait y rester éternellement. Une évidence, à nouveau, son foyer, à peine découvert mais connu depuis toujours.

Il se souvient pourtant des autres animaux, se souvient d'une promesse, ce qu'il doit. Nul dieu, en ce monde, n'est dépourvu d'obligations. Nul ne peut décider au nom des autres. Il sait donc qu'il doit remonter à la surface, mais il ne supporte pas l'idée de quitter la vase, son confort, et il en rapporte un peu avec lui.

Néant après néant, portant son précieux chargement vers la surface à travers les lueurs proches ou lointaines, à travers tout ce qui est tapi, et il pense ne jamais y arriver, il connaît le doute, il sait que tout peut lui être arraché, mais en atteignant la surface, la vase qu'il a portée jusque-là devient la terre originelle. La première terre sur les eaux, il le sait et il replonge, il n'a plus peur, il comprend désormais son rôle, il remonte, encore et encore, jusqu'à avoir créé la terre.

Elle flotte sur les vastes flots, maintenue aux quatre coins par des cordes suspendues à la voûte céleste, mais nul ne sait qui l'y a attachée. À la fin du monde, les gens mourront, ainsi que tous les animaux, et les cordes se briseront, la terre retombera dans l'eau. C'est tout ce que nous savons.

6

Les lézards ne sont pas les seuls à être devenus gigantesques. Ils découvrent d'énormes serpents à Bayamo, épais comme la cuisse d'un homme. Une odeur putride, même à bonne distance. Les hommes jettent des coups d'œil à de Soto. De toute évidence, ils attendent de lui un nouveau combat. Il n'en a aucune envie mais supporte encore moins l'idée de passer pour un lâche.

— Quel pouvoir démoniaque pourrait rendre un serpent aussi anormalement gros ? demande-t-il à voix haute, pour que tous l'entendent. Nous sommes bel et bien sur une terre de dragons. Nous en trouverons bientôt d'autres capables de voler, sans nul doute. Mais ceux-là sont frères et sœurs, rejetons du diable, et je les pourfendrai, eux aussi.

Les hommes paraissent ravis, prêts à assister à un autre combat divertissant.

Malheureusement, l'unique serpent disponible à cet instant n'est pas sur la terre ferme, mais enroulé autour d'une branche au-dessus de l'eau. Fâcheuse situation. De Soto songeait à une bataille contre un serpent, de manière générale, sans imaginer les difficultés pour approcher celui-ci en particulier. Mais il a fait son annonce, les hommes se sont assemblés et attendent.

— Mon frère, murmure Moscoso.

— Je sais, je sais, dit de Soto. Tu pourrais peut-être me donner tes conseils un peu plus tôt.

— Désolé, mon frère, dit Moscoso.

Le serpent est noir, très noir, et trois fois plus grand qu'un homme, le ventre aussi épais que la cuisse de de Soto. Des anneaux déployés sur la branche, comme artistiquement exposés, dans l'expectative. Sa tête aussi grosse que celle d'un chien. Pas un immense chien, certes, mais un chien tout de même. Pas une tête de serpent. Impossible.

L'eau est noire, elle aussi. De Soto en ignore la profondeur, ni ce qui pourrait l'y guetter. Et ils n'ont pas de petite embarcation. Il a peur d'y aller à cheval, craignant la réaction de la monture. De Soto pourrait être désarçonné et envoyé directement sur le serpent, ou encore piétiné et noyé. L'odeur elle-même rebute les chevaux qui renâclent et se rebiffent.

— Bien, dit de Soto.

Il porte son armure de cuir légère, mais elle est assez lourde pour le noyer. Il l'ôte jusqu'à ne garder que son maillot de corps.

— Les locaux affirment qu'il n'y a rien à craindre de ces serpents, crie un des hommes.

De Soto se retourne, furieux.

— Qui a dit ça ?

Personne n'offre de réponse. Le calme plat. Le chant des oiseaux.

— S'il n'y a rien à craindre, alors venez et pourfendez-le vous-même.

Aucun mouvement.

— L'un de vous a-t-il déjà vu un serpent ne serait-ce que dix fois moins gros que celui-ci ?

— Non, répond le chœur des hommes.

— Alors voilà.

De Soto brandit son épée vers les cieux.

— Je suis Hernando de Soto de l'Ordre de Santiago, et je vaincrai ce monstre pour Dieu lui-même, pour éliminer le mal qui rampe sur cette terre. J'ai commencé par les Incas, et à présent, les monstres de ces contrées, innommables et anormalement gigantesques.

Les cieux gardent le silence, eux aussi, mais qu'importe.

De Soto avance dans l'eau où sa botte s'enfonce plus qu'il ne l'aurait voulu et glisse de côté. Il pose l'autre pied dans le noir et un bruit de succion retentit à chacun de ses pas lorsqu'il ressort sa botte et progresse en pataugeant. Il ne brandit plus son épée mais l'utilise d'une main pour garder l'équilibre. Elle perce la boue avec trop d'aisance et lui apporte peu de soutien.

Il n'y a pas de vent, pas le moindre souffle. De Soto est trempé de sueur et écrase les moustiques de sa main libre, il lève une botte après l'autre, s'efforçant de ne pas tomber.

Le serpent n'a pas bougé. Sculpté dans la pierre, comme les lézards géants. De Soto se demande s'il est capable de mouvements aussi explosifs, lui aussi. Trop loin pour être touché par son épée, mais si long qu'il pourrait aisément atteindre de Soto. Celui-ci s'approche pourtant, car s'il tourne les talons, il passera pour un lâche. Il ne peut qu'avancer, même si c'est vers la mort.

L'eau lui arrive désormais aux cuisses, et la branche est plutôt haute. Il craint de ne pas réussir à l'atteindre avec son épée, quand il y sera enfin arrivé. Il s'imagine sous le serpent, de l'eau jusqu'aux épaules, agitant son arme au-dessus de lui, le serpent immobile et ses hommes secoués de rires.

Mais pour l'instant, l'eau se maintient à hauteur de ses cuisses et il approche du but, un pas-succion à la fois, et il tente de lever son épée au cas où le serpent attaquerait, bien qu'il lutte à présent pour garder l'équilibre.

Il n'a jamais connu pareille pestilence de toute sa vie. Même les cales du navire sont agréables, en comparaison. Le serpent semble pourtant propre, une surface rigide sertie de noir. Impossible de savoir d'où vient la puanteur.

La langue jaillit, fourchue et minuscule et tout simplement maléfique. Mais rien d'autre ne bouge.

De Soto s'estime assez proche pour pouvoir lui trancher la tête mais il doit s'en assurer, aussi fait-il un autre pas-succion en avant, et le serpent incline la tête vers lui. La reconnaissance. Le mal de ce monde qui le voit, qui le connaît, prêt à l'annihiler.

La panique qui monte en lui. Il balance le bras aussi vite qu'il peut, le plus haut possible, et la lame tranche effectivement le serpent juste derrière la tête, un coup parfait, mais le corps noir fouette soudain l'espace, une masse colossale qui fend l'air et de Soto pousse un cri de terreur, tombe dans l'eau et perd son épée. Il tâtonne dans les flots noirs pour l'y retrouver mais il a trop peur de ce qui pourrait vivre sous la surface et il se précipite vers la rive, tire brutalement sur ses bottes et tombe en avant, encore et encore, patauge et éclabousse jusqu'à atteindre enfin la terre ferme et il tourne le dos aux hommes pour tenter de reprendre son souffle.

Personne n'ose rire tout haut mais il sait ce qu'ils viennent tous de voir. Il sait ce que va devenir le récit des aventures de Hernando de Soto, et il est pris d'envie de les décapiter.

— Mon frère a terrassé le monstre ! s'écrie Moscoso, ami fidèle de chaque instant, et d'autres hommes se joignent à lui pour crier "Il a terrassé le monstre !"

De Soto déteste cette contrée et tout ce qui l'habite. Ils doivent en partir au plus vite et gagner La Florida. Il a des peuples à conquérir. Personne ne rit lorsque ce sont des peuples que l'on terrasse.

Ils continuent vers Puerto Principe à travers un paysage qui ne semble plus aussi accueillant et splendide, et de Soto voudrait savoir ce qu'il advient de ses navires. Ils pourraient rencontrer des problèmes, eux aussi. Apparemment, la maison de Vasco Porcallo de Figuerora n'est pas loin sur la côte, et de Soto décide de s'y rendre à bord d'une de ces pirogues creusées dans un tronc d'arbre.

Vasco est de bonne humeur à son arrivée.

— Tous chanteront tes victoires pour un millénaire, dit Vasco et son visage affiche un sourire – affligé, comme toujours, mais un sourire tout de même.

— Je viens d'arriver, dit de Soto. Comment peux-tu être au courant ?

— C'est mon île. Je suis au courant de tout.

— Tu as des espions parmi mes troupes ? Quelqu'un est venu te faire un rapport ?

— Je suis au courant, c'est tout. Quand un arbre se balance dans la brise sur cette île, je le sais. Allez, viens déjeuner et nous parlerons de tes combats.

— Je suis venu prendre des nouvelles de mes navires.

— J'ai des récits pour ça aussi. Mais d'abord, tes combats. Comment était-ce, d'affronter un alligator ?

— C'est ainsi qu'on appelle les lézards géants ?

Vasco acquiesce, l'air ravi.

— Ils peuvent se déplacer bien plus brusquement qu'on se l'imagine.

— J'ai vu ça.

— Et leurs dents.

— Oui, très impressionnantes.

— Mais j'en ai terrassé un, tout de même.

Vasco ouvre la bouche puis marque une pause, réfléchit avec soin.

— Penses-tu que le monstre, se sachant maléfique, a compris le bien que tu incarnais et s'est résolu à venir s'empaler sur ton épée pour mettre fin à son existence misérable et laisser plus de place à la lumière en ce monde ?

De Soto comprend où veut en venir Vasco.

— Il ne s'est pas empalé. Je lui ai enfoncé ma lame dans le gosier jusqu'au sommet du crâne.

— Plutôt dans une position d'empalement, alors ?

De Soto refuse d'ajouter quoi que ce soit. Si cet homme n'approvisionnait pas son armée, c'est lui qui n'aurait plus de tête, en cet instant même.

— Et l'anaconda. Joli coup. Une bête maléfique, qui valait la perte d'une épée.

De Soto garde à l'esprit les chevaux et les cochons et les vivres et l'équipement nécessaire au périple jusqu'à La Florida. Le tout financé par des esclaves qu'il ne pourrait pas entretenir lui-même.

Vasco le balafré paraît incroyablement joyeux, rajeuni.

— Et tes navires. Désolé d'avoir tardé à t'annoncer les nouvelles. J'étais si captivé par tes triomphes, qui seront vraiment racontés maintes fois. Je sais que, de mon côté, j'ai prévu d'en parler à tous ceux que je croiserai, et qui n'en ferait pas autant ? Mais les navires. Il s'avère qu'une tempête les a éparpillés et soufflés loin sur l'océan, très au large. Mais je suis certain qu'ils doivent être à La Havane, à l'heure qu'il est. Comment n'y seraient-ils pas ?

Quand de Soto arrive à La Havane par la mer, il est soulagé d'y trouver ses bateaux. Ils semblent tous intacts. Son épouse Isabel l'accueille dans une belle maison qu'on leur prête.

— Vois tout ce que tu as accompli pour revenir auprès de moi, dit-elle. Mon chevalier.

— C'est naturel, ma Dame, dit de Soto en s'inclinant et en essayant de se souvenir d'une seule et unique fois où il a pensé à elle.

Mais le bétail de son père, Pedrarias, il y a pensé, il se demande comment vont les bêtes, trop loin, ce monde trop vaste et toutes ses possessions, disséminées.

— Nous avons été soufflés si loin par le vent que nous avons aperçu La Florida, dit Isabel.

— Non.

— Si, plus loin que tu ne pourrais l'imaginer, un vent purement démoniaque, et de telles vagues. La Florida était visible au loin, une terre très basse et très sombre, pas de montagne ni même de colline. Ce que j'ai vu ne me plaît pas.

— J'ignore comment c'est possible, dit de Soto. Combien de jours avez-vous passés en mer ?

— Quarante. Nous étions à court d'eau et de vivres. Tout le monde a grandement souffert.

— Quarante jours, juste pour atteindre l'autre bout de l'île ?

— Oui, mais tu as mis plus longtemps encore. Que s'est-il passé pendant ton périple ?

De Soto ne veut pas qu'elle soit au courant de ses combats. Il veut que personne ne soit au courant. Son visage banal attend, débordant d'amour, peut-être, ou bien ne l'a-t-elle jamais aimé. Il n'en a aucune idée, et cela lui importe peu. Il voudrait s'enquérir de Doña Leonor mais se sent soudain furieux.

— Désolée, dit Isabel. Je t'ai contrarié. Repose-toi et je te ferai apporter à manger.

Mais le soir même, son humeur s'améliore car il a atteint La Havane, après tout, et sa flotte est intacte, et il obtiendra tout de Vasco, et La Florida sera bientôt à lui, un trajet facile puisque ses navires l'ont déjà aperçue.

— Lisons, mon amour, dit-il. Lis-moi Amadis.

Isabel s'égaye.

— Bien sûr. J'apporte le livre tout de suite.

L'ouvrage est énorme mais il les accompagne dans chacun de leurs voyages.

— Je vais lire sur ce qu'il advient quand on fait un mariage d'amour, dit Isabel en tournant les pages jusqu'à trouver le passage en question. Tu reconnaîtras le chevalier. Malgré mes richesses et ma noblesse, dit-il dans ce paragraphe, j'ai épousé cette femme ici même par amour, bien qu'elle ne fût ni riche ni noble. Et hier soir, elle m'a quitté pour ce chevalier que vous voyez gisant là, mort, que je n'avais jamais vu avant hier, lorsqu'il est venu loger chez nous. Après que je l'eus tué au combat, je dis à mon épouse que je lui pardonnerais si elle me jurait de ne plus jamais me faire d'affront ni de me déshonorer, et elle accepta. Mais lorsqu'elle vit mes blessures saignant abondamment et m'affaiblissant, elle voulut m'achever en y plongeant les mains, et me voilà donc à l'agonie. Je vous supplie de me mener chez un ermite qui vit à quelques lieues d'ici et qui soignera mon âme.

— Pauvre homme, dit de Soto. Mais je ne le reconnais pas, mis à part que j'ai déjà lu ses histoires dans Amadis.

— Doña Leonor, dit Isabel. De basse extraction, bâtarde, belle mais fourbe, me semble-t-il. Je pense qu'elle a manigancé pour mettre la main sur Tovar, et je pense qu'elle t'aurait pris, si elle l'avait pu. Et qui sait ce qui viendra ensuite, car une femme née de rien n'a rien à perdre.

De Soto est submergé d'une amertume exquise, elle déferle aussitôt dans chacun de ses membres en songeant à tout ce qu'il a raté, à l'idée que Doña Leonor ne soit pas à lui, et il voit que sa femme ne comprend rien aux hommes.

— Eh bien, j'ai de la chance de t'avoir, dit-il. Avec toi, j'ai la sécurité.

— Oui, sourit Isabel en percevant son amertume. Mais tu ferais mieux de te reposer. Tu as l'air fatigué.

Elle ferme le livre et disparaît sans qu'il s'en rende compte, car il voit les jeunes lèvres de Doña Leonor, ses grands yeux écarquillés, la douceur de sa peau.

De Soto tente de se distraire de toutes ses pertes. Il envoie en éclaireur cinquante hommes sur deux brigantins et une caravelle afin de repérer les baies où les membres de son expédition pour La Florida seraient en mesure de débarquer. Les brigantins, en particulier, avec leur fond plat et leurs rames, seront idéaux pour explorer la côte sans risque de s'échouer. Les hommes sont aussi censés capturer des indigènes qui leur serviront de guides.

Après le départ de ce détachement, de Soto reçoit la fâcheuse nouvelle que Don Antonio de Mendoza, à la Ciudad de Mexico, prévoit une nouvelle expédition.

— Ils vont prendre notre or, dit-il à Moscoso.

— C'est possible. Nos expéditions pourraient se croiser et se chercher querelle. C'est arrivé au Nicaragua et au Pérou.

— On m'a donné ces terres, dit de Soto. La *capitulación* royale. Toutes ces terres sont à moi. Je ne les ai pas encore vues mais chaque recoin, chaque arbre et chaque motte de terre et chaque serpent et chaque écureuil m'appartiennent et je refuse qu'on me les prenne.

— Nous pourrions peut-être le lui dire, suggère Moscoso.

— Oui, quelqu'un de confiance. Quelqu'un que je puisse envoyer sur-le-champ. Un Galicien. Je vais envoyer Antonio de San Jorge. Préviens-le qu'il prend la mer dès demain matin.

Et à l'aube, Antonio se tient devant de Soto, qui veut transmettre un message clair.

— La *capitulación*, voilà l'essentiel, dit-il. La Ciudad de Mexico et la région de Nouvelle-Espagne sont à lui. Au nord, il peut voyager autant qu'il veut, jusqu'à mourir de froid. Mais il ne doit pas aller en direction de La Florida.

— Oui, mon frère, j'ai compris et je le lui transmettrai.

De Soto appuie son doigt sur la cuisse droite d'Antonio :

— Tu fais face à une créature aux dents acérées, prête à mordre, et dans quelle direction ne veux-tu pas qu'elle aille ?

— Vers l'est, mon commandant.

— Oui, vers l'est. Il ne va pas vers l'est. Il peut aller n'importe où ailleurs. Et qui suis-je ?

— Tu es Hernando de Soto de l'Ordre de Santiago, dont la pureté du sang a été certifiée, gouverneur de Cuba et marquis de La Florida, vétéran du Pérou et du Nicaragua, un conquérant. Mais pour moi, tu es un membre de la famille, tu es mon frère, et je ne te décevrai jamais.

De Soto presse son front contre celui d'Antonio.

— Oui, mon frère. C'est pour cela que je t'envoie.

Tandis qu'il attend des nouvelles de ses marins et d'Antonio de San Jorge, de Soto achète un domaine et du bétail.

— Pour toi, dit-il à Isabel, et tu auras le titre de gouverneur de Cuba en mon absence. Les autres épouses, dont Doña Leonor, resteront à La Havane avec toi.

— Je garderai les deux yeux sur elle, dit Isabel. Ses mains sont prêtes à plonger dans la première plaie venue.

De Soto a le souffle court dès qu'il songe à ce qu'il aurait pu avoir.

— Tu as beaucoup d'esclaves dans cette nouvelle maison, et c'est la plus belle de la région.

— Merci, mon amour, dit Isabel avant de lui donner un baiser, que de Soto endure.

Puis il attend, toujours trop longtemps, tout est toujours d'une lenteur insupportable, mesurée en mois plutôt qu'en jours, et quel plaisir peut-il savourer ? Il ne peut avoir Doña Leonor, ni tuer des hommes, ni prendre de l'or ou des terres. Simplement attendre le retour de ses hommes, se demander s'ils rentreront un jour.

Antonio de San Jorge revient le premier, galopant jusqu'au domaine de de Soto dès l'instant où son navire accoste.

— Mon frère, dit de Soto. Apporte-moi de bonnes nouvelles.

— Elles sont bonnes, oui, mon frère. Je suis rentré aussi vite que possible mais les navires sont lents. Le trajet depuis La Ciudad de Mexico est souvent soumis à des vents contraires. Nous avons dû voguer plus loin au nord.

— C'était bien assez rapide, dit de Soto. Te voilà. Añasco n'est pas encore rentré d'exploration sur la côte de La Florida, alors qu'il a le vent en poupe à l'aller comme au retour.

— Il n'est toujours pas rentré ?

— Non. (De Soto lève les mains et les laisse retomber, illustrant le peu de contrôle qu'il a sur la situation.) Alors, quelles sont les nouvelles ?

— Don Antonio de Mendoza te rassure sur ses intentions. Sa destination sera loin de celle que tu veux atteindre. Il affirme que nos deux expéditions ne se croiseront pas et il te propose son assistance pour la tienne.

De Soto est heureux de l'entendre.

— Ce sont de bonnes nouvelles, en effet. Merci, mon frère.

Le retour d'Añasco apporte une saveur différente. De Soto est appelé lorsque les navires accostent, il se hâte d'aller accueillir ses marins mais les découvre qui avancent à quatre pattes vers l'église. Cinquante hommes qui se succèdent sur la route en terre, progressant lentement.

— Relevez-vous, dit de Soto.

— Je t'en prie, mon frère, dit Añasco, en tête de la marche, ses hommes derrière lui. Nous avons fait des promesses. Nos prières ont été entendues et nos promesses doivent être accomplies.

— Oui, bien sûr, dit de Soto, et il se rend à l'église avant eux, s'assied sur un banc au premier rang, sa place habituelle.

Il contemple Jésus sur la croix et il sait, comme il l'a toujours su, qu'il y a bien plus que Jésus. Le paradis est un lieu fréquenté, il doit y avoir des disputes, les hommes paient pour ces disputes. Les anges, déchus ou non, les démons, la Vierge, les saints, tous se querellent, alors comment le monde pourrait-il ne pas être à leur image ? Et il y a d'autres paradis, aussi, peuplés d'autres indigènes, ravagés par de grandes guerres, surtout les dieux des Maures, mais aussi ceux des indigènes et des esclaves et bien d'autres encore, innombrables. De vastes expéditions envoyées d'un paradis à l'autre, des milliers d'anges vêtus d'armures, brandissant leurs arbalètes et leurs épées. Il aimerait se trouver à la tête d'une telle expédition, et après sa mort, c'est peut-être ce qu'il fera. Il aura certainement été remarqué et reconnu pour tout ce qu'il aura accompli ici-bas, et encore davantage après la conquête de La Florida. Il fera de nouveaux exploits au paradis.

De Soto s'agenouille devant la croix, croise les mains et incline la tête.

— Jésus, dit-il à voix haute, sans craindre qu'on l'entende. Accepte que je commande tes rangs, que je provoque la chute d'autres paradis, que je terrasse d'autres dieux avec ton épée.

Quand Añasco et ses hommes arrivent, ils s'approchent aussi près que possible de la croix, à quatre pattes, et marmonnent des prières, certains sanglotent même. Ils ont beau remercier le seigneur, ce qui est une bonne chose, ils se comportent pourtant comme des femmes. De Soto est furieux mais ne peut pas le montrer, bien entendu. Il quitte l'église et attend à l'ombre près de la baie, qu'Añasco vienne le retrouver.

— Mon frère, dit enfin Añasco quand il arrive.

Ses hommes ont amené plusieurs indigènes, vêtus d'étranges peaux de bêtes, comme si les habits n'étaient pas faits pour les humains.

— Tu t'es absenté longtemps, dit de Soto.

— Oui, nous avons longé la côte, du nord au sud, en quête d'un endroit propice où débarquer. C'est un rivage peu profond et mauvais. Même loin au large, il y a souvent peu de fond, comme s'il était possible de se rendre à pied de Cuba à La Florida.

— Et bien, voilà qui rendra l'expédition plus facile, si nous n'avons pas à prendre les bateaux.

Añasco ne rit pas. Il voit bien que de Soto n'est pas d'humeur.

— Nous avons voyagé si longtemps que nos vivres se sont épuisées, nous avons mangé des coquillages pêchés dans les hauts-fonds, nous avons assommé des oiseaux sur les îles. Ils ne nous fuyaient pas, ils levaient simplement la tête et attendaient d'être mangés.

— Vous avez donc eu la tâche facile.

— Mon frère, mes hommes ont souffert. Personnellement, peu m'importe, mais eux, je pense qu'ils vont avoir besoin de repos.

— As-tu trouvé un endroit convenable où débarquer ?

— Oui, une baie assez profonde mais éloignée du rivage. Il n'y a pas vraiment de bon endroit sur cette côte, et les terres, elles aussi, sont difficilement praticables. La région est très humide et envahie de végétation. Beaucoup de serpents, de lézards géants et de moustiques.

— Je suis déjà au courant. Nous les avons vus en traversant l'île depuis Santiago.

— Pas une contrée facile.

— Mais y a-t-il de l'or ? Nous devrions montrer de l'or à ces indigènes et le leur demander.

On apporte des bagues et des bracelets en or, issus du Vieux Monde et du Nouveau.

— Avez-vous cela, à La Florida ? demande de Soto.

Il montre l'or, puis les indigènes et le nord, en direction de leur terre natale.

Les indigènes sont bronzés et ridés par le soleil, et ils portent des peaux d'animaux, mais fines, aucune armure, ils sont pratiquement nus. Ils arborent quelques plumes, aussi, comme s'ils se prenaient pour des oiseaux. Ils ne ressemblent en rien aux Incas.

Ils acquiescent, montrent l'or et pointent le doigt vers le nord et leurs terres, qui sont désormais les siennes bien qu'ils ne le sachent pas encore.

— De l'or ? demande de Soto, et ils acquiescent encore.

Leurs mains en amassent des tas entiers dans l'air.

— Bien, dit de Soto en se tournant vers Añasco, c'est bon signe.

— Je ne suis jamais sûr de comprendre ce qu'ils cherchent à dire, admet Añasco.

Les indigènes se miment en train de manger en montrant à nouveau leurs terres.

— Je crois qu'ils disent qu'ils ont du maïs, tente Añasco, mais qui sait…

— Du maïs et de l'or, c'est tout ce qu'il nous faut, mon frère. Et des esclaves pour Vasco.

— Des esclaves, nous en trouverons. Par contre, je ne suis pas sûr, pour l'or. Nous n'en avons pas vu, et ce n'est pas dans ce genre de terres qu'on trouve de l'or. Les rivières sont de simples marécages, rien n'y est stable. Le sol n'est que sable et vase.

— La Florida est vaste, dit de Soto. Tu n'en as vu qu'un coin.

— C'est vrai, mon frère.

— Nous en saurons bientôt davantage.

7

Le jour vient où Kana'ti prend son arc et quelques plumes, puis grimpe vers l'est. L'arc est fait d'une branche solide courbée par une épaisse bande de boyaux. Il a toujours existé, d'aussi loin que remontent les souvenirs du garçon. Les plumes semblent venir de nulle part. Kana'ti ne regarde pas en arrière, il avance lestement en longues enjambées.

Les garçons attendent un peu puis le suivent, cachés derrière les arbres et prenant soin de ne pas faire craquer de brindilles. Kana'ti parcourt plusieurs flancs de collines aux forêts denses, une ombre déterminée qui avance en une ligne presque droite, ce qui semble impossible, puis bifurque en direction d'une vallée dans laquelle s'étire un marécage où poussent d'épais bosquets de roseaux courts.

L'Enfant Sauvage s'arrête et dit :

— Attends ici.

Il se redresse, se penche légèrement en arrière, les yeux fermés, le visage baigné de soleil, puis il disparaît soudain, évaporé, et à l'endroit où se trouvait sa joue, une petite plume duveteuse d'oiseau volette vers le sol dans un rai de lumière. Elle est soulevée par le vent et soufflée pour venir se poser sur l'épaule de Kana'ti à l'instant où il entre dans le marécage.

Le garçon est émerveillé et ne peut plus bouger. Il sent l'odeur du marécage, des herbes puantes qui poussent sur la berge et de tout ce qui pourrit à l'intérieur, mais il ne voit pas ce que fait Kana'ti parmi les roseaux.

L'Enfant Sauvage, lui, perché sur l'épaule de Kana'ti, le voit choisir avec soin un roseau robuste et droit, qu'il coupe près de la racine à l'aide de son couteau de pierre. Il entaille l'extrémité et y glisse les plumes, toutes droites comme des nageoires de poisson. À l'autre bout, il attache un minuscule fragment de pierre noire taillée en pointe.

Kana'ti en fabrique d'autres puis sort du marécage pour revenir dans la forêt. Une brise souffle la petite plume d'oiseau sur son épaule et la fait tomber à terre où, quelques instants plus tard, l'Enfant Sauvage reprend sa forme habituelle, se déployant comme s'il venait de naître. Il retourne au pas de course auprès de son frère et lui raconte ce qu'il a vu.

— On ne devrait pas le suivre davantage, dit le garçon. On en sait déjà trop.

Mais l'Enfant Sauvage se contente de sourire et emboîte le pas de Kana'ti, sachant pertinemment que son frère le suivra.

— Dépêche-toi, dit-il.

Kana'ti grimpe à présent, il gravit le flanc d'une haute montagne presque jusqu'à son sommet, un lieu de roche à nu, de falaises et d'énormes rochers. Les nuages bas s'y accrochent, un lieu froid de brume et de mousse d'un vert éclatant sur les troncs d'arbres. Kana'ti longe un affleurement et s'engage dans un repli de la montagne, le genre d'endroit propice pour une grotte. Il y a un rocher qui lui arrive à la taille, il le pousse de côté et aussitôt, un cerf bondit, étrange créature jaillissant des entrailles de la montagne, coiffé de larges bois, alerte mais pas en fuite. C'est le premier cerf vivant que voient les garçons. Il attend non loin de Kana'ti, fait plusieurs pas nerveux sur place tandis que Kana'ti cale le bout emplumé du roseau contre la corde en boyaux de l'arc, vise l'animal et relâche la tige de roseau qui fend les airs.

Si rapide qu'elle en est presque invisible, mais la tige est à présent plantée dans le flanc du cerf, juste derrière son épaule, la pierre enfoncée profond et seules les plumes en dépassent, du sang qui s'écoule à flot de la tige creuse.

Le cerf n'émet aucun son, aucune plainte, il tombe simplement à genoux, puis sur le flanc, et il reste étendu là, les yeux ouverts, tandis qu'il meurt.

Les garçons sont si enthousiasmés qu'ils voudraient dire quelque chose mais ils gardent le silence et se cachent lorsque Kana'ti replace le rocher et fait deux entailles dans les pattes postérieures du cerf, près des chevilles, avant d'y insérer les pattes antérieures. Il transporte la bête de cette manière, les pattes accrochées à ses épaules, et reprend le chemin de chez lui.

L'Enfant Sauvage guide son frère au bas d'une crête, hors de vue de Kana'ti, progressant plus vite sans aucun fardeau à porter. Il n'est jamais perdu, semble toujours savoir de quel côté tourner à chaque montée et à chaque descente, le monde fait pour lui ou par lui.

— Maintenant, on sait, dit-il. Ce n'est pas un chasseur si redoutable, finalement. Il porte bien son nom, il est juste chanceux.

— Nous avons tout ce qu'il faut pour manger, dit le garçon. Il rapporte du gibier.

Mais il sait que les ennuis ne font que commencer.

La forêt est dépourvue de chemins. Aucune sente de gibier, nulle trace d'autres humains. Seul Kana'ti y est déjà passé. Le garçon a le sentiment qu'il ne devrait pas être là. Mais il suit son grand frère et ils atteignent le campement, attendent près du feu, allongés sur le dos dans la terre molle. Au-dessus d'eux, les arbres semblent tournoyer devant les nuages.

— Tu es une forme plus ancienne, dit le garçon. Presque aussi ancienne que les arbres.

L'Enfant Sauvage rit.

— J'ai été recréé aujourd'hui, dit-il. Je le suis chaque jour.

Selu sort lorsque Kana'ti arrive en portant le cerf. Elle sent sa présence bien qu'il n'ait fait aucun bruit. Elle saisit le cerf par les bois et le traîne plus loin entre les arbres, vers un nouvel endroit, et ils entendent son couteau déchirer la peau, ils sentent l'odeur du sang et des entrailles tandis que Kana'ti fait un feu. Elle découpe de longues lamelles de viande dans l'épaule, les pattes postérieures et le dos, que Kana'ti enfile sur de fines branches pointues avant de les tendre aux garçons pour qu'ils les fassent griller au-dessus des flammes.

— Vous n'avez rien d'autre à faire que manger et dormir, dit Kana'ti. Et cela pourrait durer éternellement. Tout est facile pour vous. Mais vous y mettrez un terme demain. Je le sais. Vous sèmerez le chaos. Il n'y a aucune paix en vous.

— On peut être bons, dit le garçon.

— Non, dit Kana'ti.

L'Enfant Sauvage semble ne rien entendre de tout ceci. Il se contente de scruter sa viande qui grésille et se rétracte et noircit sur son bâton, hypnotisé comme s'il scrutait le soleil. Le garçon a le sentiment d'être le seul à pouvoir choisir ou changer. Tous les autres sont immuables. Il a du mal à dormir cette nuit-là, sachant qu'un changement se profile, un changement qu'il n'a pas choisi, et son frère aîné est toujours éveillé à ses côtés, il attend.

8

La flotte de de Soto est bientôt prête pour l'expédition vers La Florida quand un phénomène étrange se produit avec un navire en approche. On appelle de Soto au port pour qu'il en soit témoin.

— Il a déjà effectué deux approches, lui dit Moscoso.

Ils sont fouettés par la pluie et le vent, en poste au bord de l'eau. Les vagues déferlent, blanches. La tempête fait rage, la mer déchaînée au-delà de l'entrée du port. Mais le navire lutte pour regagner le large.

— Pourquoi n'entrent-ils pas ? demande de Soto. Ils seraient à l'abri ici. Ils sont juste à l'entrée.

— C'est ce que nous ne comprenons pas. C'est pour cela que je t'ai fait venir.

La proue du bateau s'obstine à revenir vers la terre ferme à chaque fois qu'il grimpe à la crête d'une vague et prend le vent. Ils n'ont hissé que quelques petites voiles mais foncent pourtant à pleine vitesse, laissant derrière eux un large sillage.

— S'ils n'entrent pas, ils sont perdus, dit Moscoso.

D'autres hommes se sont rassemblés sur le rivage pour observer. Certains hurlent au navire de faire demi-tour.

— Des idiots, dit de Soto. Ou des criminels.

— Mais c'est un navire espagnol, dit Moscoso. Ni français ni d'aucune nation qui aurait des raisons de nous craindre.

Le bateau est à nouveau soufflé vers le port, et cette fois, il vire de bord et vogue à toute vitesse vers l'entrée. Sur la rive, les hommes poussent des cris d'encouragement et agitent les bras pour lui faire signe d'approcher.

Le navire évite les écueils et se met en sécurité, à l'abri des vagues, puis abaisse les voiles et jette l'ancre aussi loin que possible de la ville, tout en restant dans le port.

— Curieux, dit de Soto. Je veux les rencontrer. Envoyez une escouade pour découvrir qui ils sont.

De Soto retourne attendre à l'église. Il avance vers sa place habituelle, sans peur, et s'adresse à Jésus à haute voix :

— Tu œuvres par énigmes. Tout est noir et incertain. Tu fais surgir des tempêtes et des événements incompréhensibles. Tu es comme la magicienne Urgande. Nous ne saurons rien avant longtemps, notre destin connu mais pas de nous-mêmes avant qu'il ne soit trop tard. Alors voilà ma question. Si tu veux que nous nous battions en ton nom, pourquoi rendre les choses si difficiles ?

On appelle de Soto dehors, enfin.

— C'est ton *compañero*, Hernan Ponce de Leon, annonce Moscoso.

— Hernan ? Mon *compañero*, et il tente de m'éviter ?

Moscoso ne répond rien. Il ne dira rien au sujet de l'homme le plus proche de de Soto, celui avec qui il est censé partager tout équitablement jusqu'à la mort.

— Conduis-moi à lui tout de suite, dit de Soto.

La pluie tombe toujours, le vent hurle, mais ils ont trois puissants rameurs et, au moins, ils sont protégés des vagues. Ils approchent lentement du navire de Leon.

— Il a jeté l'ancre bien loin, crie de Soto à Moscoso par-dessus le vent. Il se cache loin de moi. De moi.

De Soto se tape le torse.

Le navire oscille et tangue à l'autre bout de l'ancre, prenant le vent d'un côté et penchant brusquement, puis revenant pour le prendre de l'autre côté. Ils l'abordent et s'accrochent aux cordages.

— Hernando, dit Leon, bras écartés. *Compañero.*

Ils entrent dans la cabine de Leon, dont l'odeur reflète les trop nombreux jours passés en mer.

— *Compañero*, dit de Soto. Oui, *compañero.* Et nous t'avons regardé te détourner trois fois de la sécurité de ce port.

— Une tempête terrible, dit Leon. Tout était incertain. Mais Dieu soit loué, nous avons enfin trouvé refuge.

— Et le Pérou ? Comment vont les affaires au Pérou, mon frère ? Et où vogues-tu à présent ?

— Vers l'Espagne, mon frère.

— Et avec quoi, et pour quoi ? As-tu vendu toutes nos possessions au Pérou ?

— Non, mon frère. Nous possédons encore beaucoup de choses là-bas.

De Soto voit bien que son *compañero* ne partagera aucun détail.

— Viens donc chez moi, pour manger, boire et te reposer.

— Demain, rétorque Leon. Cette tempête m'a épuisé. Désolé, mon frère. Il faut que je dorme. Mais nous boirons ensemble demain.

Quelque chose ne va pas, de Soto le sait. Ils retournent à leur chaloupe, se laissent pousser vers le rivage, un trajet facile pour les rameurs, mais il dit à Moscoso :

— Il cache quelque chose. Poste des sentinelles cette nuit. Tout le long de cette portion de rivage, mais dis-leur de rester cachées. Je veux savoir s'il vient à terre et ce qu'il y fait.

Sa barbe, argentée sous la pluie, ses yeux noirs et petits. Moscoso sait pertinemment qu'il ne doit pas poser de questions.

Et quelques heures se sont à peine écoulées qu'il est déjà devant la porte de de Soto, qu'il le tire du sommeil et lui dit :

— Mon frère, tu avais raison. Viens voir.

Ils longent la côte à cheval sous la pluie, dépassent l'endroit où le navire de Leon est au mouillage. De la mangrove, et tout est dissimulé, mais Moscoso guide de Soto jusqu'à un endroit où deux coffres en bois robustes ornés d'acier ont été abandonnés.

— Il a envoyé des esclaves noirs pour débarquer ces coffres à terre en toute discrétion, mais ils se sont enfuis en nous voyant. Approchez les lanternes, dit Moscoso à ses hommes, et ouvrez ces coffres.

De l'or, l'éclat de l'or comme aucun autre éclat en ce monde, surtout loin des palais, exposé simplement dans la boue et la pluie et l'obscurité, changeant les lanternes en un millier de chandeliers. De Soto s'agenouille devant un coffre, y plonge la main et en soulève des pépites, lourdes et asymétriques mais bien plus parfaites que tout ce qui existe. Des pierres précieuses, aussi, brutes, rouge rubis et bleu saphir.

— Je veux être plus proche de l'or, dit de Soto. Je veux le devenir, je veux le respirer, le regarder s'écouler en gouttelettes de mon corps.

Nul commentaire de Moscoso ni des hommes, mais peu importe. De Soto enfonce les deux mains dans l'or, sent son poids, rassurant.

— À moi, dit-il. La moitié est à moi, mais mon *compañero* allait me le voler. Mon *compañero*, avec qui tout doit être partagé équitablement. Une trahison innommable. Je n'ai pas de mots pour la qualifier. Emportez les deux coffres chez moi et cachez-les, et n'en parlez à personne. Si vous parlez, vous êtes morts.

Au matin, de Soto reçoit la visite de Leon.

— *Compañero*, dit-il. Bienvenue. Tu es matinal. Tu t'es bien reposé ?

— Oui, merci.

— Alors, tu dois être content. Tu es arrivé sain et sauf, et nous voilà réunis.

— Oui, oui.

Leon cache plutôt bien sa peine. C'est beaucoup d'or perdu.

— Eh bien moi, je ne suis pas si content que ça, réplique de Soto.

— Ah ?

— Nous avons fait en sorte de nous maintenir en vie mutuellement, tu te souviens ? Nous avons survécu à toutes ces batailles. Et nous avons beaucoup gagné ensemble, pas vrai ?

— Oui. Au Nicaragua, au Pérou.

— Et nous avons fait un pacte, que j'ai respecté. J'ai des témoins pour chaque butin. Je suis resté ton fidèle *compañero*.

— Et moi aussi, mon frère.

De Soto leur verse du vin.

— Tiens, mon frère, dit-il en tendant un verre à Leon. Bois mon vin.

Leon prend une gorgée et observe attentivement de Soto.

— Viens t'asseoir ici, maintenant, où je m'assieds habituellement.

Leon reste debout.

— Tu n'as rien à me dire ? demande de Soto.

Mais Leon demeure silencieux, son visage est celui d'un étranger. Il est vrai qu'ils ont été séparés, trop loin, trop longtemps, mais de Soto n'aurait jamais cru cela possible.

— Apportez les coffres, ordonne de Soto à l'un des gardes postés à la porte.

Et il regarde Leon tandis qu'on pose les deux lourds coffres à terre et qu'on les ouvre.

— Tu n'as rien vendu au Pérou ? demande de Soto.

— J'ai vendu mon domaine et mes esclaves. Cet or est à moi.

— *Compañeros*. Nous partageons tout équitablement. Ce qui est là-dedans me revient de moitié, bien entendu, mon frère, et tu as essayé de me le cacher, tu as ordonné à des esclaves de le porter à terre en pleine nuit. Des esclaves ! Ils auraient pu tout prendre pour eux. Tu n'as même pas été prudent avec notre or. Mais la trahison, les mensonges, le manque de confiance en notre relation, mon frère. C'est ça que j'essaie de comprendre.

— Ce que tu as rapporté en Espagne me revenait aussi de moitié, et pourtant, tu as tout dépensé, non ?

— J'ai gagné une *capitulación*. Nous avons désormais Cuba et La Florida. Tu m'accompagneras à La Florida et tout ce que nous y obtiendrons sera partagé équitablement entre nous. Ce que j'ai dépensé, je l'ai fait en notre nom à tous les deux.

— Je rentre en Espagne, mon frère. Écoute, je ne suis plus comme toi. (Leon s'installe sur le fauteuil que lui a proposé de Soto.) Je suis fatigué. Je veux vivre sur les terres qui m'ont vu naître. Je ne veux pas prendre part à une nouvelle expédition. Je suis désolé mais c'est la pure vérité.

De Soto éprouve une rage qu'il ne comprend pas, si soudaine. Il sait qu'il ne devrait pas parler.

— J'étais un homme différent, à l'époque, continue Leon. Et je vois que toi, tu as la force de continuer. Pas moi.

— La Florida, dit enfin de Soto. C'est une contrée plus vaste que nous n'en avons encore jamais vu. C'est là-bas que nous rencontrerons la gloire, que nous gagnerons notre honneur et que nous passerons à la postérité. Cet or n'est rien, comparé à ce que nous trouverons là-bas.

— Oui, mon frère. Tu y trouveras tout cela, j'en suis certain. Mais j'ai besoin de rentrer chez moi. Et ce que tu vois dans ces coffres, tout est à moi. Ce sont les biens que j'ai vendus au Pérou pour pouvoir m'acheter une maison en Espagne. La Florida est à toi, et Cuba, et tout ce que tu pourras encore conquérir.

N'importe quel autre homme serait déjà mort. La rage submerge de Soto.

— Non, mon frère, dit-il, bien qu'il peine à parler. Je vais t'expliquer ce qui va se passer. (De Soto s'approche tout près de son *compañero*.) Tu es lié à moi, et moi à toi. Alors si tu refuses de respecter notre accord, je détruirai ton navire et je vous emmènerai, toi et tes hommes, et s'il faut t'enchaîner, nous t'enchaînerons.

Leon paraît accablé.

— Nous allons signer un nouveau contrat, poursuit de Soto. Tu vas attester que mes dépenses en Espagne étaient justifiées. Tu vas attester que la moitié de cet or est à moi. Et tu vas attester une fois encore que nous sommes *compañeros*, que pour le restant de nos jours, nous partagerons tout de façon équitable, un serment qui ne pourra jamais être brisé. Car c'est un serment que tu as déjà fait. La moitié de tous nos gains à La Florida sera à toi.

Leon tiraille doucement sa barbe, les yeux baissés. Mais il se lève finalement et toise de Soto.

— Bien, mon frère. Je le signerai. Mais laisse-moi rentrer en Espagne, je t'en prie. Je ne peux pas prendre part à une nouvelle expédition.

De Soto observe son ami, ne voit plus ce qu'il y voyait par le passé.

— Alors, vas-y, dit-il.

Leon signe le nouveau contrat et de Soto garde un des coffres, mais il sait que tout ce qu'ils ont signé n'a aucune importance. La vie des hommes est trop courte, ils sont trop faibles et le monde est trop vaste. On ne peut rien conserver, on ne peut jamais revenir en arrière. La seule chose que nous sachions réellement, c'est là où nous allons ensuite, et son *compañero* a choisi de ne pas se joindre à lui.

Avant de partir pour La Florida, de Soto fait rédiger son testament, au cas où il périrait.

Il prend plusieurs hommes comme témoins, Fray Juan de Gallegos et Fray Francisco de la Rocha. Moscoso est présent, lui aussi, ainsi qu'Antonio de San Jorge et d'autres hommes de confiance, même Leon et Tovar, malgré leur trahison.

— Vous êtes tous témoins de mes souhaits décrits ici même, et vous êtes tous responsables d'en assurer la réalisation après ma mort.

— Oui, mon frère, dit Moscoso.

— Bien évidemment, mon corps devra être rapporté à Jerez de los Caballeros, à l'église de San Miguel, et je devrai y reposer aux côtés de ma mère et de mon père.

— Et s'ils sont déjà enterrés ailleurs ? demande Antonio. À Badajoz, par exemple ?

— Alors ils devront être déplacés.

Le silence en réponse. Personne ne veut accepter d'exhumer un cadavre.

De Soto lève les mains, essaie de saisir quelque chose.

— L'important, c'est que ma sépulture soit remarquable. D'ici mille ans, quiconque entrera dans l'église devra voir ma sépulture avant tout le reste. Je dois avoir ma propre chapelle et mon autel à l'intérieur de l'édifice, plus grand que tout. Une sculpture de moi, ressemblante, en pleine force de l'âge, trônant en pierre pour l'éternité, mes ossements en dessous, et mes parents de chaque côté, ainsi qu'un large tissu noir, assez épais pour résister au passage des siècles, orné de la croix rouge de l'Ordre de Santiago. Qui j'étais ne doit jamais être oublié. Mes armoiries seront exposées au-dessus et empliront la chapelle, et de l'or, tellement d'or. Je serai sculpté en blanc, mes parents aussi, purs, mais tout le reste sera couvert d'or.

De Soto tourne le visage vers les cieux, comme s'il n'y avait plus de plafond, et il marche en cercles, bras levés.

— Je laisse des fonds pour tout ceci. Pour un chapelain, qui doit être un membre de ma famille afin qu'il ne manque jamais à ses devoirs. Génération après génération. Et des messes, des messes quotidiennes pendant mille ans, et plus encore, et lors des grands jours, notamment à la date de mon anniversaire. Nous devons détailler tout leur contenu, et ce qu'il y sera dit.

Ses volontés sont notées par écrit.

— Je commanderai les grandes légions de notre Seigneur au ciel, nous saccagerons d'autres paradis, aussi doit-il y avoir un lieu adéquat sur terre, un point central où tous pourront se souvenir, et les récits seront racontés partout, à La Florida et au Pérou et au Guatemala et à Cuba et à travers toutes les autres contrées, au nord et à l'est de ma demeure. (Et cela donne une idée à de Soto.) À La Florida, la ville qui prospérera le plus, quelle qu'elle soit, devra être baptisée De Soto, on y bâtira une autre église et une autre chapelle, et même s'il n'y a aucun ossement en terre, il faudra y ériger une sculpture de moi, ressemblante, un deuxième lieu de recueillement car j'ai fait en sorte de relier ces deux mondes. Et sur le sol, quelque chose qui n'aura encore jamais été vu ailleurs, dans aucune autre chapelle. (De Soto est enthousiaste, une vision.) Quelque chose qui révolutionnera l'architecture des cathédrales, quelque chose qui m'appartiendra. Les corps des indigènes tombés au combat, leurs corps sculptés à moitié enfouis dans le sol. Comme s'ils cherchaient à se relever mais n'y parvenaient pas, asservis jusqu'à la fin des temps. Vasco aura ses esclaves vivants mais j'aurai conquis les miens pour l'éternité, afin que nul n'oublie. En Espagne aussi, la même sculpture afin que tous le sachent.

La première soirée tout entière se déroule ainsi, son testament détaillant les ornements et les messes et combien de corps exposés, cherchant à se relever. De Soto trop enthousiaste pour dormir cette nuit-là, sachant qu'il conquerra un nouveau monde, mais aussi quelque chose de l'ancien, dans la manière dont on demeure dans les mémoires, dans l'aspect d'une église, sa marque laissée dans les centaines ou les milliers d'églises qui seront bâties plus tard. Ce qu'il imagine s'approche de la sainteté. Sa mémoire célébrée d'abord par ces sépultures, puis par ses statues érigées dans les églises de toute la chrétienté, dressé dans son armure, portant la croix de l'Ordre de Santiago, brandissant son épée pour lutter contre les infidèles. À ses côtés, Isabel respire profondément comme un animal moite dans la nuit, inconsciente de l'honneur qu'elle a d'être témoin de tout ceci.

Le lendemain matin, il aborde les passages les moins intéressants de son testament : qui hérite de sa fortune. Son épouse, bien sûr, aussi peu méritante soit-elle, si ce n'est pour le bétail et les relations haut placées, et puis ses bâtards, fils et filles, mais pas Leonor, la fille de Tocto au Pérou. Il ne laisse rien à Tocto, ni à leur fille. Il rêve toujours de Tocto, quelque chose de rebelle, qui lutte obstinément. Il lègue de l'argent à son *mayordomo*, à son sculpteur, à son secrétaire, et des dots à toutes les pauvres orphelines de sa descendance, puis à toutes les pauvres nobles orphelines de la cité de Jerez de los Caballeros. Mais pas à Tocto, qu'il appelait Leonor, le prénom de sa mère, ni à leur fille Leonor, rien pour ce nom-là.

De Soto donne enfin l'ordre de charger les navires, et il emporte tout le matériel nécessaire, hommes compris. Un maître charpentier de marine qui ne veut pas partir est emmené contre son gré, et même un barbier.

Leon regarde la flotte prendre la mer le dimanche 18 mai 1539, il attend une semaine puis porte plainte auprès de Juan de Rojas, affirmant que les dix mille pesos donnés à Isabel lui ont été soutirés, qu'il ne les lui devait pas, qu'il les avait donnés par simple crainte d'y perdre la vie, et qu'ils doivent lui être rendus, sans quoi l'empereur d'Espagne en entendra parler.

Mais Isabel peut s'avérer plus méchante que de Soto, et plus intelligente. Elle rétorque à Juan que la dette de Leon est bien plus élevée et qu'il devrait être emprisonné jusqu'à ce que les comptes soient faits. Leon se hâte alors d'embarquer à bord d'un navire et s'en va.

Le bateau qu'il avait pris pour voguer jusque-là est parti, lui, avec l'expédition de de Soto. Il fait partie des cinq nefs capables de transporter un grand nombre d'hommes et de lourdes cargaisons. Il y a également deux caravelles, plus petites et plus rapides, avec une coque plus plate, ainsi que deux brigantins que l'on peut propulser à la rame, qui peuvent transporter des hommes et des vivres sur la terre ferme ou remonter le cours des rivières, et que l'on remorque à l'arrière des nefs pendant les traversées en mer.

Ce voyage est plus facile et au bout d'une semaine, le dimanche 25 mai, jour de la Fête d'Espiritu Santo, ils aperçoivent des îles au ras de la mer, au large de la côte de La Florida, et ils ont déjà atteint la zone de hauts-fonds. Ils jettent l'ancre loin du rivage, à une ou deux lieues, et il n'y a que quatre *brazas* d'eau, une *braza* équivalant à la taille d'un homme adulte.

— Nous ne sommes pas assez proches, dit de Soto. Où sommes-nous ?

Añasco est à ses côtés. Les mois qu'il a passés à longer cette côte étaient censés faciliter leur accostage.

— Des signaux de feux, dit Añasco. Ce sont des signaux de feux, les indigènes informent les autres de notre arrivée.

— Mais de notre arrivée où, exactement ?

— Je n'ai encore jamais vu ces îles, continue Añasco. Je suis désolé. Mais si nous poursuivons encore vers le nord, je devrai reconnaître les lieux.

— Avec tous ces bancs de sable, il faut absolument que nous sachions où nous sommes, dit de Soto.

Añasco se contente d'acquiescer, clairement mécontent.

Les deux hommes embarquent sur un brigantin avec Alonso Martin, le pilote de la flotte, et une équipe de rameurs, puis ils se dirigent vers le rivage. Des îles sablonneuses et des palétuviers rouges, une eau bleu clair peu profonde, des trous plus sombres d'algues et de végétation sous-marine. Du corail, aussi, et des rochers. Des endroits trop affleurants, même pour le brigantin, et ils doivent changer de cap.

— Tu reconnais quelque chose, maintenant ? demande de Soto.

— Non, dit Añasco.

— Des mois, dit de Soto. J'ai attendu des mois entiers pendant que tu naviguais et ramais le long de la côte tout entière, soi-disant, à assommer tes oiseaux et à faire des festins de coquillages, tout ça pour éviter ce qui est en train de se produire. L'intérêt principal de ta première expédition était de nous conduire à Bahia Honda maintenant, où nous pourrions jeter l'ancre sans encombre en eaux profondes.

— C'est juste que toute La Florida se ressemble, chaque parcelle. Il n'y a que de la mangrove et des plages de sable, ni colline ni montagne pour servir de repère, pas même d'arbre un peu plus haut. Les plus élevés sont les rouges sur le bord, qui cachent tout. Et il n'y a que des hauts-fonds, partout. Tu vas le découvrir par toi-même.

— Je ne veux pas le découvrir par moi-même. C'était justement tout l'intérêt.

La nuit commence à tomber aussi rebroussent-ils chemin pour revenir aux navires mais le vent est contraire, à présent, trop puissant pour que les rameurs puissent faire grand-chose.

De Soto lâche quelques jurons à propos de la mère d'Añasco, du vent et des flots, et ils jettent l'ancre non loin du rivage.

— Autant découvrir qui vit ici, dit de Soto. Peu importent mon expédition ou mes projets, essayons de travailler un peu pour cette merde de Vasco en lui regroupant quelques esclaves.

De Soto pose le pied pour la première fois sur le sol de La Florida, pataugeant parmi les bancs de sable, l'eau lui arrivant à peine aux genoux. Sous la surface, le sable râpeux est constellé de petits fragments jaunâtres, il se penche plusieurs fois pour les saisir mais quand il les porte à la lumière, il se rend compte que ce n'est pas de l'or. C'est le simple reflet du soleil crépusculaire qui leur donne cet éclat.

Après les bancs de sable, la mangrove dense, qu'ils sont obligés de contourner, ouvrant l'œil pour repérer d'éventuels serpents ou lézards géants.

— Je n'étais pas censé arriver de cette manière, dit de Soto.

Añasco garde le silence.

Les hommes trouvent des indices de la présence d'indigènes, surtout leurs déchets : piles de coquillages, lieux faisant office de latrines, lambeaux de peaux de bêtes, puis ils atteignent un petit village, rien qu'une grande maison et quelques petites, si l'on peut appeler ça des maisons, et toutes désertes.

— Ils résistent plutôt bien, dit de Soto. Il va falloir devenir excellents tireurs pour viser leur dos.

— Il va bientôt faire nuit, mon commandant, dit Martin. Nous serons à découvert ici ou dans le brigantin. Ils pourraient revenir avec des renforts.

— Au Pérou, chacun de nous en a abattu mille. Un empire. Nous avons capturé un véritable empire avec quelques centaines d'hommes. Et voilà que tu as peur de deux ou trois misérables huttes.

Martin s'incline et recule, et personne n'ose ajouter quoi que ce soit, aussi passent-ils la nuit en armure sur la plage et dans le brigantin, et si un malheur venait à se produire, personne sur les navires ne pourrait leur prêter assistance.

Cette nuit-là, de Soto rêve d'oiseaux verts et jaunes éclatants, il en devient un. Il vole à basse altitude au-dessus des mangroves, cherche de l'or, des cités, de grandes pyramides mais ne voit que du vert, du vert à l'infini, même l'eau est verte.

Au matin, ils tentent de retourner aux navires mais, une fois encore, le vent est contraire.

— Nous ne pouvons pas quitter La Florida, fait remarquer de Soto, alors qu'on n'y est même pas encore arrivés. C'était exactement ce qu'il fallait éviter, Añasco.

Añasco est devenu plus silencieux que jamais.

Baltasar de Gallegos, le capitaine d'une de leurs caravelles, crie quelque chose à Vasco sur le vaisseau amiral, lui demande d'aller trouver de Soto pour prendre ses ordres auprès de lui, mais Vasco n'entend que ce qu'il veut entendre, s'amusant toujours des déconvenues de de Soto, et rien ne se passe.

Gallegos ordonne donc qu'on jette l'ancre de la caravelle et il lève les voiles du brigantin, y embarque et tente d'éviter les hauts-fonds, poste des vigiles au sommet des gréements. Des cris, le chaos, des manœuvres précipitées.

De Soto leur fait signe de rebrousser chemin. Son brigantin progresse plutôt bien et il ne veut pas perdre le navire de Gallegos.

La seule bonne nouvelle, quand de Soto rejoint enfin la flotte, vient de l'autre brigantin, qui a trouvé l'entrée du port. Y faire entrer chaque navire risque cependant d'être long. De Soto fait mouiller la caravelle de Gallegos d'un côté du chenal d'entrée, et l'autre brigantin du côté opposé. Puis de Soto, Añasco et Martin utilisent leur brigantin comme navire pilote pour guider les autres, un par un. Ils naviguent à la voile, lentement, et ils ont beau surveiller la profondeur en permanence à l'aide d'une ligne de sonde, ils raclent pourtant le fond. Ce n'est que de la vase, heureusement, aucun dégât aux coques. De Soto est néanmoins hors de lui et recommence à parler de poneys.

— Ta mère suce des poneys morts, Añasco ! hurle-t-il afin que tous les hommes l'entendent.

À chaque fois qu'un bateau racle le fond, une explosion d'épithètes et de promesses.

— Je t'arracherai la tête et je te chierai dans le ventre!

Ils sont en si fâcheuse posture qu'ils sont contraints de remorquer plusieurs nefs sur de courtes distances à l'aide des brigantins, les hommes rament et observent leur lente progression. Cinq jours durant, rien que pour mettre tous les navires au mouillage.

— Va dans l'eau et nage, Añasco, dit de Soto. Tu pourras tirer la corde avec tes dents et remorquer mes navires. Ce sera comme tirer sur la culotte de ta sœur, mais en moins lourd.

Añasco s'est isolé dans un autre monde, dans lequel le corps de de Soto est sans nul doute transpercé et flagellé et découpé en morceaux, mais il parvient à garder le silence et la vie sauve.

Au cours de ces cinq jours de foire, des hommes débarquent à terre dans de petites chaloupes pour y chercher à boire et à manger. Ils trouvent des raisins sauvages qu'ils rapportent à de Soto.

— Pas encore mûrs, lui disent les hommes.

— Tout de même, c'est bon signe, rétorque de Soto. Une terre d'abondance. Donnez-les à Añasco et assurez-vous qu'il les mange.

Malgré tous leurs efforts, ils n'ont pu jeter l'ancre qu'à quatre lieues du village où ils ont prévu de débarquer.

— Quatre lieues, Añasco! hurle de Soto devant les autres hommes. Tu es un vrai explorateur, comme les écureuils que ta mère laisse grimper sur elle la nuit, un incroyable pilote. Tu nous donnes l'avantage dès le début de l'expédition! Tous les hommes ici présents te remercient.

Vasco semble amusé, son visage balafré affichant un sourire narquois, comme d'habitude. Mais de Soto sait parfaitement qu'il ne doit pas s'en prendre à Vasco. Les cochons, tous les chevaux, les hommes supplémentaires, et la liste continue à l'infini.

Leur seule chance véritable, c'est qu'ils sont proches d'une plage. De la mangrove presque partout, impossible à traverser, mais cette plage de sable non loin du chenal. Très loin du village où ils étaient censés accoster, mais ils n'ont pas d'autre choix, surtout pour décharger les chevaux.

Ils hissent les montures sur le pont dans des sangles en cuir fixées à une corde suspendue à une bôme. Chaque cheval prend un étrange envol depuis les entrailles du navire, renâclant, les yeux révulsés, avant d'être passé par-dessus bord et abaissé dans l'eau, où il lutte tandis que les hommes tentent de le détacher, puis nage vers la plage. L'eau est peu profonde si bien que les chevaux ont pied et pataugent presque tout le trajet. Une fois sur la plage, ils ne s'aventurent pas plus loin. Ils n'aiment pas la forêt ni la jungle d'ici, quel que soit le nom qu'il faille lui donner.

Vasco s'enfonce à cheval dans la forêt, songeant à ses esclaves. Il y est rejoint par Añasco, qui veut simplement s'éloigner, et par Osorio. Seuls cinq gardes les accompagnent. Vasco considère déjà les indigènes comme ses esclaves, et non comme une menace.

— Nous en avons appris beaucoup sur ta mère et ta sœur, dit Vasco à Añasco tandis qu'ils traversent des bras d'eau salée où la végétation est différente.

— Il va trop loin, dit Añasco.

— Je n'avais jamais imaginé autant d'animaux, dit Vasco. Est-ce qu'il y a une part de vérité ?

Añasco refuse de répondre. Vasco rit et rit encore, ce qui lui déclenche une quinte de toux.

C'est peut-être dû à ce bruit effroyable, mais soudain, des indigènes les encerclent dans la mangrove, une douzaine, armés d'arcs.

— À l'attaque ! s'écrie Añasco.

Les cavaliers ont pris part à de nombreuses batailles. Deux d'entre eux tirent des carreaux d'arbalètes depuis leur selle, qui tuent presque sur le coup, les projectiles courts et épais, leur mouvement en vol presque impossible à percevoir. Simplement et subitement enfoncés jusqu'aux pennes dans le torse de deux indigènes.

Mais les cavaliers armés d'épées ne sont pas aussi efficaces. Les chevaux, affaiblis par la traversée, le sol trop meuble, l'eau, la boue et les racines qui tapissent cette mangrove.

Les indigènes, à l'exception des deux victimes, disparaissent aussitôt dans toutes les directions. Impossible de savoir où les pourchasser. Un des chevaux espagnols a été tué par une flèche.

— Nous n'avons pas assez d'hommes, dit Osorio. Nous ferions mieux de rebrousser chemin.

À leur retour sur la plage, le cheval de Vasco tombe raide mort sous lui mais ce dernier parvient à sauter à terre avant la chute. Une flèche a transpercé la sacoche de selle, l'arçon et le tissu, et elle est encore fichée profondément dans le poitrail de l'animal. Les hommes se rassemblent autour de lui pour l'observer, leur armure de cuir plus fine que cette selle.

— Ces flèches vont tuer très facilement, dit Osorio.

— Presque la puissance d'un carreau d'arbalète, ajoute un cavalier.

— Ce n'est qu'un cheval, dit Vasco. Et ce ne sont que des esclaves, et ils avaient beau être plus nombreux que nous, ils ont fui. Aucune détermination.

— Oui, dit de Soto. N'oubliez pas que dès notre arrivée, nous avons déjà conquis les lieux. Dans ce monde, arriver est suffisant. La seule chose qu'il reste à faire, c'est prendre.

C'est à nouveau la foire pour atteindre le village où ils doivent établir leur campement de base. De Soto fait débarquer un grand nombre d'hommes et de chevaux afin que les navires soient plus légers et ne raclent plus le fond. Mais ces hommes qui progressent sur la terre ferme se perdent. Ils sont guidés par quatre indigènes qu'Añasco a capturés au cours de sa précédente expédition, et les quatre prennent un malin plaisir à faire tourner en rond les hommes et leurs montures sur des sentes de gibier, et peiner toute la journée à travers les marécages jusqu'à trouver un promontoire près d'une petite crique en face de leur futur campement. Ils dorment là, épuisés et dispersés, sans subir d'attaque. Le lendemain, on les fait traverser dans des embarcations.

Les navires, vides et plus légers, ont pu s'approcher, et de Soto a enfin un campement de base où évoluent six cents hommes et plus de deux cents chevaux. Le long de la rive, des tonneaux et des barriques, des jarres en argile, des paniers et des sacoches, et des hommes en vêtements colorés, beaucoup de rouge mais aussi du bleu et du vert, leurs pourpoints et leurs haut-de-chausses bouffants et décorés, des collants moulants. Autour d'eux, les cochons fouillent et retournent la terre, disposés à manger tout et n'importe quoi, et les chevaux sont attachés à proximité. Les chiens de guerre, équipés d'armures en tissu matelassé pour les protéger des flèches. Une ville entière, sans bâtiments.

Le village du chef Ozita est minuscule, sept ou huit maisons en bois aux toits couverts de feuilles de palmier. La maison du chef se trouve à une extrémité, sur un monticule, et un temple occupe l'autre bout, orné d'un oiseau en bois. Pas d'or, seulement des perles noircies par le feu. Des tas de coquilles d'huîtres partout, certaines entourant un grand tertre.

— C'est pour les enterrements, je pense, dit Añasco.

— Tes pensées sont toujours si éclairantes, dit de Soto. Tu es un vrai puits de connaissances.

Añasco poursuit tout de même.

— Quand quelqu'un meurt, on racle la chair de son corps et on n'enveloppe que les ossements pour les funérailles. C'est ce qu'ils tentaient de nous expliquer, je crois.

De Soto est fasciné. Depuis qu'il songe à sa propre sépulture, il s'intéresse à toutes les coutumes funéraires. Il a cru toute sa vie que les enterrements étaient une procédure immuable, aussi constante que la course du soleil, mais il les perçoit désormais comme multiples, une méthode qui peut être choisie parmi d'autres.

— Si l'on peut avoir le choix de ses propres funérailles, la mort est bien plus légère.

— Nul ne peut choisir ses propres funérailles, rétorque Añasco.

— Ton esprit est aussi petit que le reste de ta personne, dit de Soto.

Autour d'eux, la forêt est dense et de Soto ordonne que l'on abatte tous les arbres à distance de tir d'une arbalète.

— Afin d'avoir la place d'utiliser les chevaux contre eux, s'ils viennent à attaquer.

De Soto poste aussi des sentinelles par deux, et envoie des cavaliers effectuer des rondes et prendre de leurs nouvelles. Avec les troncs des arbres, ils peuvent ériger des fortifications, bien qu'ils ne sachent pas contre quel genre d'attaque.

— Les pieux et les fossés seraient inutiles, dit Moscoso. Les indigènes n'ont pas de chevaux.

— Je ne pense même pas qu'ils attaqueront, dit de Soto. Mais érigez des murs bas, ou quelque chose comme ça, juste pour s'y cacher s'ils tirent des flèches. Mais ce sera trop loin pour les flèches, de toute façon. Rien de tout ceci n'a grande importance.

— Je pense qu'il faudrait plutôt les accueillir, dit Vasco. Il va falloir que j'expédie rapidement des esclaves. Nous devrions peut-être créer un large chemin jusqu'à nos tentes et y accueillir nos frères. Peut-être déposer quelques barriques de vin assez près de la lisière de la forêt, mais pas trop près non plus.

9

Le lendemain matin, l'Enfant Sauvage vole l'arc et une poignée de plumes, puis se rend aussitôt au marécage, marchant aussi vite qu'un cerf, son jeune frère peinant pour rester à sa hauteur.

Le garçon n'aime pas le marécage. De l'eau jusqu'aux cuisses, pas des flots transparents et vifs, mais bruns-noirs et constellés d'ombres, une couche gluante et verte flottant à la surface.

L'Enfant Sauvage trouve des tiges de roseaux adéquates, se penche et en coupe une près de la racine. Il la brandit à deux mains pour vérifier qu'elle est droite. Des gouttes s'écoulent de l'extrémité creuse d'où le sang suintera bientôt. Il trouve ainsi huit tiges et fabrique huit flèches, avec une extrémité de plumes et une autre de pointe en pierre. Son jeune frère, muet à ses côtés, portant les flèches terminées et l'arc, suivant les instructions.

Le garçon sent des choses bouger dans l'eau, et ce ne sont pas des poissons. Il a terriblement envie de partir mais doit attendre. La journée se réchauffe, le marécage respire comme une créature gigantesque.

Ils finissent enfin par patauger vers la rive, ils doivent retirer les sangsues, comme le craignait le garçon. Des ventouses sur sa jambe, grasses, qui lui déchirent la peau quand il les arrache, laissant des marques en forme de bouches aux mille dents.

L'Enfant Sauvage les mène vers la montagne, avançant d'un bon pas dans la végétation des sous-bois sans paraître toucher le sol, là où son jeune frère peine, écorché par la moindre aiguille et la moindre ortie, touché par la moindre feuille, sans aucun droit de passage. Les arbres deviennent plus denses et humides, le ciel plus proche à mesure qu'ils grimpent sur la montagne et pénètrent dans le brouillard. Des falaises rocheuses pareilles à des visages émergeant de la blancheur, les troncs des arbres démesurés tendus comme des bras, leurs doigts de mousse inclinés vers le sol.

L'Enfant Sauvage connaît l'emplacement exact du rocher, mais son jeune frère aurait été incapable de le retrouver. Et pourtant, ils seront accusés tous les deux, le garçon le sait. Quoi qu'il arrive, l'Enfant Sauvage lui fait porter la moitié de la responsabilité.

L'Enfant Sauvage pose l'arc et les flèches à portée de main avant de pousser le lourd rocher.

— Aide-moi, mon frère, dit-il.

Il est si lourd qu'il semble impossible que Kana'ti ait pu le déplacer seul, et pourtant il avait donné une telle impression de facilité. Centimètre par centimètre, les garçons le poussent jusqu'à ce que l'interstice soit assez large et un cerf jaillit d'un bond, comme avant. Mais il ne s'arrête pas, cette fois. Il continue sa course, s'élance sur le flanc de la montagne, sa croupe un éclat blanc, il saute entre les arbres, se dirige d'un côté, puis de l'autre, s'enfuit, disparu avant que les garçons aient eu le temps de lever l'arc, puis un autre cerf s'échappe de l'orifice, renâcle, effrayé, fait un bond de côté, sachant d'instinct que les garçons sont venus pour tuer.

C'est ça, la différence, songe le garçon. Ils ignorent que Kana'ti vient pour tuer.

Puis une biche apparaît, et une autre, et encore d'autres cerfs et d'autres biches derrière eux, une harde entière, tous apeurés et renâclant, certains trébuchant de frayeur avant de se relever maladroitement, des cervidés paniqués s'égaillant dans la montagne pour fuir les garçons.

Les frères sont déconcertés. L'Enfant Sauvage lève l'arc et tire une flèche qui égratigne la queue d'un cerf, une queue qui pointait vers le sol et s'oriente à présent vers le ciel. L'Enfant Sauvage s'esclaffe et trouve cela amusant, il tire à nouveau jusqu'à ce que la queue soit définitivement dressée à la verticale. Puis il tend l'arc à son jeune frère et dit :

— À ton tour d'essayer.

Le cerf à la queue blessée reste curieusement près d'eux, sans doute étourdi par les flèches, désorienté, tandis que les autres s'enfuient. Très étrange. Mais le garçon bande l'arc et relâche la corde, il atteint la queue avec une telle force qu'elle se recourbe au-dessus du dos de l'animal, et c'est ainsi que les cerfs arborent leur queue depuis ce temps.

Quand le dernier cerf a disparu, une multitude d'autres quadrupèdes jaillit du trou dans la montagne. Des ratons laveurs masqués qui avancent au ras du sol, leur démarche étrange, chancelante, qui se glissent dans des ravines où ils s'éclipsent, leur couleur presque identique à celle de la terre sombre et de la roche humide.

Des lapins de toutes sortes s'éloignent en bondissant, et le lièvre à la course si rapide, en direction du pied de la montagne, toujours.

Un écureuil gris grimpe sur la jambe du garçon, l'érafle de ses griffes, puis saute et escalade un tronc en décrivant une spirale. Sur la première branche épaisse, il marque une pause et émet un cri d'alarme, avertissant les autres, sa queue agitée de soubresauts, puis il fonce le long de la branche et saute dans un autre arbre, continue sa course.

Un blaireau, lent, qui ne lève pas la tête, un porc-épic, une moufette, marchant tous au ras du sol d'un pas tranquille avant de disparaître sur le flanc de la montagne. La marmotte n'est pas encore là car la première, la forme ancestrale, traverse encore les plaines en direction des hautes montagnes, l'animal tombé plus loin que tous les autres lors de la chute originelle, et l'ours n'a pas encore atteint les terres cherokees. Mais tous les quadrupèdes de cette contrée s'échappent, et les garçons ne savent plus quoi faire. Il ne leur reste plus beaucoup de flèches et ils n'ont pas besoin de chasser, et ils ne sauraient pas quel animal abattre. Ils ne peuvent rien rapporter au campement, de toute façon, Kana'ti ne doit pas découvrir ce qu'ils ont fait.

Des tamias courent en tous sens et bondissent sur les rochers, l'opossum et son museau laid, mais avant qu'il ait obtenu sa vilaine queue. En cet instant, il parade encore avec une magnifique queue touffue qu'il dresse avec fierté.

Le loup roux, la plus belle des créatures, songe le garçon, sa fourrure épaisse et son large visage, plus grand que les goupils et les renards gris. La démarche assurée et prudente, observant les garçons avant de s'éclipser vivement. Le garçon sait qu'il sera difficile de le revoir un jour.

Le castor, lent et emprunté loin de l'eau, descend la montagne jusqu'à trouver la première rivière sur son chemin. Le garçon se demande comment tous ces animaux se sont retrouvés bloqués dans la grotte après leur chute du Galunlati. La grotte évoque le Galunlati, un lieu où patientent les animaux avant de pouvoir venir au monde.

— Comment est-il possible que cet endroit et le Galunlati existent tous les deux ? demande-t-il à l'Enfant Sauvage.

— Il nous est impossible d'atteindre le Galunlati, répond l'Enfant Sauvage.

— Je le sais bien. Je dis juste que les animaux étaient présents dans les deux endroits. Comment peuvent-ils être dans les deux endroits en même temps, ou comment sont-ils entrés là-dedans après leur chute ?

— C'est toi qui me crées chaque jour. Comment puis-je savoir ce qui est venu avant moi ?

— Ce n'est pas moi qui te crée.

L'Enfant Sauvage rit, révélant ses dents blanches, comme si son frère venait de dire quelque chose de très drôle.

— C'est impossible de discuter avec toi, dit le garçon. C'est pire que d'essayer de parler avec Kana'ti ou Selu. Vous ne répondez jamais à aucune de mes questions.

— Peut-être que nous te répondons mais que tu n'écoutes pas.

Des visons se glissent près d'eux, soyeux et luisants, et des rats musqués, tant d'animaux que Kana'ti ne chasse jamais, alors pourquoi devaient-ils attendre là-dedans ? Et pourquoi les sangsues ont-elles pu sortir avant eux, et tant de serpents et d'araignées, et tous les poissons ? Les écureuils roux dressent le museau à présent, s'élancent vers un autre trou ou un tronc d'arbre, s'arrêtent pour regarder derrière eux.

Une explosion d'ailes s'échappe soudain de la grotte, si bruyante que les garçons font un bond en arrière, apeurés, et Kana'ti l'entend depuis le campement, un son pareil au tonnerre dans le lointain.

— Mes garçons désobéissants, dit-il. Ils se sont attirés des ennuis.

Il se lève et sait que la vie facile est révolue. Il se hâte vers la montagne, sachant pourtant qu'il est déjà trop tard.

Des dindons battant des ailes, paniqués, leur bruit sourd, et des perdrix, des pigeons, d'immenses vols de corbeaux noirs croassant, des geais bleus et des geais buissonniers avec leurs chants rauques qui semblent railler les garçons, les mouvements saccadés de leur queue révélant des bandes de plumes blanches, des colombes en un vol gris clair, des nuées de cailles qui explosent à ras de terre et planent jusqu'au pied de la montagne, des colverts, d'éclatants carolins rouges et verts et bleus, d'énormes oies au cou rayé tendu en avant, cherchant assez d'espace entre les arbres pour s'envoler, l'extrémité de leurs ailes percutant les branches tandis qu'elles s'élèvent pour disparaître en longs V, des hirondelles plongeant çà et là, les garçons portant les mains à leur tête pour se protéger, des mouettes et leurs cris plaintifs, décrivant des cercles au-dessus d'eux en quête de nourriture, d'immenses buses et vautours maladroits, des cigognes à longues pattes, et des grues et des aigrettes, et tous les canards plus petits, des garrots qui se mêlent aux foulques, cherchant tous un plan d'eau, un enfer ailé entoure les garçons qui ne pensent même plus à l'arc et qui ne pourraient jamais chasser des milliers d'animaux en même temps, une densité d'oiseaux de toutes espèces, les minuscules, mésanges et moineaux, colibris et merles, à l'infini, cardinaux et éperviers, hiboux aux yeux blancs, aux yeux rouges, coiffés d'aigrettes, faucons aux serres écartées et acérées, bien trop nombreux, au point que les garçons se jettent à terre dans les aiguilles et la mousse, les mains sur la tête, les yeux fermés, rêvant de pouvoir aussi fermer les oreilles, le monde soudain trop peuplé.

10

Le 3 juin 1539, de Soto se tient devant tous les hommes et enfonce son épée dans le sol.

— Je prends officiellement possession de cette terre de La Florida au nom de l'empereur Charles V. Moi, son marquis, je rebaptise officiellement cette baie Puerto del Espiritu Santo car c'est en ce jour sacré que nous avons effectué notre sainte arrivée afin de bâtir ici une nouvelle cité, que nous baptiserons De Soto, à moins qu'une ville plus grande se développe plus tard dans les contrées de La Florida, auquel cas, mon nom sera transféré à cette cité et vous appellerez celle-ci comme bon vous semblera.

— Peut-on la baptiser Añasco ? demande Vasco.

— Ça suffit, Vasco, rétorque de Soto mais cela n'efface pas le sourire Vasco.

Cette nuit-là, deux de leurs captifs qui devaient faire office d'interprètes filent en douce. Ils en ont déjà perdu un autre qu'ils avaient envoyé pour établir le contact avec les indigènes de la région. Il n'est évidemment jamais revenu.

Au matin, de Soto fait venir les sentinelles devant lui.

— Regardez à quelle distance se trouvent les arbres, dit-il. Ce n'est qu'un terrain à découvert jusque-là. Et ils se sont contentés de le traverser et de disparaître.

Les gardes ont la prudence de ne pas chercher à se défendre.

— Combien de temps avez-vous négligé la surveillance pour qu'une telle chose se produise ?

De Soto ne punit pas les hommes car tout est véritablement trop décevant. Ils n'ont aucune idée d'où ils sont ni de ce qui les entoure. Les sentiers semblent tourner en rond. La forêt et le marécage se ressemblent partout, épais et impraticables, nul point d'arrivée.

Aussi de Soto ne fait-il rien du reste de la matinée, découragé. Ses hommes parviennent, il ignore comment, à capturer un indigène. Il leur livre le même récit que les interprètes, qu'un Espagnol vit déjà parmi eux.

— Orotiz, répètent-ils sans cesse, et à cause de la première syllabe les Espagnols sont convaincus qu'ils parlent d'or.

De Soto n'est pas le seul à avoir remarqué qu'ils ignorent où ils sont. Les hommes aussi. Il ordonne le départ d'une expédition le jour même, le 4 juin, Gallegos et quarante cavaliers, quatre-vingts fantassins et le guide indigène.

Quand ils sont enfin rassemblés, il s'adresse à Gallegos.

— Au nom de l'empereur Charles V, je te charge de la première expédition au cœur de La Florida. Trouve un village, ou capture quelques esclaves. Et Lobillo, tu mèneras une expédition dans une autre direction.

Juan Rodriguez Lobillo fait un pas en avant.

— Prends cinquante fantassins et allez par-là, dit de Soto, l'index pointé.

Lobillo tourne le regard dans le sens indiqué, sachant qu'il n'y a que forêt et marécage, et rien d'autre qu'une direction à suivre. Il rassemble néanmoins cinquante hommes, la plupart armés d'épées et de boucliers, ainsi qu'une poignée d'arquebusiers et d'arbalétriers.

Ils se heurtent aussitôt à une zone marécageuse, pataugeant jusqu'aux cuisses dans l'eau sombre. La forêt est silencieuse, seuls quelques oiseaux et le bruit de leur propre progression pénible dans la vase.

— Tu décroches toujours les meilleures missions, Lobillo, lui dit un de ses hommes.

— C'est pour ça que tu continues à t'engager à mes côtés, répond-il avec un sourire. L'aventure et l'honneur, réservés aux meilleurs chevaliers. Comment nous avons pataugé à travers les marais les plus noirs et les plus profonds, et avons trouvé des damoiselles en détresse.

— Et en demande de grande affection, juste après, ajoute l'homme.

De la mousse et des lianes pendent des branches, recouvrent tout, si bien qu'ils n'ont jamais de visibilité.

— J'ignore comment vivent ces arbres, dit un autre homme. Noyés en permanence, et pas seulement pendant les inondations.

— Et ces oiseaux du diable, ajoute un autre. Je ne les aime pas.

Les oiseaux sont noirs, un long cou, ils se perchent sur les épaisses racines des arbres, les ailes déployées en un large W comme si, s'apprêtant à prendre leur envol, ils avaient été figés sur place.

— Un sortilège, dit l'homme. Et maléfique, sans aucun doute. Ils nous observent.

Les lézards géants, aussi, peuvent être aperçus le long des rives au loin, rien que leur museau et leurs yeux à la surface. Et les hommes savent que des serpents rampent dans les parages, bien qu'ils ne les voient pas encore.

— Nous approchons de la rivière, dit Lobillo. Ce n'est plus marécageux.

— C'est la même chose.

— La berge est un peu plus ferme, rétorque Lobillo. Venez marcher de ce côté.

D'immenses gerbes d'eau explosent devant eux.

— Dépêchez-vous ! s'écrie Lobillo, bien qu'il ignore encore l'origine des bruits.

Ses hommes se hâtent sur la rive, épées dégainées, et ils voient les indigènes se jeter dans la rivière, fuyant un petit village.

— Capturez-les avant qu'ils n'entrent dans l'eau ! hurle Lobillo. On ne pourra pas nager après eux.

Les villageois sont lestes, ils ne sont pas ralentis par le poids d'une armure. Ils arborent des tatouages et de simples petites pièces de vêtements. Ils poussent des ululements haut perchés comme un vol d'oiseaux. Des têtes sombres flottant à la surface tandis qu'ils s'enfuient.

Les hommes de Lobillo glissent dans la vase et trébuchent sur les racines mais ils parviennent à pourchasser quatre femmes qu'ils plaquent au sol.

— Tes damoiselles en danger, dit le soldat à Lobillo.

Ce dernier a le souffle court, baisse les yeux vers une femme aux longs cheveux noirs et au visage tatoué.

— Ce ne sont pas les plus belles de la contrée mais on en fera bon usage.

Les femmes se débattent et il faut les ligoter. Elles mordent, aussi.

Lobillo contemple le reste des villageois qui flottent au loin dans la rivière, déjà trop loin.

— On tire ? demande un arquebusier.

— Non, réponde Lobillo. Ne gâchons pas d'esclaves. Maintenant qu'on sait où les trouver, on reviendra. Mais pour l'heure, retournons voir de Soto. À moins que tu n'aies envie de nager.

Ils reprennent leur progression sur la rive, pataugent dans le marécage et bientôt, ils entendent des flèches siffler derrière eux et un soldat hurle, blessé. Il s'effondre dans la vase et ses camarades le relèvent.

— À l'attaque ! crie Lobillo.

Les arbalétriers et les arquebusiers tirent, sans rien toucher. Les indigènes sont rapides, courant d'un côté et de l'autre, impossibles à viser, et ils ne s'approchent pas assez pour les épées, qui composent la force principale de Lobillo.

— Chargez ! ordonne-t-il.

Ses hommes s'élancent, mais lentement, alourdis par leurs armes et leurs armures. Les indigènes reculent assez loin pour envoyer d'autres volées de flèches. Ils tirent trois ou quatre fois plus vite que les arbalétriers.

— Et merde, lâche Lobillo. C'est impossible. Ils vont chercher à nous éloigner davantage du campement. Nous devons rentrer. Faites demi-tour.

Mais quand ils rebroussent chemin, bien sûr, ils sont trop lents et ils entendent d'autres flèches, et plusieurs hommes sont encore blessés.

— Arbalètes et arquebuses à l'arrière ! ordonne Lobillo. Continuez à tirer et à reculer.

Les captives se débattent toujours, font trébucher les hommes qui les portent, provoquant leur chute, encore et encore.

— On peut les relâcher ? demande l'un d'eux.

— Non, dit Lobillo. J'en prendrai une ce soir, même si ça t'oblige à encaisser douze flèches.

Les hommes avancent autant qu'ils peuvent mais les indigènes se sont déployés, se cachent derrière les arbres et tirent toujours. Une vingtaine, environ.

Un autre Espagnol est touché par une flèche dans le dos.

— On l'abandonne ? demande l'homme à côté de lui.

— Non, dit Lobillo. Il vient avec nous. Porte-le.

Lobillo tente une autre offensive quand ils atteignent un sol moins meuble, ses hommes hurlant et chargeant entre les arbres.

— Tuez-les ! hurle-t-il. Ne vous inquiétez pas pour les esclaves. Tuez-les tous !

Il s'élance à toutes jambes mais c'est comme pourchasser l'air libre, aussi s'arrête-t-il, hors d'haleine, et contemple le sol, qui n'est que pourriture, strate après strate de pourriture, voilà de quoi se compose La Florida. De la pourriture et du sable et de l'eau.

— Arrêtez ! crie-t-il. Revenez. On cesse les tentatives d'offensive.

Les indigènes se sont dispersés mais réapparaissent naturellement dès que les hommes de Lobillo leur tournent le dos.

Le chemin du retour semble six fois plus long, bien qu'ils progressent aussi vite que possible. Les captives continuent à crier, à entraver la marche et à mordre, les flèches continuent de voler, les arquebusiers et les arbalétriers continuent à tirer à l'aveugle entre les arbres sans jamais rien toucher, la plupart des hommes portant leurs épées inutiles. S'ils doivent conquérir La Florida, ce ne sera pas de cette manière.

Quand Lobillo arrive enfin au campement, les indigènes disparaissent et les captives lâchent des gémissements rauques de désespoir, se sachant désormais perdues.

Un soldat de Lobillo est mort, une demi-douzaine d'autres grièvement blessés. Ils s'assoient à même le sol et inspectent leurs blessures. Il y a peu à faire pour leur venir en aide.

— Brisez les plumes et poussez les flèches à travers la chair, dit Lobillo. Si vous y arrivez. Que vos frères vous aident. Puis enveloppez la blessure avec ce que vous trouverez. Je ne sais pas ce que nous avons à disposition. Quelqu'un le sait ?

Les hommes du campement observent la scène. Mieux vaut ne pas être celui qui est blessé d'une flèche. Ça, au moins, tout le monde le sait.

— Beau travail, Lobillo, dit Vasco. Je vais savourer ces quatre-là.

Il s'approche des captives de sa démarche claudicante et les détaille.

— Elles ne sont pas pour toi, dit Lobillo. Elles sont pour moi. Et pour mes hommes.

Vasco rit.

— Perdre tant d'hommes, battre en retraite, et aucune idée de l'ordre des choses. Tu n'iras pas bien loin, Lobillo. Le suicide est sûrement ta meilleure option.

Lobillo s'apprête à dégainer son épée mais de Soto intervient.

— Tous les esclaves reviennent d'abord à Vasco, Lobillo. C'est l'accord que nous avons passé. Vasco ne prendra ni or ni pierres précieuses ni perles ni terres, mais les esclaves sont à lui avant qu'aucun autre ne puisse se les approprier.

— J'ai perdu un homme pour ces esclaves, rétorque Lobillo. Et regarde tous les blessés.

— Oui, dit de Soto. Et combien en avez-vous tués ?

Lobillo refuse de répondre. Mais tous attendent.

— Aucun, lâche-t-il enfin.

— Avec ces méthodes, la Nouvelle-Espagne appartiendrait encore aux Aztèques, le Pérou aux Incas, tous les autres territoires du Nouveau Monde nous feraient encore rôtir dès notre approche et nous mangeraient au dîner.

— Nous aurions pu les abattre quand ils nageaient dans la rivière mais je les gardais pour en faire des esclaves.

— Bon garçon, dit Vasco.

— Oui, ça c'est bien, dit de Soto. Mais quand ils te tirent des flèches dessus, tu es censé riposter. (De Soto s'approche d'un arquebusier et touche son canon.) Cette arme tire de lourds projectiles. Tu la braques sur un indigène. (Puis il se poste devant un arbalétrier.) Tu bandes la corde. Elle est très solide. Et puis après, elle projette un carreau comme ça.

— Je comprends, dit Lobillo.

— Merveilleux, dit de Soto. Donc nous pourrons peut-être cesser de battre en retraite. Et donne ces esclaves à Vasco. Et arrête aussi de parler.

Vasco ordonne à ses hommes d'amener les quatre captives dans la maison du chef, et il se montre théâtral, très bruyant dans son plaisir, une des femmes hurle.

Lobillo retourne auprès de ses hommes pour tenter de les aider. Il scie l'extrémité d'une flèche fichée dans une jambe car celle-ci paraît la plus propre et la plus simple à retirer, puis un autre homme pousse la tige jusqu'à ce que la pointe transperce la chair sur l'avant de la cuisse. Le blessé crie et doit être maintenu au sol. Tant de sang rouge sur le beau tissu rouge, les collants déchirés.

— Bon, dit Lobillo. Du vin. Donnez-lui plus de vin. Et du vin sur la plaie. Au suivant, maintenant.

Il pousse d'autres flèches dans les chairs, entendant Vasco en arrière-fond.

— Nous avons vraiment connu notre heure de gloire, mon frère, dit un de ses amis. Le rêve de n'importe quel chevalier.

— Il n'en sera pas toujours ainsi, mon frère, lui répond Lobillo. Vasco ne fera pas long feu. Nous ne mourrons pas en vain.

Ils creusent une tombe, ce qui s'avère difficile. Du sable et de la vase, les rebords s'effondrent puis le fond s'emplit d'eau qui s'infiltre de toutes parts.

— Allez plus haut, dit Lobillo.

— Il n'y a pas de terres plus hautes, rétorque un des pelleteurs.

— Alors trouvez-moi un sol plus sec, bon Dieu.

Les pelleteurs s'aventurent donc en quête de parcelles plus sèches, creusent à nouveau, tombent encore sur de l'eau, se déplacent deux fois et découvrent une zone de pourriture plus dense, peut-être un peu plus haute, avec moins de sable, qui ne s'inonde pas. Quand la fosse est enfin creusée, Lobillo en inspecte le fond et de Soto s'approche, intéressé par tout ce qui a trait aux funérailles.

— Une terre plus sombre, dit de Soto. Et orientée à l'est, vers la lumière. Quelle contradiction. Devrions-nous intégrer des éléments nouveaux ? Les coquilles d'huîtres, comme le font les indigènes. Ou racler la chair, comme eux ?

Lobillo toise de Soto comme s'il s'agissait d'un monstre.

— Racler ?

— Ils raclent la chair d'abord, puis enveloppent les ossements avant de les enterrer.

— Essaie de faire ça à mon homme et je te tue, Ordre de Santiago, gouverneur, marquis, ou non.

De Soto lève les mains.

— Très bien. Ce n'était qu'une idée. Fais-en à ta guise.

Et il retourne à la maison du chef pour profiter un peu de ce dont profite Vasco.

Gallegos, avec ses quarante cavaliers et quatre-vingts fantassins, profite d'un sol plus sec que Lobillo, mais d'une orientation plus douteuse. Le guide indigène arbore désormais des vêtements espagnols, fier dans son pourpoint bleu et ses hauts-de-chausses bouffants. Au bout de ses jambes maigres en collant, il porte ses mocassins. Il marche d'un pas militaire en balançant les bras, parodiant les soldats, et s'arrête presque à chaque minute pour regarder dans une direction ou l'autre. Mais il persiste à choisir les sentiers sur la gauche, et si la forêt est insondable ici, il n'y a pourtant qu'un seul soleil et sa course ne devrait pas changer.

— Venez avec moi, dit Gallegos à ses hommes avant d'éperonner son cheval.

Il passe devant le guide et fait demi-tour, l'épée brandie. Ses hommes protègent chaque côté.

— Tu nous fais tourner en rond. (Il abaisse la pointe de son épée tout près du visage du guide et décrit un petit cercle.) Tu t'es amusé. Toute la journée. Tant d'heures, déjà, et nous n'allons nulle part.

Le guide jette des regards à gauche et à droite, aucun autre mouvement, à présent, plus de parodie.

— Je vais te tuer, dit Gallegos. Lentement, en coupant un morceau à la fois, mais je laisserai les chiens s'occuper de tes couilles et de ton ventre. Ils les dévoreront avec plaisir. Ou alors, tu nous mènes à bon port.

Le guide acquiesce et prend une nouvelle direction, d'un pas plus pressé, désormais concentré à la tâche. L'après-midi est déjà très avancé et ils continuent leur progression jusqu'au crépuscule, quand ils se heurtent à un groupe d'indigènes, plus d'une douzaine, leurs corps peints en rouge, leurs chevelures ornées de plumes. Ils ne s'enfuient pas dans la forêt. C'est comme s'ils étaient venus à leur rencontre. Ils portent des arcs mais ne tirent pas.

— À l'attaque ! s'écrie Gallegos, et ses cavaliers chargent au galop, toutes lances dehors.

Une végétation épaisse mais un sol ferme, et les chevaux sont rapides. Un indigène est projeté à terre par une lance et se brise le dos, les autres se dissolvent dans la forêt. Mais l'un d'eux agit curieusement, il ne s'enfuit pas. Il avance droit sur les Espagnols. Alvaro Nieto essaie de l'atteindre d'un coup de lance mais l'indigène pare avec son arc, fait un pas de côté et pourrait riposter à cet instant mais crie :

— Xiville, Xiville !

— Cessez l'attaque ! hurle Gallegos. Tu essaies de dire Séville ?

— Mes frères ! fait l'homme. *Compañeros*. Par la Sainte Vierge Marie, je suis chrétien comme vous, de Séville. Je suis Juan Ortiz.

— Il ressemble aux autres, remarque un lieutenant de Gallegos.

Et c'est la vérité. Il est identique aux autres indigènes, seul son langage est différent. Il est aussi tanné qu'eux, vêtu du même pagne, de mocassins et de plumes, tatoué sur toute la longueur des bras, il porte un arc et des flèches. Un côté de son corps est couvert d'affreuses cicatrices et de marques de brûlure.

— Orotiz ! lâche enfin Gallegos. C'est ce qu'ils voulaient dire. Pas de l'or, mais Ortiz.

— Arrêtez d'attaquer, s'il vous plaît, dit Ortiz. Ces hommes sont devenus mes frères, ainsi que le chef Mocozo qui m'a traité avec respect.

— Il ne sait pas parler, dit le lieutenant. J'arrive à peine à le comprendre. Il a juste appris notre langue, j'ignore comment. Il nous tend un piège.

— Trop longtemps, continue Ortiz. S'il vous plaît. Douze ans. Je n'ai pas parlé depuis douze ans. Je vais me souvenir.

Gallegos met pied à terre et s'approche d'Ortiz. Il inspecte son nez, ses yeux.

— L'un d'entre nous, affirme-t-il enfin. Pas un indigène.

— Merci, dit Ortiz. Mais envoyez quelqu'un auprès de Mocozo, s'il vous plaît, qu'il sache que cette attaque était une erreur, qu'il sache que nous sommes en bons termes.

Gallegos se tourne vers le guide.

— Si tu vas ailleurs, ou si tu ne reviens pas, je mangerai tes couilles moi-même. Je ne les laisserai pas aux chiens. Et explique à Ortiz comment rentrer au campement. Et mieux vaut un itinéraire direct.

Le guide décrit donc le chemin à Ortiz puis s'engouffre entre les arbres, là où les autres se sont éclipsés, on donne un cheval à Ortiz qui prend la tête. Les derniers rais de lumière disparaissent et ils progressent dans l'obscurité de la forêt, et Gallegos sait que ses hommes n'ont pas envie d'être là.

— Tu pourras te repérer en pleine nuit ? demande-t-il à Ortiz.

— Oui.

— Comment t'es-tu retrouvé ici ?

— Je suis venu avec Narváez.

La route est longue, ralentie par les fantassins, et ainsi débute le récit d'Ortiz. Gallegos sera le premier à l'entendre, mais de Soto voudra aussi l'écouter, et tous les hommes.

Ortiz naît dans une famille noble de Séville. Comme de Soto, il lit Amadis de Gaule, il rêve de voyager loin de chez lui, de devenir chevalier, si obsédé par ses illusions que sa vie réelle en devient vide.

— C'était comme si mes parents n'existaient plus. Des fantômes, ou des imposteurs. Et Séville, bien que magnifique, était un lieu où les histoires étaient déjà toutes terminées.

Il arrive à La Florida avec la première expédition de Narváez mais rien ne va comme prévu.

— Dans Amadis, le héros voyage seul mais ici, il y avait trop d'hommes, trop de plaintes mesquines, et cette idée de bâtir une colonie, une ville, sans vraiment chercher l'aventure. Et je n'ai pas été autorisé à rester ici, sur ces terres nouvelles. On m'a renvoyé à La Havane avec les navires dès le déchargement terminé. J'étais son larbin, destiné à attendre.

— Mais tu as fini ici tout de même, dit Gallegos en repoussant les branches basses et les lianes, toute cette végétation qui bloque le ciel. Je déteste cette forêt. C'est comme être enchaîné.

Ortiz rit.

— Une forêt bien pire que tu ne l'imagines. Rien qui ne ressemble à Amadis. Les armures et les chevaux coulent, aucun voyageur ne peut être repéré de loin. Tu découvres les animaux seulement quand ils t'ont mordu.

— Mais comment es-tu revenu ici ?

— C'est l'épouse de Narváez. Comme il ne rentrait pas, elle m'a envoyé le chercher avec seulement vingt-cinq hommes.

Ortiz mène les recherches et vogue jusqu'à la baie non loin d'ici. Sur la plage, les hommes aperçoivent un bâton fourchu où une lettre semble avoir été fichée à l'extrémité.

— Un piège bien meilleur que dans Amadis, rit doucement Ortiz. Nous avons été si idiots de nous laisser berner.

Ortiz et ses hommes pensent que la lettre doit venir de Narváez. Des indigènes sont postés sur la plage, aussi les hommes d'Ortiz crient et agitent les bras afin qu'ils leur apportent la lettre. Mais les indigènes se contentent de gesticuler en direction de la lettre, appelant Ortiz.

— Nous ne voulions pas y aller, bien entendu, dit Ortiz. Mais ils ont envoyé deux nageurs pour monter à bord de notre navire. Cela ressemblait à un échange, amical. Alors j'ai décidé de m'y rendre avec un volontaire, bien que les autres se soient montrés bien plus sages et nous l'aient déconseillé. Tout le monde disait des évidences, et j'ai pourtant réussi à les ignorer. C'est l'instant sur lequel mon esprit revient toujours, en repensant à tout ce qui s'est produit ensuite. On peut faire beaucoup de bons choix dans sa vie, mais il suffit d'en faire un seul mauvais, l'espace de quelques minutes à peine, et ces minutes auront plus d'incidence que tout le reste. Et ce n'est pas comme dans Amadis. C'est plutôt comme chez les Grecs.

— Tu as trop lu, déclare Gallegos. Je mange, je combats, je prends des femmes et tout ce que je peux prendre, et je sais que la philosophie à moins de valeur qu'un quignon de pain.

Ortiz rit.

— C'est vrai, mon frère. Tellement vrai.

Quand Ortiz arrive sur la plage, il sait qu'il vient de commettre l'erreur de sa vie.

— Cette certitude, à cet instant, c'est le sentiment le plus pesant que j'ai jamais éprouvé, le regret le plus profond.

D'autres indigènes apparaissent à la lisière de la forêt. Fini, les gestes accueillants de la main. Ortiz regarde son navire et, sur le pont, il voit les deux indigènes décrire un arc gracieux par-dessus bord, leurs corps presque nus plongeant dans l'eau bleue.

— Comme des dauphins, dit-il. Aussi naturels qu'eux, aussi inarrêtables.

Ils disparaissent longtemps et il sait qu'ils nagent sous la surface, loin du navire afin d'éviter les tirs d'arbalètes. À bord du bateau, ses hommes courent çà et là, hurlent, mais ils sont trop loin pour lui porter assistance. Et ils sont trop peu nombreux, de toute façon.

Ortiz se tourne vers ses ravisseurs. Il sait qu'à partir de cet instant, il ne décidera plus jamais rien de son propre destin, mais qu'ils décideront pour lui.

— J'ai compris que j'étais devenu le contraire de ce que je rêvais d'être.

L'homme d'équipage qui accompagne Ortiz se bat. Il charge avec son épée, pousse un cri, et un brave l'attend de pied ferme, ne prend pas la peine de courir à sa rencontre ni même de frémir, il attend simplement le mouvement de cette lourde épée. Puis il fait un bond de côté et manie une petite massue de bois avec une rapidité incroyable, projetant le casque de l'Espagnol à terre.

Les autres indigènes se contentent d'observer, comme Ortiz. Il a la sagesse au moins de ne pas lutter.

Un autre mouvement d'épée et Ortiz sait ce qui va se produire avant même que cela ait lieu. La massue en bois brise le crâne de l'homme. Si évident et inévitable.

C'est l'homme d'équipage d'Ortiz, son compatriote, et Ortiz devrait éprouver quelque chose, mais il est devenu curieusement vide, plus vraiment présent, il regarde la scène comme si elle se déroulait dans un autre monde. La massue et la bouillie molle de crâne et de cheveux et de sang, l'homme qui titube à présent, tombe, l'air d'un enfant qui fait ses premiers pas.

Toute l'attention se tourne vers Ortiz. Il décide de s'asseoir. Le sol semble plus sûr. Il doit se positionner aussi bas que possible. Il voit ses hommes lever les voiles de son navire, s'en aller. Il ferme les yeux et attend le coup de massue.

Mais au lieu de cela, on le soulève et on le mène d'un pas rapide dans la forêt. Une végétation dense et des marécages mais ils suivent une sente de gibier, progressent bien et restent sur le sol ferme. On ne lui a pas attaché les mains. Il commence à croire qu'il y a peut-être de l'espoir, qu'il ne va pas mourir.

Ortiz essaie de se souvenir du chemin, son esprit tournant à toute vitesse, planifiant déjà son évasion. Pendant leur sommeil, peut-être. Mais s'enfuir où ? Rien qu'une plage, le bateau déjà parti.

Quand ils atteignent le village, celui-là même que de Soto occupera plus tard, le chef Ozita est assis à l'endroit où Vasco prendra les captives. Il lui manque le bout de son nez, tranché, qui lui donne l'air de sortir tout droit d'un enfer inconnu. Des tatouages et de longs cheveux noirs, sa peau ridée trop flasque, et ce visage mutilé.

Ozita toise longuement Ortiz, et ce dernier sait qu'il songe à ses châtiments, et non à l'utilité qu'il pourrait avoir. Ozita finit par agiter la main et dire quelque chose, puis Ortiz est poussé vers le centre du village. Un homme le tire pour le faire courir, d'un bout à l'autre du village, puis il balaie l'air de la main pour indiquer à Ortiz de continuer ainsi.

Ortiz court donc, aller retour, aller retour, se demandant ce que tout cela signifie. Il lui faut de l'eau. Ses vêtements sont trop épais et trop lourds. Le soleil est encore haut et brûlant.

Il ralentit l'allure, bien sûr, tandis que ses jambes se raidissent, mais on lui tire une flèche qui manque son ventre de peu, aussi allonge-t-il à nouveau sa foulée, et cela dure des heures. Ses jambes douloureuses, devenues friables comme des brindilles, ses poumons en feu, mais à chaque fois qu'il ralentit, une flèche passe trop près de lui et il se hâte d'un pas chancelant.

Ozita observe la scène, des heures durant, une incroyable patience. D'autres aussi, restent pour le spectacle après le coucher du soleil et jusqu'à la tombée de la nuit, quand on allume des petits feux. Ortiz sent des odeurs de cuisine mais ne veut que de l'eau. Il finit par s'évanouir, aucun souvenir. Ainsi débute son premier jour avec Ozita.

— J'ai découvert plus tard, quand j'ai pu mieux comprendre leur langue, qu'un homme de Narváez avait tué l'épouse d'Ozita, et pas d'une manière très tendre. Il l'a livrée aux chiens sous les yeux d'Ozita. Ils l'ont vraiment dévorée. Il était capable de rester assis longtemps à observer, alors je sais qu'il a assisté à toute la scène, tandis qu'ils lui arrachaient les entrailles et lui brisaient les os. Je suis certain qu'il s'est obligé à regarder jusqu'au bout afin de ne jamais oublier. Et, bien sûr, ils lui ont coupé le nez. Les autres ont dit qu'il penserait à nous à chaque fois qu'il se moucherait.

Chaque jour, Ortiz porte du bois et de l'eau pour le village tout entier. De l'aube au-delà du crépuscule, il trime, brisé et en souffrance pendant les premières semaines, puis il gagne peu à peu en force. Ils le nourrissent, lui donnent à boire et un lieu où dormir.

Mais arrive un jour où un grand feu est allumé au centre du village. Ortiz lui-même a apporté la majeure partie du bois et continue même à en ramasser alors que les flammes brûlent déjà, obligé de courir toujours plus loin du village pour trouver du bois mort.

À son retour, le feu est pareil au soleil à son zénith, gigantesque, des flammes plus hautes que les maisons, qui lui chauffent le visage quand il y jette de nouvelles branches. Ozita est assis devant sa maison à contempler le feu, et Ortiz se demande à quoi il est destiné.

Quand il revient la fois suivante, ils lui bloquent le chemin vers le brasier et lui ordonnent d'entasser le bois près d'une maison. Il doit remplir la réserve de chacun, ce qu'il fait pendant des heures, tandis que le feu se réduit à un tas de braises, que l'on ratisse sous une immense grille. Les poteaux lui arrivent au torse.

Ortiz n'a le temps d'observer cela qu'un instant après avoir déposé un chargement de bois, avant que deux indigènes ne l'empoignent par les bras. Ortiz fait un geste du menton vers la forêt.

— Je vais en chercher encore.

Mais deux autres s'approchent et ils le poussent à terre, sur le dos. Ils placent un pieu en bois sur lui, y attachent solidement ses bras et ses jambes. Ses bras serrés comme s'il s'enlaçait lui-même. Ses pieds et ses genoux plaqués contre le bois, et on lui noue même une corde autour de la taille.

— Non ! hurle Ortiz en essayant de se dégager, mais il ne peut remuer que la tête, tout le reste est ligoté.

Ils s'apprêtent à le faire rôtir comme un cochon, la pire mort imaginable. Être rôti et peut-être mangé, et endurer une douleur des plus terribles.

Ortiz est soulevé dans les airs en direction du soleil, avant d'être transporté en un lieu tout aussi brûlant. Il supplie, à présent, il pleure et se pisse dessus, demande grâce en gémissant. En vérité, il n'a jamais rien fait dans sa vie qui mérite un tel sort, mais ses compatriotes, si. L'épouse d'Ozita, dévorée par les chiens. Ce qu'Ortiz s'apprête à subir n'est pas pire. Il sait donc qu'il n'y aura aucune clémence, rien que la douleur, et alors qu'ils placent le pieu au-dessus du feu, il les supplie de le tuer.

Le tas de braises est épais, la chaleur l'engouffre et le brûle sur-le-champ. Il n'est pas sur le dos, on a fait pivoter son flanc gauche vers les charbons ardents, sans doute afin qu'il survive plus longtemps, rôti d'abord de chaque côté, puis son dos très brièvement, sans le tuer, pour terminer avec son visage. Il pense qu'à la fin, ils le tourneront le visage vers le sol et l'obligeront à scruter les braises jusqu'à ce que ses yeux fondent.

— Non ! continue-t-il à crier un moment, puis de simples hurlements aigus, inintelligibles, des torrents de sons qui tentent en vain d'évacuer une partie de la douleur.

Son flanc gauche tout entier qui cloque et cuit, sa graisse qui bouillonne, l'odeur de ses cheveux qui brûlent. L'horrible conscience qu'il s'agit de son propre corps.

Puis ils le soulèvent, le transportent jusqu'à la mer pour le tremper dans l'eau salée qui pique d'une nouvelle douleur innommable, et Ortiz s'évanouit, se réveille au beau milieu de la nuit pour hurler encore de douleur, de cette interminable agonie. Des mains sur lui appliquent des cataplasmes rafraîchissants de boue ou de bouillie de feuilles, sans doute, et il comprend seulement le lendemain matin qu'il s'agit de la nouvelle épouse du chef et de ses filles. Elles l'ont sauvé, il ignore comment.

— Elles lui ont dit, je l'ai appris plus tard, que je n'étais pas avec Narváez, que j'étais seul, que je ne représentais aucune menace, et que j'étais utile pour les corvées. Je crois que c'est mon utilité qui m'a sauvé la vie. Personne n'aime porter de l'eau ou ramasser du bois.

— Comment n'es-tu pas mort de tes brûlures ? Elles recouvrent tout ton flanc.

— Les cloques et la chair à vif, vous n'imaginez pas. La croûte qui s'y formait, le pus jaune qui en coulait, et elles ont gratté les plaies, une douleur terrible quand elles râclaient, et puis encore du sang et encore du pus, puis des asticots. Des asticots blancs dans ma chair, et elles les y ont laissés. Elles disaient que ça m'aiderait.

Des semaines entières, mais Ortiz finit quand même par se rétablir. Plus d'asticots, rien que des cicatrices d'un rose éclatant, d'aspect cireux à l'endroit où les bêtes ont rampé, un côté de lui transformé.

— Et ça me démangeait tellement, aussi. J'avais juste envie de gratter et d'arracher toute cette partie de mon corps mais c'était douloureux au toucher.

— Tu dois avoir envie de les tuer jusqu'au dernier, dit Gallegos.

— Non. Seulement Ozita. Mais pas les autres. Et Mocozo est un homme bon.

— Ils ne peuvent pas être bons. Ils vénèrent un faux dieu.

— Tous les dieux sont faux, mon frère.

Gallegos aimerait ajouter quelque chose mais il vient d'entendre le récit des souffrances d'Ortiz, et il sait que son esprit doit être ravagé, pas seulement son corps, aussi n'insiste-t-il pas.

11

Le bruit s'arrête enfin et les oiseaux ont tous disparu, et les quadrupèdes aussi. Il ne reste que les arbres qui patientent au-dessus d'eux et la brume et la cavité dans le flanc de la montagne qui semble si petite.

— Nous avons changé le monde, dit le garçon.

— Si c'est le cas, alors c'était prévu, dit l'Enfant Sauvage. Je serai recréé demain.

Le garçon ne sait que répondre. Au bout d'un moment, il entend un bruit de pas qui se rapproche, il sait qu'il s'agit de son père, Kana'ti.

Les garçons se relèvent, prêts à être punis, d'une manière ou d'une autre. Ils ne savent pas à quoi s'attendre car ils n'ont encore jamais été punis, mais ils connaissent pourtant la notion de punition. Le garçon se demande comment il est possible d'être déjà au courant.

À mesure qu'il approche entre les arbres, Kana'ti semble grandir, le visage empreint de colère. Mais il ne dit rien aux garçons et ne s'arrête même pas près d'eux. Il continue jusqu'au rocher, puis il pénètre dans la grotte et se dirige vers quatre grandes jarres de terre déposées dans un coin.

Il fait tomber leur couvercle et s'en échappe un flot de punaises de lit, de poux, de puces et de moucherons, pas des milliers mais des millions, qui recouvrent le sol de la grotte d'un tapis rouge et noir, qui envahissent l'air et s'échappent dans la montagne, se posent en masse sur les garçons, les piquent.

Les garçons s'assènent des claques et tentent de fuir, tombent, se relèvent et courent en cercle, se giflent mutuellement, tombent encore, piqués des milliers de fois si bien que leur peau est constellée de boursouflures et qu'ils frôlent la mort. Des cercles enflés sur le ventre et l'aine causés par les punaises de lit, chevilles, coudes et mains gonflés par les moucherons piqueurs. Ils connaissent déjà les moustiques mais ce n'était que quelques piqûres le soir, un agacement presque agréable à gratter. Là, c'est une douleur profonde et nauséeuse, un poison. Ils ont envie de vomir mais n'y arrivent pas, et ils peinent à respirer. Les puces qui sautent encore en tous sens pour ajouter leurs minuscules piqûres sur les boutons déjà présents, la chevelure de l'Enfant Sauvage pleine de poux. Il s'est déjà gratté le crâne jusqu'au sang.

Kana'ti s'approche et, d'un seul geste de la main, il parvient à chasser tous les insectes, bien plus puissant qu'ils ne le croyaient.

— Mangez, dit-il. Goûtez une punaise de lit. (Il en ramasse une et la dépose dans la bouche du garçon.) Mâche.

Le garçon mâche, une puanteur amère et discrète, la sensation de petites pattes sur sa langue.

— Dès que tu avais besoin de manger, je venais ici et je rentrais toujours avec un cerf ou un dindon. Tu n'aurais jamais connu la faim.

— Pardon, dit le garçon mais le visage de Kana'ti lui intime le silence, et le garçon se tait.

— À partir de maintenant, quand tu auras faim, tu devras chasser, et tu trouveras peut-être un cerf, peut-être pas. Dans les périodes difficiles, tu mangeras parfois des insectes, et les insectes, eux, te mangeront sans cesse, que ça te plaise ou non.

Le garçon voudrait expliquer qu'ils n'avaient pas l'intention de provoquer tout ceci mais il comprend que ça n'a aucune importance. Les intentions n'auront jamais aucune importance.

— Retourne auprès de ta mère pendant que j'essaie de trouver un peu de viande.

Il prend l'arc et les flèches et descend la pente de la montagne à l'opposé de la maison.

Les garçons, enflés et souffrants, les yeux si bouffis que le monde est à peine visible. Ils marchent comme des morts, lentement, à flanc de montagne, leur peau épaisse et craquelée. Ils prennent parfois appui aux arbres pour se reposer, se grattent contre l'écorce, y laissant des centaines de petites entailles et des traces de sang.

S'il dit vrai, l'Enfant Sauvage sera recréé demain, mais le garçon, non. Il endurera chaque blessure tant qu'elle persistera et il sait qu'il en sera ainsi pour le restant de ses jours.

Après une marche qui leur semble trop longue, ils ne sont toujours qu'en bordure du marécage. Il leur reste encore beaucoup de chemin à parcourir. Le garçon sent comme le monde est vaste, et comme il est vide. Ces milliers d'animaux et ces millions d'insectes relâchés, et il n'entend pourtant qu'un oiseau ou deux. Ils doivent être en train de s'accoupler en cet instant, tous, créant d'autres spécimens. C'est donc un commencement, comme au Galunlati, et il est étrange que les deux puissent exister. Peut-être que la chute depuis le Galunlati s'est produite plus tôt, et que les animaux ont eu le monde pour eux seuls pendant une période avant d'être rassemblés dans la grotte où ils ont attendu les humains. Le garçon voudrait interroger Kana'ti ou Selu mais il sait qu'il n'obtiendra aucune réponse.

Il est désormais loin derrière l'Enfant Sauvage, pas aussi résistant. Le poison de toutes les piqûres lui épaissit le sang, lui comprime la poitrine et la gorge. Il n'arrive même pas à crier, à demander à son frère de ralentir. Il continue à avancer, il finit par atteindre le campement où il s'assied, adossé à un tronc, puis il s'étend légèrement sur le flanc et gratte les piqûres qu'il n'arrive pas à atteindre avec ses mains.

Selu arrive et le garçon lui dit qu'il a faim.

Elle le regarde comme s'il n'était pas son fils, comme s'il avait été engendré par le monde lui-même, comme l'Enfant Sauvage.

— Mère, dit-il.

— Non, répond-elle. Tu verras.

Il ne comprend pas ce qu'elle cherche à dire mais il la voit comme pour la première fois, combien son visage rond et sa peau lisse sont beaux, combien ses yeux sont sombres, combien sa chevelure est longue et noire. Elle porte une peau de cerf douce et semble plus douce encore, mais il éprouve une tristesse terrible.

— Je vais te perdre, dit-il.

— Oui.

Le garçon ne peut concevoir la vie sans elle.

— Pourquoi ? demande-t-il.

— Souviens-toi que tu es responsable de tout. Toi, et seulement toi.

Le garçon ne comprend pas. Il a le sentiment de n'être responsable de rien, de subir simplement ce que font l'Enfant Sauvage ou ses parents.

— Mais voilà que tu as besoin de manger, dit sa mère, et il n'y a pas de viande. Attends ici, je vais t'apporter quelque chose.

Elle prend son panier en roseaux si délicatement tressés qu'il pourrait flotter sur la rivière, une sorte d'arche, elle se rend à la réserve en bordure du campement, à la lisière de la forêt. C'est une petite hutte ronde perchée sur de hauts poteaux et une échelle mène à une unique porte. Elle est hors de portée des animaux, et le garçon se demande désormais pourquoi, puisque les animaux n'avaient pas été libérés avant aujourd'hui. Tout semble arriver trop tôt, tout semble avoir été créé en sachant ce qui se produirait ensuite. Seul le garçon est incapable de prévoir les choses. Tous les autres en sont capables.

— Tu sais ce qui va se passer ensuite ? demande-t-il à l'Enfant Sauvage.

— Comment ça ? l'interroge son frère.

Mais c'est trop difficile à expliquer et ce n'est peut-être pas réel.

— Rien, dit-il enfin.

Ils regardent Selu gravir l'échelle jusqu'à la réserve. Chaque jour avant le dîner, elle y grimpe et revient avec un panier rempli de maïs et de haricots. Mais ce n'est qu'une minuscule réserve, impossible qu'elle contienne de la nourriture, jour après jour, d'aussi loin que remonte la mémoire, et d'où viennent le maïs et les haricots à l'origine ? Le garçon n'a jamais vu qu'on la remplissait.

Quand Selu se trouve à l'intérieur, les garçons escaladent les poteaux à l'arrière de la structure, comme ils grimpent aux arbres, les jambes enroulées autour du tronc. En haut, un rebord juste assez large leur permet de s'agenouiller, et ils tâtent le mur afin de trouver un endroit où la boue se détache entre les poutres, ils la creusent avec leurs doigts jusqu'à pouvoir regarder tous les deux à l'intérieur.

12

QUAND ils reviennent enfin au campement, très tard, on réveille de Soto et il est ravi de rencontrer Ortiz.

— Un compatriote qui connaît ces terres, qui connaît ce peuple. Nous ne sommes plus perdus. Nous allons avancer, maintenant. Mais il faut dormir. Vous m'en direz plus demain matin.

Tous les hommes réveillés toisent Ortiz à la lueur des torches et n'arrivent pas à croire qu'il soit un des leurs.

— Ses yeux, dit Gallegos. Regardez ses yeux et vous saurez qu'il est des nôtres.

— Il n'est pas des nôtres, rétorque un homme, et des murmures d'approbation ponctuent sa phrase.

Gallegos invite donc Ortiz à dormir à côté de lui dans sa maison et poste des sentinelles.

Au matin, de Soto demande à Ortiz de lui conter son histoire. Plusieurs centaines d'hommes se sont rassemblés pour l'écouter, et Ortiz est obligé de parler si fort qu'il en a mal à la gorge. Et il y a encore des mots d'espagnol dont il n'arrive pas à se souvenir, c'est comme patauger dans un épais marécage. Nombre d'hommes demeurent convaincus qu'il s'agit d'un indigène qui a réussi à apprendre des bribes de leur langue. Il se tient en plein soleil au centre du campement, déjà tanné et brûlé, si bien qu'il ne peut brûler davantage.

De Soto s'intéresse surtout à la tâche qu'Ozita confie à Ortiz après qu'il s'est remis de ses brûlures. Le nouveau travail d'Ortiz consiste à garder le temple, la nuit. Le temple est la grande bâtisse en face de la maison d'Ozita, où l'on conserve le corps des morts. Un soir, Ortiz est posté devant au crépuscule et Ozita lui tend des javelots. Il pousse un hurlement de loup, plie ses mains pour former des pattes et fait un geste en direction du temple pour se saisir d'un corps et le manger. Puis ses mains deviennent des flammes et il montre le flanc intact d'Ortiz. Ortiz acquiesce. Ce n'est pas compliqué à comprendre.

Les hommes aiment voir Ortiz hurler et imiter le loup d'Ozita. C'est la meilleure distraction depuis le début de l'expédition et son histoire semble continuer, encore et encore, à l'infini.

Tandis qu'il garde le temple, Ortiz devient un observateur de la nuit, et de la lune, et des étoiles, et c'est alors qu'il se met à réfléchir davantage aux dieux et songe à toutes les sortes de temples. Il veut savoir comment l'on conserve les morts dans chaque contrée.

— Exactement ! s'écrie de Soto, enthousiaste. Je vais avoir une sépulture d'un genre nouveau, entouré par tous les indigènes que j'ai vaincus et qui tenteront de se relever du sol, mais resteront figés dans la pierre.

Personne ne sait que dire pendant ces élucubrations, aussi gardent-ils le silence, mais Ortiz ne semble pas effrayé.

— Oui, mon frère, dit-il. Tout est possible. C'est ce que j'ai appris.

Une nuit, Ortiz s'endort. On l'oblige encore à porter l'eau et le bois pendant la journée, et il veille toute la nuit, si bien qu'il manque de sommeil.

— Les loups ! hurle-t-on dans l'assistance.

— Oui ! répond Ortiz. Un loup a emporté le fils d'un homme important, pas le chef mais un homme de son entourage.

Les soldats, bruyants dans leur désespoir, revivant la terreur d'Ortiz cette nuit-là, sachant qu'il sera rôti en représailles.

Ortiz suit la piste, un javelot à la main. Il s'accroupit devant son audience, une main brandissant l'arme imaginaire, et il s'approche sans bruit du cercle des hommes. Il entend le loup ronger les os. Et il se représente, aveugle dans l'obscurité, mais lançant néanmoins son javelot, de toutes ses forces, un héros mythique affrontant une créature improbable.

Il écoute mais n'entend rien, pas de loup qui ronge des os, pas de loup qui fuit, et il lèche sa main, qu'il trouve salée, un bon signe.

Puis il retourne au temple où il prie.

— J'ai prié différents dieux, cette nuit-là. J'ai prié un loup massif, et la nuit, et la lune, et un dieu des montagnes, qui doit être bien plus puissant que ces terres plates et qui est peut-être le dieu des contrées d'où viennent les loups.

À l'aube, le corps du fils n'est plus dans le temple, Ozita l'apprend et ordonne qu'on prépare un grand brasier, une fois encore. Mais il envoie d'abord ses hommes chercher le corps et ils trouvent non seulement le corps du fils, mais également le cadavre du loup, transpercé par le javelot d'Ortiz.

— C'était important pour eux. Ils sont superstitieux. Un lancer de javelot comme celui-ci en pleine nuit ne pouvait pas être considéré comme un simple coup de chance, il avait forcément une signification. C'est ainsi que je suis devenu intouchable, comme un fantôme, et traité avec respect, par crainte des dieux.

Regardant les hommes autour de lui, Ortiz remarque quelque chose d'étrange. Il voit que ses compatriotes ont le même comportement, qu'ils le craignent aussi et sont convaincus que son lancer de javelot avait une signification. C'est une reconnaissance si étrange qu'il ne trouve rien à ajouter, aussi le laissent-ils se reposer.

Plus tard dans la journée, de Soto l'invite à un dîner d'huîtres et de poisson.

— Y a-t-il de la viande ici, à part celle de nos propres cochons ? interroge de Soto.

— Oui, du cerf.

— Il faut que nous puissions y goûter bientôt. Et il te faut de vrais vêtements.

Ortiz baisse les yeux sur son pagne et ses mocassins, sur sa peau tannée et tatouée.

— Il fait trop chaud ici, rétorque-t-il.

De Soto adresse un signe à un de ses hommes qui amène un cheval.

— C'est un de nos meilleurs. Il est à toi, maintenant.

Ortiz se lève et s'approche du cheval, pose le front contre sa joue et son encolure.

— Si beau. Toute ma jeunesse passée avec des chevaux, puis plus rien pendant une douzaine d'années.

De Soto lui donne une lance, une épée et un bouclier, et de beaux habits, tout noirs.

— Enfile-les, dit-il.

Ortiz essaie la chemise.

— Ça gratte.

— Non, non, dit de Soto. C'est la meilleure qualité.

— Oui, je n'en doute pas. Merci. Mais ça gratte, quand on est habitué à ne porter que sa propre peau.

Ils se rasseyent et mangent encore. Ortiz essaie un petit chapeau qui lui donne un air insolite, avec ses cicatrices et ses tatouages.

— Et pour l'or ? demande de Soto (Cette question ne peut pas être repoussée davantage.) L'or et l'argent ?

— Je n'en ai pas vu du tout, répond Ortiz.

— Mais ils doivent bien en avoir.

— Non, ils n'en ont pas.

— Peut-être pas ici, mais dans un endroit qu'ils connaissent, un royaume plus riche comme celui des Incas ou des Aztèques.

— Le plus grand que je connaisse est celui d'Urriparacoxi. Mocozo, Ozita et les autres chefs lui paient un tribut. Il vit plus loin de la mer, il a plus de maïs et il connaît peut-être davantage de territoires au-delà. Je n'ai pas voyagé très loin. Ozita et Mocozo restent sur leurs terres.

— Nous irons trouver ce dénommé Urriparacoxi. Il aura de l'or, ou il connaîtra quelqu'un qui en a.

— Je ne pense pas qu'il y ait de l'or.

— Il y en a forcément.

— S'il y a bien une chose que j'ai apprise, c'est que les dieux ne sont jamais obligés de donner quoi que ce soit. Tu seras peut-être contraint de marcher jusqu'à La Ciudad de Mexico pour trouver de l'or.

— Balivernes, dit de Soto et il se détourne d'Ortiz pour parler aux autres, l'ignorant tout le reste de la soirée.

Après le repas, Ortiz se rend sur le rivage. Il essaie les nouvelles chaussures, qui s'avèrent trop raides et modifient la forme de ses pieds. À ses jambes, les collants lui donnent une sensation des plus étranges. Il lève les yeux vers les étoiles et comprend qu'il n'aura jamais sa place nulle part, qu'il est désormais perdu entre deux mondes.

— Et maintenant ? demande-t-il. Que vais-je faire ?

Au matin, les hommes veulent en apprendre davantage sur l'histoire d'Ortiz, et il se poste au centre du village où il avait un jour couru à perdre haleine, et où il avait été brûlé, et les hommes se massent en un large cercle, se rapprochent de lui. Leurs costumes aux couleurs si éclatantes, arborant des épaulettes bouffantes et des chapeaux, rouges et bleus et verts. Ils lui paraissent plus étrangers que jamais.

— Mocozo, dit Ortiz d'une voix puissante. Mon ami le grand chef Mocozo viendra nous rendre visite ici même bientôt, je l'espère, mais c'était autrefois un ennemi, l'ennemi d'Ozita. À deux jours d'ici, loin, et pourtant il est venu nous attaquer et il était très fort et nous avons dû fuir le village. Vous n'êtes pas les premiers à en chasser Ozita. Nous avons dû nous cacher dans un autre village, plus petit, et j'ignore pourquoi, mais cela m'a retiré l'aura magique que j'avais obtenue en tuant le loup. Je ne sais pas comment. J'étais devenu signe de malchance.

Une fille d'Ozita, qui a déjà sauvé Ortiz une première fois, le prévient que son père s'apprête à le sacrifier le lendemain. “Mocozo, dit-elle. Tu seras en sécurité auprès de lui.”

Ortiz ne connaît pas le chemin, alors la nuit même, la fille risque sa vie pour le guider loin du village et l'orienter vers le chef Mocozo. Ortiz s'accroupit et serpente au milieu de son audience tandis qu'il relate son périple, gestuelle qu'il a apprise des conteurs d'Ozita, et il laisse ses compatriotes imaginer la plus belle des jeunes filles.

— La demoiselle qui sauve le chevalier en détresse, dit quelqu'un.

— Oui ! répond Ortiz. Des yeux pareils à une eau sombre et profonde, un visage en forme de lune.

Quand la demoiselle le laisse continuer seul, tous les hommes sont dévastés. C'est l'amour de sa vie, et ils comprennent tous que c'est le devoir d'Ortiz de retourner auprès d'elle.

— Elle a fait demi-tour pour m'accorder davantage de temps, afin que personne ne se rende compte de ma disparition.

Ortiz marche toute la nuit à travers l'obscurité. Il agite les bras pour tenter d'écarter la pénombre. De toute évidence, c'est un voyage entre deux mondes et s'il y survit, sa nouvelle vie sera radicalement différente.

— Le lendemain matin, j'ai trouvé la rivière, la frontière avec le territoire de Mocozo. Comme avec le Styx, oublier et tout abandonner derrière soi.

Deux hommes de Mocozo pêchent dans la rivière.

— Je ne parlais pas leur langue. Je ne pouvais pas expliquer qui j'étais, comme il en sera pour chacun de nous quand nous traverserons vers l'autre rive. Qui nous entendra ? Qui comprendra quoi que ce soit ?

Ces propos secouent fortement les hommes. Ortiz lance des piques à son audience. Il se rend compte, avec étonnement, qu'il a envie de blesser ses compatriotes, qu'il les a désormais en aversion même si, depuis une douzaine d'années, il ne rêvait que de retourner auprès d'eux.

— Alors je me suis approché de l'endroit où ils avaient posé leurs arcs et une massue, puis je les ai appelés. Mais ils ont pris la fuite. Je les ai appelés, je leur ai fait signe d'attendre, mais ils avaient déjà disparu et je savais qu'ils reviendraient avec du renfort.

Ortiz les entend hurler et il entend d'autres exclamations en réponse, et des cris de guerre tandis qu'un grand nombre d'entre eux s'élancent vers lui, chacun déterminé à tuer. Ortiz ne peut que se cacher dans un arbre et leur jurer qu'il est chrétien, qu'il essaie d'échapper à Ozita.

— Mes frères, dit Ortiz. Un chrétien dans la nature sauvage, qui espère être sauvé des païens en leur hurlant qu'il est chrétien. Voudriez-vous être ce chrétien-là ?

Les hommes paraissent sincèrement terrorisés, capables de voyager jusqu'à cet instant et de le revivre comme s'il était réel.

— Voudriez-vous vous poster devant les portes d'une forteresse maure et hurler que vous êtes chrétien ?

Ortiz crie qu'il était prisonnier, qu'il cherche à s'échapper pour rejoindre Mocozo.

— Et mes frères, murmure-t-il. Notre Dieu est puissant. Il est clément. Il a permis à l'un d'entre eux d'en comprendre assez pour expliquer mes propos aux autres.

Ortiz ne croit plus en aucun dieu, il ignore pourquoi il dit cela, changer sa propre histoire en une parabole chrétienne, mais pour une raison qui lui échappe, il ne peut s'en empêcher. Une part de lui-même souhaite que toutes ses souffrances n'aient pas été vaines.

— Ils m'ont emmené auprès de Mocozo, certains couraient devant, je ne savais pas ce qui m'attendait. Comme Amadis ou n'importe quel chevalier, qui peut dire ce qu'il va trouver plus loin sur sa route ? Il sait simplement qu'il avance dans cette direction et que rien ne sera jamais plus comme avant.

Mocozo sort à la rencontre d'Ortiz. Il sourit et agite les bras. Son nez n'a pas été tranché, il ne contemple pas Ortiz d'un regard haineux. Personne n'allume de gigantesque bûcher. Tous les signes sont encourageants. L'interprète est très mauvais, on comprend peu de choses de chaque côté mais Mocozo semble vouloir qu'Ortiz se joigne à lui, et pas à un autre chef, et affirmer qu'Ortiz sera traité en ami.

— Bien plus tard, quand j'ai appris à parler leur langue, qui est très différente de celle d'Ozita, j'ai compris combien Mocozo est bon, bien plus généreux que je ne l'aurais imaginé. Je pouvais rester avec lui, on me traitait avec respect, et il me laisserait même rejoindre mes compatriotes s'ils venaient à apparaître dans leurs navires. Si je vous retrouve maintenant, c'est que le chef a tenu sa promesse, et il nous a demandé de nous peindre en rouge et de porter des plumes en signe d'amitié, de cérémonie, pas de guerre, aussi je suis triste que nous ayons tué un de ses hommes. Nous devons nous racheter.

Quand Mocozo vient visiter le campement espagnol, il reçoit un accueil chaleureux. De Soto lui offre une chemise et une bague en or, il guette avec attention sa moindre réaction à la vue de l'or. Il appelle Mocozo son frère et promet de le protéger.

— Ortiz ne me croyait pas, dit Mocozo par l'intermédiaire d'Ortiz. Des navires espagnols sur la côte, il y a six ans, et je l'ai laissé partir, comme promis, mais il ne les a pas trouvés et il a pensé que c'était un piège, et il pensait que c'était à nouveau un piège, cette fois-ci. Il ne voulait pas venir. Mais je lui ai dit, ne m'en veux pas après si tu manques cette occasion, et je lui ai dit aussi, explique-leur que je suis leur ami. Et quand il a entendu ça, quand il a compris que j'attendais quelque chose de lui, alors il m'a cru. Les gens sont ainsi. La seule demande que je vous fais, c'est de me croire. Quand je dis quelque chose, s'il vous plaît, croyez-moi.

— À qui étaient les navires, il y a six ans ?

Mocozo sourit.

— Si vous ne le savez pas, comment le saurais-je ? Ils n'étaient peut-être même pas espagnols.

Pendant la visite, la mère de Mocozo craint qu'il ne soit torturé, qu'on lui coupe le nez, comme Narváez l'a fait à Ozita. Elle apparaît à la lisière du campement, terrifiée, et demande à voir de Soto.

Celui-ci se rend aussitôt auprès d'elle avec Mocozo et Ortiz.

— Je vous en supplie, dit-elle. Torturez-moi à la place de mon fils. Ne faites pas ce qu'a fait Narváez.

— Votre fils est désormais mon frère, de Soto fait-il traduire à Ortiz. Il est en sécurité ici, et vous êtes en sécurité aussi. Personne ne va être torturé.

— Prenez-moi à sa place, insiste-t-elle.

De Soto demande à Ortiz de la rassurer et l'invite à manger. Mais pendant le repas, elle refuse de manger quoi que ce soit tant qu'Ortiz n'y a pas goûté, afin de s'assurer que rien n'est empoisonné, elle regarde les Espagnols autour d'elle, attendant une attaque par-derrière, craignant pour la vie de son fils.

— Pardonnez ma mère, dit Mocozo. Narváez a commis tant d'horreurs.

Vasco observe tout ceci et de Soto sait qu'il songe à ses esclaves, qu'il se demande quand il sera en mesure d'envoyer le peuple de Mocozo à Cuba pour y travailler dans ses mines. De Soto essaie de lui adresser un discret mouvement de tête, lui dire non sans que personne ne remarque rien, mais Vasco se contente de sourire. Vasco s'opposera à lui à la moindre occasion. De Soto le sait, mais que peut-il faire ?

La mère de Mocozo repart le lendemain, relativement satisfaite de savoir son fils en sécurité, mais avant de partir, elle s'entretient avec Ortiz d'un ton d'urgence.

— Que se passe-t-il ? demande ensuite de Soto.

— Je dois protéger son fils et faire attention à moi. Apparemment, je dois aussi te craindre.

De Soto rit.

— Mes hommes peut-être, car seule la moitié d'entre eux est convaincue que tu n'es pas indigène, mais moi, non.

Mocozo prend rapidement congé mais invite de Soto à son village. Peu de temps après, Ortiz mène de Soto et une poignée d'hommes dans la forêt, une fois encore.

À leur arrivée, Mocozo les attend avec tout son peuple, un accueil majestueux. De Soto est ravi.

— Mon frère, dit-il. Notre amitié sera longue.

— Tant mieux, mon frère, répond Mocozo. Car en gardant Ortiz en sécurité et en l'autorisant à venir vous rejoindre, je me suis fait des ennemis partout. (Mocozo tourne sur lui-même et tend le bras en citant les noms des autres chefs.)

Hirrihigua, Neguarete, Capaloey, Ozita. Mes amis avant, mais désormais mes ennemis à cause des Espagnols.

— C'est vrai, confirme Ortiz à de Soto. Ils voulaient tous me voir mort, et ils veulent tous votre mort.

— Eh bien, mon frère, répond de Soto, pas d'inquiétude. Un très grand nombre d'Espagnols va venir, bien plus que tu ne peux l'imaginer, et ils seront tous tes amis. Tant que cette terre existera, tu n'auras rien à craindre, et tu ne perdras rien.

Mocozo a appris quelques bribes d'espagnol grâce à Ortiz, mais Ortiz traduit pour s'assurer qu'il comprend bien tout. Mocozo est content.

Quand de Soto revient, il découvre que Lobillo a échoué, une fois de plus. Il le fait se poster devant lui au milieu du campement, et tous les hommes sont rassemblés pour écouter.

— Tu as donc perdu un autre homme, d'autres sont blessés, et tu as encore fui, tu as fui devant les flèches ?

— Sans chevaux, ils sont difficiles à affronter. Trop rapides pour les épées, et presque impossibles à atteindre avec les arbalètes et les arquebuses à cause des arbres, et de la façon dont ils se déplacent d'un côté et de l'autre.

— Les arbres sont aussi contre toi, Lobillo ? Ils se déplacent et se mettent en travers du chemin ?

Les hommes s'esclaffent à cette idée.

— Les indigènes, rétorque Lobillo d'une voix moins forte, car il sait qu'il n'y a pas de victoire possible dans cette conversation.

— Combien en avez-vous tué, de ces indigènes ?

Une longue pause, à nouveau, et tous attendent.

— Aucun, répond Lobillo.

— Il m'a amené deux autres femmes, dit Vasco. Bon garçon.

Vasco lève son verre de vin à l'intention de Lobillo.

— Combien de soldats t'accompagnaient ? demande de Soto.

— Quarante.

— Et combien d'indigènes vous pourchassaient ?

Lobillo hésite. Mais trop d'hommes sont déjà au courant.

— Neuf.

— Bien, dit de Soto. Quand on chantera les récits de nos conquêtes, ton nom figurera sans aucun doute en premier.

— Lobillo, le Téméraire ! s'écrie un homme, à la jubilation de tous.

— Vous le verrez tous bien assez tôt ! hurle Lobillo. Tant qu'on peut utiliser les chevaux, ça va. Mais quand c'est impossible, méfiez-vous. Un guerrier indigène est bien meilleur qu'un soldat espagnol.

À ces mots, Lobillo est malmené par un groupe d'hommes, jeté dans le sable et roué de coups de pied. Seul son rang de supérieur les oblige à reculer et à ne pas l'achever.

— Lobillo, dit de Soto. Les hommes se sont exprimés. Tu devrais les écouter. Et je vais maintenant envoyer une vraie expédition, menée par Vasco, et tu verras de quoi sont capables les soldats espagnols.

Ortiz lui a parlé d'un village d'Ozita où une grande partie de son peuple s'est rassemblé, et de Soto sait qu'il doit trouver rapidement des esclaves pour Vasco.

Vasco prend donc la route avec des cavaliers, des hommes armés d'épées, d'arbalètes et d'arquebuses, un contingent entier mené par un guide indigène qui s'amuse à suivre une sente de gibier en de longs détours menant dans la mauvaise direction, de couper inutilement à travers un marécage afin d'embourber les chevaux et d'obliger Vasco à mettre pied à terre. Vasco semble furieux mais ne dit rien. Le guide les amène à proximité du village, les fait tourner un moment pour provoquer du raffut et permettre à tous de fuir, puis leur indique enfin l'entrée. Ils voient toutes les maisons mais pas le moindre indigène, nulle âme qui vive.

— Nous avons longé cet endroit, dit Vasco. Nous avons déambulé sur toute la longueur du village, assez loin pour être entendus sans apercevoir quoi que ce soit.

— J'ai pris le seul itinéraire que je connaissais, affirme le guide. J'ai trouvé le village. Il n'est pas facile à trouver. Beaucoup de marécages tout autour.

— Les chiens, dit Vasco.

Le guide ne supplie pas. Il cesse de parler aussitôt et contemple simplement Vasco avec haine. Vêtu d'un pourpoint espagnol rouge et bouffant aux épaules, mais d'un pagne et de mocassins en dessous. Deux plumes dans les cheveux.

Les chiens portent des armures rembourrées d'épais tissu. On en amène six au bout de leur laisse. Ils sont excités, tirent en avant et bavent.

— Ils ont besoin de manger, dit Vasco. J'espère que tu comprends. Il y a si peu de viande disponible par ici.

Leurs crocs qui cliquètent, leur grognement si sourd.

— Lâchez-les, ordonne Vasco.

Les maîtres prononcent l'ordre qu'attendent les chiens. Ils se précipitent sans l'hésitation que pourrait marquer un être humain, les plus parfaits de tous les guerriers. Nulle peur, nul doute, nul sentiment.

Le guide abat sa massue et brise le crâne d'un chien. Un craquement puissant et un bruit visqueux et le chien s'effondre sur-le-champ. Mais le guide est déjà en plein vol, propulsé par l'impact des autres animaux. Une tête sombre et des mâchoires qui s'attaquent à l'entrejambe, une autre déjà à son estomac, un bras saisi dans un étau, son torse et sa gorge. Quand il retombe au sol, il a déjà été éventré, ses intestins arrachés en cordes ensanglantées, ses parties génitales dévorées, ses côtes brisées.

— Trop rapide, dit Vasco. Bien trop rapide. Il est déjà mort. La prochaine fois, seulement deux chiens.

Les chiens raffolent des entrailles, leurs têtes s'entrechoquent jusqu'à ce que la cavité du ventre soit vide, ils creusent plus loin pour manger le cœur et les poumons. Puis ils s'attaquent au reste de la chair, déchiquetant les cuisses jusqu'à l'os, tirant en arrière et secouant la tête. Le visage du guide est dévoré aussi, ses joues, son cou gorgé de sang.

— Quel appétit, dit Vasco. C'est bien. Mais dommage d'en avoir perdu un.

Pendant l'absence de Vasco, de Soto envoie un indigène porter un message à Urriparacoxi. Il a hâte de rencontrer le grand chef.

Mais le messager ne revient jamais, on découvre bientôt qu'une des captives de Vasco l'a encouragé à ne pas revenir, et Vasco perd donc une esclave qui nourrit une fois encore ses chiens, et cela deviendra chose courante au fil de l'expédition.

Ortiz regarde la femme se faire dévorer, tandis que les chiens lui déchirent le ventre et qu'elle hurle.

— Qui sommes-nous, pour regarder cela ? demande-t-il.

— Tu devrais faire plus attention, dit Vasco.

— Rouer, écarteler et démembrer, pendre, brûler vif, jeter en pâture aux chiens, noyer, affamer, mutiler, infliger le supplice de la grande cale, réduire un homme en lambeaux, quel genre d'esprit permet à tout ceci de devenir réalité ?

— Vasco est dans son droit, dit de Soto. C'est son esclave, elle a demandé au messager de ne pas revenir.

— J'ai été esclave, moi aussi. Il n'y a aucun droit. Vasco n'a aucun droit.

— Tu n'es pas loin des chiens, mon ami, dit Vasco.

— Je te mangerai peut-être les couilles moi-même, lâche Ortiz. Peux-tu rester éveillé toutes les nuits ? Tu n'es qu'un vieux *pendejo* fêlé et tu mourras bientôt. Quelqu'un t'aura. Tu n'es pas un dieu.

De Soto tire Ortiz par le bras et le raccompagne chez lui. Derrière eux, les cris ont cessé, ne résonnent plus que les bruits de craquements et de grognements rauques.

— Sois plus prudent, mon frère. Vasco est le plus puissant, ici, après moi, et il a presque autant d'hommes que moi. Si tu ne tiens pas ta langue, tu seras jeté aux chiens, toi aussi, et je ne pourrai rien faire pour l'en empêcher.

Ortiz se laisse conduire, bien qu'ils se rendent à la maison où Vasco loge aussi. Il songe à prendre un couteau et à lui trancher la gorge. Une infime bonne action dans sa vie. Peut-être qu'elle aurait un sens.

Au matin, les officiers se réunissent pour discuter des prochaines manœuvres. Ortiz est autorisé à se joindre à eux, malgré le regard de Vasco.

— Nous ne pouvons pas nous installer ici, dit Gallegos. Les terres sont gorgées d'eau, la forêt impraticable, et les indigènes ne nous apporteront pas grand-chose. Trop peu nombreux, trop difficiles à trouver, trop prompts à s'échapper, et d'après Lobillo, ils sont meilleurs que nous.

On a laissé Lobillo assister à la réunion mais il garde le silence. Il n'a parlé à personne depuis son passage à tabac. Il tapote doucement le sol de son pied, le regard obstinément baissé, comme si la terre était aussi fragile qu'une coquille d'œuf.

— Añasco connaît peut-être un meilleur endroit, dit de Soto.

Tous les hommes sourient sauf Lobillo et Añasco.

— Aucun esclave ici, dit Vasco. Il faut essayer ailleurs.

— Mon frère, dit Moscoso. Ces hommes ont raison. Une colonie ici n'aurait pas grand-chose à offrir. Des huîtres et des moustiques, et d'autres attaques d'indigènes. Ils ne sont pas nombreux, mais dès qu'on veut se reposer, des flèches volent. Pas de forteresse, pas même de colline, rien que des cachettes idéales pour eux.

— Prends garde, tu vas finir par parler comme Lobillo, dit de Soto. Mais tu as raison. Cet endroit n'a rien à offrir qu'une perte de temps. Gallegos, va trouver Urriparacoxi. Découvre les terres sur lesquelles ils vivent, cherche de l'or, vois combien ils sont, et à quel genre d'hommes nous avons affaire, et explore au-delà. Envoie-nous des nouvelles dès que tu apprends quelque chose.

— Tout de suite, répond Gallegos.

— Et il faut renvoyer des navires à La Havane pour y chercher des provisions. Je refuse de manger une huître de plus.

Le 20 juin, Gallegos part avec quatre-vingts cavaliers et cent fantassins. Au même moment, on affrète plusieurs navires pour Cuba. Et de Soto doit faire ce qu'il déteste le plus, attendre.

— Le monde est trop lent, se plaint-il à Moscoso. Quand on lit Amadis, ils ne mentionnent jamais ces périodes, les semaines et les mois de chiasse d'huîtres, à attendre le retour de quelqu'un qui risque de ne jamais revenir.

— Imagine un peu, dit Moscoso. Tous les chevaliers, assis par terre à côté de leur cheval à attendre sur le bord de la route. Retirant enfin leur armure, laissant leurs affaires éparpillées autour d'eux, et peut-être s'aventurant dans la forêt pour devenir ermites.

— Mais ils ne peuvent même pas le faire, parce que rien que ça, ce serait matière à un récit. Ils ne peuvent faire qu'une seule chose, attendre au bord de la route qu'ils ont choisie.

— Personne ne lirait jamais une histoire pareille.

— Et personne ne devrait jamais la vivre. Je déteste ça.

Ozita apporte un peu de distraction avec ses attaques régulières.

— Pourquoi s'acharne-t-il ?

De Soto se tient non loin du centre du village mais une flèche est parvenue jusqu'ici, à travers l'obscurité, et a transpercé le cou d'un de ses hommes.

— Nous sommes trop nombreux. Il ne peut pas nous obliger à partir.

Les autres hommes se sont rassemblés. Les attaques se produisent désormais toutes les deux ou trois nuits.

— Peut-être qu'Ozita a envie de travailler dans les mines, avance Vasco. Comme je l'ai déjà dit, nous devrions laisser un passage ouvert jusqu'au centre du village, avec une haie de tonneaux de vin. Nous montrer plus accueillants.

— Ils ont soif de sang, dit Lobillo. Une question d'honneur ou quelque chose comme ça. Pas pour la vengeance ou le territoire, mais pour eux-mêmes. Si un indigène tue l'un d'entre nous, il devient plus fort.

— Mais ça parle ! dit de Soto. Après avoir été traîné dans la boue, ça revient à la vie, et pour couronner le tout, ça connaît tout des indigènes.

— Je n'ai fait que parler avec les interprètes pour mieux comprendre les raisons qui les poussent à se battre ainsi. Tu pourrais discuter avec eux, toi aussi.

— Et ces connaissances sont censées m'aider ? demande de Soto. Maintenant que tu sais tout ça, tes quarante hommes ne seront plus pourchassés par neuf indigènes ?

— C'est vrai qu'ils se battent différemment de nous, et pour des raisons différentes, dit Nuño de Tovar.

De Soto s'esclaffe.

— Voilà qui est parfait. Il ne reste plus qu'à Añasco de s'exprimer. Les trois ratés de l'expédition doivent avoir leur mot à dire. Nous devons suivre ceux qui nous déçoivent, ceux qui nous trahissent, car ils ont sans nul doute gagné ce privilège.

— Les chiens aiment aussi la viande espagnole, dit Vasco. N'importe quelle viande.

— Je suis désolé, dit Tovar. Tu as raison, je ne devrais pas parler.

De Soto lève les mains et contemple les étoiles.

— Je n'ai rien d'un homme ordinaire. La pureté de mon sang a été certifiée. Depuis ma naissance, je suis destiné à conquérir cette terre, et toute La Florida, et de plus grandes contrées encore. Je suis un marquis, pas un bandit quelconque qui hante la forêt en quête d'une poignée de pièces à voler. Dans la vie d'après aussi, je mènerai les immenses armées de notre seigneur contre les citadelles des autres dieux. Tout ça est bien trop petit pour moi.

Il abaisse les bras et regarde ses hommes de confiance autour de lui.

— Vous me décevez tous. Aucun de vous ne comprend qui je suis. Vous parlez de ce que veulent les païens. Ils veulent devenir esclaves, ou ils veulent mourir. Ce sont les deux seules choses qu'ils peuvent réellement vouloir. Et il n'y a que deux choses que vous pouvez vouloir, vous. Vouloir découvrir des contrées plus vastes et plus riches afin de rentrer chez vous noblement, ou vouloir échouer. Et en matière d'échec, le choix est vaste. Vous pouvez rester ici éternellement à manger des huîtres, ou recevoir une flèche au beau milieu de la nuit parce que vous n'aurez pas pris la peine de tuer neuf indigènes, ou retirer tous vos vêtements et vous joindre à eux car vous êtes fascinés par leur honneur et les raisons de leurs actes.

— Bon garçon, dit Vasco. Dès que nous les aurons localisés, nous irons tous les capturer.

— Oui, dit de Soto. Nous ne garderons que Mocozo et son peuple comme alliés, afin d'obtenir des informations, le reste mourra ou sera envoyé à Cuba. Et nous ne resterons pas ici longtemps. Et quand ils attaquent, ils doivent tous mourir. Dites à vos hommes qu'ils sont nés avec des couilles. Quiconque monte la garde de nuit doit rester éveillé et alerte.

Le lendemain, de Soto se sent mieux, certain d'avoir mis les points sur les *i*, que ses hommes comprennent à présent la situation. Il passe plusieurs heures de l'après-midi sur le rivage à contempler cette mer d'huile, peu profonde, chaude, et minable, une mer qu'on ne devrait même pas qualifier de mer, mais il éprouve de l'espoir. Il imagine la cathédrale qu'on érigera un jour non loin d'ici, et la chapelle qui lui sera dédiée. Il doit faire peindre un bon portrait de lui dès son retour et le conserver afin qu'il soit envoyé ici, le moment venu. Pour ça, il se montre plus que patient. Il ne devrait pas mourir avant que sa peau n'ait viré au gris décrépi.

Mais la nuit même, les guerriers d'Ozita attaquent encore, s'en prennent à deux sentinelles postées en lisière de forêt. Ils en tuent une et capturent l'autre.

De Soto surplombe le cadavre de l'homme à la lueur d'une torche.

— L'autre a disparu ?

— Oui, mon commandant, lui répond-on. Il s'appelle Grajales.

De Soto plonge le regard dans la forêt, comme une paroi illuminée mais jamais totalement. Même à l'orée du bois, une douzaine de zones d'ombre persistent encore où pourraient se dissimuler des hommes. Impossible de regarder plus loin, aucune profondeur, aucune distance. Ce n'est pas à ça que devrait ressembler une forêt.

— Inutile de les pourchasser maintenant, dit de Soto. Nous ne trouverons rien en pleine nuit. Envoyez un guide demain matin, s'il nous en reste un qui ne se soit pas enfui ou qui n'ait pas été dévoré.

— Je les retrouverai demain, déclare Ortiz. Pas besoin d'un guide. Je connais tous les repaires d'Ozita.

De Soto se tourne vers lui et pose une main sur son épaule.

— Merci, mon frère. Je hais cet endroit. Tu es notre seul espoir.

Au matin, Ortiz part seul, ayant retrouvé ses vêtements indigènes et ne portant presque rien d'autre que sa propre peau brûlée. Les hommes l'observent.

— Il ne reviendra peut-être pas, dit Lobillo. Il nous déteste tous, à présent. Tu le sais, n'est-ce pas ?

— Tu n'as la vie sauve que grâce à tes parents, dit de Soto. La chance d'être bien né, c'est ta seule chance.

Le reste de la journée, de Soto essaie de s'occuper en faisant l'inventaire de ce qui lui reste : combien de soldats, quelles ressources, quel équipement, combien de chevaux. Plusieurs hommes l'assistent, œuvrant tous avec lenteur, mais le soir venu, le compte est fait.

De Soto ne fait aucun commentaire public après avoir appris le résultat. Les pertes ne sont pas monumentales mais elles ne sont pas négligeables non plus. L'expédition est un véritable désastre jusqu'à présent, et il en sera le seul responsable. Peu importe qu'il ait des hommes comme Lobillo. Personne ne comprendra.

Ortiz ne rentre que tard le lendemain, presque au coucher du soleil. Il n'a curieusement pas l'air fatigué.

— Je les ai trouvés, mon frère, dit-il à de Soto.

D'autres hommes se sont rassemblés autour d'eux. Une brise légère souffle, chose rare, et les moustiques ne sont pas aussi voraces, l'endroit paraîtrait presque bon à vivre.

— Je suis allé dans plusieurs de ses villages, juste aux abords, pour y jeter un coup d'œil, mais je me suis soudain souvenu d'une cachette idéale. Et mieux vaut que vous n'y alliez pas.

— Pourquoi ça ?

— Des cannes, qui poussent aussi denses et aussi loin qu'on peut l'imaginer, parce qu'évidemment, on ne voit rien. Mais on peut y errer et s'y perdre des heures durant sans jamais savoir où on est. Et il y a des serpents qui aiment y vivre, des crotales, et quand on entend leur bruit, on sait qu'il s'agit du son de la mort. Leur morsure tue presque à chaque fois. On enfle.

De Soto est contrarié qu'autant d'hommes entendent ses propos.

— Mais tu as retrouvé Grajales ?

— Oui. Vêtu comme un des leurs, et bien traité. Ni ligoté ni torturé, et il n'essayait pas de revenir ici. Je l'envie. J'ignore pourquoi Ozita m'a si mal traité, et qu'il le traite si bien. C'est un Ozita très différent. Je n'y comprends rien.

— Tout ça n'a aucune importance, tranche de Soto. Le principal, c'est que l'on sache où il est et qu'on puisse aller le sauver, puis tuer ou capturer les autres.

— Les cannes, dit Ortiz. On ne peut pas traverser cette zone à cheval. C'est trop dense. Ce sera même difficile de manier l'épée. Et les arbalétriers, les arquebusiers, sur quoi vont-ils viser ?

— C'est de l'herbe, dit de Soto. Juste de l'herbe un peu plus haute.

— C'est solide, rétorque Ortiz. On peut les utiliser pour construire des maisons, des bateaux, des flèches.

De Soto lève encore les bras au ciel, vers les nuages roses éclairés par le soleil couchant.

— Pourquoi ai-je toujours l'impression de parler seul ? Il y a quelques nuits, ne vous ai-je pas déjà tout expliqué, ici même ? Va-t-on renoncer à La Florida, simplement parce que l'herbe est trop épaisse ?

Cette nuit-là, les hommes autour des feux discutent de la canne, et des flèches, et des serpents. Enfler et agoniser et mourir loin de chez soi. Le problème, c'est l'inconnu. Un serpent que l'on n'a encore jamais vu, quel qu'il soit, devient plus terrible. Les hommes se demandent s'ils sont aussi gigantesques que ceux de Cuba, avec des cascabelles grosses comme la jambe d'un homme.

À l'aube, Ortiz rassemble un contingent d'attaque composé essentiellement d'arbalétriers et d'arquebusiers, et moitié moins d'hommes armés d'épée, pour les combats au corps à corps. Il leur a recommandé de retirer leur armure.

— Aussi peu d'hommes ? demande de Soto. C'est les quarante de Lobillo ?

— Mieux vaut être rapides et discrets, dit Ortiz. Et pas de couleurs voyantes.

Les hommes se plaignent. Ils aiment leurs beaux atours.

— Un chevalier en haillons n'est pas un chevalier, déclare l'un d'eux.

— Il veut qu'on devienne un des leurs.

— Obéissez-lui, ordonne de Soto. Ce que vous avez fait jusqu'à présent a échoué alors autant essayer autre chose.

Les hommes n'enfilent donc que des vêtements noirs, bleus et verts foncés, ils n'emportent qu'une arme, de l'eau et des vivres. Ils n'ont rien d'une armée régulière. Les autres se sont massés non loin et émettent des commentaires.

— Que personne ne parle, leur conseille Ortiz. De toute la journée. De tout le trajet, qui va durer environ cinq heures, puis pendant qu'on libère Grajales, et sur le chemin du retour. Pas le moindre mot. Pas de bruit. Marchez vite et en silence, et suivez-moi. Aujourd'hui, vous êtes un groupe d'assaillants indigènes.

— Et mes esclaves ? s'enquiert Vasco. Comment allez-vous tous les ramener ?

— On ne les ramènera pas.

— Quoi ?

— Si tu veux débouler avec tes cavaliers et tes soldats bruyants, tu ne trouveras là-bas rien d'autre que des serpents, comme lors de ta dernière tentative.

— À cause de l'un des tiens, un indigène.

— Je suis originaire de Séville.

— Tu es un indigène.

— Quand j'abattrai une massue sur ton crâne, alors oui, je serai un indigène. Pour l'heure, je suis originaire de Séville.

Les lèvres de Vasco tremblent mais il marmonne sombrement dans sa barbe.

— Nous sommes alliés, mes frères, dit de Soto. Nous allons secourir Grajales car ils ne peuvent pas séquestrer l'un des nôtres, et nous, nous capturerons des esclaves dès que l'occasion se présentera. Si l'on commence à se disputer, on aura tout perdu. Pire que de rentrer chez nous les mains vides serait de ne pas rentrer du tout.

De Soto se déshabille pour ne garder que son maillot de corps et son collant.

— J'accompagne Ortiz dans cette attaque, annonce-t-il à l'assemblée. Car nous ne fuyons pas, et nous ne perdons pas. Vos mères n'étaient pas des brebis. Tâchez de vous comporter comme des hommes.

Moscoso se déshabille à son tour.

— Je viens avec toi, mon frère, dit-il.

Les autres hommes d'influence gardent leurs vêtements, eux. Vasco ne se porte certainement pas volontaire, ni Lobillo, ni Añasco, ni Tovar. La liste des ennemis s'allonge. Et Gallegos est parti trouver Urriparacoxi.

Ils se glissent dans la forêt d'une manière qui semble inédite aux yeux de de Soto. Il est habitué au son des grelots des chevaux, au bavardage bruyant des hommes, à leurs chants parfois, et à leurs plaintes, souvent. Il est habitué au poids imposant de toute une armée, lourde sur le sol. Cela a un goût de liberté, de ne porter qu'une épée, sans même un fourreau, et de n'avoir qu'un petit sac de nourriture et d'eau accroché à l'épaule au bout d'une corde. Il ne pèse rien.

Il voudrait dire quelque chose, mais Ortiz est intraitable, assénant un coup de massue sur le bras ou la jambe de la moindre personne qui s'avise de parler. Et ils avancent à une telle allure qu'il serait difficile de parler, de toute manière.

13

Le garçon voit sa mère debout, au milieu de la pièce. Le rectangle de lumière qui provient de la porte derrière elle, un éclairage étrange, trop intense, comme s'il s'agissait d'un lieu plus ancien, et qu'elle était elle-même plus grande et plus rayonnante, une déesse et non un être humain. Le panier est posé au sol et la réserve est vide, ni maïs ni haricots. Le garçon place la main sur le trou, et l'autre main sur l'autre, devant son frère. Il sait qu'ils ne devraient pas assister à cette scène, que c'est dangereux. Ils en savent déjà trop, rien qu'en ayant vu la pièce vide.

Mais l'Enfant Sauvage se contente de sourire et écarte la main du garçon, et celui-ci regarde à nouveau tandis que sa mère se penche légèrement au-dessus du panier et se frotte le ventre. Du maïs apparaît dans le panier, à demi plein. Puis elle se frotte les aisselles et le reste du panier se remplit de haricots. Elle soulève sa récolte, franchit la porte et la referme, et les garçons demeurent cachés sur le rebord en hauteur.

— Notre mère est une sorcière, dit l'Enfant Sauvage.

— Alors tu es un sorcier, toi aussi, dit le garçon. Tu arrives à te créer toi-même dans l'eau et tu te métamorphoses en plume d'oiseau.

— Je ne me crée pas moi-même, rétorque son frère. Et on ne peut pas manger cette nourriture. Elle va nous empoisonner.

— Elle ne nous a jamais empoisonnés jusqu'à maintenant. C'est la nourriture que j'ai mangée toute ma vie.

— On doit la tuer.

— Quoi ?

Le garçon toise son frère aîné, incrédule.

Mais l'Enfant Sauvage ne répond rien. Il se laisse glisser le long du poteau jusqu'au sol et retourne dans les bois, où bien sûr, le garçon le suit. Il le suivra sans cesse, mû par une logique qu'il ne comprend pas, mais ressent simplement. Depuis le début, d'aussi loin que remontent ses souvenirs, il n'y a jamais eu que le destin. Il n'a rien choisi. Ce que sa mère lui a dit, qu'il était responsable de tout, est faux.

L'Enfant Sauvage, inébranlable, ni sourire, ni plaisanterie, totalement différent de d'habitude. À partir d'une branche de pacanier, il coupe deux courts bâtons épais et en tend un à son frère.

— Fais comme moi, dit-il.

À l'aide de son couteau de pierre, il retire l'écorce et affûte les extrémités du bâton. Il y fait deux entailles. Puis il demande à son frère de lui apporter deux galets de la rivière.

— On m'a défendu d'y aller, dit-il. Trouve des pierres lourdes et rondes, mais pas trop grandes.

Le garçon obéit, patauge dans l'eau froide et aimerait pouvoir se transformer, lui aussi, sa peau craquelée et enflée et douloureuse. Il s'allonge dans la rivière, sent la morsure de sa fraîcheur mais un tel soulagement, aussi, et il gémit de plaisir.

— Change-moi en eau, demande-t-il au ciel. Efface mes pensées, pour toujours. Fais en sorte que je ne pense pas plus que l'eau. Et que je ne fasse pas plus de mal que l'eau.

Il patiente, se laisse flotter et ferme les yeux. Il s'attend à ce que ça fonctionne, qu'il puisse ne plus sentir ses mains ni ses pieds, ne plus sentir le froid.

Mais son corps est entêté, il demeure son corps, et son esprit est encore plus obstiné. Il sait qu'il s'apprête à commettre un acte terrible, et il éprouve de la terreur, mais il se relève pourtant, cherche deux galets comme on le lui a demandé.

— Je suis venu servir l'Enfant Sauvage, annonce-t-il à voix haute. Je le servirai toute ma vie et j'agirai mal en le sachant parfaitement. Et il dit que c'est moi qui l'ai créé.

Il trouve deux galets qui logent au creux de sa paume, ils sont lourds mais pas trop, et il a peur d'en connaître leur usage. Il les apporte dans la forêt, son corps dégoulinant d'eau, l'impression d'être aussi élémentaire que son frère.

— Parfait, sourit l'Enfant Sauvage. Ils sont parfaits.

Il a découpé des bandes de peau tannée qu'il utilise pour fixer les pierres dans les entailles de chaque bâton, fabriquant ainsi deux massues, courtes et pesantes. Il brandit la sienne et frappe un arbre, un bruit sourd, puissant, l'indentation d'écorce écrasée et du bois entamé en dessous.

— Il faut la tuer maintenant, avant qu'elle nous empoisonne, dit-il.

Le garçon tient sa massue mais ne suit pas son frère. Il reste planté là, dans cette forêt, et songe que c'est la solution, de ne jamais dire non mais de ne pas bouger non plus.

Mais son frère revient le chercher.

— C’est à toi de le faire. C’est ta mère. Tout seul, je ne suis pas assez fort.

Rien, en ce monde, ne semble logique aux yeux du garçon. Rien du tout. Mais il suit son frère jusqu’à la hutte et Selu les entend arriver. Elle sort et demande :

— Vous êtes venus me tuer ?

— Tout le monde sait toujours tout, dit le garçon. Moi, je ne sais rien.

Sa mère n’est pas effrayée. Des joues rondes et lisses, si belles et parfaites, une peau couleur de noisette, des yeux dans lesquels on pourrait plonger à l’infini sans jamais rien voir. Le monde sera trop vide sans elle.

— On doit te tuer car tu es une sorcière, dit l’Enfant Sauvage.

— Tu es le seul sorcier ici, lance le garçon à son frère.

Et il envisage d’abattre sa massue sur la tête de son frère. Cela pourrait mettre un terme à tout le mal du monde. L’Enfant Sauvage semble en être l’unique source.

Mais l’Enfant Sauvage brandit sa massue en premier. Si rapide, et leur mère est projetée sur le côté, bien qu’encore debout. Du sang coule déjà à son oreille, et une partie de son crâne est fendue.

Elle ne fuit pas. Elle est pareille au cerf de Kana’ti, elle reste là pour subir ce qui doit être, sans un bruit.

— Tu dois l’achever, dit l’Enfant Sauvage. Je ne peux pas le faire seul.

Mais le garçon lâche sa massue et enlace sa mère, s’accroche à elle, désespéré.

— Ne pars pas, dit-il. Que le monde meure à la place. Que tout le reste meure, et que tout le reste s’achève.

— Quand tu me tueras, tu devras nettoyer le sol ici, dit-elle dans un murmure. (Elle a le souffle court et il peine à la maintenir debout.) Une large parcelle devant notre hutte. Traîne mon corps huit fois à l'extérieur de ce cercle.

L'Enfant Sauvage s'est approché pour l'entendre. Le garçon déteste son frère et voudrait le tuer, mais il souhaite davantage que sa mère vive.

— Non, répète-t-il, mais tout semble faux, comme si quelqu'un d'autre parlait à sa place.

Il sait qu'il est comme le cerf et comme sa mère, qu'il reste sur place et ne fait que ce qui était prévu depuis toujours. Seul l'Enfant Sauvage peut faire quelque chose de nouveau.

— Puis traîne mon corps huit fois sur le sol à l'intérieur du cercle. Reste éveillé toute la nuit et observe. Au matin, tu auras tout le maïs dont tu as besoin.

— Je peux t'aider, répond le garçon. Dis-moi ce que je dois faire.

— Trop tard. Et n'oublie pas que tu es responsable de tout.

C'est terrible à entendre, injuste et faux.

— C'est toi qui dois me tuer, dit-elle. Ne me laisse pas souffrir. Fais-le tout de suite.

Le garçon déteste le monde, en cet instant, tout ce qu'il renferme. Mais il allonge délicatement sa mère par terre, lui demande de fermer les yeux, puis il abat sa massue sur l'autre côté de son crâne. Un son répugnant, et le sang, encore du sang, et sa mère n'est plus.

Il balaie l'air avec sa massue en direction de son frère, mais celui-ci est bien plus rapide et esquive le coup.

— Regarde ce que tu as fait, s'écrie-t-il. Notre mère est partie. Notre mère est morte. Tu ne fais que détruire.

— Je ne fais rien, rétorque l'Enfant Sauvage avec un sourire.

— Ne t'avise pas de sourire.

Le garçon lance sa massue vers son frère mais manque sa cible et son frère s'esclaffe.

Le garçon marche en cercles, gémit, son corps tout entier gonflé par les piqûres, la peste provoquée par son frère, mais la douleur en lui est bien plus intense, insoutenable. Il ne sait plus quoi faire, ne saura plus jamais. Rien ne vaudra la peine d'être accompli.

Il s'étend à même le sol aux côtés de sa mère, l'enlace, sent les dernières vagues de chaleur la quitter, la dernière douceur et le dernier amour de sa vie.

14

Ortiz parvient à éviter les marécages bien qu'ils passent juste à proximité, des étendues boueuses de chaque côté. Un sol plus ferme que de Soto n'en a vu jusqu'à présent, et si les sentiers sont étroits, ils semblent cependant éviter la végétation dense, ils ne sont pas obligés de s'y frayer péniblement un chemin.

De Soto comprend qu'Ortiz est passé de l'autre côté et qu'il ne reviendra jamais en arrière, et il éprouve une étrange jalousie. Les expéditions ne se cantonnent peut-être pas à l'or, aux terres ou aux esclaves, elles permettent de quitter sa vie d'avant. De Soto n'aime généralement pas envisager cette possibilité et il est content que personne n'ait le droit de parler. Rien que ses pieds sur le chemin, rapides, et le bruit de sa propre respiration. Il se demande s'il pourrait voyager assez loin pour trouver sa place et ne faire plus qu'un avec cette forêt.

L'eau à côté de lui est stagnante, couverte d'une végétation verte qui cache les créatures invisibles qui nagent en dessous. Des strates de branches mortes et de pourriture si épaisses qu'il est parfois impossible de toucher la terre ferme. Même l'air est empli de lianes et de festons de mousse. De lambeaux de toiles d'araignées, qui flottent librement çà et là. Des libellules et des moustiques. Difficile de savoir où il pourrait trouver sa place. Nul endroit où se reposer. Pire, nul endroit à proprement parler. Si étranger à ses yeux, comme si rien de tout cela n'existait vraiment. Même l'air, trop chaud pour être respiré, ne ressemble pas à de l'air.

Ortiz est infatigable. Aucune halte ni ralentissement depuis des heures. Les jambes de de Soto, raides comme des piquets. Mais ses hommes sont derrière lui et l'observent, aussi ne peut-il pas montrer sa fatigue. Son épée est devenue incroyablement lourde, bien qu'il la fasse passer d'une main à l'autre.

Tocto, il pense à Tocto, qu'avec elle peut-être, il avait sa place quelque part. Et s'il était resté ? S'il avait cessé d'avancer ?

Sa peau. Il aurait l'air fou s'il s'exprimait à voix haute, mais il avait pris l'habitude d'admirer simplement sa peau, de la toucher, époustouflé par sa perfection, sa douceur, sa couleur et ses motifs. Dans le bas de son dos, une sorte d'éventail plus sombre. Son corps, orné depuis sa naissance, un trésor d'une autre sorte. Mais un trésor qu'il ne pouvait pas posséder. À lui, mais jamais vraiment totalement.

De Soto est heureux de ne pas pouvoir parler.

Ils s'arrêtent enfin pour boire et manger, les hommes affalés par terre, avalant leur ration à la hâte, puis s'allongeant sur le dos, exténués, indifférents aux araignées, aux scorpions, aux mille-pattes ou aux serpents qui pourraient les guetter juste à côté.

Mais Ortiz les fait se relever trop rapidement, ils se redressent en titubant, essaient de se remettre en mouvement.

Ils traversent une section de pinède, totalement différente de ce qu'ils ont vu jusqu'à maintenant. Fougères et branches mortes, et ces hauts arbres élancés. Pas de marécage. Le sol jonché de pommes de pin et d'aiguilles et de terre, de terre sèche, ponctué même de quelques rochers. Voilà qui redonne à de Soto un fantastique espoir. Un territoire sur lequel son armée pourra circuler, avec une visibilité suffisante de toutes parts pour assurer leur sécurité. La totalité de La Florida ne se dissout pas en une soupe informe.

Mais le paysage change à nouveau, ressemble à ce qu'évoquait Ortiz, d'épaisses cannes. Sur des zones isolées, d'abord, mais alors qu'ils progressent plus en avant dans les terres, elles les engloutissent bientôt, dans toutes les directions, aucun arbre au-dessus, rien que le soleil, et aucune protection, aucune visibilité.

Ortiz s'arrête pour faire face à de Soto et aux hommes. Il ne parle toujours pas mais pointe le doigt pour désigner l'endroit où Grajales et les hommes d'Ozita se trouvent probablement, puis il leur fait signe d'avancer lentement, désormais, prudemment, sans le moindre bruit.

De Soto sent son propre sang battre, incontrôlable, dans sa poitrine, et son cou, et ses oreilles. Dès qu'il s'apprête à tuer, cette urgence et ce vertige et ce bruit dans ses oreilles comme si un arquebusier venait de tirer trop près de sa tête. Une sorte d'ivresse qu'il aime et dont il se languit. Toute sa fatigue disparue instantanément, son épée brandie.

Ils marchent avec prudence entre les cannes et, très vite, ils entendent des conversations, des voix d'indigènes. Ils ne voient toujours rien.

De Soto songe que c'est ainsi qu'on aborde chaque ennemi, essentiellement aveugles et ignorants avant que la bataille ne commence. Tout ce qu'il a appris au Pérou, au Nicaragua, tout est vain dans cette contrée nouvelle, inutile. Il doit tout réapprendre.

Il attend les flèches. Ni bouclier, ni armure. Il attend que les flèches sifflent à travers les cannes. Mais on dirait bien que la stratégie d'Ortiz fonctionne. Rien que des voix qui se rapprochent, aucun signe d'alerte.

De Soto garde les yeux rivés sur le dos d'Ortiz. Tant qu'il a Ortiz, il ne sera pas perdu. Un demi-homme, brûlé sur un flanc, si parfait pour quelqu'un qui vit désormais dans deux mondes, comme si nous devions tous être marqués du sceau de la vérité.

Ses oreilles palpitent si fort qu'il n'entend plus grand-chose, ni le bruit de ses propres pas, ni les voix qui s'élèvent encore. Il observe juste Ortiz. Et soudain, ils se trouvent à une lisière. Les cannes qui s'interrompent, une clairière, et Ortiz hurle, il s'élance en courant, sa massue brandie haut. Arquebusiers et arbalétriers font feu. De Soto lui-même crie et se met à courir, levant son épée vers les dieux.

Les hommes d'Ozita sont pris au dépourvu. Ils détalent, disparaissant entre les cannes à l'autre bout de la clairière sans tirer la moindre flèche. Et Grajales reste planté là, indécis. Il est rougi par le soleil, ne porte qu'un pagne et des mocassins, et il tient un arc.

Ortiz, de Soto et ses hommes hurlent encore et foncent jusqu'à la lisière, puis s'arrêtent juste devant. Une frontière tacite.

— Dépêchez-vous, dit Ortiz. Allons-y. Amenez Grajales.

Les jambes qui se raidissent à nouveau comme des piquets, l'excitation de tuer, évanouie, les corps meurtris, mais ils s'enfoncent entre les cannes et Ortiz les ramène vers le campement. Grajales essaie de parler mais Ortiz lui donne un coup de massue dans la jambe et lui intime le silence.

Et ils ont cinq heures de route devant eux, à travers le même paysage. De Soto sait que personne ne les pourchassera. Ils n'ont fait que prendre ce qu'on leur avait emprunté, et ils y sont arrivés bien trop simplement.

De retour au campement, le soleil se couche déjà. Les hommes ne veulent ni parler ni célébrer leur retour, juste manger et s'effondrer après cette marche de dix heures et une brève excitation sauvage.

Grajales fait l'objet de tous les intérêts, et n'est pas aussi fatigué que les autres. Les hommes se sont rassemblés pour émettre des commentaires sur sa peau et ce qu'il est devenu.

— Quels dieux vénères-tu à présent ? lui demande-t-on.

— Est-ce que tu chies différemment ?

— Avais-tu une épouse indigène ?

Pour s'amuser, plusieurs hommes assènent des claques sur son dos brûlé par le soleil. Cela devient un jeu, se glisser en douce derrière lui et le frapper fort.

Vasco est mécontent.

— Aucun esclave.

De Soto s'est affalé à terre pour manger et boire un peu. Il n'a qu'une envie, dormir.

— Demain, dit-il à Vasco. Demain.

— Toujours demain, rétorque Vasco. *Mañana. Mañana.*

Au petit matin, de Soto reçoit un messager de Mocozo. Le chef Hirrihigua et ses guerriers ne sont pas loin.

— Añasco ! s'écrie de Soto.

Añasco approche avec méfiance, ne s'attendant qu'à être tourné en ridicule.

— Une occasion pour toi de te racheter car ils sont actuellement sur la côte, et tu es l'homme idéal pour faire naviguer des bateaux en hauts-fonds. Embarque avec des soldats et trouve Hirrihigua.

Añasco se contente d'un simple hochement de tête mais va néanmoins rassembler les hommes, des fantassins, puis fait préparer la flotte des navires à fond plat. Il y fait installer un canon sur pivot, emporte assez de munitions et de poudre. Il ne va pas se laisser importuner par des flèches, à essayer de les éviter en virant d'un bord à l'autre. La mitraille ne fait pas dans la dentelle.

De Soto se rend aux bateaux.

— Dépêche-toi, dit-il. Nous n'avons pas beaucoup de temps avant qu'Hirrihigua n'arrive. Nous n'avons pas plusieurs mois devant nous, cette fois, pour que tu ailles faire des festins d'oiseaux marins ou je ne sais quoi.

Les hommes d'Añasco toisent de Soto avec le même regard hostile et il comprend qu'il est à la tête d'une demi-douzaine de campements, et pas d'un seul. Les hommes de Vasco, les hommes d'Añasco, les hommes de Lobillo. Le reste lui est sans doute loyal, ceux de Moscoso, de Tovar et de Gallegos, mais si la situation se dégrade véritablement, il va devoir surveiller ses arrières.

— Mon seigneur, finit par lâcher Añasco tandis qu'il pousse un des bateaux. Nous allons en quête de ta gloire éternelle, afin de prouver aux citadelles des autres dieux que le seul et unique émissaire de Dieu est doté d'ailes.

Moscoso se tient aux côtés de de Soto lorsque les bateaux s'éloignent le long du rivage, les rames tournant à l'unisson.

— Je pense qu'il t'a traité de dindon à cause de tes commentaires sur les festins d'oiseaux marins.

— Qui peut bien comprendre ce qu'Añasco cherche à dire, rétorque de Soto. Il a aussi affirmé connaître un port plus profond. Dès qu'il ouvre la bouche, ses mots sortent comme des étrons.

— Il te déteste, fait remarquer Moscoso. Et Lobillo aussi. Et Vasco.

— Je me félicite de ce succès, dit de Soto. On progresse. Ce serait dommage que tout le temps passé ici n'ait servi à rien.

Moscoso rit.

— C'est vrai que tu n'as jamais prêté attention aux opinions des autres. Mais garde un œil ouvert quand tu dors.

— Je pense que je devrais envoyer Ortiz aider Gallegos. Mieux vaut qu'il soit présent pour discuter avec Mocozo et Urriparacoxi.

— Oui, c'est une bonne idée.

De Soto demande donc à Ortiz d'enfourcher le beau cheval qu'on lui a offert pour rattraper Gallegos.

— Et enfile tes vêtements, lui dit de Soto. Ça leur plaît. Ce sera, jusqu'à la fin des temps, une vérité universelle : avec de beaux habits raffinés, on peut les tromper encore davantage.

Añasco suit la côte, se glissant en silence le long des mangroves. Aucun vent. Une chaleur et un éclat insoutenables, pas d'ombre sur les bateaux. Même le bois semble griller. Les vêtements trempés, des taches sombres.

Mais les hommes continuent à ramer et Añasco se tient à la proue du bateau de tête, son canon prêt à faire feu. Il sera peut-être le premier à recevoir une flèche mais ça ne lui importe plus. Il a abandonné l'idée de se sauver lui-même. Il veut juste tuer.

La côte est composée d'une infinité de déclivités et de hauts-fonds, et avec toutes ces mangroves, impossible de savoir où commence exactement la terre. Des bancs de sable et des récifs les obligent à ramer loin du rivage, à progresser au large avant de revenir près de la côte.

Des îles, pareilles à des touffes près du rivage, envahies d'oiseaux, mais au-dessus de l'une d'elles, droit devant, aucun volatile ne tournoie.

— Celle-ci, murmure Añasco à ses soldats en montrant l'île du doigt. Il devrait y avoir davantage d'oiseaux. Il y a sûrement des hommes.

Añasco fait signe aux deux autres embarcations de se déployer de chaque côté de lui, et ils progressent en cadence.

— Archers et arquebusiers, à la proue, dit Añasco. Les autres, ramez.

L'île est reliée au continent par un étroit banc de sable où l'eau semble n'arriver qu'aux genoux. Et l'île elle-même n'est guère plus haute. Ourlée de mangroves et de sable. Añasco n'y aperçoit encore aucun homme mais ils sont là, il le sait.

— Continuez à ramer, murmure-t-il. S'ils nous laissent débarquer, alors tant mieux pour nous. Soyez prêts à dégainer vos épées.

Ils entendent les premières flèches plus qu'ils ne les voient. Elles sifflent avant d'apparaître soudain dans les corps, une hampe jaillissant d'un homme comme si c'était sa place naturelle.

— Feu ! hurle Añasco, et les arbalétriers et les arquebusiers tirent dans la mangrove, à présent tout près.

Añasco essaie encore d'apercevoir les indigènes. Il ne veut pas gâcher son tir. Il s'accroupit derrière le canon et cherche le moindre signe de peau humaine.

Les flèches pleuvent toujours, sans source visible. De petits arbres sur la plage, et Añasco pense qu'ils doivent se cacher derrière. Ils ne peuvent pas tirer depuis la mangrove.

— Approchez-moi davantage ! hurle-t-il. Souquez ferme.

Ses hommes obéissent malgré les flèches, ils rament avec vigueur jusqu'à ce que la proue heurte un banc. Ils n'iront donc pas plus loin. Añasco s'aligne sur les arbres, vise à hauteur de torse et tire. La détonation du canon, puissante comme si les portes du paradis s'ouvraient, et le sifflement de la mitraille qui déchiquète les arbres et s'éparpille de tous côtés. Des cris de douleur, et il voit aussitôt qu'il a touché une douzaine d'indigènes, les arbres sont détruits et n'offrent plus la moindre couverture. Des indigènes morts et blessés, et tandis qu'une joie immense explose en lui, Añasco ordonne qu'on recharge le canon.

Mais quand il regarde derrière lui et sur ses flancs, il constate qu'un nombre similaire de soldats sont tombés, morts et blessés, et les flèches sifflent toujours autant.

— Ramez vers le large ! s'écrie-t-il. Battez en retraite !

Il ne peut pas perdre tous ses hommes ici.

Les bateaux reculent trop lentement, les arbalétriers et les arquebusiers tirent à l'aveugle, les flèches s'abattent toujours, tuant et blessant. Mais ils sont enfin hors de portée et Añasco compte ses pertes, plus d'une douzaine.

— En avez-vous tué ? crie-t-il aux autres bateaux. En dehors de la mitraille, avez-vous vu d'autres morts ou blessés ?

Les réponses qui lui parviennent sont évidemment que personne ne sait, qu'ils ne voyaient rien, qu'ils tiraient simplement sur des arbres et des ombres.

— Il nous faut des cavaliers à terre, dit Añasco. Ils fuiront l'île par les hauts-fonds, là-bas, et nous devrons les y attendre sur les bateaux pour les abattre, il nous faut des cavaliers capables de chevaucher sur le sable.

Añasco envoie son lieutenant, Johan de Vega, dans la plus petite embarcation avec un équipage entier, leur ordonne de se presser. Le trajet de retour n'est pas long.

Les hommes souquent ferme et rejoignent le campement pour faire un rapport de la situation.

— J'y vais, annonce Vasco. Mes cavaliers sont prêts, et envoyez des fantassins dans notre sillage.

Vasco ne prend même pas le temps d'enfiler son armure. Il crie à ses hommes de se hâter et ils quittent le campement, équipés de leurs seules armes.

Le trajet le long de la côte n'est pas très praticable ni défini. Ils ne cessent d'entrer dans des baies sans issue. Vasco ordonne à ses hommes de chevaucher dans les hauts-fonds, préférant la mer aux marécages et aux bois denses. Ils aperçoivent enfin les embarcations d'Añasco et l'île, une petite zone si plate qu'il semble improbable que les indigènes s'y cachent en grand nombre.

Vasco mène la charge sur le banc de sable, les chevaux avançant dans l'eau jusqu'aux genoux. Il attend les flèches, songeant que tout ceci est stupide, qu'il aurait dû prendre son armure et qu'il ne quittera plus jamais le campement sans elle, mais aucune flèche ne vient. Ils atteignent l'île à l'instant où les hommes d'Añasco débarquent, hurlant et s'élançant dans l'eau peu profonde.

L'île est totalement déserte, à l'exception des cadavres. Vasco surplombe les corps déchiquetés par la mitraille.

— Voilà comment on tue, dit-il. Bon garçon, Añasco. Tu n'es pas aussi incapable qu'il n'y paraît.

Añasco ne répond rien.

— Mais tu les as laissés filer en douce. Tu prenais le thé sur le bateau avec tes dames de compagnie ? Tu as oublié de surveiller l'île ?

— Les mangroves au loin, dit Añasco. Ils ont peut-être nagé jusque là-bas. S'ils sont restés près du sol et juste à la surface, on n'aura pas pu les voir. Et sur l'île, on ne les a jamais aperçus, à part quand la mitraille les a touchés. Il n'y avait que des flèches qui jaillissaient depuis les arbres.

— Tu as perdu des hommes, à ce que je vois. Comme Lobillo, pareil. Mais au moins, lui, il m'a ramené quelques esclaves.

La plage où ils se trouvent est jonchée de coquillages, un blanc aveuglant au soleil de midi. Vasco plisse les yeux, comme si son visage n'était pas déjà assez grimaçant. Añasco envisage un instant de le tuer, le passer au fil de l'épée sur-le-champ, et peu lui importe si ses cavaliers l'abattent ensuite. Mais cela impliquerait trop d'efforts et de tumulte, et il est fatigué.

— Tu vas mourir bientôt, de toute façon, dit-il à Vasco.

Vasco recule brusquement la tête. Il toise désormais Añasco.

— Toi et Ortiz, dit Vasco. Toi et Ortiz. Ne va pas croire que j'oublierai tout ça.

Puis Vasco monte en selle et s'éloigne avec ses hommes, mais de retour au campement, il songe qu'il a besoin d'esclaves et que ces indigènes ne doivent pas être bien loin.

— Mon armure, crie-t-il à son arrivée. Et à manger pour mes hommes. Cette fois-ci, faisons les choses correctement, sans précipitation.

Ses hommes mangent et boivent, puis enfilent leur armure complète sous un soleil de plomb. Des fantassins se préparent, qui porteront les provisions. Et ils partent ainsi, Vasco en tête.

Leur guide fait de son mieux pour trouver le trajet le plus direct et le plus sec, connaissant le sort réservé au guide précédent. Les chiens ne sont pas loin derrière. Mais dans cette direction, les marécages sont inévitables.

— Je suis désolé, dit-il. Je fais de mon mieux. Mais sur ces terres, il n'y a que des marécages. Peut-être qu'on peut essayer par la côte.

— Non, dit Vasco. Ils sont allés se cacher dans les terres. Tu as affirmé connaître l'emplacement de leurs villages ?

— Oui. Les endroits où ils pourraient aller, je les connais.

— Alors nous allons traverser ce marécage.

Vasco éperonne sa monture qui ne fait que quelques pas avant de déraper sous lui. Il sent combien l'animal est lourd, son mouvement sur le flanc, il sait que le cheval ne retrouvera pas l'équilibre. Il va tomber. Il atterrit lourdement dans le fracas de son armure de plates. Il est pris au piège, la visière de son casque s'est abaissée, de la boue et de l'eau noire et gluante jusqu'au cou, et il panique. Il doit se lever avant de se noyer. Mais il a une jambe coincée sous son cheval, qui se débat et l'enfonce toujours plus profond dans la boue, et l'eau lui atteint désormais le menton.

Vasco ne crie pas. À travers la visière, le soleil l'éblouit, alors il ferme les yeux et se démène pour garder le menton à la surface, puis de sa main droite, il pousse et fait levier, mais elle s'enfonce à son tour et elle est bloquée dans la boue, trop difficile de tirer avec toutes les plaques de son armure. Il va mourir. Il en est certain. Pas au combat, mais affalé dans la boue, une histoire dont tout le monde rira. Ce n'est pourtant pas moins mortel qu'un combat. Il ne peut pas survivre sans air, et il ne peut plus bouger pour se dégager, et ses hommes portent eux aussi des armures, ils ne viendront pas l'aider.

Il possédait tant à Cuba, assez pour vivre une centaine de vies, et pourtant il est venu ici, il a tout risqué, une fois encore. C'est ça qu'il ne comprend pas. Pourquoi prendre des risques alors qu'il avait déjà tant, et qu'il y avait si peu à gagner, rien qu'une poignée d'esclaves. Des esclaves, on en trouve partout, pas uniquement à La Florida.

S'il survit, il rentrera à Cuba et ne prendra plus jamais de risques démesurés. Il reconnaîtra ses échecs et sera reconnaissant de tout ce qui lui reste.

Mais il ne va pas survivre. Il le sait. Il appelle désormais à l'aide, il agite son bras libre, puis ferme la bouche pour éviter d'avaler de l'eau, il respire par le nez, lutte pour garder la nuque droite mais son casque est trop lourd. Il est obligé d'incliner la tête et c'est la fin, il le sait. Il prend une dernière inspiration et ne peut pas imaginer de mort plus idiote que la sienne.

Il n'arrive plus à retenir son souffle, il doit relâcher l'air peu à peu, craignant la prochaine inspiration, de l'eau sombre, putride, mais on lui soulève soudain la tête. Des cris autour de lui, plusieurs hommes. Qui le tirent par les bras, qui lui redressent et lui relâchent la tête dans l'eau pour la soulever à nouveau, qui lui tombent dessus, l'un d'eux s'écroule sur lui avec son armure et l'enfonce davantage dans la boue.

Ils arrivent à l'extraire de sous le cheval, il ignore comment, sa jambe est dégagée et cela devient plus facile. Ils glissent encore, tombent et le rattrapent, mais ils atteignent la terre ferme et il jette son casque et respire enfin, il inspire l'air à grandes goulées, les yeux rivés au ciel, heureux de pouvoir le contempler à nouveau.

Trois de ses hommes halètent à côté de lui, au bord du marécage, leurs casques à terre.

Vasco ferme les yeux, attend de retrouver son souffle et d'avoir la force de s'asseoir.

— Retirez-moi mon armure, dit-il.

D'autres hommes l'aident à dénouer les plaques. Il se rallonge tandis qu'ils lui libèrent les jambes. Puis il se lève et dévisage ses soldats.

— Vous tous. Ceux qui sont restés sur leur cheval sans bouger le petit doigt. Vous tous. À me regarder mourir de la plus idiote des manières, sans dignité, à me noyer dans mon armure au milieu d'une flaque de boue. J'avais de l'eau au-dessus de la bouche, et puis je me suis retrouvé englouti, à retenir mon souffle, à attendre que des *pendejos* que j'ai invités toute leur vie à manger à ma table songent à venir m'aider.

Vasco désigne les hommes qui l'ont sauvé.

— Trois hommes, parmi vous tous. Trois. Et ces trois-là prendront donc toutes vos parts de gain dans cette expédition. C'est mon droit. Vous avez juré de me défendre, et vous n'obtiendrez votre part que si vous me défendez. À moins qu'un autre événement ne se produise et que vous vous rachetiez d'une manière ou d'une autre, tous les gains qui vous seraient revenus leur appartiennent désormais. Parce qu'en réalité, je ne sais pas ce qui me retient de vous tuer. Je vous jetterai en pâture aux chiens mais pas avant d'avoir obligé les cochons à vous baiser, après qu'on vous ait ligotés, et que les cochons vous soient montés dessus, rêvant de bébés mi-homme, mi-bête.

Les soldats ne paraissent pas désolés. La plupart le détestent déjà, il le sait. Mais Vasco s'en moque.

Son cheval s'est relevé, un flanc maculé de boue. Vasco dégaine son épée et lui tranche la partie inférieure du cou d'un geste rapide. L'animal s'écroule aussitôt, tué sur le coup.

— On tranche un homme avec autant de facilité, dit-il. Mais essayez donc de me le faire, à moi. Je vous y mets au défi.

Vasco attend, aucun homme n'avance.

— Avec toutes les boulettes de merde accrochées aux culs de vos mères, c'est un miracle que des boucs se soient intéressés à elles.

Il prend un cheval à un de ses cavaliers et monte en selle.

— Quelques esclaves. C'est trop demander ? Pourrions-nous au moins trouver deux ou trois femmes ?

Et le guide leur fait donc contourner le marécage, puis à travers la forêt jusqu'à ce qu'ils aient la chance de débusquer deux femmes indigènes en train de faire la cueillette.

Vasco pourchasse l'une d'elle au galop. L'excitation de tailler à travers les lianes et les branches basses tandis qu'elle fuit devant lui. Ne portant qu'une fine peau de bête qui dévoile ses jambes, des jambes jeunes, brunes et charnues dont il va bien profiter. Il la fait tomber d'un coup de botte dans le dos. Il tire sur les rênes et saute à terre pour lui faire face. Elle se redresse sur ses genoux, lui adresse un regard meurtrier, un petit couteau dans la main, et il lui décoche un autre coup de pied dans la poitrine, de toutes ses forces, et elle s'écroule avec un cri étouffé. Il lui plaque le visage au sol, remonte la peau de bête, crache dans sa main pour se lubrifier la bite, puis s'enfonce en elle et lui tire les cheveux en arrière. Le monde entier lui doit bien ça. Pour cette boue et pour avoir frôlé la mort pendant que ses hommes restaient sur leurs chevaux et le regardaient mourir. Et pour avoir participé à cette expédition, la petite fortune dépensée, un tel gâchis. Cette femme va payer pour tout, il va s'en assurer.

Ses hommes attendent et observent. Il est vieux, il met longtemps à finir. Il pousse le visage de la femme contre le sol, les deux mains sur sa tête tandis que sa chair flasque claque contre elle.

Quand il a terminé, on ligote les mains de la femme et elle est menée derrière un cheval. Le chemin du retour est lent, laissant trop de temps à Vasco pour songer à tout ce terrible gâchis. Les sommes investies dans cette expédition. Le problème, c'est que le résultat semblait garanti. On peut parier trop quand on est certain de ne pas perdre. Il s'est montré imprudent. Il sait qu'il n'y a pas d'or, il sait que de Soto va échouer, il sait que La Florida est une contrée misérable sans la moindre richesse. Mais il croyait sincèrement qu'il y aurait des esclaves, des villages entiers à capturer sans difficulté. Ils sont arrivés avec tant d'hommes, par centaines, cela aurait dû être facile. Bien préparés, avec leurs propres troupeaux de cochons, des bateaux à fonds plats pour la côte, tout le nécessaire. Il n'aurait jamais pensé qu'ils seraient incapables de capturer des esclaves.

La journée est très avancée, maintenant, une brise légère entre les lianes, la pourriture et les pins occasionnels.

L'endroit est pire encore qu'il ne l'avait imaginé. Divisé entre des chefs trop nombreux mais trop insignifiants.

— Hirrihigua, dit-il. (Il marmonne depuis un moment, de toute façon, et il se fiche de ce que les autres pensent de lui.) Urriparacoxi le grand, le magnifique, avec ses royaumes couverts d'or, fédérant les peuples aussi loin qu'un cheval est capable de voyager en une année.

Aucun commentaire de la part des hommes.

— *Hurri, harri, urri, para, burra coja, higua higa*, grosse bouche rouge et brillante en cul de cochon *coxi, hirripara* âne *cozo, zita* Ortiz *nasco puta, harri hurri*, et que la Vierge vienne tous les baiser, penchés en avant et bouffés comme des huîtres. La Florida peut bien brûler, qu'elle brûle tout entière.

Vasco fait ralentir son cheval et la fille qu'il a violée passe à côté de lui, il la rattrape et lui fouette le dos avec l'extrémité de ses rênes.

— Pour l'instant, ce sera toi La Florida.

Il éprouve une rage impossible à contenir, une rage face au gâchis, à tout ce qu'il a perdu, à ce qu'il est devenu, vieux et brisé et incapable de s'extraire seul de la boue, et quand ils atteignent enfin le campement, il livre le fond de sa pensée à de Soto.

— Toi, lui lance-t-il avant de s'approcher au point que leurs nez se touchent presque.

De Soto semble encore fatigué des événements de la veille. Il ne porte qu'une fine chemise et son collant, par cette chaleur. La peau de son visage est humide et pâle.

— Espèce de petit enculeur de cochons.

— Méfie-toi, Vasco, rétorque de Soto.

Tant d'hommes les observent.

— Ta sœur s'assied sur la place du village, ses jupes retroussées, et il n'y a que les mouches qui acceptent de l'approcher.

De Soto ignore ce qui s'est passé, ni que faire. Il ne porte pas d'épée, pas même sa petite dague. Il n'est pas prêt. Il ne peut ni reculer, ni lui tourner les talons. Il doit scruter le visage laid de Vasco et respirer son haleine fétide.

— Ta mère rêve encore du chien qu'elle a connu dans son enfance, combien ses couilles étaient douces quand elle les léchait et qu'elle les embrassait.

— Méfie-toi, Vasco, répète de Soto. N'oublie pas que tu t'adresses à ton supérieur. Je peux rentrer auprès du roi et lui demander ta tête pour insubordination. (De Soto recule d'un pas et montre du doigt les hommes rassemblés.) Vous aussi, ne l'oubliez pas. Je représente le roi. Tout ce que vous me faites, vous le lui faites à lui aussi. Insultez-moi et vous l'insultez, lui.

Puis de Soto fait un pas en avant, se rapproche autant que possible de Vasco.

— Fils de pute, né d'un trop grand nombre de pères, je peux t'insulter et c'est comme si j'insultais le sable ou l'océan. Ça ne signifie rien.

— Votre altesse, dit Vasco avec une courbette, et ses hommes rient. Vous régnez sur une terre qui n'est que marécages. Il n'y a pas d'or ici. (Vasco regarde les soldats massés autour d'eux et lève la voix davantage.) Il n'y aura jamais d'or, à moins que vous ne marchiez jusqu'à La Ciudad de Mexico. Et pas d'autres richesses, non plus. Pas de pierres précieuses. Pas de cités. Même pas d'esclaves. Je rentre à Cuba avec mes hommes. Par contre, je vais laisser la nourriture, les cochons y compris, car je veux que vous viviez assez longtemps pour comprendre qu'il n'y a rien ici. Je veux que vous pataugiez dans les marécages, que vous preniez encore des flèches et que vous rêviez encore de toutes les femmes que vous n'avez pas. J'emporte les femmes avec moi. Mais je vous laisse tous avec son Altesse, Hernando de Soto le magnifique, reine de La Florida, amant de Mocozo, lécheur de toutes les parties intimes qu'Ozita et Hirrihigua et Urriparacoxi voudront bien lui présenter. Marchez dans le néant et survivez assez longtemps pour vous souvenir de ce que vous avez laissé derrière vous.

Vasco a un fils bâtard à demi indigène, Gomez Suarez, qui souhaite rester avec l'expédition, et Vasco le laisse avec deux chevaux, une armure et des armes, et la meilleure part de ses vivres.

— Assure-toi de survivre à de Soto, lui dit-il. Afin de pouvoir revenir à Cuba et de me raconter comment il est mort.

— Oui, père, dit Gomez Suarez. Tu seras fier de moi.

— Ta mère n'est pas espagnole, réplique Vasco. N'oublie pas ce que tu es, et ce que tu n'es pas.

— Oui, père.

— Il n'est pas question de me rendre fier ou je ne sais quoi. Contente-toi de survivre et de revenir avec ces informations.

Gomez Suarez acquiesce et s'incline, étrangement formel, et Vasco part en direction des deux chaloupes où s'entassent ses hommes.

— Gardez en tête vos souvenirs d'Espagne ! crie-t-il aux soldats de de Soto postés sur la plage. Parce que vous n'y retournerez jamais.

De Soto regarde Vasco qu'on emmène dans sa petite embarcation vers son navire et songe que, de tous les hommes qu'il a haïs, c'est sans doute Vasco qu'il déteste le plus. Mais il ne sera plus jamais obligé de le voir, et il peut garder les cochons, et il n'a rien à payer en échange, alors le marché n'est pas si mauvais que ça.

— Voilà qui est mieux, dit Moscoso. Moins de soldats, certes, mais plus personne pour remettre en question tes ordres.

— Oui, dit de Soto. On a encore assez d'hommes. Ce qu'il nous faut à présent, ce sont des nouvelles de Gallegos. Espérons qu'Ortiz l'aide. Il faut continuer à avancer.

15

L'Enfant Sauvage s'absente un moment, mais pas longtemps.

— Nous devons faire ce qu'elle a demandé, dit-il à son frère. Tu n'as pas envie de mourir de faim, si ? Il nous faut du maïs.

Le garçon enlace sa mère et refuse de la lâcher. Elle ne partira pas totalement s'il ne bouge plus.

La journée est très avancée, il fait plus froid, le corps maternel ne dégage plus aucune chaleur. D'aussi loin que remontent ses souvenirs, elle a toujours été présente, à chaque instant, même quand Kana'ti n'était pas là.

— Tu es maléfique, lance-t-il à son frère aîné. Tu es tout ce qui ne sera jamais en paix, tu es tout ce qui détruira toujours, tu es tout ce qui doit être détruit. Et pourtant, je suis ton esclave. Tu m'asservis, chaque jour.

L'Enfant Sauvage ne répond rien mais tire leur mère d'entre les bras de son frère, il la traîne sur le sol en direction du foyer. Le garçon est trop fatigué et triste et faible pour résister.

— Qu'est-ce que tu fais ? demande-t-il.

L'Enfant Sauvage la traîne jusqu'au cercle de pierres et place son crâne fendu sur une roche plate. Puis il sort son couteau et entreprend de lui trancher la gorge.

— Arrête ! s'écrie le garçon, qui s'élance vers son frère.

Mais celui-ci est bien plus fort, il lui suffit de tendre le bras pour le projeter à terre.

C'est un dieu ou un sorcier, ou quelque chose qui n'a pas encore de nom.

Une longue entaille irrégulière dans le cou tendre de leur mère, le sang qui teint la pierre d'un rouge sombre, qui forme une flaque sur les aiguilles de pin et la terre.

— Il faut lui couper la tête et la placer sur le toit de la maison, face à l'ouest, lui dire de chercher son mari, explique l'Enfant Sauvage.

— Pourquoi ?

— Parce que c'est ce que nous devons faire.

Le garçon comprend alors que tout sera désormais insensé dans ce monde, chaque règle qui régira les funérailles, la mort, les massacres, ce que nous devrons faire ou ne pourrons pas faire, toutes ces règles nées du néant, mais imposées comme un dogme immuable. C'est cela, la véritable création du monde, pas un insecte remontant la vase à la surface, ni des plantes prenant racine dans la terre.

— Tu es fou, dit le garçon.

— Tu dois finir de lui trancher la tête, dit l'Enfant Sauvage. Son vrai fils. C'est à toi de le faire.

— Mais je dois d'abord tremper le couteau huit fois dans l'eau. Et tuer un poisson avec, et ne manger que la queue de ce poisson, puis scruter le soleil huit jours durant, et me suspendre par un pied à un arbre toute la nuit.

L'Enfant Sauvage ne sourit pas.

— Pourquoi dis-tu tout ça ?

— Parce que c'est la vérité. Tout est insensé, et tout est inventé.

— Non. Tu as entendu ce qu'elle a dit. Il faut qu'on traîne son corps en dehors du cercle, et à l'intérieur.

— Il n'y a pas de cercle.

— On va en créer un. Tu veux du maïs ? Tu veux manger, ou tu veux mourir de faim ?

— On avait tout ce qu'il nous fallait, pour l'éternité, avant que tu n'arrives.

— Je ne suis pas simplement arrivé. C'est toi qui m'as fait venir. Tu m'as créé.

Le garçon rit, amer.

— Bien sûr, je voulais voir ma mère décapitée, et mon père partir à la chasse pour traquer un cerf qu'il ne débusquera jamais. Je voulais tout ça. Merci, mon frère.

Mais il s'approche de sa mère et, de son couteau, lui entame la chair du cou, lui tranche même la colonne vertébrale jusqu'à ce que sa tête tombe dans le foyer, la cendre s'agglutinant au sang.

— C'est ça qu'elle a exigé ? demande-t-il. Que sa tête soit couverte de cendre avant d'être placée sur la hutte, face à l'ouest ?

— Non, répond l'Enfant Sauvage. Ça, c'était un accident.

— Mais est-ce que ça va fonctionner, alors ? Peut-elle voir en direction de l'ouest, si ses yeux sont couverts de cendre ?

— Ne pose pas ce genre de questions. Tu ne sais pas qui peut les entendre.

Le garçon sourit.

— Tu as peur ?

Son frère se contente de le toiser, mais il semble véritablement y croire et avoir peur. Le garçon lève les bras.

— Vous, les anciens, et ceux au-delà de l'arche, écoutez-moi. Rien n'a été fait dans les règles, les règles ancestrales, les règles que vous avez instaurées. L'Enfant Sauvage, votre fils bien plus que le fils de sa mère, ne vous a pas servi correctement.

Son frère le plaque alors au sol, lui bloque les bras et murmure d'une voix dure :

— Ne fais pas ça. Ne refais jamais ça.

Pour la première fois, le garçon éprouve une forme de pouvoir. Et il sait d'où vient son pouvoir. Il vient de l'absence de croyance. La mort de sa mère a rendu toute croyance impossible.

— Que l'arche s'écroule, murmure le garçon. Que la pierre se fende et s'effrite et s'effondre et nous enfouisse, pour tout ce que nous avons fait, parce qu'elle a de la cendre sur les yeux et qu'elle ne peut pas scruter l'ouest à la recherche de son mari.

L'Enfant Sauvage a peur, il le lâche, tente d'essuyer la cendre sur les yeux de leur mère, puis il place sa tête sur le toit de la hutte, face à l'ouest.

— Cherche ton mari, ordonne-t-il d'une voix puissante.

Le garçon se relève, enveloppé par la tristesse, le venin, la douleur et la perte, et il aide son frère à exécuter les recommandations maternelles, ils nettoient une large parcelle devant la hutte. Il arrache les buissons et le chiendent qui poussent entre les pins, il les coupe avec son couteau, la pierre se teinte du sang vert des plantes. Et peut-être qu'aux yeux du monde, c'est comme de trancher une tête. Les animaux et les plantes ont attendu ensemble dans le Galunlati, ils sont peut-être égaux. Mais les forêts sont infinies, bien entendu, et sa mère était la seule, et elle ne sera jamais plus.

Son frère retourne les pierres partiellement enfouies, il s'affaire aussi vite que possible, mais le garçon travaille avec lenteur, il se fiche qu'il n'y ait plus de maïs et qu'ils meurent de faim. Il s'en fiche complètement.

— Dépêche-toi, dit l'Enfant Sauvage.

— Non. Je suis obligé de te suivre, au nom de quelque chose de terrible, et de prédéterminé, quelque chose qui me dépasse, sauf qu'à partir de maintenant, je te suivrai lentement, et je te suivrai mal.

L'Enfant Sauvage le fouette alors avec un arbuste, mais le corps du garçon est déjà meurtri, peu lui importe. Il s'allonge pour faire la sieste.

— Préviens-moi quand tu auras terminé, dit-il.

L'Enfant Sauvage est furieux et le frappe de plus belle, mais chaque coup est curieusement agréable, surtout sur les piqûres d'insectes, le plaisir du venin qu'on soulage, et l'Enfant Sauvage finit par se lasser, il continue à dégager une zone qui semble plus grande que nécessaire, mais irrégulière, inégale, des pierres oubliées.

Il fait sombre, à présent, le crépuscule, et Kana'ti n'est toujours pas rentré, errant quelque part au loin, lancé aux trousses des cerfs dispersés. L'Enfant Sauvage ne voit plus ce qu'il fait, il se déplace au hasard. Le garçon comprend qu'il est fatigué et désorienté.

— Autant traîner le corps maintenant, dit-il à son frère aîné. Il fait noir et tu n'arriveras jamais à dégager toute la zone.

Son frère s'interrompt et se redresse, le souffle court dans la nuit. Le bruissement du vent dans la cime des arbres, comme un rappel, quelque chose de plus grand qui respire au-dessus d'eux. Mais ailleurs, un monde vide, aucun bruit de quadrupède ni d'oiseau ni d'être humain. Et s'il n'y a plus aucune femme, ailleurs ? Que feront-ils ? S'il ne reste plus que le garçon et son frère et son père, ils seront les derniers.

— Tu as peut-être mis fin à tout, dit le garçon. Au moins pour les humains. Mais ce n'est pas plus mal, j'imagine, si le monde n'est composé que de plantes et d'animaux.

— Aide-moi à la traîner, dit l'Enfant Sauvage, et le garçon s'approche du foyer, il tâtonne le sol, saisit un des bras de sa mère et ils traînent son corps huit fois à l'extérieur d'un cercle imaginaire dont l'Enfant Sauvage semble connaître les limites qu'on ne peut voir et qui n'ont pas été clairement dégagécs.

Des pieds de maïs jaillissent partout où son sang touche le sol. Seule la lueur faible des étoiles, pas de lune, mais le garçon entend les plantes sortir de terre et se déployer, il les voit dessiner des ombres plus noires. De la magie émanant de leur mère, afin d'accélérer anormalement le cours des choses.

— Il faut maintenant la traîner huit fois à l'intérieur du cercle, dit l'Enfant Sauvage.

Ils la traînent donc, et du maïs pousse encore, et cela semble suffire, et son corps est si lourd, et ils sont si fatigués qu'ils s'arrêtent après le deuxième tour.

— J'ai besoin de me reposer, dit l'Enfant Sauvage qui s'allonge à même le sol.

— Oui, dit le garçon en l'imitant, épuisé. Mais on doit rester éveillés si on veut respecter ses consignes. Il faut qu'on veille toute la nuit. Mais peut-être que ça n'a aucune importance. Je crois que tu dois creuser un petit trou et y enfouir ta tête et ne respirer que la terre. Je crois que ça permettra au maïs de pousser plus vite.

— Un jour, tu dépasseras les bornes à trop parler.

16

Ortiz se présente en vêtements espagnols mais il les retire pour ne garder que son pagne avant de s'asseoir près du feu avec Mocozo, où ils partagent une curieuse boisson locale, et il semble totalement à sa place. Gallegos se demande s'il peut faire confiance à Ortiz. Il est peut-être irrécupérable.

— Qu'a-t-il à dire au sujet d'Urriparacoxi ? demande Gallegos.

Ortiz interroge Mocozo, qui affiche un sourire évasif, même aux yeux d'Ortiz. Mais il formule néanmoins une bribe de réponse.

— Il est comme un oiseau, lui rapporte Ortiz. Capable d'être partout et nulle part. On va pourchasser une ombre. À chaque fois qu'on pensera l'avoir trouvé, il disparaîtra et enverra des hommes, pour se battre peut-être, ou peut-être pour discuter. Des Espagnols sont déjà venus, il n'y a donc plus de surprise. Urriparacoxi sait, maintenant. Il ne nous rencontrera jamais en personne. Rien que ses hommes en intermédiaires.

Le visage de Mocozo est si sombre et ridé dans la lueur des flammes qu'il ressemble à de la viande séchée. Mais il prend du plaisir à parler d'Urriparacoxi.

— Mocozo est dans notre camp, il nous aide, dit Gallegos.

— Oui, confirme Ortiz.

— Mais il se réjouit de nos échecs, du fait qu'Urriparacoxi va jouer avec nous.

— Oui.

— Et toi ? Tu réagis comme lui ? Tu t'amuseras de nous voir errer à travers les marécages sans jamais rien trouver ?

Ortiz regarde Gallegos, prend son temps.

— J'ai cessé de vouloir quoi que ce soit, répond-il enfin. Je peux rêver d'une vie qui n'est pas la mienne, ou d'une autre vie, qui n'est pas la mienne non plus. Ou je peux continuer à marcher et disparaître dans le néant. Il n'y a rien à trouver à La Florida, mais il n'y a nulle part d'autre où aller. Et tu es comme moi. Tu n'as pas plus de raison d'être que moi.

La pluie tombe drue, l'endroit tout entier est détrempé, le grondement du tonnerre qui rappelle les interminables distances de cette contrée plate et misérable, et Gallegos peine à ne pas se sentir accablé. On l'a invité à dormir ici, dans la maison du chef, et il quitte le feu pour s'allonger dans un coin et oublier.

Le lendemain, le temps s'est suffisamment amélioré pour leur permettre de continuer. Ortiz mène la troupe avec assurance, à travers un paysage qu'il connaît. Une pinède, facile d'accès pour les chevaux et leurs cavaliers, en évitant les marécages. Gallegos parvient même à chevaucher dans un demi-sommeil. Mais il ne cesse de se réveiller pour penser à Cabeza de Vaca. Un membre de sa famille qui l'a encouragé à se joindre à cette expédition. Un des quatre seuls survivants de l'expédition de Narváez. Il a dû voir le nez coupé d'Ozita. Mais il n'en a jamais parlé, ni d'aucun détail de

La Florida, en réalité. Il avait fait tout le trajet jusqu'à La Ciudad de Mexico à pied pour survivre. Son histoire aurait dû mettre un terme à toutes les expéditions vers La Florida mais curieusement, elle avait provoqué l'effet contraire. Il n'avait jamais dit avoir trouvé de l'or, mais il avait fait comme si. Quand on l'interrogeait, il répondait avoir des réponses que seul le roi devait entendre.

Gallegos a vendu son domaine pour venir ici. Encouragé par un membre de sa propre famille qui avait parcouru ces mêmes chemins minables, qui avait vu ces mêmes marécages, l'absence de richesses. Une trahison si éhontée que Gallegos l'éprouve comme une pierre dans sa poitrine.

Le deuxième jour, Ortiz est moins certain du trajet à suivre.

— On est sortis du territoire de Mocozo, explique-t-il à Gallegos. Nous ne sommes jamais venus jusqu'ici. Je suis seulement les indications qu'on m'a données, mais il y a des informations manquantes. Certains m'ont dit qu'il y avait plus de pins par là, qu'ils s'étendaient pendant des jours et des jours de marche. Mais ils ne m'ont jamais parlé de ce marécage.

Ils doivent donc le contourner et Gallegos sait qu'ils sont totalement perdus. S'ils croisent quelqu'un sur le chemin, c'est qu'on aura voulu les trouver, ce qui ne signifiera que des ennuis. Ses hommes tellement dispersés qu'ils pourraient se faire massacrer en cet instant et qu'il n'en saurait rien.

— Je déteste la forêt marécageuse, et les pinèdes, dit Gallegos.

— Conçois-les comme l'air lui-même, répond Ortiz. On ne peut pas détester l'air, ni l'aimer. On ne peut que le respirer.

Ils campent cette nuit-là à découvert dans la pinède, sans aucune position de défense. Les hommes rêvent de serpents et de lézards géants. Ils en ont déjà tué plusieurs au cours du périple mais la nuit, la forêt a l'avantage. Les panthères aussi. Ils ont repéré les empreintes de ces gros félins. Mais Gallegos attend un coup de massue, lui. Il sait que ce ne sera pas les animaux, ni même les flèches. Il sait que les indigènes voudront venir au corps à corps.

Le lendemain, ils atteignent enfin un village, quelques maisons.

— Urriparacoxi ? demande Gallegos.

— Oui, c'est chez lui, dit Ortiz. Mais ça ne peut pas être le village principal. Il est bien plus important que Mocozo ou Ozita.

— Et il n'y a personne.

— Oui, ils étaient au courant de notre arrivée. Tu as fait envoyer un éclaireur.

Gallegos met pied à terre et s'approche d'une maison, jette un coup d'œil à l'intérieur. Des peaux de bête, une odeur de fumée, de nourriture et de sueur.

— Nous allons nous reposer et attendre ici.

Il s'allonge, heureux de ne plus être à cheval. Il ne donne aucune instruction, ne s'occupe de rien. Il laisse les hommes se débrouiller seuls. Il se souvient de sa maison en Espagne, de l'âtre gigantesque, des peaux de bête, de la nourriture, de la forêt intelligible, si belle avec ses dénivelés et ses variations de couleurs. Il donnerait n'importe quoi pour revoir des collines et des montagnes. Si seulement il pouvait rentrer. Ce serait le plus grand trésor jamais découvert, de pouvoir revenir à une époque antérieure en sachant ce qui allait se produire ensuite. Il aurait gardé son domaine. Il y serait, en cet instant même.

Il n'a pas à attendre très longtemps. Ils ont sans doute été observés toute la journée. Trente hommes d'Urriparacoxi émergent de la forêt et sont accueillis par Ortiz. Ils n'arborent pas de peinture rouge, ne sont pas venus ici en grande cérémonie. Leurs arcs et leurs massues à la main, prêts.

Ortiz se tient devant l'homme de tête mais aucun ne semble parler. Gallegos craint de s'approcher mais s'exécute tout de même car ses hommes l'observent.

— Dis-lui que je le salue et que nous venons en amis de Mocozo, et que j'aimerais parler à Urriparacoxi, explique-t-il à Ortiz.

Les hommes d'Urriparacoxi ont l'air vigoureux. Aucun ne sourit, aucune chaleur, aucun effort de leur part.

— Leur langue est différente de celle de Mocozo et d'Ozita, dit Ortiz. Elle y ressemble mais je ne comprends pas tout.

L'homme à la tête du groupe est un peu plus âgé. Son corps entier est tatoué, même son visage. Ses bras et son torse sont couturés de cicatrices.

Ortiz parle, et cet homme répond.

— Qu'as-tu dit ? demande Gallegos.

— J'ai répété ce que tu m'avais dit. Mais il a fait remarquer que lui est là, maintenant, et qu'Urriparacoxi ne l'est pas. Il demande ce que tu veux.

— Dis-lui que j'ai besoin de parler avec Urriparacoxi, en personne.

Ortiz essaie encore, et les hommes font volte-face puis s'en vont. Ils disparaissent dans la forêt, aussi vite qu'ils sont apparus.

— Qu'est-ce que ça signifie ? demande Gallegos.

— Ils vont rentrer et discuter avec Urriparacoxi.

— Charge un homme de les suivre, pour savoir où se trouve leur chef.

— Si j'envoie un homme, il sera tué.

— Ce dénommé Urriparacoxi n'est pas un dieu.

— Non, mais il est bien plus fort que de Soto ou toi, et ses hommes sont des guerriers plus puissants que les nôtres, alors nous devons rester prudents. Seuls les chevaux nous donnent un avantage sur eux.

— C'est toi qui devrais rester prudent. Je ne répéterai pas ce que tu viens de me dire car je suis ton ami.

— Ta peur est la tienne, pas la mienne.

Les hommes de Gallegos s'installent dans le village, heureux de pouvoir se reposer. Ils ont apporté quelques cochons et en font rôtir un. Gallegos s'allonge dans la maison du chef, avec l'impression de se noyer sous le poids des regrets.

Il se lève finalement pour manger. Fin du jour, dernières lueurs du soleil, la viande de porc riche et grasse. Il porte les morceaux brûlants à sa bouche, suce ses doigts, parvient à oublier, du moins pendant ces quelques instants perdu dans son plaisir.

Mais les hommes d'Urriparacoxi apparaissent.

— Offre-leur à manger, dit-il à Ortiz, et celui-ci obéit, fait un geste en direction du cochon, mais les hommes restent plantés à l'orée de la forêt, si bien que Gallegos s'essuie les mains et la bouche, puis vient se poster à côté d'Ortiz.

— Ils disent que leur chef est malade, explique Ortiz. Il ne peut pas venir jusqu'ici. Mais il veut savoir pourquoi tu es venu et ce que tu veux.

Gallegos est mécontent de la tournure que prennent les choses, et il sait que de Soto le sera, lui aussi.

— Nous cherchons une terre riche, répond Gallegos. Autant leur dire la vérité. Nous cherchons une contrée où trouver de l'or, ou de l'argent, des pierres précieuses ou des perles.

Ortiz s'adresse à l'homme d'Urriparacoxi, qui réfléchit un instant avant d'indiquer le nord, peut-être légèrement l'ouest aussi.

— Ocale, dit-il.

Ortiz peine à comprendre leur langue mais il explique qu'Ocale est une terre riche.

— Le maïs y pousse quatre fois par an, et pas deux. Ils ramènent toujours du gibier après la chasse. Et ils ont de l'or.

— Est-ce qu'on peut se fier à lui ? demande Gallegos.

— Non, répond Ortiz.

— Interroge-le davantage à propos de l'or.

Ortiz s'exécute et l'homme parle encore, indique de la main plusieurs parties de son corps.

— Oui, ils ont de l'or à Ocale, dit Ortiz. Et pas seulement des bracelets. Les guerriers portent de larges anneaux d'or à une jambe, les femmes, de fines chaînes à leur taille qui incitent les hommes à les admirer.

— C'est peut-être la vérité, dit Gallegos.

— Non. Il n'y a pas d'or sur ces terres, même si on chevauchait un mois durant. Pas avant d'arriver au pied des montagnes, et qui sait à quelle distance elles se trouvent. La région tout entière est presque sous l'océan, elle n'est faite que de sable et de coquillages.

— Attends-moi juste un instant, dit Gallegos et il retourne au cochon sur le feu.

Il gesticule, fait mine de ramasser et de partager de la nourriture, mais il ordonne discrètement à ses soldats de capturer les hommes d'Urriparacoxi quand ils approcheront. Il retourne auprès d'Ortiz.

— Invite-les à manger, s'il te plaît. J'ai demandé que tout soit prêt pour les accueillir.

Ortiz les convie une fois encore et, cette fois, ils cèdent. Ils approchent, s'écartent de la sécurité de la forêt, marchent vers le feu. On les encourage à s'asseoir, on leur offre à boire et à manger, même du vin, on les traite comme des invités de marque.

— Mes frères, dit Gallegos. Bienvenue. Festoyez, buvez avec nous.

Le vin fait son effet, une arme aussi efficace que n'importe quelle épée. Les hommes d'Urriparacoxi parlent plus fort, à présent, s'assènent des claques dans le dos, se régalent de viande, de pain de manioc et d'huîtres. Ils vivent à l'intérieur des terres et ne se sont pas encore lassés des huîtres.

Quand la nuit tombe et que les hommes semblent bien éméchés, Gallegos dit :

— Très bien, mes frères, je pense que le moment est venu maintenant de vous souhaiter vraiment la bienvenue.

Et ses soldats en surnombre bondissent sur les hommes d'Urriparacoxi, les plaquent au sol et les mettent aux fers. Des hurlements, des cris stridents d'indignation, et les rires des Espagnols.

— Ce n'est pas très malin, dit Ortiz.

— Je ne comprends pas exactement dans quel camp tu es, dit Gallegos. Je t'ai à l'œil.

De Soto est heureux de voir huit cavaliers de Gallegos entrer dans le campement. Ils lui apportent deux lettres, comme il l'avait demandé. De Soto demande qu'on rassemble tous les hommes mais ils sont déjà là, impatients d'en apprendre davantage.

Un ciel bas et sombre pèse sur eux, pas le décor idéal pour annoncer la bonne nouvelle, mais de Soto saisit les deux lettres et se place au centre du campement.

— Gallegos a capturé trente hommes d'Urriparacoxi. Ils sont faibles, faciles à vaincre. On est bien loin du récit des hommes de Lobillo et de leurs invincibles guerriers d'Ozita, dirait-on.

La plupart des hommes s'esclaffent.

— Et ils parlent d'une terre d'Ocale, au nord-ouest. Des troupeaux entiers de cerfs et de dindons, que les indigènes gardent dans des enclos. Ortiz dit qu'il y a beaucoup plus de maïs là-bas. J'ai l'impression que nous allons mieux manger, mes frères.

Murmures d'approbation de toutes parts.

— Et des histoires idiotes, aussi, des récits à dormir debout, racontés par les indigènes. Ils affirment que les habitants d'Ocale peuvent crier en direction d'un oiseau et qu'il tombe aussitôt raide mort.

Les hommes rient.

— Imaginez donc au cours d'une bataille ! Vous criez et votre ennemi s'effondre à vos pieds. (De Soto est ravi du déroulement de la scène, les hommes divertis et encouragés.) Mais voilà le plus important, mes frères. Ocale est un lieu d'échange, une terre où des marchands apportent leurs trouvailles en provenance d'une multitude de contrées, et ils ont forcément ce que nous cherchons, de l'or, de l'argent, des perles.

Des cris parmi les hommes, bien plus qu'il ne s'y attendait.

— Ils sont en guerre contre un peuple du sud, où l'été dure toujours. Et ces gens-là ont tant d'or que leurs casques en sont faits.

Les hommes se précipitent vers lui, frénétiques, et exigent de partir aussitôt vers le nord. De Soto sourit. La société fonctionne parce que tout le monde aime l'or. Une seule et unique règle élémentaire.

Il replie la lettre mais des cris lui demandent à présent de lire la deuxième. De Soto la brandit.

— J'ai demandé à Gallegos de consigner une ou deux de ses meilleures informations dans une lettre séparée, pour que nous la lisions plus tard. Quand nous serons las d'arpenter les marécages et les forêts, que nous perdrons de vue le but de notre expédition, alors j'aurais gardé les meilleures nouvelles pour vous.

Les hommes sont comme un océan de joie.

— Mais j'ai aussi de mauvaises nouvelles, crie de Soto en essayant de supplanter les voix des hommes, attendant finalement qu'ils se calment. La mauvaise nouvelle, c'est que certains d'entre vous vont devoir rester ici, au campement, pour veiller sur nos ressources et nos navires. Je fais appel à mon fidèle capitaine Pedro Calderón avec quarante cavaliers et soixante fantassins pour assurer la garde de notre unique moyen de retour, la plus essentielle des responsabilités. Tout l'or du monde ne vaut rien si nous ne pouvons pas rentrer avec.

Des cris d'angoisse parmi les hommes de Calderón, l'amère déception de se voir privés des merveilles d'Ocale.

— Ceux qui restent ici conserveront leur part des trésors que nous trouverons, bien sûr. Et nous vous laisserons assez de vivres pour tenir deux ans, bien plus longtemps que nous comptons nous absenter. Vous devez instaurer la paix avec les indigènes, notamment Mocozo. Nous ne pouvons pas nous permettre une guerre.

Le campement est donc partagé entre joie et amertume, et on lance les préparatifs pour le départ du lendemain, le 15 juillet, en direction des merveilles du nord. De Soto envoie quelques cavaliers en avant qui préviendront Gallegos de leur arrivée.

À l'aube, de Soto s'élance avec une armée de plus de trois cents hommes. Il chevauche en première ligne dans la petite escouade de cavaliers chargés de trouver et de dégager la voie. Derrière eux, le corps principal de l'armée leur emboîte le pas, un bataillon de fantassins, d'esclaves, de serviteurs, de vivres, de cochons, de chiens, un campement mobile, et une troupe de cavaliers ferme la marche en arrière-garde.

Ils forment une longue file qui serpente dans l'épaisseur de cette épouvantable jungle, s'efforçant d'éviter les marécages, et le moral des troupes s'améliore quand ils atteignent l'orée d'une pinède, bien plus praticable. Un sol sec et ferme.

— Toujours aucune colline, remarque Luís de Moscoso. Mais c'est déjà beaucoup mieux.

— Oui, dit de Soto. Si cette forêt continue, l'expédition pourra enfin progresser et arriver quelque part.

Des buissons bas et des branches mortes, d'étranges fougères, et un crotale mord un cochon qu'ils abandonnent sur place, craignant que sa chair ne soit empoisonnée, mais il y a tant d'espace dans le sous-bois que l'armée peut évoluer en rangs plus larges, mieux protégée, elle ne s'étire plus sur une file interminable.

Ils aperçoivent même des fleurs blanches au parfum âcre. Les hommes les cueillent dans des arbres qui semblent venir d'un autre monde, leurs curieuses feuilles trop grandes et rugueuses, comme si les plantes pouvaient développer une peau animale.

Ils parcourent une longue distance et terminent leur marche quotidienne au bord d'une rivière. De Soto envoie des éclaireurs pour la longer et trouver un endroit propice où la traverser.

— Une petite île au milieu, rapporte l'un d'eux. La traversée sera plus facile. La rivière y est lente, le courant n'est pas trop fort.

— Toutes les rivières de La Florida sont lentes, dit de Soto. L'endroit tout entier est plat.

Ils montent leur campement à cette intersection pour la nuit et, au matin, les hommes abattent et ébranchent de grands pins qu'ils attachent ensemble et installent en travers du courant jusqu'à l'île afin de créer un pont. Puis un deuxième entre l'île et la rive opposée.

— Un peu de travail, certes, dit Moscoso à de Soto. Mais ce sera plus simple pour faire avancer les cochons.

— La chance nous sourit, dit de Soto. Espérons que ça continue.

Ils poursuivent toute la journée à travers cette forêt. Elle semble interminable. Brûlée et brune, avec des fougères et de grands lézards.

— Comme si notre Seigneur s'était embrouillé et qu'il avait mélangé deux forêts, commente de Soto. Qu'il n'arrivait pas à choisir. Je la veux sèche ou humide, le paradis ou l'enfer ? Est-ce que j'y mets des arbres ou des fougères ? Il devait être tard, le sixième jour, quand il s'est hâté de la créer.

Moscoso garde le silence, réaction typique quand de Soto aborde le sujet de la religion.

— Tu ne réagis jamais quand je parle de Dieu, dit de Soto.

— Je me contente de prier notre Seigneur, répond-il. Je prie pour sa protection et sa grâce. Je n'ai pas l'impression de pouvoir en dire davantage.

— Il ne cherche pas de suiveurs. Il cherche des meneurs. Il cherche des guerriers.

Mais Moscoso garde le silence, et de Soto contemple la forêt alentour.

— Une chose est sûre par ici, c'est qu'il y a beaucoup d'espace pour les flèches.

— Oui, acquiesce Moscoso.

C'est une longue journée chaude, mais heureusement sans pluie. De Soto scrute le ciel dissimulé par tant d'arbres, étudie les épais nuages blancs qui passent sans jamais se déverser. Il éprouve une légèreté d'esprit, une liberté, de la joie même. Il progresse enfin, il chevauche vers Ocale et ses richesses, et il peut inspecter ses terres au passage. Tout ceci lui appartient, chaque arbre qu'il voit. Et un sol ferme, un sol où l'on peut bâtir, ses cités, ses cathédrales. Avec le temps, et avec de l'or, tout s'érigera peu à peu. La deuxième lettre de Gallegos, avec les véritables informations destinées exclusivement à de Soto, n'était pas encourageante, elle ne promettait rien, mais de Soto a néanmoins un bon pressentiment pour Ocale.

Le soleil se couche enfin, la période de la journée que de Soto préfère, la lumière dorée et les ombres longues. Il a l'impression qu'il pourrait chevaucher indéfiniment. Mais ses fantassins ont besoin de repos, il le sait, alors quand ils atteignent un petit lac, il ordonne une halte et met pied à terre. Les autres cavaliers de son avant-garde l'imitent, s'étirent et s'éloignent pour pisser. Pas vraiment un lac, mais il leur fournira de l'eau. Des scirpes sur la rive, encore des fougères, et des plantes aux larges frondes blanches.

Puis un lapin bondit de derrière une grande touffe d'herbe et les chevaux paniquent, comme si le lapin était le diable en personne. Ils s'enfuient au grand galop.

— Tous les chevaux ? hurle de Soto.

Pas un seul n'avait été attaché. Les cavaliers capables de pourchasser les indigènes ne sont désormais plus qu'une poignée d'hommes à pied, à découvert au milieu de la forêt.

— Si les indigènes arrivent maintenant, on est morts ! hurle de Soto. Qu'attendez-vous pour courir ?

Ses hommes s'élancent aux trousses des chevaux, dans toutes les directions.

— Les chevaux ne sont même pas restés groupés, dit de Soto à Moscoso. Impensable. Rien qu'un lapin.

— Tu veux que je leur coure après, moi aussi, ou tu préfères que je monte la garde auprès de toi ? demande Moscoso.

— À ton avis ?

— Désolé. Je reste.

Ils s'asseyent au bord du lac. La surface est presque entièrement envahie de nénuphars et d'une épaisse plante brune pareille à une corde qui semble pousser sous l'eau. Une couche gluante d'un vert éclatant. Une tortue qui marche sur la rive, chacun de ses pas hésitant comme s'il pouvait s'agir du dernier.

— Le lac du lapin, dit de Soto. C'est comme ça qu'il faut le baptiser. On va retrouver ce petit enfoiré et le manger ce soir.

Le sol est étrange, sablonneux et ponctué de semblants de dunes, mais recouvertes de végétation.

— Encore le Seigneur qui n'arrivait pas à se décider, dit de Soto. Cette contrée n'a aucune logique.

Aucun commentaire de Moscoso, bien entendu.

Les hommes s'absentent si longtemps que le bataillon a le temps d'arriver, puis l'arrière-garde. Maintenant, au moins, de Soto n'est pas assis au bord d'un lac à attendre d'être tué par un groupe d'indigènes qui passerait là par hasard. Mais il s'écoule encore un long moment, après la tombée de la nuit, avant que ses hommes ne reviennent avec les chevaux.

— À une lieue d'ici, dit l'un d'eux. Au moins. Ils sont partis si loin.

— Les lapins de La Florida sont terriblement effrayants, dit de Soto. Heureusement que nous avons amené des chevaux de guerre courageux. Nous serons enviés par le monde entier.

Ils arrivent à un autre lac le lendemain, que de Soto baptise en l'honneur de saint Jean, puis ils repartent le jour suivant à travers ce paysage de dunes sablonneuses, ponctuées de rares parcelles de forêt. Ils sont à découvert en plein soleil.

— Il fait trop chaud pour les fantassins, dit Moscoso. Certains portent leur armure. Et même ceux qui n'en ont pas vont avoir trop chaud.

De Soto galope avec son avant-garde jusqu'au bataillon à l'arrière pour prendre des nouvelles, et c'est une marée de récriminations. Le soleil brûle trop fort, pas d'ombre, et plus une goutte d'eau.

— Il faut qu'on trouve de l'eau, dit de Soto, et ses cavaliers se déploient pour inspecter les lieux devant eux et sur les flancs, tandis que l'armée avance toujours.

À mesure que l'après-midi passe, les cochons deviennent apathiques. De Soto continue de penser qu'ils vont finir par atteindre un autre lac ou une rivière, mais les cavaliers reviennent bredouilles, rapportent n'avoir trouvé aucune étendue d'eau, ni même de ruisseau, rien que ces dunes à l'infini, et pas le moindre coin d'ombre.

— Existe-t-il un endroit à La Florida qui ne soit pas interminable ? demande de Soto. Des marécages qui n'en finissent jamais, une pinède qui n'en finit jamais, et maintenant, un désert qui n'en finit jamais ? Ils ne pourraient pas être un peu mélangés tous ensemble, avec quelques variations de temps en temps ?

Les fantassins avancent toujours mais plus lentement, et ils ne gâchent désormais plus leur souffle à quémander de l'eau. Un après-midi cruel au cours duquel le soleil semble s'être figé dans le ciel.

La quête devient de plus en plus désespérée, et de Soto songe à retourner au lac de saint Jean, mais la route est longue jusque-là, en plein soleil, et il reste convaincu qu'ils vont trouver de l'eau plus loin.

Des sauterelles et des lézards et des mouches, des vautours qui tournoient au-dessus, dans l'attente. La nature sait de quoi elle est faite, mais elle aurait pu leur donner des indices plus tôt. De Soto est une fois encore confronté à un échec des plus indignes, marcher dans un désert et y mourir de soif.

Et c'est comme si ses pensées étaient prémonitoires car un de ses pages, Prado, s'écroule sous le poids des bagages de de Soto, et ils n'ont pas d'eau à lui donner. Il est pâle, son souffle est court. De Soto s'agenouille à ses côtés, impuissant. Ni eau ni ombre, et ils ne peuvent pas s'arrêter ici.

— Portez-le, ordonne-t-il. Il faut continuer à avancer.

Mais Prado ne respire plus et ils l'abandonnent là. Pas d'enterrement car ils ne peuvent pas se permettre de perdre du temps. Et ils ne peuvent pas porter davantage.

— Que sont devenus tous les marécages ? demande de Soto, sans s'adresser à personne en particulier, plutôt au ciel. Toute La Florida semblait inondée et maintenant, on ne trouve plus la moindre goutte d'eau.

C'est une grande armée. Plus de trois cents hommes, sans compter les chevaux et les cochons, les serviteurs et les esclaves qui seront les premiers à mourir, eux qui portent les plus lourds fardeaux et seront les derniers à boire. Ils continuent à marcher pesamment vers le nord-ouest, en direction de cette terre regorgeant d'or qu'ils échangeraient en cet instant pour n'importe quel étang ou ruisseau.

— Le moment est déjà venu de lire la deuxième lettre, dit de Soto à Moscoso. Et ça ne fait que deux jours qu'on voyage. Suis-je maudit ?

Moscoso est doué pour garder le silence.

Les cavaliers cherchent toujours, et le corps de l'armée continue d'avancer, et tout est basé sur un maigre espoir de changement. Si la situation ne change pas, ils mourront tous.

La soif rend de Soto faible et légèrement nauséeux. Il aurait dû exiger qu'on lui garde plus d'eau mais qui aurait pensé à mettre de l'eau de côté dans une contrée inondée ? Ce serait comme mettre de côté des fourmis dans une fourmilière.

Il s'accroche à ses rênes et rêve de Tocto, de ses bras si fins et si puissants. Elle dormait parfois les deux bras au-dessus de la tête, étirée comme un chat, et il contemplait alors la forme parfaite de son corps, et se demandait pourquoi les femmes espagnoles existaient. Quel était leur intérêt ? Au cours de ses précédentes expéditions, il n'a jamais eu le mal du pays. Mais La Florida fera peut-être exception, et il finira par se languir des choses simples, comme l'eau et les collines. C'est pire que les paysages les plus laids qu'il ait jamais vus. Bien plus laid, encore, que ce qu'il aurait pu imaginer. Marquis d'un enfer n'offrant qu'un large éventail de tourments.

— Je n'ai jamais pensé suffisamment à l'enfer, dit-il à Moscoso. À quoi il ressemblerait, si l'air y serait respirable ou brûlant, si le sol y serait ferme ou en fusion, si l'on verrait d'autres personnes ou si l'on y serait seul, si le diable nous parlerait, si l'on nous expliquerait quoi que ce soit. Mais je l'imagine bien mieux, maintenant. L'enfer, c'est La Florida, et il faut marcher sans cesse, se noyer dans les marécages, puis mourir de soif dans un désert tandis que les flèches sifflent de toutes parts et que les lapins pourchassent les chevaux, et qui sait ce qui nous attend encore ? Seule La Florida pourra nous le dire.

— C'est vrai, mon frère, répond Moscoso. Cet endroit ressemble vraiment à l'enfer. Et d'autres risquent de mourir si on ne trouve pas très vite de l'eau.

Le jour touche déjà à sa fin, le soleil très bas dans le ciel, et ils devraient s'arrêter pour monter le campement, mais ils continuent à pas lourds, attendant que le monde change en leur faveur.

Des cavaliers reviennent au galop et annoncent avoir trouvé une rivière plus loin. Aucun cri de soldats en réponse, aucune célébration, rien qu'une marche laborieuse jusqu'à ce qu'ils aperçoivent des prairies, plates, plus aucune dune, quelques arbres plus grands, alignés. Et en contrebas, cette eau improbable, venant d'une autre contrée tout aussi plate.

Ils devraient être prudents mais ils s'y laissent tomber, ils boivent et s'immergent, et il n'y a aucun mot. Cochons, chevaux, hommes, se baignant ensemble, encore vivants, miraculeusement.

17

PENDANT que Dayunisi, le coléoptère d'eau, bâtit la terre, les animaux sont enjoints à rester éveillés pendant huit nuits, on ignore par qui. Ils doivent monter la garde, mais ne savent pas contre quoi. Tout est plongé dans l'obscurité, ils ne voient rien.

— C'est un piège, dit le loup.

Le bison s'assied pour trouver un peu de confort et s'endort dès la première nuit. La tortue se rétracte dans sa carapace, ferme les yeux, et s'endort à son tour. D'autres titubent et clignent des yeux, mais aucun ne voit ce que fait son voisin.

— Pourquoi huit jours ? demande l'écureuil.

— On ne peut pas remettre en question ce qui est ancien, répond le raton laveur.

C'est la deuxième nuit et le raton laveur n'a aucune peine à rester debout.

Tous les petits animaux sont éveillés, tenus en alerte par leur peur innée et constante. Tamias, oiseaux chanteurs, lapins, attendant qu'un des plus gros animaux s'effondre, prêt à faire un bond de côté pour ne pas être écrasé.

Lézards, alligators et serpents veillent, ou peut-être pas. Peu importe, leur sang est froid et ils ne bougent jamais. Quelle différence pour eux, entre le sommeil et la conscience ? Tout n'est que confusion, les animaux aveugles et isolés, et nombre d'entre eux s'agacent.

— Je m'en vais, déclare le cerf hémione, et il tente de fendre la foule, mais les animaux sont si serrés, et le plafond de roche est si bas, que le cerf finit par s'allonger et s'endormir.

Quand arrive la troisième nuit, presque tous les animaux ont cédé au sommeil. Chaque chouette et hibou perché sur le dos d'un animal assoupi, tourne la tête en cercles frustrés, à monter la garde sans savoir quoi regarder, mais incapable de s'en empêcher.

Le renard gris, le renard roux, le coyote et le loup font les cent pas, creusant d'étroits sillons parmi les silhouettes endormies, des huit sinueux et infinis. L'opossum avec sa queue touffue se déplace lentement, hésite entre les corps, un pas en avant, deux en arrière. Le raton laveur flaire le sol bien que le sol n'existe pas encore, à l'affût d'odeurs et de pistes, bien que les odeurs ne se propagent pas, restent à l'intérieur des animaux, sans nul indice laissé dans le monde, chaque animal n'existant qu'à demi dans le Galunlati, pas encore totalement né.

Les plus gros félins rôdent aux abords, attendent, le lynx, le cougar, affamés, tapis, songeant à dévorer d'autres dieux, tant de gorges tendres et inertes, le cerf, l'élan et l'antilope.

Tous les animaux qui auraient pu s'endormir le font dès la troisième nuit, alors pourquoi en attendre huit ? Les créatures qui veillent encore s'impatientent.

— Je pense qu'on est censés manger tous ceux qui se sont endormis, dit le loup. Je pense que c'est ça, la mise à l'épreuve. On doit les avoir tous mangés d'ici la huitième nuit.

— Oui, acquiesce le cougar. C'est ce qu'on devrait faire.

C'est pourtant curieusement impossible, dans le Galunlati : le lynx garde le silence, les crocs sont déjà sur le cou d'un lièvre, mâchoire grande ouverte, mais il ne peut pas la refermer.

— Une chose est sûre, dit le renard roux. Dans ce monde, il ne sera question que d'attendre.

Les arbres et les autres plantes attendent aussi, avec les animaux. Les herbes courtes et hautes, aplaties au sol, les fleurs des champs en bouton, endormies, la manzanita et son écorce qui tombe en petits copeaux d'un rouge profond que personne n'a encore jamais vu, le chêne aux feuilles lobées, tous endormis à l'exception du cèdre qui deviendra le plus important des arbres, et du pin, de l'épicéa, du laurier et du houx. Ils restent éveillés pendant la troisième nuit, et jusqu'à la huitième. Ils donnent au Galunlati son parfum agréable et les animaux se rassemblent autour d'eux.

Après la huitième nuit de veille, chaque brin d'herbe et chaque fleur se déploie, chaque animal se lève, une grande cacophonie retentit tandis que chacun veut savoir ce qui s'est passé, savoir si quelque chose a changé.

— Rien, dit le bison. Ce n'était qu'une bonne sieste.

— Je te vois, dit le loup. Tu as des cornes et une tête trop grosse, des pattes trop petites, des poils trop épais, et tu es trop gros pour être mangé. Tu vivras éternellement.

— Je te vois, moi aussi, dit le cougar derrière un cerf qui bondit, heurte un rocher et tombe. Quand nous quitterons cet endroit, je te traquerai.

Le raton laveur et l'opossum gardent le silence, ainsi que le renard et le coyote, tous les animaux plus petits qui peuvent enfin voir. Mieux vaut ne pas se faire remarquer. Le Galunlati, désormais moins sûr qu'avant. Tout a changé.

— Mes feuilles ne tomberont jamais, déclare le laurier. Et je fleurirai.

— Les miennes non plus, dit le houx. Et j'aurai des baies.

— Mes aiguilles demeureront, elles aussi, dit le pin, puis l'épicéa.

— Les miennes sont comme des doigts, un million de doigts minuscules et articulés, dit le cèdre. Elles ne tomberont pas non plus. Vous autres, vos feuilles tomberont. Vous serez nus pendant l'hiver.

Et la division débute ainsi, avant même que les animaux et les plantes n'arrivent sur terre. Et tous veulent y aller, maintenant.

Dayunisi attend en bas, il a créé un lieu de vie idyllique, mais seulement pour lui, la boue meuble et humide où il est facile de s'enfoncer. Les animaux envoient les oiseaux en reconnaissance, afin de tester leur nouvel environnement, mais ils ne trouvent nulle part où se poser. Leurs pattes s'enlisent et ils battent frénétiquement des ailes pour s'envoler. Seuls les canards et les oies et les autres oiseaux aquatiques sont satisfaits, mais sans pattes palmées, cela ne convient à personne d'autre. Certains oiseaux n'essaient même pas de se poser, si excités de voler, plongeant et virevoltant et remontant à la verticale, s'interrogeant sur la nécessité même de la terre ferme. Ils s'interpellent de centaines de cris enthousiastes et disparates, et ainsi naît le chant des oiseaux.

Plantes et animaux s'impatientent au Galunlati.

— Il n'y en a que pour les oiseaux, dit l'alligator. J'en mangerai quelques-uns plus tard en guise de remerciement.

— Oui, dit le renard, bonne idée, et leurs œufs, aussi. Je mangerai leurs bébés.

Seul le grand vautour demeure au Galunlati, bien plus immense que les vautours d'aujourd'hui, lent et paresseux.

— Je vais attendre que l'un d'entre vous meure, ou soit tué. Je laisserai les autres faire le travail. À quoi bon chasser ?

— Descends et trouve-nous un endroit où vivre, dit l'ours.

Même dans l'obscurité, tous ont deviné que l'ours est immense, alors ils l'écoutent.

Le vautour n'a pas envie d'obéir mais on le pousse, et il tombe, et il effectue quelques battements d'ailes. Il plane en basse altitude au-dessus de la terre, aveugle mais capable de flairer l'humidité de la boue et son odeur de pourriture, qui l'attire fortement, et il reste ainsi aussi bas que possible.

Mais la terre est infinie, et informe, et trop meuble pour s'y poser, et le vautour était encore dans un demi-sommeil quand il s'est envolé, il est gagné par la fatigue et ses ailes finissent par frôler le sol. À l'endroit où l'extrémité de ses plumes effleure la terre, il creuse des vallées, et des montagnes se forment là où il remonte. De nos jours encore, le pays cherokee est montagneux. Au Galunlati, les animaux entendent le chaos qui se produit en contrebas, le lourd battement d'ailes et le bruit aqueux des vallées, et les montagnes qu'on arrache du sol, et ils lui hurlent de revenir. Ils ne veulent pas que la terre soit détruite avant même qu'ils l'aient arpentée.

Le vautour ne les entend d'abord pas, puis s'en fiche, mais il a besoin de se reposer et n'a toujours pas trouvé d'endroit correct où se poser, aussi remonte-t-il vers le Galunlati, où il se blottit dans ses propres ailes et s'endort pour une longue sieste et ignore tout ce que lui crient les autres animaux. S'ils veulent créer la terre différemment, qu'ils s'en chargent eux-mêmes.

Plantes et animaux tombent alors du ciel, une pluie sombre de millions d'espèces destinées à rendre la terre fertile, à y grandir, pousser et se multiplier. Une longue chute depuis l'arche, et tout cela dans l'obscurité, chaque animal se débattant et frappant l'air vide de ses pattes durant ce qui lui semble une éternité, avant d'atterrir avec un bruit d'éclaboussure dans la boue d'une vallée peu profonde, ou sur la crête rugueuse d'une montagne, pas toujours à l'endroit où il est censé vivre. L'alligator sur un pic en altitude, la marmotte dans un marais. Ils doivent tous marcher pour trouver leur habitat, et il n'y aura aucun habitat correct tant que les plantes n'auront pas fait leur œuvre.

— Les plantes auraient dû tomber les premières, fait remarquer un hibou.

— Inutile de voir pour le savoir, dit le blaireau. Ce n'est pas de la sagesse, si tout le monde est déjà au courant.

Les herbes prennent racine et se multiplient vite, couvrant les zones basses et humides, certaines s'installant sur les plaines d'altitude. Les arbres s'enfoncent plus loin encore et entremêlent leurs racines afin de soutenir la terre, et les buissons comblent les espaces entre eux. Les fleurs n'ont pas de projet précis et se disséminent au hasard, les petites atteignant même les plus hautes montagnes.

— Nous sommes des dieux, dit le cèdre, mais nos petits ne le seront pas, ils auront besoin de soleil pour s'épanouir.

— Oui, acquiescent les herbes. Les nôtres aussi.

Les animaux appellent le soleil et lui demandent de voyager jusqu'à la terre nouvelle, d'est en ouest.

— Brille sur nous tous, disent-ils.

Et c'est ce qu'il fait, mais très bas, juste au-dessus de leur tête, si chaud que la carapace de l'écrevisse brûle et rougit, que sa chair se gâte et, de nos jours encore, les Cherokees ne la mangent pas.

Les animaux qui ont invoqué le soleil, notamment le lapin, le font remonter d'une longueur de patte, c'est mieux mais toujours trop chaud, alors encore une patte plus haut, toujours trop chaud, jusqu'à ce qu'enfin, le soleil soit à huit pattes de hauteur sur sa trajectoire. Il parcourt cet arc chaque jour, d'est en ouest, puis fait le chemin inverse encore plus haut, où personne ne le voit, au-delà de l'arche.

18

La Florida se transforme à nouveau. Après avoir traversé les prairies et une autre pinède, puisant cette fois autant d'eau qu'ils peuvent en transporter et marchant à l'ombre dès que possible, ils repèrent un paysage des plus insolites, un immense champ de maïs.

Les cavaliers qui accompagnent de Soto rapportent leur trouvaille au bataillon, où on ne les croit visiblement pas, car à leur arrivée explose un puissant cri de joie et d'émerveillement, des rires d'hommes pareils à des enfants. Le maïs est encore vert mais ils arrachent pourtant les épis qu'ils mangent crus, avec les feuilles, laissant le champ piétiné et dévasté.

— Que vous avais-je dit, les gars ? hurle de Soto. Exactement comme l'annonçait la lettre ! C'est un village d'Urriparacoxi ? demande-t-il à un guide.

Celui-ci a été épargné bien qu'il les ait menés dans le désert, et il répond d'un oui prudent et incertain. Il explique qu'aucun d'eux n'a jamais été aussi loin mais ce doit être un champ d'Urriparacoxi, sinon à qui d'autre pourrait-il être ?

Ce soir-là, ils font rôtir des lapins qu'ils mangent avec du maïs, mais ils commencent sérieusement à manquer de nourriture. Ils ont laissé trop de vivres aux sentinelles restées auprès des navires. Ils boivent surtout, et échangent des récits d'Ocale. Aucun homme n'y a encore jamais mis les pieds mais ils en ont tous une image précise.

— Des rues pavées de marbre, dit un homme. Comme dans l'Antiquité. Et pas de roi, seulement des prêtres. Urriparacoxi est le prêtre du Dieu de l'Or.

— Ce sera très différent de tout ce qu'on connaît, dit un autre. Les rues pourraient être tissées comme des matelas, tous les habitants marcheraient pieds nus et les femmes ne porteraient aucun vêtement, à l'exception de leurs parures d'or. Je pense que le roi sera entouré d'une nuée d'oiseaux, des oiseaux colorés comme ceux qu'on a vus, rouges, bleus et jaunes.

Lobillo a sa propre conception amère.

— Les rues seront maculées de votre sang dès votre arrivée. Un labyrinthe, un piège, et des flèches qui siffleront de toutes parts. Le dernier son que vous entendrez.

Mais personne ne l'écoute. Et puisqu'il s'est exprimé, les autres se moquent à nouveau d'Añasco.

— On sera plantés au pied de cette cité d'or mais on ne pourra pas y entrer. Añasco nous guidera et ne trouvera pas les portes. On se cognera aux murs et on mourra de faim.

Le lendemain matin, ils ne marchent que quelques heures avant de trouver un village. C'est le 20 juillet, peu de temps après le départ de l'expédition, et découvrir de nouveaux lieux semble facile. Ocale ne doit être qu'à quelques jours de trajet.

Ce village-là constitue un carrefour, des chemins en partent dans toutes les directions. Ils s'arrêtent tôt dans la journée et installent leur campement, et rapidement, ils aperçoivent Gallegos et Ortiz, chevauchant vers eux avec une escorte de cavaliers. Des cris puissants à leur arrivée, le retour des héros.

Gallegos semble perplexe mais salue de la main et avance jusqu'à de Soto.

— Mon frère, dit de Soto.

— Pourquoi ce retour en héros, demande Gallegos. Les casques d'or ?

— Oui, exactement, et inutile d'en discuter.

— C'est une bonne terre, dit Gallegos. Le sol est fertile ici et aussi là où sont mes hommes, dans ce qui doit être le village principal d'Urriparacoxi, et sur toute la zone. Du maïs et de l'eau. Ce maïs est sans doute ce qui fait la puissance d'Urriparacoxi. Il doit avoir un peuple important. Dommage que Vasco ne soit pas resté un peu plus longtemps pour récupérer ses esclaves.

— Qu'il aille manger ses propres tripes, lâche de Soto. Je n'ai pas envie de penser à lui. Tout va bien, maintenant. Repose-toi et mange.

— Je vais faire venir le reste de mes hommes, dit Gallegos.

— Oui. À partir de maintenant, nous avancerons en une seule armée soudée et nous raflerons tout sur notre passage.

De Soto envoie plusieurs guides pour trouver Urriparacoxi et le convoquer. Lui prendre ses villages et son maïs l'encouragera peut-être à accepter une rencontre.

Les hommes de Gallegos arrivent le lendemain et de Soto décide d'accorder encore deux jours de repos à tous. C'est un endroit agréable et facile à vivre, et qui sait les épreuves que La Florida leur réserve encore.

Le 23 juillet, ils découvrent un autre village si petit qu'ils le traversent sans s'arrêter. Le jour suivant, ils trouvent un village au bord d'un vaste lac peu profond.

— Retour aux marécages, dit de Soto, debout sur la berge.

Des hommes y pataugent d'un pas hésitant et découvrent que, presque partout, l'eau ne leur arrive qu'aux chevilles. D'immenses arbres poussent dans le lac, des cyprès, surmontés de milliers d'oiseaux de toutes sortes. Des saules et des chênes bordent les rives. Des lianes, encore, et partout de longs festons de mousse suspendue, la même jungle qu'ils ont découverte à leur arrivée.

— Ce lac est énorme, dit de Soto. Il s'étend bien au-delà du regard, je pense, et on nous a indiqué qu'Ocale se trouvait près d'un grand lac.

— Mais il pourrait y avoir des grands lacs partout, dit Moscoso.

— Non. Ocale est près d'ici. Je le sais. Je vais en avant avec des cavaliers. Reste ici avec Gallegos pour préparer le campement. Je prends Rodrigo avec moi. Nous allons trouver de l'or, mon frère.

De Soto part avec une douzaine de cavaliers en quête d'Ocale, et au bout de deux heures, le chemin s'élargit.

— Voilà ! s'écrie de Soto. Avec un chemin aussi large, il doit y avoir plus de gens qui circulent dans les parages.

Alentour, il ne voit rien d'autre que ce chemin. Une pinède mêlée de marécages.

— Retourne les prévenir, Rodrigo. Dis-leur ce que nous avons trouvé et envoie des renforts.

Rodrigo observe le chemin qu'ils viennent d'emprunter, traversant tantôt une épaisse forêt et des lianes, tantôt une pinède à découvert où il est facilement repérable. Il chevauchera seul.

Au cours de l'expédition, personne n'a encore été obligé de faire une chose pareille. Mais s'il demande à être accompagné, il passera pour un lâche et cela entachera à jamais son nom. Il est chevalier, et c'est exactement ce que font les chevaliers, s'élancer seul face au danger, alors il obéit.

Rodrigo a le sentiment que ses yeux et ses oreilles n'ont jamais été autant à l'affût. Il est si éveillé qu'il pourrait ne plus dormir pendant une semaine, très étrange, la peur la plus intense de toute sa vie. Il surveille tous les côtés à la fois, capable de repérer le moindre mouvement. Si une sauterelle bondit à l'orée lointaine de la forêt, il la verra.

Il maintient son cheval au trot, couvrant une bonne distante, tout en l'économisant pour accélérer au besoin. Il s'imagine de retour chez lui, debout devant un âtre immense par une nuit froide, racontant aux nobles de sa ville son périple, la jungle à proximité, la pinède qui le laissait à découvert, les indigènes partout.

Et c'est alors qu'il les voit, un groupe d'indigènes qui suivaient de Soto. Ils semblent surpris de le trouver seul. Ils restent plantés là, à le dévisager. Des pagnes et des tatouages sombres, des arcs et des massues, une douzaine environ. Ils regardent derrière lui, cherchent les autres cavaliers. Il éperonne aussitôt sa monture et les contourne au grand galop, il chevauche couché sur l'encolure, s'accroche à sa crinière, tandis que les flèches parcourent leur trajectoire silencieuse et invisible autour de lui, et il espère simplement qu'elles ne trouveront aucune chair où se planter. S'ils tuent son cheval, ce sera pire encore. Ils le captureront et le feront rôtir comme Ortiz.

Rodrigo ne regarde pas en arrière, il file au triple galop aussi loin que sa monture peut le porter, jusqu'à ce que le cheval halète et chancèle, puis il le met au trot et ne voit personne dans son sillage. Il cherche d'autres indigènes qui pourraient lui bloquer le passage, essaie de faire apparaître le campement et le bataillon par la simple force de son esprit.

L'énorme lac qu'il longe semble s'étirer à l'infini avant qu'il n'atteigne enfin le reste de l'armée. Il exige un cheval frais et une douzaine de cavaliers, en reçoit quatorze, et il repart aussitôt.

— Nous devons les traquer avant qu'ils ne trouvent de Soto, dit-il aux hommes.

Et ils s'élancent à travers la forêt, mais le bruit pesant de leur chevauchée la vide entièrement. La forêt ne se révèle que lorsqu'il chevauche seul. Rodrigo comprend qu'il ne voit rien de La Florida tant qu'il voyage avec l'armée.

Ils retournent auprès de de Soto en un temps record.

— Luís de Moscoso amènera l'armée entière ici demain, rapporte Rodrigo. Je lui ai expliqué la direction à suivre, ils ne se perdront pas. Et j'ai croisé une douzaine d'indigènes sur mon trajet vers le campement. Ils nous suivaient. Ils savent que nous sommes ici.

— Qu'ils viennent, réplique de Soto. Nous sommes assez nombreux, maintenant.

La journée est très avancée, de Soto décide de ne pas continuer, bien qu'il soit convaincu qu'Ocale est tout près.

Ils campent le long du large chemin entre les pins, les hommes dorment en cercle, leurs chevaux attachés au centre, deux sentinelles montant la garde.

— Partez du principe que vos chevaux sont plus importants que vous, dit de Soto à ses soldats. Pas seulement pour tuer des indigènes. L'or est lourd.

Les hommes s'esclaffent à ces propos et s'endorment, rêvant des rues d'Ocale pavées d'or.

Le lendemain matin, ils partent de bonne heure. Ils ont très peu de nourriture. L'armée tout entière sera en difficulté s'ils ne trouvent pas de quoi manger bientôt.

— Des enclos de cerfs et de dindons, dit de Soto. Il nous faut de la nourriture correcte. Et des esclaves. À Ocale, nous aurons tout cela.

Ils partent au trot, de Soto impatient de voir Ocale, mais la pinède demeure déserte, la jungle qui naît sur les rives du lac commence à gagner du terrain sur la droite.

— C'est comme chevaucher avec un seul œil ouvert, dit de Soto. On est aveugle d'un côté.

Ils entendent l'attaque avant de la voir, des cris de guerre aigus, un son terrifiant comme un chant de sirène ou un hurlement de valkyries, comme s'il ne s'agissait pas d'hommes. Puis les flèches, un cheval s'écroule, Carlos Enríquez est projeté à terre.

De Soto et les autres cavaliers se ruent vers la jungle, toutes lances et épées dehors, mais c'est peine perdue, de frapper ainsi les feuilles et les lianes.

— Repliez-vous ! hurle-t-il.

Lui et ses cavaliers font demi-tour et repartent au galop, et on hisse déjà Enríquez sur la croupe d'un autre cheval.

Ils s'arrêtent à l'endroit où ils ont dormi, où la visibilité est bonne entre les arbres et où ils pourraient renverser les indigènes avec leurs chevaux, mais de Soto sait qu'ils ne doivent pas y rester longtemps. Ils comptent déjà plusieurs blessés.

— Que deux d'entre vous aillent prévenir Moscoso, qu'il retourne au campement du lac avec l'armée. Ils ne doivent pas encore nous rejoindre.

Cette nuit-là, de Soto peine à dormir au milieu des gémissements des blessés, il se sent mis à l'épreuve et il regrette l'absence de Moscoso, il voudrait avoir quelqu'un à qui parler, même s'il n'obtient aucune réponse. Il s'exprime à voix haute.

— Ocale est proche. L'or n'est pas loin. Le Seigneur met ma détermination à l'épreuve, il veut voir si je peux être brisé, il veut voir si je rebrousse chemin aux portes de la chapelle.

Entre les arbres, les étoiles si éclatantes, des milliers de lanternes suspendues par Dieu pour nous rappeler notre raison d'être.

— Ce monde ici-bas est minable. Il n'est rien. Il ne peut pas m'arrêter.

Et au matin, ils ne retournent pas auprès de l'armée. De Soto poursuit sa route avec ses cavaliers, blessés compris. Et ils découvrent que le chemin s'élargit encore davantage.

— Ocale, dit de Soto. Nous approchons.

Ils aperçoivent les huttes d'un petit village abandonné, mais ils repèrent des indigènes à bord de canoës, qui les observent de loin. Ils se trouvent peut-être au bord de ce même lac immense, ou d'un autre marécage. De l'eau tout le long de ce côté du chemin.

— Ortiz, dit de Soto. Va leur parler. Fais-les venir et convaincs-les de nous guider. Promets-leur n'importe quoi. Ils peuvent avoir la moitié de l'Espagne.

Les hommes ricanent. Ortiz met pied à terre et entre dans le marécage, si peu profond que l'eau ne lui arrive qu'aux tibias. Il ressemble toujours à l'un d'eux, avec son simple pagne, ses brûlures et ses tatouages. Un canoë s'approche de lui, curieux.

Ils parlent, surtout par gesticulations, et un des indigènes accoste avant de s'approcher de de Soto.

— Il accepte de se joindre à nous, dit Ortiz. D'être notre guide. Il veut un peu d'or en échange. Un bracelet, une bague ou un collier. Peu importe. Pour lui permettre d'obtenir la femme qu'il veut.

— Il nous demande de l'or ?

— Oui.

— Pourquoi ne pas aller en chercher directement à Ocale ?

Ortiz s'entretient encore avec l'homme, qui est plus petit que lui, très différent des guerriers d'Urriparacoxi qu'ils ont enchaînés dans leur campement. L'homme sourit.

Ortiz se rapproche de de Soto et chuchote afin que les autres cavaliers ne l'entendent pas.

— Il trouve ça très drôle, l'idée qu'il y ait de l'or à Ocale, surtout des casques.

De Soto ne répond rien. Il remonte en selle.

— Gonzalo, lance-t-il. Retourne au campement et reviens avec trente cavaliers supplémentaires. Et que Moscoso reprenne la route avec l'armée. Nous irons tous à Ocale. Et demande-leur d'apporter du fromage et des biscuits. Nous sommes en train de mourir de faim. Reviens d'ici demain soir, au plus tard. Tu peux emmener un homme avec toi.

De Soto continue sa progression. Les guides indigènes désignent une direction qui s'enfonce droit dans un autre marécage profond qui pourrait aussi être une rivière.

Les hommes se postent sur la rive, avancent de quelques centimètres dans l'eau.

— Je pense qu'on peut le contourner, dit Ortiz. Soit par la droite, en entrant davantage sur le territoire d'Urriparacoxi, ou en restant à l'ouest, sur un sol peut-être plus sec. Je ne comprends pas pourquoi on devrait traverser par la partie la plus profonde. Et comment l'armée va nous suivre, par-là, ou même les trente cavaliers que tu as fait chercher ?

— Ocale est là-bas, déclare de Soto, le bras tendu droit devant. L'or est là-bas. Et si on contourne, on risque de trouver des eaux encore plus profondes.

— Nous pourrions monter le campement, attendre que les cavaliers nous rejoignent, peut-être même le reste de l'armée, et y aller ensemble.

— Oui, rétorque de Soto. Et on pourrait tresser des paniers avec ces roseaux, bâtir des maisons élaborées et rester ici pour toujours.

Ortiz ne répond rien.

— Dès qu'on se repose, ajoute de Soto, le village suivant se vide. Ils partent tous. Et ils emportent leur or avec eux. On peut continuer à se reposer et voir l'or prendre sans cesse un jour d'avance sur nous. Ou alors on peut partir dès maintenant, emprunter la voie la plus directe vers l'or, et en trouver peut-être un peu.

De Soto se met en selle et fait avancer son cheval dans l'eau, à la suite des guides. Un chevalier en armure, armé d'une lance, entrant dans un marécage sans la moindre idée de sa destination. Ortiz à ses côtés, un homme à moitié brûlé, à mi-chemin entre deux mondes. Quelqu'un qui les verrait pour la première fois ne comprendrait rien à la scène.

Ils pataugent dans l'eau sombre, le fond impossible à apercevoir. Ils s'enfoncent dans des trous, remontent sur des bancs de sable. Des arbres immergés et des amalgames de végétation étrange, une mousse impalpable, les entourent. Des oiseaux partout, et de gros alligators prenant le soleil sur les berges éloignées ou, gueule et yeux au ras de l'eau, laissant un fin sillage derrière eux. Des vautours par douzaines dans les arbres morts, observant et attendant.

Des flèches sifflent d'un côté, jaillissant de nulle part, une poignée d'hommes apparaît pour disparaître aussitôt dans la végétation dense. Un Espagnol est touché à la jambe, il gémit à présent. Puis des flèches de l'autre côté, des indigènes qui apparaissent encore quelques instants, de simples mirages.

— Au prochain groupe qui tire, on charge tous, dit de Soto, et quand les flèches arrivent à l'arrière sur leur gauche, ils font tourner leur monture et chargent, mais l'eau est profonde, ils n'ont ni arquebusiers, ni arbalétriers.

Les chevaliers les plus proches de la rive atteignent un sol plus ferme et parviennent à remonter sur la berge où ils encerclent plusieurs indigènes. Ortiz s'avance pour s'adresser à eux.

— Il faut les garder comme guides, dit de Soto.

La négociation est plus longue que nécessaire, mais ils finissent par accepter, se postent à l'avant, mènent de Soto et ses hommes à travers les zones les plus profondes et les plus pénibles du marécage, où ils sont sans cesse pris en embuscade. À chaque tournant, une nouvelle pluie de flèches.

Les hommes sont descendus de cheval et les mènent en pataugeant tant bien que mal. Ils grimpent sur ce qui semble être une langue de terre ferme mais ils la voient bientôt ondoyer.

— C'est la terre du démon, dit de Soto. (Il tend les rênes de son cheval à un autre cavalier, avance d'un pas lent et voit à nouveau le sol onduler.) Une terre faite d'un élément qu'on ne connaît pas. Le diable a corrompu ces lieux.

Le sol s'affaisse sous lui, il tombe dans l'eau et la boue, il doit s'en extraire à quatre pattes.

— Un jour, il en fera de même pour le monde entier. Aucune terre ne sera plus assez stable pour que l'on puisse marcher dessus, et nous glisserons tous dans les enfers.

Les flèches ne cessent de siffler, la terre ne cesse de se dissoudre, les hommes tombent et s'enfoncent sous l'eau, contraints de nager pour reprendre pied.

De Soto attend qu'ils parviennent avec leurs chevaux à un îlot de terre ferme, un lieu encore épargné par le diable. Il attend que tous ses cavaliers s'y soient rassemblés.

— Ces quatre-là, dit-il en montrant les nouveaux guides qui les ont menés jusqu'ici. Les chiens.

Les chiens ont encore moins mangé que les hommes et ils nagent dans le marécage derrière les chevaux. Ils sont affamés.

Les quatre hommes tentent de fuir mais on lâche les chiens qui sont sur eux en un éclair, fondent sur leurs parties génitales et leur ventre, les jettent au sol. Les indigènes mutilés et à l'agonie poussent des hurlements horribles, voyant leurs propres entrailles dévorées, puis réduits au silence quand leur gorge est déchiquetée. On oblige le guide du canoë à assister à la scène.

Les chiens mangent tout, ils rongent les os. Même les visages sont engloutis, les mains et les pieds, des membres désormais presque dépourvus de chair. Les maîtres rattachent les chiens, de Soto se tourne vers le guide et fait un geste du bras en avant.

L'homme est vif. Il trouve un gué depuis cet îlot vers une terre plus ferme, puis un sentier qui longe l'étendue d'eau.

Il désigne des zones de végétation plus dense où les siens pourraient se cacher, et les chevaliers s'y ruent, chassant les indigènes. Il finit par s'immerger dans l'eau jusqu'au torse, et suit le bras d'eau jusqu'à un grand arbre tombé en travers du chenal principal.

— On peut l'utiliser, dit de Soto. Comme on l'a fait avant, on passe par ici pour traverser et on construit un pont pour transporter le reste. Pedro et Diego, prenez des haches et coupez les branches. Le tronc sera plus facile à utiliser.

Pedro et Diego sont des *mestizos* de Cuba, des métis, et ils savent qu'ils ont été choisis pour cette raison. Ils feront des cibles idéales pendant qu'ils couperont les branches de l'arbre.

Pedro assène une claque dans le dos de Diego.

— C'est parti, mon frère.

Les deux hommes se déshabillent et restent en collants. Ils vont devoir nager à un moment ou à un autre, ils le savent.

L'arbre mort est immense et rongé, pas très droit, son tronc ondulé. Ils coupent ses branches sur le dessus et laissent s'épanouir celles qui poussent sur le côté. Ils suivent la partie la plus épaisse du tronc jusqu'à se trouver perchés loin au-dessus de l'eau. La cime de l'arbre est tombée dans une zone peu profonde où poussent des roseaux, une sorte d'île au milieu du chenal, plus proche de la rive opposée.

— Quelqu'un doit nous guetter en face, dit Diego.

— Oui, mais heureusement, on est bien armés et entourés de nos frères, plaisante Pedro, et Diego sourit.

— Dans ce monde comme dans l'autre, mon frère.

— Ils nous autoriseront à franchir les portes du paradis mais il y aura une salle d'attente, comme les baraquements des sentinelles, et c'est là qu'on vivra, à monter la garde et à protéger les autres pour l'éternité.

Ils continuent à couper les branches et, alors qu'ils approchent de la cime, des indigènes, leurs demi-frères, jaillissent effectivement des roseaux, mus par la furie des démons de l'enfer, ou des peuples dépossédés de leurs terres, et ils bandent leurs arcs.

Pedro et Diego glissent dans la rivière avec la rapidité de deux poissons, plongent et nagent de toutes leurs forces sous la surface. Ils s'accrochent aux branches immergées afin d'aller plus vite tandis que leurs frères au-dessus d'eux visent leur silhouette dans les flots. Ils sont touchés mais l'eau ralentit les flèches et leurs blessures ne sont pas profondes. Ils atteignent l'autre rive sains et saufs, et les indigènes s'éclipsent à nouveau. Ils sont dans l'eau jusqu'à la taille et inspectent leurs blessures respectives.

— L'attrapeur de flèches, dit Diego. C'est ton nouveau nom.

— Tu en as pris autant que moi, mon frère, dit Pedro en arrachant une flèche qui ne s'est enfoncée qu'à la moitié de sa pointe.

— La rivière semble trop profonde pour les chevaux, dit de Soto.

— Oui, rapporte Diego. J'ai plongé loin au milieu.

— Qu'une demi-douzaine d'entre vous chevauchent en amont pour trouver un endroit où faire traverser les chevaux, ordonne de Soto. Le reste s'occupera de construire le pont ici.

Et les cavaliers trouvent un endroit où la rivière peut être traversée à gué, elle y est peu profonde et très large, la rive d'en face est à environ trois tirs d'arbalète. Ils font leur rapport à de Soto qui décide de traverser là-bas, abandonnant l'arbre et le pont.

Les hommes pataugent dans le courant vif, portant leur selle et leurs vêtements au-dessus de leur tête. Ils marchent avec prudence afin de ne pas être emportés, plusieurs tirent des cordes. Par endroit, ils ont de l'eau jusqu'au cou mais ils atteignent enfin l'autre rive.

— Il n'y a plus de flèches, constate Pedro. Nos hommes se sont dévêtus, ils ont porté leur selle au-dessus de leur tête, sans pouvoir utiliser leurs armes ou leurs chevaux, et pourtant, les indigènes n'ont pas jugé le moment propice pour les attaquer.

— Ils sont encore plus fous que de Soto, dit Diego. S'ils étaient capables d'élaborer des stratégies, on serait déjà tous morts depuis longtemps.

19

Le monde est toujours froid, surtout la nuit quand le soleil revient à son point de départ, et les autres animaux accusent le lapin d'avoir installé l'astre trop haut. Ils veulent des fragments de soleil qu'ils pourront garder auprès d'eux pendant la nuit.

Le tonnerre les entend et envoie un éclair pour allumer un feu dans le tronc creux d'un sycomore. Le sycomore, mécontent d'être sacrifié, mais tout se déroule si vite, la suggestion des animaux, puis ses protestations, puis l'éclair, et fin de l'histoire. Heureusement qu'il a déjà semé ses petits.

Le sycomore s'est installé sur une île, c'est la raison pour laquelle on le sacrifie, il s'est éloigné des autres qui avaient eu la présence d'esprit de rester groupés.

Les animaux aperçoivent la fumée qui s'élève de sa souche, ils veulent un morceau du soleil qui doit encore brûler à l'intérieur mais ils ignorent comment aller le chercher.

Le corbeau y va le premier, presque le plus imposant des oiseaux avec ses plumes blanches, il parvient à traverser facilement l'étendue d'eau. En plein vol, il se sent puissant, il maîtrise avec facilité l'air et l'eau et la terre, le monde est son royaume. Mais quand il se pose au bord du tronc creux et qu'il essaie de trouver un moyen pour saisir une braise dans son bec, le feu est si brûlant qu'il lui noircit aussitôt les plumes, et il s'envole, effrayé, il se hâte de rentrer pour se lamenter sans fin sur l'injustice de la situation, car c'est lui qu'on a envoyé le premier sans rien planifier.

Wahuhu, le hibou moyen-duc, prend à son tour son envol, planant en basse altitude avec ses ailes aux motifs si intriqués qu'on les dirait tissées. Il met plus de temps que le corbeau, songeant en chemin qu'il devra observer avant tout, regarder dans le tronc avant de déterminer comment y dérober le feu. Et quand il se perche enfin au bord de la souche, qu'il en inspecte l'intérieur de ses grands yeux ronds, un souffle d'air brûlant s'en échappe. Il est projeté en arrière, presque aveuglé, mais parvient à revenir tant bien que mal, un vol erratique, virant d'un côté puis de l'autre, la tête enfoncée dans son cou, protégée, et à son retour, ses yeux sont rougeâtres et le sont encore depuis ce temps.

La chouette rayée et le grand-duc sont si touffus, avec leur épais plumage, qu'ils semblent porter une armure, ils pensent pouvoir survivre au feu, aussi s'y rendent-ils ensuite, ils s'envolent vers l'île et tournoient d'abord au-dessus du tronc, à l'affût de souris ou de serpents, puis se rappelant soudain leur devoir. Ils se perchent sur le bord du tronc creux mais la fumée s'est épaissie, une gigantesque éruption de cendres les aveugle et les expulse, et leur vol du retour est aussi erratique que celui du moyen-duc, jusqu'à ce qu'ils reviennent auprès des animaux rassemblés et se frottent les yeux sans jamais pouvoir en effacer les cercles blancs.

Nul autre oiseau ne se porte volontaire, aucune discussion n'a été encore engagée avec les poissons, et ils ne pourraient pas ramper sur la terre ferme pour y chercher la braise de toute façon, ce qui ne laisse plus que les animaux capables de traverser l'étendue d'eau, les créatures légères.

Le serpent Uksuhi, un petit reptile rapide, lève la tête au-dessus de l'herbe pour observer l'île, et les oiseaux lui suggèrent d'essayer. Ils veulent se débarrasser de lui pour sauver leurs œufs.

Il part aussitôt, évolue comme une vague dans l'herbe, puis à la surface de l'eau, la tête toujours dressée et alerte, et les animaux pensent tous qu'il va forcément réussir.

Sur l'île, il n'escalade pas la souche, exposée à la chaleur, à la fumée et à la cendre, mais il s'y faufile par un minuscule trou près du sol.

Il avance trop vite, il est déjà à l'intérieur avant même de s'être rendu compte de la chaleur extrême et de la cendre abondante. Il panique, il fonce dans un sens, s'enroule sur lui-même, brûlé et presque aveuglé par la fumée, il se cogne contre les parois jusqu'à retrouver le petit orifice par lequel il ressort en catastrophe dans l'herbe et continue sa progression irrégulière, d'un côté puis de l'autre, pour l'éternité, essayant sans cesse d'échapper aux flammes qui ont noirci son corps tout entier.

Le grand serpent grimpeur voit cela et songe qu'il peut faire mieux.

— Regardez-moi, dit-il, et vénérez-moi ensuite.

Il se déplace en ondulations régulières dans l'herbe et sur l'eau, grimpe aisément sur le tronc du sycomore. Mais il n'a rien planifié, il n'a que sa taille et sa force comme atouts. Il est si sûr de réussir qu'il ne prend aucune précaution, il enroule son corps au bord de l'orifice si bien que, asphyxié par la fumée, il tombe dans la souche brûlante. Avant d'avoir pu remonter, il est aussi noir que le petit serpent Uksuhi.

Les animaux se réunissent à nouveau. Ils n'ont toujours pas de feu, le monde est froid, aucun oiseau, ni serpent, ni quadrupède ne veut tenter sa chance, craignant désormais tous le tronc brûlant.

— Le sycomore s'est vengé, disent-ils. Nous ne pourrons que rêver du feu, être nargués, le voir fumer sans jamais sentir sa chaleur. Nous ne sommes pas destinés à l'utiliser.

Mais l'araignée d'eau annonce qu'elle ira. Elle a le corps couvert de rayures rouges, un duvet de poils noirs, ce sont déjà les couleurs du feu, elle peut courir sur l'eau et plonger sous la surface, ils savent tous que sa traversée jusqu'à l'île sera facile.

— Mais comment rapporteras-tu le feu ? demandent-ils. Tu es si petite.

— Je me débrouillerai, dit-elle, et elle tisse un minuscule bol tusti, étroit à sa base, puis s'élargissant pour rétrécir à nouveau, une forme magnifique, argentée dans la lumière du jour. Elle l'accroche à son dos avec ses soies et se met en route dans l'herbe sans rien craindre des autres animaux qui connaissent son objectif et s'écartent pour lui laisser le passage. Mais quand elle atteint l'eau où elle doit marcher pour la première fois, elle a peur car ce qui rôde sous la surface n'a pas assisté au rassemblement des animaux et se moquera bien de son objectif, et elle est si petite, si facile à dévorer.

Elle court aussi vite qu'elle peut mais elle sait qu'à chacun de ses pas, elle laisse une indentation sur l'eau, une trajectoire qui sera vue sous la surface comme des fossettes dans la lumière du soleil, formant une piste claire, une progression rapide mais pas autant qu'une créature créée pour évoluer dans l'eau. Elle panique, certaine qu'une gueule jaillira à tout instant, mais cela ne se produit finalement pas et elle atteint l'herbe de l'île.

— Tu n'étais donc pas seul ici, dit-elle au sycomore. Tu avais l'herbe avec toi, et je vois des myrtilliers, de petits buissons et même des chardons. Nous savons donc qu'il n'y a pas de justice en ce monde, ni jamais de logique. Tu as été brûlé simplement parce que tu as été brûlé.

Elle gravit le tronc qui est chaud, même à l'extérieur, elle prend son temps pour parcourir le pourtour et trouver le meilleur trou à la bonne hauteur, sous la fumée, là où la cendre se mêle aux braises. Elle trouve enfin un endroit où elle ne sera pas obligée d'entrer dans la souche, elle peut tendre la patte et extraire une braise minuscule qu'elle dépose dans son bol. S'il y a bien une chose qu'elle sait, c'est que la plus petite étincelle peut allumer le plus grand des brasiers. Son bol tusti peut contenir assez pour en allumer un premier, puis un autre, et un million d'autres encore. C'est aussi cela, le monde, songe-t-elle. Tout ce qui régit le monde aura cette même capacité, celle de prendre ou de créer non pas une seule chose, mais infiniment plus.

Elle doit cependant retraverser l'étendue d'eau. Il ne suffit pas de capturer le feu ; il faut le rapporter afin qu'il soit utilisé. Et aucune gueule sous la surface ne le saura ni ne s'en préoccupera. Encore une règle de ce monde, tout est sans cesse en péril et peut être repris à n'importe quel moment.

Elle attend sur la berge, elle sent la chaleur de la braise sur son dos et le soleil plus frais, loin au-dessus d'elle, puis elle fait ses premiers pas sur l'eau, sent la peur l'envahir, elle court et elle court, imaginant tout ce qui pourrait l'engloutir, elle bondit sur la rive opposée et continue sa course dans l'herbe jusqu'à retrouver les autres animaux.

— J'ai rapporté le feu, annonce-t-elle, hors d'haleine.

— Mais où est-il ? demandent-ils. On ne voit rien.

— Dans mon bol, dit-elle. La plus petite étincelle suffirait à brûler le monde entier. Vous devriez être mis en garde contre le feu.

— Il est froid.

— Voilà ce que j'ai appris, rétorque-t-elle. Tout peut nous être repris, et tout sera repris par quelque chose qui consume à l'infini, autant que le feu, et on ne nous donnera jamais aucune raison pour expliquer les choses. Et je pense aussi que le feu ne nous est pas destiné.

Les animaux se fichent de ses conseils. Ce qu'ils veulent, c'est de la chaleur. Ils sacrifient donc quelques herbes et des arbres qui viennent de naître et n'ont pas donné leur permission, et ils allument un feu humide et très enfumé qui chauffe mal et leur pique les yeux, et ils décrètent que l'araignée d'eau avait raison, et ils cessent de chercher à faire du feu.

C'est peut-être une coïncidence mais, sans aucune raison comme l'avait prédit l'araignée, les humains apparaissent au moment même où le feu est rapporté de l'île. Il n'y a d'abord qu'un frère et une sœur, nus, observant les animaux depuis le rivage où ils se tiennent, immobiles.

— Qui êtes-vous ? demande la fille.

— C'est la question qu'on vous pose aussi, répond le lapin.

Le garçon dit :

— J'ai faim.

Il se tourne au bord de l'eau et longe la rive lentement comme la cigogne, la grue ou l'aigrette. Puis il plonge et remonte à la surface, un poisson entre les mains. Celui-ci s'agite et se débat, ses écailles argentées dans la lumière, un saumon, le tout premier poisson. Le monde entier est regroupé ici, en cet instant, pas seulement la contrée cherokee. Mais aussi la contrée Tlingit, avec ses myrtilles et son saumon, et toutes les autres contrées.

L'ours voit cela et il a faim, il s'avance dans l'eau, sa masse gigantesque laissant un sillage derrière lui. Il ressort, un poisson s'agite mollement dans sa gueule, son ventre blanc dodu et délicieux. Et c'est ainsi que le garçon apprend aux animaux à tuer. C'est déjà inscrit en eux, le désir de manger, et ils apprennent vite. Heureusement, ils se sont reproduits avant, ils se sont multipliés, des souris courant partout dans l'herbe, pourchassées par les renards et les loups, les cerfs bondissant de toutes parts, les gros félins à leurs trousses.

C'est pourquoi nul ne remarque ce que fait le garçon. Il ne mange pas le saumon tout de suite. Il gifle sa sœur avec le poisson, puis ils le mangent, et huit jours plus tard, elle donne naissance à une petite fille, une autre qui pourra enfanter davantage.

Huit jours suffisent à la plupart des animaux pour s'enfuir dans leurs habitats respectifs, pour chasser ou se cacher. Il n'y a plus de réunions, rien que des pièges et des défenses, le mocassin d'eau tapi au bord d'une rivière au courant paresseux, l'alligator tapi non loin, les oiseaux au-dessus, le cougar tapi dans les bois, l'ours tapi dans une grotte, les araignées dans leurs toiles, attendant tous de manger ou d'être mangés, et attendant aussi le moment de s'accoupler et de se reproduire, et ce sont les deux choses que les animaux attendront jusqu'à la fin des temps.

Le frère et la sœur, eux, s'activent à un rythme bien supérieur aux animaux, un nouvel être tous les huit jours, et très rapidement, il devient évident que le monde risque d'être rempli et surpeuplé, plus rien à manger pour les autres espèces. Le bison et le cerf ne se tracassent pas car l'herbe semble pousser à l'infini, et le frère et la sœur ne mangent pas d'herbe, mais tous les autres animaux s'inquiètent. Des humains partout, à présent. Ils sont devenus impossibles à éviter.

Et soudain, le cours des choses change curieusement. Personne nc sait ni comment, ni pourquoi. Mais une femme ne peut plus enfanter qu'une fois par an, et cela survient tôt, lorsque le monde est encore assez vaste, si bien que les animaux se remettent à penser uniquement à manger et à s'accoupler, avec cependant la certitude que les humains leur réservent d'autres cruautés, car nulle règle ne s'applique aux humains. Ils ne restent jamais au même endroit, ils ne chassent pas une seule et unique proie, ni ne vivent d'une seule et unique manière.

Il faudra les surveiller, et parfois les chasser et les manger afin de leur faire comprendre qu'ils doivent rester sur leur propre territoire. Les ours y veillent, ainsi que les cougars, les alligators, les nombreux serpents et araignées. Mais le plus grand tueur d'humains est le plus petit de tous, le moustique. Personne ne le sait, et le moustique s'en fiche. Les humains ne sont qu'une variété de nourriture parmi tant d'autres.

20

Moscoso et le bataillon sont enfoncés dans le marécage quand deux cavaliers reviennent en menant des mules chargées de maïs. Un immense cri de joie qui s'élève au-dessus des hommes.

L'armée est dans un état déplorable, les hommes sont émaciés, affamés, dérapent dans la boue. Les lourdes armures et toutes les armes de corps à corps apportées dans ces marécages pour lutter contre les flèches.

Les mules se sont arrêtées dans l'eau et la vase qui leur monte jusqu'aux genoux, mais les hommes n'attendent pas. Ils se ruent sur le maïs, le dévorent.

— De Soto vous fait dire qu'il y a beaucoup à manger à Ocale. Nous avons vu de nos propres yeux leurs immenses champs de maïs. Il dit qu'il y a de l'or, aussi.

— Vous entendez ça, soldats ? crie Moscoso. Autant de maïs que vous pourrez en manger à Ocale, et de l'or !

Un rugissement émane de ceux qui n'ont pas encore la bouche pleine. Un attroupement autour des mules, des hommes qui se poussent et se font tomber dans la boue.

Seul le dos des cochons est visible à la surface, leur groin dressé pour flairer le maïs. Les chevaux, fatigués, portant un trop lourd fardeau. Les esclaves aussi, sauf les hommes plus puissants d'Urriparacoxi qui ne sont plus enchaînés et dépassent les autres d'une demi-tête.

Moscoso ne s'est pas servi en maïs.

— On a mangé des tubercules, dit-il aux hommes qui ont amené les mules. On ne sait même pas si elles sont vénéneuses. On les fait cuire et on espère que tout ira bien. Et des plantes vertes en ragoût, en espérant aussi ne pas en mourir.

— De Soto vous demande de vous hâter, explique l'un d'eux. Il n'y a pas de nourriture sur la route avant Ocale, et les indigènes attaquent. Ils se cachent et tirent des flèches avant de prendre la fuite.

— On est au courant. Mendoza, un de mes arbalétriers, est mort, et d'autres sont blessés.

— Alors dépêchons-nous. On connaît la route. Mais il y a une rivière à traverser. On a guidé nos chevaux dans l'eau mais on a perdu pied plusieurs fois.

— La Florida se montre toujours aussi généreuse, remarque Moscoso. Elle apporte toujours plus qu'on n'en voudrait.

Ils doivent passer la nuit près de la rivière, ils y trouvent de petits palmiers, des choux palmistes qu'ils peuvent manger.

Le lendemain, une vraie foire pour traverser. Cochons, chevaux, mules, vivres, hommes nus qui flottent et se lamentent, balayés parfois en aval, ne progressant presque pas dans le courant. Moscoso a décidé de jeter tout le monde à l'eau pour en terminer le plus vite possible. Des centaines de corps qui frôlent la noyade, une cacophonie au milieu d'une matinée pourtant silencieuse, et ils atteignent la berge opposée, éparpillés sur une large distance. Toute la troupe, trempée et grimpant la rive pour se regrouper, curieusement sans essuyer le moindre tir de flèches.

Les deux hommes guident l'armée jusqu'aux champs de maïs que les cavaliers de de Soto ont déjà piétinés et pillés, mais qui contiennent encore bien assez pour nourrir le reste de l'armée. Ils se déploient tous et mangent, les hommes dispersés, aucune sentinelle postée nulle part.

Cette fois-ci, Moscoso mange.

— Il ne nous a pas attendus.

Personne ne répond rien. Il semble que l'armée ne retrouvera jamais l'avant-garde, qu'elle la suivra simplement à quelques jours d'écart à travers toute La Florida.

Mais le lendemain, en fin de journée, ils rattrapent enfin de Soto près d'un autre champ de maïs.

— Mon frère, lance de Soto à Moscoso. On a de quoi manger et j'ai envoyé un messager au chef d'Ocale pour lui faire savoir qu'on veut le rencontrer.

— Je pensais que tu continuerais à avancer pour trouver de l'or. Je ne m'attendais pas à te voir si tôt.

De Soto s'approche de Moscoso et murmure :

— On ne sait absolument pas où on va. Aucun guide n'est encore jamais venu jusqu'ici. Il faut que le chef nous aide.

L'armée se repose. La terre ferme, plus d'ondulation ni d'eau périlleuse. Des centaines d'hommes installés en petits groupes disséminés dans les champs et la forêt, mais aucune flèche. Beaucoup de maïs. Ils mangent du cerf, du lapin, du raton laveur, de l'écureuil, de l'opossum, du rat musqué, tout ce qu'ils trouvent. La situation s'arrange, comme promis. L'or semble si proche.

La réponse du chef d'Ocale leur parvient le lendemain. Le messager indigène semble mal à l'aise, debout devant Ortiz, de Soto et Moscoso, et tant d'hommes rassemblés.

— Il dit qu'il nous connaît, nous autres les Castillans, il nous a rencontrés il y a quelques années, traduit Ortiz.

— Narváez, dit de Soto.

— Oui, répond Ortiz. Mais je préfère parler de l'Expédition d'Ortiz, puisque j'en suis le seul survivant ici.

Le messager continue.

— Et il connaît nos coutumes. On s'impose partout, on vole la nourriture et on détruit les villages, on viole et on tue. Et on inflige ça à des gens qu'on n'a jamais rencontrés, qui ne nous ont rien fait.

Le messager hésite, observe la réaction que provoquent ses propos quand Ortiz a fini de traduire.

— Continue, l'encourage de Soto. Dis-nous tout.

— Le chef ne veut ni d'amitié ni de paix avec nous. Il veut qu'on soit ennemis. Il dit qu'il n'a pas peur de nous, qu'il est notre égal en ce que je traduirais par bravoure. Il nous fera la guerre tant qu'on restera ici.

— Et c'est très clair, en ce moment même, déclare de Soto d'une voix forte, les bras écartés. Regardez autour de vous, voyez comme ce maïs est bien défendu.

Les hommes rient.

Le messager hésite mais de Soto lui fait signe de poursuivre.

— Il ne nous livrera pas bataille à découvert, traduit Ortiz. Il nous tendra des embuscades.

— On l'a déjà remarqué, dit Moscoso. Il s'attaque à quiconque s'aventure seul, qui sort des rangs, ils n'ont aucune bravoure.

— Il a demandé à ses guerriers de lui apporter chaque semaine la tête de deux chrétiens. Il n'en faudra pas davantage pour nous éliminer tous en quelques années. Il dit que nous ne tiendrons pas longtemps car nous n'avons emmené aucune femme avec nous.

— On lui prendra ses femmes, rétorque de Soto d'une voix puissante, et tous ses soldats l'acclament à nouveau. Et son or, aussi. Puis sa tête.

Moscoso fait poster des sentinelles et l'armée resserre son campement, mais il perd cependant quelques hommes qui se font décapiter, comme promis par le chef. Moscoso surplombe le cadavre du deuxième, découvert à l'orée de la forêt, son collant baissé autour de ses chevilles.

— Ce n'est pas la meilleure façon de mourir, commente-t-il.

Avachi sur le flanc, les bras baissés comme s'il essayait encore de remonter son collant, mais sa tête a disparu.

— Enterrez-le, ordonne Moscoso.

Et ils obéissent, mais le lendemain matin, on appelle Moscoso car les membres du cadavre sont suspendus à un arbre, offerts en pâture aux oiseaux.

De Soto vient le constater par lui-même.

— Est-ce trop demander de surveiller une tombe, ou nos hommes ?

— Non, mon frère, répond Moscoso. Mais nous n'avons aucune fortification, nous sommes trop dispersés et nos rations diminuent à nouveau. Il n'y a pas tant d'écureuils que ça.

— Alors envoie des hommes chercher à manger.

— Où ?

— Trouve un endroit.

Moscoso et Ortiz vont donc s'entretenir avec les guides qui leur parlent d'un endroit appelé Acuera. De Soto y envoie un groupe pour rapporter à manger mais, à leur retour, trois hommes et un cheval manquent à l'appel, tous morts. D'autres sont blessés.

— Ces indigènes-là sont différents, lui rapporte un survivant. Ils n'ont pas peur d'attaquer, même quand on se regroupe. Ce sont de meilleurs guerriers.

— Excellente nouvelle, lâche de Soto. On pourra donc capturer un grand nombre d'esclaves, ou les massacrer. L'un dans l'autre, je suis heureux d'apprendre qu'ils se battront.

Les soldats ne partagent pas son avis. Autour des feux, le soir, on raconte des histoires sur ces nouveaux guerriers capables d'enfoncer leurs flèches profondément dans la chair du cheval, de se ruer sur un soldat pour lui frapper le crâne d'un coup de massue bien qu'il se tienne juste à côté de ses frères d'armes. Alors qu'ils essaient de dormir, ils sont en proie à des visions de hordes démoniaques s'élançant à une vitesse improbable depuis la forêt pour venir ricaner sous leur nez avant de les éventrer. Des cauchemars dans lesquels ils sont taillés en pièces avant d'être suspendus aux branches d'arbres.

Le lendemain matin, ils contemplent un spectacle qui vient confirmer leurs mauvais rêves. Les fragments des trois soldats tombés, accrochés aux arbres autour d'eux. Pénis et scrotum, scalp, membres, entrailles, leurs dos brisés en morceaux, tout ceci suspendu et offert en pâture aux oiseaux.

— Ça signifie, dit Tovar, qu'ils étaient ici la nuit dernière, juste à côté de nous pendant notre sommeil, alors même qu'on avait posté des sentinelles. Les sentinelles ne les ont pas vus. Et je ne comprends pas pourquoi ils ne nous ont pas égorgés.

— Tu es destiné à devenir un grand meneur d'hommes, dit de Soto. Un meneur d'hommes courageux, une source d'inspiration pour tes troupes. Avec Añasco pour t'ouvrir la route et Lobillo pour surveiller tes arrières, tu seras invincible.

— Tes soldats sont suspendus dans les arbres, dit Lobillo. Tes soldats, Hernando. La pureté de ton sang a été certifiée. Tu as obtenu un décret royal qui te permet de disposer à loisir de chaque membre de ton armée, c'est plutôt réussi.

— Ça suffit, dit Moscoso. C'est exactement pour cela qu'ils suspendent les morceaux, pour semer la discorde entre nous.

De Soto s'approche de Moscoso et lui saisit le visage entre ses deux mains.

— Mon frère, c'est en toi que j'ai le plus confiance, alors je ne veux pas t'entendre dire une chose pareille. Ils ne réfléchissent pas. Ils n'ont aucune stratégie. Ils suspendent les morceaux parce que ce sont des animaux. Ne l'oublie jamais.

— Désolé, mon frère, dit Moscoso.

De Soto se retourne vers les autres.

— Il faut redonner le moral aux troupes. Qu'on jette un indigène aux chiens. Prenez Bruto. Qu'on leur rappelle un peu l'ordre des choses.

Le guide du canoë, qui voulait un peu d'or pour obtenir une épouse, est parvenu jusqu'à présent à échapper à la colère de de Soto, il a fait tout ce qu'on lui demandait, mais c'est lui qui se trouve à proximité quand l'ordre tombe, si bien qu'on lâche Bruto sur lui et il hurle lorsque le chien lui arrache ses parties génitales, qu'il l'éventre, et qu'il lui dévore les entrailles. Encore en vie quand il lui arrache la chair des cuisses en grands lambeaux. Cette tête de démon, et ses grognements rauques, et son corps mutilé. Puis le chien lui saisit le visage, et c'est la dernière chose qu'il voit, l'intérieur d'une gueule.

Les hommes rient en le regardant ainsi mis en pièces et cela semble effectivement être l'antidote parfait contre les arbres.

Après ce divertissement, ils détachent les fragments de leurs frères et les enterrent dans une fosse commune, incapables de différencier leurs membres. Et ils postent une sentinelle près de cette tombe, qu'on relève jour et nuit.

— La nourriture, dit Moscoso. Il faudrait qu'on rassemble toute la nourriture des alentours et qu'on calcule combien de temps elle nous permettra de tenir.

— Oui, acquiesce de Soto. Une tâche parfaitement féminine. Que Lobillo s'en charge.

Lobillo y consacre plusieurs jours, mais il finit par calculer qu'ils ont de quoi se nourrir pendant trois mois.

En attendant, les hommes ont fait du campement un lieu de vie plus permanent, bâtissant des abris et nettoyant les zones à l'orée de la forêt pour que les sentinelles puissent patrouiller. Ils ont très peu d'esclaves et les Espagnols sont contraints de tout faire eux-mêmes. Ils ramassent du bois et cuisinent. Des mortiers de pierre trouvés dans les villages saccagés, pour piler le maïs qu'ils tamisent ensuite dans leurs cottes de mailles. Ils cuisinent sur le feu dans des récipients en terre cuite. Ils imaginent toutes les façons possibles de préparer le maïs. La plupart le mangent simplement cru mais d'autres le font bouillir, le cuisent en ragoût avec des plantes, de l'opossum ou de l'écureuil, le font sécher au soleil. Ils se sentent peu à peu chez eux, parfois dérangés par les disparitions régulières d'un de leurs frères qui réapparaît inévitablement décapité, avant d'être enterré pour renaître un peu plus tard dans les arbres, malgré toutes leurs précautions.

Un matin, alors qu'ils contemplent les lambeaux de chair flottant au vent, Añasco soumet son opinion à de Soto et à tous les hommes rassemblés.

— Ce sera une de tes grandes innovations dans le royaume de la chrétienté, un changement dans toutes les cathédrales, les membres des défunts suspendus au plafond des chapelles en guise de décoration. Quand la chair aura pourri, on sculptera dans le marbre des répliques des morceaux qu'on accrochera avec des cordes dorées à distance alléchante des mains de tous les indigènes vaincus qui tenteront d'émerger du sol. Tu pourras utiliser l'or qu'on trouvera ici pour faire ta chapelle.

— Les chiens apprécient aussi la viande espagnole, avertit de Soto.

— Et où est l'or ? continue Añasco. Tu as promis qu'il y en avait à Ocale, mais nous y voilà arrivés et seul le soleil est doré quand il nous cuit au milieu de la journée. Les soldats se rendent-ils compte qu'on est arrivés à Ocale, la terre promise ? Tu comprends ce que ça présage pour notre quête d'or à La Florida ? Vasco était peut-être un vieux scrotum de baudet malveillant, mais il avait raison à ce sujet.

— Libre à toi de partir avec tes hommes, dit de Soto. Je te relève officiellement de tes fonctions. Lobillo aussi, avec les siens. Mieux vaut que vous montiez votre campement dans la jungle et vous vous fassiez massacrer ailleurs. Tu affirmeras à tes hommes avoir retrouvé le chemin des bateaux, et tu constateras ton erreur d'orientation à l'instant où tu verras le soleil se lever au-dessus de l'eau, au lieu de s'y coucher.

— C'est très généreux de ta part, mais je pense qu'on va rester près des rations de nourriture, merci. Et je m'amuserai à te regarder échouer. Il ne me reste rien d'autre que ça. Et c'est peut-être suffisant. Je resterai assez longtemps pour te voir mourir.

— Mes frères, dit Moscoso. Assez. C'est exactement ce qu'ils cherchent.

— Je suis fatigué d'écouter des femmelettes se plaindre, dit de Soto. Je vais prendre des hommes avec moi et trouver la contrée d'Apalachee. Les indigènes en parlent. Sept jours de chevauchée et davantage de maïs. On devrait aller voir. Gallegos et Ortiz pourront m'accompagner.

— N'oublie pas l'or, pendant que tu y es, dit Añasco.

— En fait, tu vas m'accompagner, toi aussi, dit de Soto. Au cas où on aurait besoin de creuser des latrines ou de ramasser du bois. Amène une poignée de tes meilleures dames de compagnie.

Ainsi, le lendemain, le 11 août 1539, de Soto prend la route avec cinquante cavaliers et cent fantassins, dont Añasco et une partie de ses hommes. Moscoso demeure au campement avec le reste de l'armée.

Ils traversent une forêt de feuillus, de grands arbres qui prodiguent de l'ombre, peu de broussaille entre les troncs.

De Soto lance sa monture au galop et crie de plaisir, son escorte à ses trousses.

— Enfin une vraie forêt ! dit de Soto alors qu'il fait ralentir son cheval. Une terre ferme, ni marécage ni marais, pas de jungle impraticable, pas de sol traître ni instable. C'est peut-être ici que je bâtirai ma première cité, à l'ombre de ces immenses arbres. Imaginez les maisons entre les troncs, comme ce serait agréable. Et un sol plat où la terre peut être labourée. Il faut faire venir des navires entiers de colons, dès que possible.

— Oui, dit Gallegos. Une belle terre.

Ils continuent à travers la forêt, le trajet le plus facile de toute l'expédition, et en fin de journée, ils trouvent un village et davantage de maïs.

— Vous voyez, dit-il à ses hommes. La Florida connaît l'abondance. Il nous suffit de monter à cheval et de venir nous servir. Qu'a donc découvert Añasco, à part la certitude qu'il n'a pas de couilles ? Imaginez sa stupeur quand, une nuit, il a posé la main entre ses jambes.

Ses hommes rient. Añasco et les siens, non.

Ils passent la nuit sur la rive ouest d'un lac, dans un village aux maisons rondes érigées avec des poteaux incurvés. Des foyers à l'intérieur, des plateformes où des couchettes sont installées en hauteur tout du long des murs. Les hommes, heureux de ne plus dormir à même le sol, hors de portée des serpents.

Deux hommes abattent un ours noir. De Soto vient voir.

— Il mangeait des baies, dit l'un d'eux.

L'ours fait environ la taille d'un homme, pas plus grand. Une épaisse toison noire où s'enfoncent profondément deux carreaux d'arbalète. La langue pendante dans cette cage de dents.

— Je vais goûter la langue, dit de Soto. Je suis curieux. Et gardez les couilles pour Añasco. Elles prendront un goût sucré avec le temps, et il pourra les manger avec un peu de chardon ou de crottes de lapin, d'ici quelques jours.

Les hommes sourient.

Ils cuisinent sur le feu à l'aide de poteries indigènes où des épis de maïs ont été pressés pour y imprimer des motifs.

— Du maïs, dit de Soto. Ces gens-là n'ont aucune imagination, à l'exception du maïs. Je suis sûr qu'ils vénèrent un dieu du maïs. Je leur poserais bien la question mais ils sont trop doués pour prendre la fuite.

Sans Moscoso à ses côtés, il n'y a personne avec qui parler. Gallegos, ce n'est pas pareil. D'une bonne volonté et d'une loyauté à toute épreuve, mais muet comme un bout de bois quand il s'agit de faire la conversation. Une partie de ses soldats sont assis non loin mais ils sont curieusement inatteignables. Il peut leur donner n'importe quel ordre, sauf celui d'échanger une conversation banale. Ortiz est là, mais il est toujours perdu dans son propre monde.

Le lendemain matin, de Soto gravit un tertre qui doit être utilisé pour les rites funéraires. On y a ajouté des strates supplémentaires pour les nouveaux cadavres.

— Peut-être que le moment est venu de leur rendre la pareille, dit-il, et il ordonne à ses hommes de déterrer ce qui ressemble aux ajouts les plus récents.

Les hommes assignés à cette tâche sont mécontents, frapper le sol pour essayer de l'entamer, puis tirer et libérer les morceaux de corps en décomposition, pas frais du tout.

— Je veux les voir suspendus en plusieurs parties, exactement comme on les a vus faire, dit de Soto, et les hommes sont obligés de découper les corps pourrissants, nouer les os à des cordes avant de les hisser dans les arbres.

Encore de la chair sombre accrochée, mais surtout de la terre et des os.

— Que le chef d'Ocale voie ça, dit de Soto.

— On n'est plus sur son territoire, dit Ortiz. C'est celui d'un autre peuple. Ils ne comprendront pas pourquoi on a fait ça.

— Ils font sûrement tous la même chose.

— Non.

— Tu ne connais que deux petites tribus d'indigènes, et des minables, alors ne viens pas insinuer que tu es expert en la matière.

— Jamais. C'est toi qui joues à ça.

— Je préfère quand tu te tais.

— Oui, c'est mieux de n'entendre qu'une seule voix sanctifiée, lance Añasco. Celle de notre visionnaire.

— Mon frère, dit Gallegos. Tu vas trop loin.

De Soto décide de ne pas réagir. Ortiz s'est déjà renfermé dans la partie brûlée de son être, il reste assis là à attendre qu'on lui ordonne de remonter en selle.

Ils découvrent d'autres villages au fil des jours suivants, une région fertile avec de l'eau et des prés un peu plus en hauteur, plus de marécage, beaucoup de gibier et de maïs, et partout, ces mêmes maisons rondes abandonnées.

— Ils ne veulent pas se battre, constate de Soto.

Le 13 août, ils trouvent plusieurs villages et, on ignore comment, mais en chemin, Añasco parvient à capturer une trentaine d'indigènes, hommes et femmes.

— Bien, dit de Soto. Tu n'es pas comme Lobillo. Je te l'accorde. Tu ne sais jamais où tu es, tu pars toujours vers le sud pour trouver la Norvège, mais Vasco aurait pu te prendre à son service pour lui dégoter des esclaves.

Ces indigènes sont utilisés sur-le-champ, Añasco, Gallegos et de Soto amènent les femmes dans les huttes rondes et vides, où leurs soldats les violent, encore et encore. On oblige les hommes à ramasser du bois et à porter de l'eau en écoutant les cris.

Ce soir-là, un homme se présente, sortant seul de la forêt. Ortiz peine à comprendre cette nouvelle langue et, fort heureusement, il trouve un des hommes pour lui servir d'interprète de fortune.

— L'homme dit qu'il est leur chef, explique Ortiz à de Soto.

— Il n'a pas l'air d'un chef. Ça pourrait être un piège.

— Oui, mais il dit que si on relâche ses gens, il fera la paix avec nous et nous fournira des guides et de la nourriture.

— C'est un peu tard pour relâcher certaines femmes, dit de Soto.

Il n'y a plus de cris, mais les gémissements sourds des mourantes dans les huttes, les hommes s'acharnant encore sur elles. Cent cinquante hommes, et moins d'une douzaine de femmes.

— Mais essayons, dit de Soto. On a terriblement besoin de guides. On ne sait rien de la région. Relâchez tous ceux qu'Añasco a capturés mais gardez leur chef sous haute surveillance.

Les indigènes sont libérés, les hommes portent leurs femmes et disparaissent dans la nuit. Le chef reste.

— J'espère vraiment que c'est leur chef, dit de Soto.

— Ils étaient à moi, la décision me revenait, proteste Añasco.

— Pas vraiment, non, rétorque de Soto. On en discutera avec le roi pendant ton procès pour insubordination.

— Le roi est en Espagne, lance Añasco. Il faut d'abord que tu rentres en Espagne.

— C'est une menace ?

— Seulement la vérité. Tu mourras ici.

— Añasco, intervient Gallegos. Ça suffit.

De Soto ne sait pas trop quoi dire ou faire à propos d'Añasco. Il ne peut pas le tuer. C'est un *contador* du roi.

Le lendemain matin, les hommes du chef apparaissent à l'orée du bois, armés.

— Ils sont nombreux, rapporte Ortiz. Un groupe de guerriers, ils ne sont pas venus en paix.

Le chef s'exprime, il reste calme et amical, et pointe le doigt vers ses guerriers.

— Il nous demande de le mener à eux. Ils l'écouteront et lui obéiront. Il va leur demander d'apporter à manger, de nous guider et tout le reste.

— Et tu lui fais confiance ?

— Non, mais c'est l'étape suivante. Que veux-tu faire d'autre ?

— Que quelques gardes l'accompagnent, dit de Soto. S'il tente quoi que ce soit, abattez-le. Assure-toi qu'il le comprenne bien.

Ortiz s'exprime tant bien que mal par l'entremise de l'interprète, et tout est prêt. Le chef est escorté par quatre sentinelles armées d'épées, qui restent près de lui. Mais alors qu'ils atteignent la lisière de la forêt, le chef saisit l'homme devant lui par le casque et le jette à terre. Les trois autres dégainent leur épée mais ils sont trop lents, cet homme à lui seul les frappe à coups de pied et les fait chuter, un homme qui tient plus d'un guerrier que d'un chef. Le problème, c'est leur armure. Ils sont trop lourds. Ils tombent comme des pierres. Le chef s'enfuit dans la forêt, rejoint ses hommes et ils battent en retraite dans une colline aux arbres touffus.

— Tes hommes sont impressionnants, commente Añasco. Les gardiens du royaume. La chrétienté n'a rien à craindre.

— Bruto, dit de Soto. Lâchez Bruto.

La légende raconte que Bruto s'élance, double les guerriers avant de saisir dans sa gueule le bras du chef qu'il retient jusqu'à ce que les Espagnols viennent le capturer. C'est la version que les Espagnols raconteront plus tard. Mais dans les faits, plusieurs chiens sont lâchés et ils se ruent sur les premiers indigènes qu'ils trouvent, et ils ont faim, ils n'attendant pas, ils déchirent et déchiquètent et dévorent. Le passage de la fable qui est véridique, c'est que les indigènes apprendront à craindre les chiens de guerre, et que le nom de Bruto gagnera la réputation d'être le plus vicieux d'entre tous.

On ramène à Añasco quelques-uns de ses esclaves, ceux qui n'ont pas disparu dans la nature ou qui n'ont pas été dévorés, mais les hommes du campement regrettent la perte des femmes, cédées dans un marché voué depuis le début à l'échec. De Soto n'a pas trouvé d'or, il n'a fourni que peu de nourriture et de femmes, mais il a généré une souffrance presque constante depuis leur arrivée à La Florida, un grand nombre de blessures et de morts, et rien n'échappe aux hommes.

— Pueblo de la Malapaz, dit Añasco. Ce sera le nom de cet endroit, le village de la mauvaise paix. Ou on peut aussi le baptiser de Soto, si tu veux que chaque village porte ton nom. Des siècles durant, les gens seront obligés de voyager depuis de Soto à de Soto, sans jamais savoir où ils vont.

21

Le corps décapité de leur mère gît entre eux tandis qu'ils contemplent les étoiles au-delà de la cime des arbres.

— C'est quoi, exactement ? demande le garçon. Je ne l'ai jamais su. J'aurai dû lui poser la question, à elle.

— Tu ne connais pas l'histoire de l'endroit où le chien s'est enfui ? l'interroge l'Enfant Sauvage.

— Non.

— Tu veux que je te la raconte ?

— On a toute la nuit devant nous, alors oui.

— C'est aussi une histoire de maïs.

L'Enfant Sauvage raconte l'histoire d'un village cherokee, peuplé d'un grand nombre d'habitants, ce que le garçon peine à imaginer, n'ayant vécu qu'avec Kana'ti et Selu, et son frère aîné depuis peu.

— C'était l'époque où le monde était plus jeune, dit l'Enfant Sauvage. Il n'y avait pas autant d'étoiles, pas ces épaisses traînées en travers du ciel comme ça, mais quelques-unes éparpillées ici et là.

— Comment y a-t-il pu y avoir une époque plus ancienne ? On est à l'aube des temps. Mes parents sont des dieux. Il n'y a pas d'autres êtres humains. Tu es créé à partir de l'eau.

— Si tu ne te tais pas, tu ne pourras pas écouter l'histoire, rétorque l'Enfant Sauvage.

Le garçon se tait et écoute.

À cette époque, les gens préparaient leur repas à base de maïs séché qu'ils déposaient dans une souche creuse et pilaient à l'aide d'un long bâton. L'Enfant Sauvage décrit un vieux couple et leur réserve de semoule de maïs qu'ils conservent comme tout le monde dans un panier. Mais une partie de leur semoule disparaît un jour.

— Dans un village cherokee, personne ne dérobait jamais rien aux autres, dit l'Enfant Sauvage.

Et quand le vieux couple inspecte plus attentivement la semoule répandue, ils distinguent les traces de pattes d'un énorme chien, bien plus grandes que celles d'un chien ordinaire.

— C'est quoi, un chien ? demande le garçon.

— Mais c'est impossible ! dit l'Enfant Sauvage. Comment veux-tu que je raconte l'histoire si tu ne sais même pas ce que c'est, un chien ?

— Eh bien alors, c'est quoi ?

— C'est un descendant du loup, mais il a appris à aimer les hommes.

— Si tu parles d'une époque plus ancienne, comment c'est possible que quelque chose y existe déjà alors que ça n'existe pas ici ?

— Tu es un destructeur d'histoires, dit l'Enfant Sauvage. Il interrompt son récit et ils restent étendus là, à écouter pousser le maïs.

— Ce chien était un chien géant, finit-il par poursuivre, incapable de se retenir, voulant entendre sa propre voix. Un esprit chien. Le vieux couple savait qu'il venait d'un autre monde et qu'il était immortel.

Ils racontent ce qui s'est passé aux autres villageois, leur montrent les empreintes. C'est un esprit chien, tout le monde en convient, car c'est en groupe que l'on croit à l'au-delà et à tout ce qui s'y rapporte, on ne croit jamais seul, et tout le monde convient aussi qu'il est imprudent de laisser ce chien rôder et qu'il faut lui flanquer une peur terrible afin qu'il ne revienne jamais.

— Tout ce qui est étrange doit être repoussé et éloigné, dit le garçon.

— Oui.

— Alors comment est-ce qu'ils s'y sont pris ?

L'Enfant Sauvage décrit les tambours et les hochets en carapaces de tortue que les villageois utilisent pendant leurs cérémonies.

— On devrait en fabriquer, nous aussi, dit le garçon.

— Oui, on le fera.

— Cette époque plus ancienne où l'on trouvait déjà tant d'objets qu'il n'y a pas ici, dit le garçon. Mais c'était pourtant avant les étoiles, quand il y en avait très peu dans le ciel.

Les villageois se cachent autour de la hutte du vieux couple et de leur panier de semoule. Ils attendent dans l'obscurité, sans couteaux ni lances, ils sentent combien ils sont petits. La nuit est longue, mais ils entendent enfin un bruit d'ailes, loin au-dessus d'eux, puis le son s'intensifie, comme l'explosion d'ailes dans la grotte en haut de la montagne après que les garçons ont déplacé le rocher, et la forme gigantesque d'un chien atterrit au milieu d'eux, près du panier. De larges bajoues dégoulinantes, des crocs scintillants même à la faible lueur des quelques rares étoiles, mais son corps est aussi noir que la nuit et impossible à distinguer, tout juste perceptible, sa masse imposante.

Les villageois sont terrifiés, mais ils se dressent néanmoins avec leurs tambours et leurs hochets, ils crient et font autant de raffut que possible.

Le chien géant est pris au dépourvu, il recule de côté, comme frappé par les sons, sa masse invisible semble se déplacer comme une montagne. Et il esquive d'un côté, de l'autre, perturbé par les villageois qui l'assaillent de toutes parts, il s'élance dans une course effrénée sur un sentier qui gravit une colline, et de là, il bondit dans les airs, son corps se fondant à nouveau dans le ciel noir, tout cet espace sombre qui semble vivre et respirer.

— Je le sens, moi aussi, dit le garçon. Dès que je regarde le ciel. Je suis certain que l'obscurité est un corps, et je le sens grandir à chaque respiration.

— Oui, acquiesce l'Enfant Sauvage. C'est le chien géant. Mais il était pris d'une telle panique qu'il a recraché la semoule de maïs, qui s'est transformée en cette épaisse traînée d'étoiles, elles nous montrent par où il s'est enfui. Elles ont laissé une piste. Et on a beau scruter ces étoiles, on en voit sans cesse apparaître de nouvelles, c'est aussi la promesse que le maïs ne viendra jamais à manquer, qu'on en aura toujours assez.

Le garçon contemple l'obscurité au-dessus de lui, il essaie de la voir bouger entre les étoiles, il écoute le maïs déployer ses longs doigts et se rapprocher lentement d'eux. Tout est vivant, en bas et en haut. La boue elle-même, remontée par le coléoptère d'eau, remue encore.

— Je pense que chaque chose est un esprit, dit-il à son frère aîné. L'esprit de la terre, l'esprit de la roche, l'esprit de l'air, et bien sûr, les arbres et chaque animal, et l'eau. L'eau, surtout. L'eau t'a créé et peut créer n'importe quoi d'autre.

— L'eau ne m'a pas créé.

— Oui, je sais. C'est moi qui t'ai créé, pour détruire tout ce que j'aime.

La nuit est longue mais ils doivent rester éveillés. Le garçon repense aux hochets en carapaces de tortues, se demande ce qu'on éprouverait à faire partie d'un village, tant de gens, se demande s'il reste des femmes dans le monde. Il a le sentiment que l'époque ancienne de la création des étoiles s'est en réalité déroulée plus tard, avec des chiens et des hochets, mais qu'on la connaît pourtant déjà, comme si le garçon et ses parents contenaient déjà l'avenir en eux. Ils sont peut-être déjà en train de le créer, par leurs histoires et leurs pensées. Peut-être que ce village n'avait jamais existé avant que l'Enfant Sauvage n'en parle cette nuit.

— Que peux-tu créer d'autre ? demande-t-il à son frère.

— Seules mes mains le savent, répond l'Enfant Sauvage. Je commence, et je regarde ce que je crée prendre forme. Je ne sais pas à l'avance ce que ce sera.

— Ça me semble possible, dit le garçon. Je crois que c'est ainsi que tout est créé, même la parole et la pensée. On ne sait rien à l'avance, et ça peut prendre n'importe quelle direction.

Le maïs grandit toujours, renforcé dans l'obscurité, lourd. Leur mère pousse partout autour d'eux, et le garçon se demande où nous allons après notre mort. Dans le sol, visiblement, et dans les plantes. Du sang dans chaque terreau.

— J'aimerais la rejoindre, dit le garçon. Dans la terre, et ne plus jamais avoir à penser.

— Ce n'est pas à toi d'en décider, rétorque l'Enfant Sauvage.

— Je sais.

Quand les étoiles s'effacent enfin et que le ciel bleuit, le maïs est presque aussi grand qu'un homme, des pieds larges et solides qui s'élèvent en zigzag comme la course affolée du chien, des épis lourds et des touffes suspendues aux extrémités. Seul le centre de chaque plante est résistant, tout le reste pend mollement, comme si le champ tout entier allait s'effondrer.

— Il y a tant d'espaces vides, dit l'Enfant Sauvage.

— Oui. Le maïs n'a pas poussé là où on n'a pas nettoyé, et je crois que ça restera éternellement le cas, à cause de ce que nous avons fait. Le maïs poussera à certains endroits, et pas à d'autres.

— C'est ta faute. Tu as dit que les règles n'avaient aucun sens. Tu as dit que tout était inventé et qu'on n'était rien obligé de suivre.

Le garçon réfléchit. Le ciel d'un bleu plus clair, le maïs immobile qui ne pousse plus, aucun son ne s'en échappe, pas de vent, rien que les distants clapotis de la rivière. Il se sent ancré à ce monde qu'a créé le coléoptère d'eau, conscient de ses bords, de ses limites exactes et lointaines.

— Certaines règles doivent être vraies, dit le garçon, mais on ne saura jamais lesquelles. On ne sera jamais capables de faire la différence entre les vraies et celles qu'on a inventées.

— On n'a pas nettoyé le sol correctement, dit l'Enfant Sauvage, et le maïs ne poussera pas partout. Et on ne l'a traînée que deux fois, au lieu de huit, qu'est-ce que ça signifiera ?

Leur mère est le maïs. Elle n'a jamais été une personne véritable. Le garçon le conçoit mais n'arrive pas à y croire.

— On la retrouvera deux fois, dit-il enfin. Deux fois par an, peut-être ? Elle ne poussera peut-être que deux fois par an, et pas tout au long de l'année ?

Il éprouve une profonde tristesse. Parce qu'il a refusé d'aider son frère, il comprend que sa mère viendra les voir moins souvent. Il sait que sa vie se résumera à cela : agir en pensant faire une chose en particulier, pour se rendre compte plus tard qu'il s'agissait d'une tout autre chose.

— Le problème ne vient pas que de toi, dit-il à son frère aîné.

22

DANS le village suivant, il y a tant de maïs que les hommes le baptisent Villafarta, la cité de l'abondance. Les plaisanteries ont fait bon train à l'idée de voyager depuis de Soto à de Soto dans l'espoir de trouver un jour de Soto, mais la quantité de maïs les impressionne tellement qu'ils attribuent un meilleur nom à ce lieu.

Ils découvrent aussi de petites châtaignes qui poussent sur des buissons. Délicieuses, surtout préparées avec de l'écureuil ou du serpent. La Florida semble produire une telle variété de serpents, ils font partie intégrante du régime des soldats. Ils les enroulent sur des bâtons et les mettent à rôtir sur le feu jusqu'à ce que la peau se détache facilement. La chair est un peu molle mais goûteuse, et parfaite accompagnée de châtaignes.

Les écureuils sont si puissants, tout en muscles et sans graisse. Les bruns, ceux qui vivent à même le sol, ont un goût de boue, mais les gris qui nichent dans les arbres sont plutôt savoureux, meilleurs que les lapins. Ce que les hommes ont en grande quantité, c'est du temps. De longues heures au campement, à attendre la direction suivante que de Soto choisira au hasard. Et il n'y a généralement aucune femme, et plus une goutte de vin non plus. La cuisine est leur seul divertissement. Ils ont peu de poêles à disposition, très convoitées, et les hommes les utilisent pour inventer toutes sortes de sauces à partir d'ingrédients qu'ils trouvent dans la forêt, tentant de découvrir de nouvelles saveurs. Les châtaignes sont très prisées pour imprégner la viande d'un parfum délicat.

De Soto est devenu le juge incontournable de tous les concours culinaires, préférant la viande rouge comme celle de l'ours, du cerf ou des anguilles cuites dans leur propre sang. Il décrète que les châtaignes sont une réussite absolue.

— Récupérez-en plusieurs plants, dit-il à ses hommes. Il faut qu'on en rapporte avec nous en Estrémadure. C'est si simple à faire pousser, en petits buissons, inutile d'attendre que des arbres grandissent, et leur saveur est délicieuse, c'est comme un morceau de printemps enfermé dans une coque sombre.

Le 16 août, ils sont bloqués par une rivière plus difficile à franchir que jamais.

— Construisez un pont, dit de Soto. Pas le choix.

Toute la journée, ils érigent ce pont, abattent de nombreux arbres, mais il ne permet l'accès qu'aux hommes, pas aux chevaux.

— Nous traverserons demain, déclare de Soto.

— Et pourquoi ? demande Añasco.

Trop d'hommes sont rassemblés autour d'eux. De Soto ne peut pas se contenter de l'ignorer.

— Eh bien, pour trouver de l'or, pour conquérir des cités et explorer de nouvelles contrées. Ce qu'on fait pendant une expédition. Pour être des chevaliers, et pas des femmes.

— Il n'y a pas d'or, réplique Añasco.

— Il y a de l'or.

— Pourquoi n'en a-t-on pas encore vu, alors ? Ortiz, tu as vu de l'or, pendant toutes tes années passées ici ?

— Non, dit Ortiz. Il n'y a pas d'or à La Florida.

— Tu vois ?

— Tant que tu n'as pas trouvé d'or, il n'y en a pas, dit de Soto. Et quand tu en trouves, tu es soudain riche et tu es un homme différent quand tu rentres chez toi. J'en ai déjà fait l'expérience au Pérou et au Nicaragua. Ce n'est pas ma première expédition. Les hommes faibles comme toi affirment toujours que c'est impossible. Les guerriers sont trop nombreux à combattre, ou les montagnes sont trop hautes pour être gravies, ou on n'a pas assez d'eau et de vivres, ou ma maman me manque. Mais quand on trouve de l'or, là, vous voulez tous votre part.

— On n'a pas croisé un seul indigène qui porte de bijou en or. Pas même le plus petit. Et pourtant, l'or est la seule chose qui semble avoir de la valeur. Au Pérou, il avait de la valeur pour les gens, non ? Et au Nicaragua aussi ? Ils en faisaient des bijoux et ils les arboraient pour faire étalage de leur richesse, non ?

— On n'a vu que des pauvres hères aux abords du territoire, dit de Soto. Ceux qu'Ortiz connaît. Ils semblent vivre plus de mille ans en arrière. Ils ne fabriquent rien et ne font que chercher de la nourriture. Mais quelque part, ailleurs, on trouvera une civilisation plus importante. Peut-être dans la contrée de l'Apalachee.

— Narváez n'en a jamais trouvé.

— Moi, j'y arriverai.

— Cabeza de Vaca a fait le trajet à pied entre ici et La Ciudad de Mexico, et il est arrivé les mains vides.

— Il avait des informations pour le roi. Je pense qu'il a trouvé de l'or.

— Oui, c'est ce que tout le monde croit. Mais serait-il vraiment rentré sans rien, pas même la moindre pépite, s'il avait découvert de telles richesses ?

C'est un bon argument, tous ceux qui les écoutent doivent le savoir, et de Soto est las de son manque de foi. Gallegos devrait intervenir pour l'aider mais il garde le silence.

— Je ne vais pas débattre, dit de Soto. Ceux qui veulent trouver de l'or traverseront avec moi demain.

— Demain, nous devrions plutôt reprendre la route vers les navires, déclare Añasco. Cette expédition est un échec. Il est temps que tu l'admettes.

— Tu peux repartir vers les navires demain. Avec tes talents en matière d'orientation, tu les atteindras en même temps que moi, quand j'aurai terminé d'explorer le reste de La Florida.

Les soldats s'esclaffent et de Soto est enfin libre de s'éloigner. Il se demande si les hommes traverseront la rivière avec lui, le lendemain.

Au petit matin, la rivière semble pire encore, le courant plus puissant. Il a gonflé en tourbillons d'eau brune. Un orage en amont. Le pont tient à peine, les rondins s'agitent d'un côté et de l'autre, on ne peut y faire passer qu'une poignée d'hommes à la fois. Ils avancent comme des aveugles et mènent leurs chevaux qui nagent à côté d'eux en amont du pont. Les chevaux, paniqués, heurtent la structure et menacent de la briser.

— Les gloires de La Florida, commente Añasco. Une expédition parfaitement planifiée. On se dirige comme des flèches vers l'or.

De Soto regrette de ne pas avoir laissé Añasco avec Moscoso.

La traversée de la rivière prend toute la journée. Cent cinquante hommes avançant lentement, un petit groupe après l'autre. Les provisions et le matériel doivent être portés aussi car les chevaux ne peuvent pas se charger du fardeau quand ils nagent. Certains d'entre eux essaient de grimper sur le pont, retardant la progression. Impossible de raisonner un cheval, de lui expliquer la situation. Le cheval voit un pont et veut simplement y monter, il ne veut pas se noyer.

Les hommes se montrent encore plus difficiles, se chamaillent et se plaignent. Ils baptisent ce cours d'eau la rivière de la Discorde. Tout le monde donne son opinion sur cette fameuse journée.

Sur l'autre rive, ils dressent leur campement et se reposent, les premiers arrivés des heures avant les derniers. Ils tuent des serpents, des écureuils et des ratons laveurs qu'ils font cuire dans une bouillie de maïs.

Et ils reçoivent des invités le soir même. Un messager que de Soto a envoyé au hasard pour rapporter tout ce qu'il trouvera revient avec quatre jeunes hommes. Ils arborent de nombreuses plumes sur la tête et semblent importants. Ortiz n'en est pas sûr.

— Ils essaient juste de savoir qui nous sommes, dit-il à de Soto. Je ne pense pas que ce soient des chefs.

— La bouillie de maïs est prête, dit de Soto. Du serpent et de l'écureuil goûteux. Invite-les à se joindre à nous et offre-leur des cadeaux. Des lambeaux de tissus sans valeur ou quelque chose comme ça, du moment que c'est coloré.

Les quatre hommes se joignent donc à eux pour le dîner. Ortiz essaie de communiquer mais obtient peu d'informations à transmettre.

— Ils ne parlent que de chasse, dit-il.

Puis les quatre se lèvent soudain et s'élancent à toutes jambes dans la forêt, si vite que personne ne peut les rattraper, et aucun cavalier n'est prêt à les pourchasser. Dans la légende que les Espagnols raconteront plus tard, Bruto est à proximité et entend crier les Espagnols, il voit les indigènes s'enfuir et il s'élance à leurs trousses. C'est Garcilaso qui aime le plus conter les exploits de Bruto, et il affirme que les pattes du chien ne touchent plus le sol, qu'il est capable de courir dans les airs. Il file comme une flèche devant les hommes, jette à terre le coureur de tête et fait chuter les trois autres, puis les retient jusqu'à l'arrivée des Espagnols. En réalité, les quatre hommes sont bien trop rapides et parviennent à s'enfuir.

Le lendemain, les Espagnols atteignent un plus grand village au bord d'une autre rivière, tout juste abandonné comme les autres, les indigènes retranchés dans les bois. Rodrigo Rangel et Villalobos partent à la recherche d'éventuels fuyards avec quelques cavaliers, et ils trouvent deux retardataires dans un champ de maïs. Un jeune couple, terrifié, ayant visiblement entendu les rumeurs de viols et de chiens. Rodrigo se montre aimable avec eux, doux, demande juste où trouver du maïs et les autres membres de la tribu.

La femme les conduit à une réserve dissimulée dans les bois, pleine de maïs, les provisions de tout le village. Puis quand l'homme est conduit devant Gallegos, il le guide jusqu'à un lieu où, affirme-t-il, les autres sont cachés.

C'est une parcelle de forêt plus dense, sans doute un marécage au fond, et Gallegos s'en approche lentement avec ses cavaliers, arbalètes armées. Il déploie d'autres cavaliers de chaque côté afin de couper une éventuelle retraite. Puis il charge en espérant que tout se passera pour le mieux.

Un groupe important se cache là, mal défendu. Plus de la moitié sont des femmes et des enfants. Les hommes déposent les armes et les femmes supplient.

Dix-sept femmes, compte Gallegos, extrêmement ravi. Et le guide l'informe que l'une d'elles est la fille du chef.

À leur retour au campement, de Soto est enchanté, lui aussi. Du maïs en abondance, et de nouveaux captifs, dont une femme importante. Ils vont peut-être enfin obtenir de l'aide pour traverser cette partie de La Florida.

Ortiz s'active auprès de ce groupe pour récolter des informations, il parle tant qu'il peut et apprend à les connaître. Ils sont fascinés par son histoire, comme tout le monde, et ils touchent ses brûlures. Ils le considèrent comme à demi mort et ressuscité.

L'armée se repose encore quelques jours. Beaucoup de nourriture, et si Ortiz passe la majeure partie de son temps à parler, il n'est toujours pas en mesure d'indiquer à de Soto la direction à prendre. Aucune destination connue pour atteindre une cité plus vaste et plus importante, ou de l'or.

Le 22 août, le chef se présente et veut récupérer sa fille. Il arrive avec un grand nombre d'hommes. Il promet des guides et des interprètes.

— Nous connaissons ce genre de promesses, de Soto fait traduire à Ortiz. Un autre chef s'est enfui avec ses hommes juste après nous avoir fait cette promesse. Il y a tant de chefs, par ici. Tout le monde est chef.

— Avons-nous le choix ? demande Gallegos à voix basse. Il nous faut des guides.

— Prenons-les tous, dit Añasco. Tu me dois des esclaves.

— Un jeune Vasco, remarque de Soto. Tu as soudain besoin de main d'œuvre pour tes mines et tes plantations ? Sauf que tu ne possèdes rien. Tu n'as besoin que d'un seul esclave pour t'aider à fermer ta bouche.

— Il faudra un esclave aux mains très rapides, ajoute Gallegos.

De Soto réfléchit et le chef, le voyant hésiter, s'entretient encore avec Ortiz.

— Le chef voudrait que tu en saches plus à son sujet.

— Ce doit être fascinant, dit de Soto. Comment il noue ensemble ses plumes ? Ou alors pourquoi des milliers de générations avant lui n'ont jamais rien construit ici, pendant qu'on construisait des cathédrales ?

— Le chef dit que son peuple s'appelle Aguacaleyquen, ils sont alliés aux Uriutina, aux Napituca et aux Uzachile. Si on attaque l'un d'eux, tous les autres se battent à leurs côtés. Mais si nous devenons son ami, alors tous les autres seront nos amis.

De Soto toise cet homme banal semblable aux autres indigènes de La Florida, même plus petit que certains d'entre eux.

— Et cela a de l'importance ?

— Oui, répond Ortiz. Ce n'est pas pareil dans cette région que dans celle du début. Ici, ils sont organisés. Je ne sais pas si ce chef est supérieur aux autres, ou leur égal, quoi qu'il en soit, je pense qu'ils sont tous alliés sur un vaste territoire. Mais ils sont en guerre contre les Apalachee. Ils sont ennemis.

— Dis-lui que nous serons ses alliés, et qu'on attend son aide pour trouver la région d'Apalachee et de l'or.

Ortiz parle encore avec le chef.

— Les Yustega, dit Ortiz. C'est comme ça qu'ils ont baptisé leur groupe, ou leur alliance.

— Je me fiche de connaître le nom, dit de Soto. Il parle comme si tout cela avait de l'importance. Mais si l'on ne construit rien, si l'on n'écrit rien, ça ne vaut pas plus qu'un crottin de cheval et ça se décompose tout aussi vite.

— Tu veux que je traduise ça ? demande Ortiz.

De Soto observe ce chef et ses hommes dans la forêt, armés d'arcs et de massues. Il est plus simple d'éviter l'affrontement, et ils ont besoin de guides.

— Non, répond enfin de Soto. Et nous acceptons de nous joindre à cette grande alliance qui pourrait égaler celle des Égyptiens. Et nous invitons le chef et sa fille à loger ici, avec nous, et tu sais ce que j'implique par inviter.

De Soto lève le bras comme pour bénir le chef et les hommes autour.

Ortiz s'entretient encore avec le chef et tout est organisé. Les autres captifs vont rejoindre les guerriers dans la forêt, mais le chef et sa fille restent, ainsi que quelques hommes pour servir de guides.

Le lendemain matin, ils sont prêts à partir mais Ortiz rapporte que les guides ne communiquent aucune information utile.

— Je sais qu'ils vont nous faire tourner en rond. Il n'y a nulle part où aller, de toute façon.

— Eh bien, nous garderons leur chef avec nous, et les guides, dit de Soto. Et nous trouverons nous-mêmes le chemin, et ils nous regarderont faire.

Mais Ortiz continue de parler avec les indigènes du campement, et l'un d'eux lui fait part d'un récit que de Soto devrait entendre.

— Tout est trop long, commente de Soto. Des bavardages interminables sur rien du tout, sur les poteries décorées de motifs de maïs, tellement impressionnant. Nous avons trouvé d'autres indigènes, et du maïs, donc nous allons dans la bonne direction, et il faut simplement continuer.

— Ça concerne Narváez, dit Ortiz. Quand Narváez est allé dans l'Apalachee.

— Très bien, dit de Soto.

Des hommes l'entourent à présent, notamment Gallegos et Añasco, et il ne veut pas être détourné de son but. Mais Ortiz continue.

— Il n'a trouvé qu'un petit village, aucune route vers l'Apalachee, et de l'eau partout, au nord, au sud, à l'est, à l'ouest.

— C'est impossible. On ne se trouve pas sur une île.

— Eh bien, il y a de l'eau partout. Narváez a construit des bateaux et il est parti.

— L'expédition est un échec, répète Añasco. Combien de fois devras-tu l'entendre ? Il est temps de rentrer.

— Tout ça est ridicule, dit de Soto. Il ne peut pas y avoir de l'eau dans toutes les directions, et d'après ce qu'on a pu voir, il y a beaucoup de villages. Et ton chef, là, affirme qu'ils sont en guerre avec les Apalachee, donc ils existent et il est possible d'aller à pied d'ici à là-bas, sinon comment pourraient-ils combattre ? Ils volent pour tirer quelques flèches ? Ils ont des ailes ? Ou allons-nous entendre parler de grandes batailles navales dans leurs petits canoës de fortune ?

De Soto montre le chef du doigt, aussi Ortiz traduit-il ses propos, mais l'indigène ne donne aucune réponse, le visage aussi neutre que s'il n'avait rien entendu.

— Qu'on ordonne à Moscoso de faire venir l'armée, aussi vite que possible. Nous irons tous dans l'Apalachee.

De Soto envoie huit cavaliers transmettre le message à Moscoso. Il a enfin compris qu'il ne peut pas missionner un ou deux hommes pour traverser autant de territoire indigène. Et tout ceci le pousse à réfléchir sur sa conquête de La Florida. Sans colons, rien ne peut être accompli. Il s'approprie les terres à mesure qu'il les parcourt mais elles semblent disparaître tout aussi vite une fois franchies.

— Il nous faut plus de monde, dit-il à Gallegos. Il nous faut des fermiers et des bâtisseurs, et d'autres qui viendront vivre ici. Mais avant qu'ils n'arrivent, nous nous consacrerons à chercher de l'or. Il n'y a rien d'autre à faire. Nous ne pouvons pas fonder de cités, nous ne pouvons pas encore nous approprier les terres.

— Si nous restions dans un seul et même endroit et que nous prenions leurs femmes, il n'y aurait que des métis mais tu pourrais fonder une cité, avance Gallegos.

— Si je pouvais vivre aussi vieux que Noé, ce serait une stratégie idéale.

— Oui, les humains mettent trop de temps à grandir, dit Gallegos. Il faudrait qu'on soit comme les insectes, qu'on enfante des centaines de bébés et qu'ils atteignent l'âge adulte en une semaine.

— Vous avez perdu tout honneur, vous autres, lâche Ortiz.

— Je t'en prie, ô saint père des indigènes, dit de Soto. Pourquoi grondes-tu ainsi, d'où vient ce tonnerre ?

— Le tonnerre vient de deux garçons, deux frères, des fauteurs de troubles.

— C'est ce que croient les gens, par ici ?

— C'est une croyance qui vient d'un autre peuple et dont ils ont entendu parler. Le chef ici en sait bien plus que tous ceux que j'ai pu rencontrer. Il connait les croyances des autres peuples.

— Mais il ne sait absolument pas où se trouve l'Apalachee.

— J'ai plutôt l'impression qu'il n'a pas envie d'aider, admet Ortiz. Il ne fait qu'attendre. Et nos hommes sont nerveux. Ils pensent qu'une grande armée va venir le chercher.

— Nos hommes sont devenus des experts, eux aussi ?

— Experts en peur, seulement, mais ils la connaissent parfaitement.

Moscoso est soulagé de voir arriver les huit cavaliers. La partie la plus difficile de l'expédition est toujours d'attendre dans l'incertitude. Il est capitaine de l'arrière-garde, de la queue, en quelque sorte, et il ne sait jamais ce que fait la tête.

L'armée se prépare à nouveau à avancer, met en branle sa masse énorme. Moscoso se tient au milieu du campement et observe tout le matériel, songeant qu'il est conçu pour un autre monde, qu'il n'est ici qu'un fardeau. Et s'il est vraiment honnête envers lui-même, il pense que l'expédition se soldera par un échec, qu'ils rentreront tous les mains vides. Il n'y aura ni or, ni aucune autre richesse.

— Arrêtez ! crie-t-il jusqu'à ce que les hommes l'écoutent et cessent de charger les provisions.

Ils portent des vêtements qui lui semblent désormais ridicules, épais et chauds et colorés et richement ornés, comme s'ils se rendaient à un bal dans un palais le soir de Noël.

— C'est trop lourd. Trop lourd. Tout ce qu'on porte. Je veux que vous réfléchissiez chacun à ce que vous avez, et aux objets métalliques que l'on pourrait laisser ici. On essaiera de les enterrer et de venir les récupérer sur le chemin du retour aux navires.

L'armée abandonne donc ses fers à cheval, ses clous, ses marteaux, ses chaînes, une enclume. Les hommes refusent de se défaire des poêles et des armes. Aucun couteau ne rejoint la pile.

— Tout ce que vous avez porté jusqu'à maintenant et qui n'a jamais servi, crie Moscoso. Songez à tout laisser. Songez aux lieues qu'il nous reste encore à parcourir.

Moscoso sait, bien sûr, que tout ce qu'ils enfouiront sera découvert et déterré et emporté, mais mieux vaut que ses hommes soient convaincus que rien ne sera perdu.

La marche est plus facile en étant plus légers. Moscoso n'arbore qu'une simple chemise, il a ôté son armure rembourrée qui n'allait pas arrêter les flèches, de toute façon.

Au départ, ils ont assez à manger. Mais cela changera, il le sait. Hernando aura tout pris sur son passage, rasé chaque champ de maïs, ne laissant rien pour son armée derrière lui car, dans l'esprit d'Hernando, rien n'existe véritablement derrière lui. L'armée n'est faite que de fantômes, et seul l'or devant lui est réel.

Quand Moscoso rejoint enfin de Soto, ses hommes sont affamés mais accueillis en héros. Les soldats de l'avant-garde sont de plus en plus effrayés, certains d'essuyer bientôt une attaque pour libérer le chef, et ils sont soulagés de voir arriver les renforts.

L'armée se repose et se ragaillardit pendant une semaine. Moscoso a insisté là-dessus.

— Les hommes ne sont pas des animaux, dit-il à de Soto en privé. Nous les poussons trop, avec trop peu de nourriture et sans aucune récompense. Ils risquent de se mutiner.

Le 10 septembre, l'armée tout entière avance, désormais réunie. Ils prennent le chef avec eux, et sa fille, et sont guidés par un des guerriers qui affirme connaître la région.

Tout va trop lentement de l'avis de de Soto, mettre son cheval au pas pour ne pas distancer la piétaille et les provisions. Et ils doivent encore bâtir un pont de rondins, franchir une autre rivière interminable de La Florida. Tout est plat, tout coule mystérieusement de nulle part vers nulle part. Dans son esprit, une rivière avait toujours indiqué la présence d'une montagne.

Le guide ne les fait pas tourner en rond. Le lendemain, ils atteignent Uriutina, le plus beau village qu'ils aient vu jusque-là, installé à l'ombre des arbres sur une zone en hauteur, avec une place centrale et une grande salle commune, et une importante population qui n'a pas fui. Voyager avec le chef change tout. Ils sont accueillis en amis et on leur offre à manger.

Et ce traitement de faveur continue. Après avoir quitté Uriutina, ils sont accueillis au son des flûtes en chemin vers Uzachile, où on leur annonce que le chef, un membre de la famille de leur captif, les attend avec des cadeaux. Dans la forêt, les guerriers jouent de la flûte au lieu de leur tirer des flèches. C'est une curieuse expérience pour les soldats, comme s'ils arpentaient une terre enchantée et transformée. Quelques-uns commencent à donner raison à de Soto. Peut-être que de vastes cités et des monceaux d'or les attendent.

— Leurs messagers demandent qu'on libère le chef, dit Ortiz à de Soto.

— Évidemment, qu'ils vont demander ça. Pour ensuite souffler des fléchettes empoisonnées avec leurs flûtes. Nous garderons le chef tant qu'il nous ouvrira le chemin sans encombre.

— Que dois-je leur répondre ?

— Que le chef et sa fille sont nos invités d'honneur. Que nous vénérons le soleil et que nous les considérons comme ses descendants. Que tu étais le jouet du soleil, l'objet de son plaisir, et c'est pour cette raison que tu es brûlé d'un côté.

Gallegos ricane mais Ortiz s'éloigne sans rien dire pour aller s'entretenir avec les messagers.

— Ortiz est notre seul lien avec eux, dit Moscoso. Sans lui, nous sommes perdus.

— C'est lui qui est perdu, quoi qu'il arrive. Il ne trouvera plus jamais sa place nulle part. Que je le traite comme un roi ou comme un chien, ça ne fait aucune différence.

Ortiz revient après avoir discuté avec les messagers, le chef et sa fille.

— Notre chef veut envoyer un message, dit-il. Au chef de Napituca. Et cela ressemble très étrangement à tes suggestions.

— Je suis curieux d'entendre ça, rétorque de Soto.

— Il veut dire à ce chef que les Espagnols sont trop difficiles à vaincre car nous sommes les fils de leurs dieux, le Soleil et la Lune.

De Soto lâche un grognement de rire et frappe dans ses mains.

— C'est tellement parfait ! Même si on avait voulu inventer un peuple d'idiots, une civilisation ridicule, on n'aurait pas pu faire mieux ! Encore plus crétins qu'au Pérou.

— Il veut expliquer à l'autre chef que nous venons de là où le soleil se lève, juchés sur des créatures qui ne peuvent pas être combattues, en référence à nos chevaux.

— C'est vrai, dit Moscoso. Les chevaux sont notre seul avantage.

— Mon frère, rétorque de Soto, nous avons tous les avantages. Ne me parle plus de leurs grands guerriers. Ne fais pas comme Lobillo.

— Je lui laisse envoyer ce message ? demande Ortiz.

— Oui, bien sûr, répond de Soto. Et fais-moi passer pour le Dieu Soleil, si tu veux. J'engrosserai toutes leurs femmes en une seule matinée, dès mon lever. Jusqu'à ce que je pisse, parce qu'après, je redescends.

Des rires de Moscoso et Gallegos, mais une expression amère sur le visage d'Ortiz.

Ils chevauchent à travers un terrain facile et installent leur campement pour la nuit, on leur a donné des provisions et ils ont assez à manger. De Soto se sent heureux, plein d'entrain, ses hommes aussi. On sort les poêles et les concours de cuisine commencent. L'écureuil en sauce aux baies agrémenté de miel est une nouvelle invention et plaît à de Soto, bien qu'il le trouve un peu trop sucré. Il suggère de remplacer le miel par du bacon, puis songe à fumer le bacon dans du miel, comme ils le faisaient chez lui, et il éprouve un intense mal du pays. Il se languit aussi de l'épouse de Tovar, il la considère comme une des plus grandes pertes de sa vie. Il ordonne à Tovar de commander la garde de nuit.

Au matin, une réponse du chef de Napituca leur parvient.

— Elle ne va pas te plaire, le prévient Ortiz.

— Notre chef l'a déjà entendue ?

— Oui, malheureusement.

— Eh bien, que tous l'entendent maintenant, alors.

Un nouveau messager se tient aux côtés d'Ortiz, mal à l'aise devant tous les Espagnols. De Soto estime que les chiens doivent avoir faim. Il fait signe au messager de commencer.

— Il répond que notre chef n'est qu'un enfant, s'il dit des choses pareilles. Et qu'avoir rendu les armes et accepté de devenir esclave le fait parler comme une femme. Il tient les propos habituels sur Narváez, il raconte toutes ses cruautés. Narváez ne nous a pas facilité la tâche, bien qu'il ait eu un impact bien pire sur ma vie que sur la vôtre.

— Contente-toi de délivrer le message, le coupe de Soto.

— Il dit que nous sommes des démons, pas les fils du Soleil et de la Lune, car nous tuons et nous volons. Nous n'avons emmené aucune femme avec nous mais utilisons les leurs.

Un cri de joie s'élève de la troupe, puis des rires. Ortiz est mécontent de cette réaction.

— Il dit aussi qu'on n'essaie pas de construire notre propre village à un endroit déterminé, mais qu'on pille tous les leurs. Qu'on est des tueurs et des voleurs. Et il nous avertit de ne pas nous approcher de ses villages. Il dit qu'il mettra la moitié de nous à cuire, et l'autre à bouillir.

Les hommes rient à nouveau et huent et lèvent leurs casseroles et leurs poêles, proposant de prendre un bain dans leurs marmites.

— Bien, lâche de Soto d'une voix puissante, debout, attendant que ses hommes se calment un peu. Un des meilleurs divertissements qu'on ait eu depuis un moment. J'ai hâte de rencontrer ce chef, et de lui prendre sa femme et ses filles.

Les hommes l'acclament lorsqu'il lève son verre. Ce n'est que de l'eau, désormais, mais peu importe.

L'armée se hâte donc vers Napituca à travers une curieuse forêt où résonnent des sons de coquillages dans lesquels on souffle, comme si la mer et les dieux avaient élu domicile sur la terre ferme. Des sons creux et aigus.

— Des avertissements, dit Ortiz.

Et effectivement, un nouveau messager se présente à eux. Pas effrayé, planté d'un air de défi pour délivrer les menaces de son chef.

— Il dit que son chef sait comment la terre a été créée et comment elle peut être détruite. Il peut provoquer un gigantesque tremblement qui déchirera le sol sous nos pieds et ouvrira une brèche. Une fissure ou une crevasse si profonde qu'on tombera et qu'on continuera à tomber jusqu'à ce qu'il referme le sol et nous y emprisonne à jamais.

— Peut-on avoir une démonstration ? demande de Soto. Si on propose à Añasco et à ses hommes de se poster là-bas, loin de nous, le chef peut-il fendre le sol pour nous exposer ses talents ? Si Añasco disparaît et qu'il est enfoui assez profond pour que je n'entende plus jamais les sons qui sortent de sa bouche, alors je le croirai et je servirai à jamais le chef de Napituca.

Des ricanements ravis parmi les soldats.

— Dois-je lui dire de renvoyer ce message à son chef? demande Ortiz.

— Non, dit de Soto. Celui-ci nourrira les chiens.

Les chiens sont lâchés et s'attaquent à l'homme de tous côtés si bien qu'il semble danser. Quand il tombe à terre, il est déjà mis en pièces, des plaies béantes sur tout son corps. Bruto lui arrache le cœur et bondit dans les branches de l'arbre le plus haut pour le dévorer en contemplant le soleil. Des ailes lui poussent dans le dos mais il ne peut pas encore voler.

— Le message ne reviendra pas intact aux oreilles du chef, dit Ortiz.

Mais personne ne s'intéresse à lui. Il incarnait une histoire fascinante, mais il n'est plus qu'un guide et un interprète à demi indigène.

L'armée continue sa progression. Le chef captif, sa fille et leurs guides mènent le cortège mais se sont tus depuis qu'ils ont vu les chiens à l'œuvre.

De tous côtés, des coquillages résonnent dans la forêt, un immense concert qui accompagne leur avancée. Et un autre messager envoyé, malgré le sort réservé au précédent.

— Encore un avertissement du chef de Napituca, dit Ortiz.

— Oui, bien sûr, dit de Soto. Ils ont recruté Neptune, à n'en pas douter, et des bancs entiers de dauphins nous rayeront de la surface de la terre à coups de cris perçants.

Ce messager est petit, vieux et apeuré. Il a clairement entendu parler des chiens et a dû contrarier son chef pour être envoyé ici. Il s'exprime d'une voix faible et hésitante que seul Ortiz peut entendre.

— D'après le messager, le chef de Napituca peut contrôler cette terre, traduit Ortiz pour toute l'assemblée. Il fera s'entrechoquer les collines quand nous les traverserons, il nous écrasera.

De Soto s'esclaffe.

— Des collines ? J'ai hâte de voir ces collines. Peut-être que le chef n'est jamais venu à La Florida. Il n'y a aucune colline.

Les hommes rient. Et c'est vrai, évidemment. En observant la forêt autour d'eux, ils distinguent quelques légers dénivelés mais rien qu'on puisse qualifier de colline.

— Sisyphe aurait adoré cette région, hurle de Soto. À rouler sa pierre ici, il n'aurait pas versé la moindre goutte de sueur !

Le messager jette des regards vers les chiens qui tirent sur leur laisse, mais de Soto le congédie d'un simple geste de la main.

— Qu'il retourne dire à son chef que nous aimerions voir quelques collines, et s'il pouvait aussi nous montrer une montagne ou deux, nous lui en serions reconnaissants.

— Il a une dernière chose à ajouter, dit Ortiz. Le chef contrôle les vents et fera tomber tous les arbres sur nous, des arbres gigantesques, bien plus grands que ceux-là.

— On a hâte de les voir, eux aussi, dit de Soto. Enfin un peu de changement. Si je vois encore une pinède, je passerai le restant de mes jours à sillonner les mers.

L'armée continue au son des coquillages. De Soto se sent invincible, il sait que ses hommes aussi. Des indigènes de toutes parts, mais ils ne sont là que pour leur fournir à manger ou pour formuler de vaines menaces. Plus de flèches ni de massues.

Le message suivant est délivré par un jeune homme qui semble encore plus effrayé que le vieux.

— Le chef pourrait nous effrayer davantage si seulement ses messagers n'avaient pas l'air terrifiés, constate de Soto.

Mais je suis curieux. Croient-ils vraiment que leur chef est capable de faire ce qu'il affirme ? Demande-lui s'il pense que son chef est capable d'ouvrir la terre sous nos pieds ou de faire s'entrechoquer les collines.

Ortiz parle au jeune homme qui ne quitte pas les chiens des yeux en formulant sa réponse. Il tremble.

— Il dit qu'il est jeune et qu'il n'est jamais allé au-delà de l'arche. Il n'a jamais rencontré les dieux. Il pense que son chef est capable de faire tout ça, et que toi aussi, et il regrette de ne pas être né dans un monde calme et sans danger. Il ne sait plus où se cacher dans celui-ci.

— Un vrai lâche, dit Añasco. Mais plutôt sage, d'une certaine manière.

De Soto aimerait répliquer mais s'il y a bien une chose qu'il ne peut pas faire, c'est traiter Añasco de lâche. Cela entraînerait forcément la mort de quelqu'un.

— C'est vrai que ses propos sont intéressants, dit Moscoso. Si on était l'un d'eux, on ne saurait pas quoi penser en nous voyant. On vient d'un endroit impossible à imaginer.

— Bon, et le message, alors ? demande de Soto.

Ortiz parle encore avec le jeune homme.

— Il dit que leur chef enverra des oiseaux, d'immenses oiseaux, pas comme ceux qu'on connaît mais les premiers oiseaux, qui ont créé les suivants, et leurs ailes seront comme celles des chauves-souris, mais plus grandes qu'un humain. Ils auront des allures d'hommes ailés, d'ailleurs, et leur bec crachera du venin lorsqu'ils voleront au-dessus de nos têtes. Quand elle touchera notre peau, cette pluie fera pourrir nos chairs, et quand on se précipitera dans l'eau ou la boue pour la rincer, elle continuera à brûler et s'insinuera profondément jusqu'à nos os. Elle empoisonnera tout, elle tuera les arbres et l'herbe, elle corrompra l'eau et la nourriture, elle rendra la terre entière vénéneuse et invivable, et tous mourront.

Personne ne rit, cette fois-ci. De Soto voit que ses soldats ont peur. Ces oiseaux correspondent aux visions de l'enfer. Et la peur du messager confère encore plus de puissance à cette image.

— Eh bien, encore une fois, nous sommes curieux de voir ça, dit de Soto. Relâchez-le, qu'il prévienne son chef que nous arriverons bientôt, ses filles devraient commencer à écarter les jambes.

Quelques hommes ricanent mais l'humeur a changé. Les ailes de chauve-souris ont gâté l'ambiance.

Le jeune homme disparaît aussitôt et l'armée reprend sa marche, les yeux levés vers le ciel.

23

Quand Kana'ti rentre, les garçons mangent des épis de maïs crus, assis près du foyer sans feu.

— Où est Selu ? demande-t-il.

Il a l'air fatigué, et il a toujours ses huit flèches, mais pas de cerf, ni de dindon.

— Grand chasseur, dit l'Enfant Sauvage.

Kana'ti ne répond rien. Il cherche Selu, d'abord dans la hutte, puis au bord de la rivière, et dans les bois. Il ne voit curieusement pas sa tête fichée au sommet de la hutte, ses yeux qui le cherchent, sans doute parce qu'il ne veut pas la voir.

— Où est-elle ? demande-t-il encore d'un ton autoritaire.

Le garçon a peur. Kana'ti, un ancien. Si sa mère était réellement le maïs, qu'est son père ? La chasse ? Mais il est rentré sans gibier. Ou bien est-il le cerf, tous les cerfs réunis, ou même tous les animaux, leurs esprits incarnés dans une forme humaine ? Quoi qu'il soit, le garçon sait qu'il est bien plus qu'un simple père.

La peau plus sombre que celle de sa mère, plus âgé, le visage ridé, les yeux enfoncés, et plus fort que l'Enfant Sauvage. Toisant à présent son fils légitime.

— Je suis désolé, père, dit le garçon. Je l'aimais. J'ai essayé de la sauver. Mon frère a été trop rapide.

Pas la colère qu'il attendait sur le visage de son père, rien que de la tristesse, et si étrange qu'il ne soit pas déjà au courant. Kana'ti et Selu semblaient déjà tout savoir, mais le voilà soudain aveugle.

Une telle perte, son père soudain vide, debout devant eux, son corps dépourvu de consistance, dépourvu de force.

— Je l'ai serrée dans mes bras, dit le garçon. Jusqu'à ce que sa chaleur se soit dissipée.

Kana'ti s'approche et enlace le garçon, mais rien qu'un instant, trop bref, et le garçon se languit encore plus de sa mère. Puis Kana'ti tente d'asséner un coup d'arc à l'Enfant Sauvage mais, bien sûr, celui-ci est rapide et l'esquive d'un bond.

— On l'a tuée parce que c'était une sorcière, dit l'Enfant Sauvage. Elle essayait de nous empoisonner. (Il sourit encore, et le garçon le déteste.) On a mis sa tête sur le toit pour qu'elle te cherche.

Kana'ti l'aperçoit enfin, pousse un hurlement de chagrin, un son si étrange et inattendu, si bestial, puis il saisit le visage de Selu entre ses mains et sanglote.

Le garçon s'allonge sur le sol au milieu du maïs, enveloppé de sa mère sous une forme différente, et il aimerait mourir. Tout est sa faute. Il est responsable de tout. C'est ce qu'elle lui a dit.

Kana'ti s'affaisse à son tour, il est à terre et tient délicatement la tête de Selu au creux de son bras. Une règle, que tout doit retourner à la terre, mais pas seulement dans la mort ultime, aussi dans chaque petite perte successive qui la précède. Et l'Enfant Sauvage indifférent, cherchant seulement ce qu'il pourra détruire ensuite.

— Je vais vous quitter, dit Kana'ti.

Tout est arraché au garçon, un frère aîné en échange de tout ce qu'il connaissait jusqu'à présent.

— Où vas-tu ? demande-t-il à son père.

— Auprès du peuple loup.

Le garçon ne le connaît qu'au travers des histoires qu'il a entendues. Il n'a jamais vu de loup, ni de chien, leurs descendants bien plus tard. Dans son esprit, ils ont la fourrure épaisse et les yeux étincelants, rapides et presque invisibles et rôdent la nuit. Ils peuvent avoir n'importe quelle taille, plus petits que lui ou bien plus grands. Ils sont la terreur incarnée.

— J'ai peur de t'accompagner jusqu'au peuple loup, dit le garçon.

— Je te quitte, dit Kana'ti. Tout ce qu'on a perdu ici l'a été par ta faute.

— Ce n'est pas moi, dit le garçon.

— Si, rétorque Kana'ti. Le pire destructeur de tous, celui qui ne sait même pas ce qu'il détruit.

Une injustice si profonde, et son frère aîné qui sourit à nouveau, l'immense plaisir de voir les choses se dérouler selon sa volonté. Si le garçon veut le tuer, il devra se montrer si discret qu'il ne pourra même pas partager ses pensées avec lui-même.

Kana'ti se relève, replace la tête de sa femme sur la hutte, mais face à l'est, cette fois, et le garçon se demande si cela signifie quelque chose, si cela changera quoi que ce soit dans le monde. Comment peut-on savoir ? Tout ce qui se produira ensuite pourrait résulter de cela, ou non.

Kana'ti prend son arc et ses flèches, de l'eau et des épis de maïs crus, il ne dit pas au revoir, il disparaît simplement dans la forêt. Le foyer du garçon est désert, à présent. Ni père, ni mère, pas de gibier, rien que du maïs. Tout ce qu'il a connu depuis sa naissance, effacé en si peu de temps.

— On doit le suivre, dit l'Enfant Sauvage.

— Non. Tu en as déjà fait assez comme ça.

Mais son frère recule et semble flotter dans l'air, puis disparaît à son tour, ne laissant derrière lui qu'une plume d'oiseau duveteuse, et s'il n'y avait pas le moindre vent jusqu'à présent, il souffle désormais en direction de leur père, et la plume s'élève entre les arbres sans jamais se prendre au piège des branches, elle flotte aussi vite qu'un homme court, et s'oriente encore mieux.

Le garçon ne la suit pas, ne voit rien, mais voilà ce que l'Enfant Sauvage aperçoit, la forêt depuis le ciel, les crêtes et les combes de chaque colline, et les arbres, comme créés en cet instant même, n'existant pas avant d'avoir été vus, et au cœur de cette forêt, Kana'ti qui marche sur un sentier sûr, sans jamais se perdre, sans jamais ralentir, sans jamais hésiter tandis qu'il traverse des ruisseaux et s'aventure dans les épais sous-bois ou sur les escarpements rocheux. Et les nuages au-dessus suivent la même trajectoire, soufflés dans sa course.

L'Enfant Sauvage sait ce que cela signifie, de n'être presque rien. De flotter à la dérive, vide, pas encore créé, devinant la première intention et la première observation, sans rien sentir encore. Peu lui importe de flotter ainsi, puis de descendre et d'atterrir une fois encore sur l'épaule de Kana'ti. Aucune sensation du mouvement des pas de Kana'ti sous lui, aucune onde de la chaleur qu'il dégage, rien que l'attente.

Ils voyagent loin, dans des forêts plus sombres et plus profondes, de la mousse d'un vert éclatant, des lieux humides, puis en altitude vers les falaises semblables à celles de la grotte qui contenait les animaux dans la montagne. Tout ce qui a de l'importance vit plus haut.

L'Enfant Sauvage se sent épié, même dans cette forme qui n'est jamais remarquée. Mais il y a désormais des yeux partout, il le sait, le peuple loup massé autour de lui, et il aperçoit une bâtisse en bois bien plus grande que la hutte de Kana'ti. Elle est construite contre une falaise, accrochée aux racines elles-mêmes accrochées à la roche, elle s'étend de manière irrégulière sur cinquante pas à flanc de montagne. Ses pans de mur sont de guingois, faits de petites poutres, les interstices comblés de boue.

Kana'ti ne s'arrête pas sur le seuil de la large porte, il entre simplement.

L'obscurité trop épaisse pour voir, puis l'Enfant Sauvage distingue les contours de silhouettes changeantes, mi-loup, mi-humain, jamais identiques. Des bras épais et partiellement couverts de fourrure, des visages émaciés, des mâchoires qui s'allongent pour rétrécir ensuite. Un grand conseil, des membres qui les entourent de toutes parts, et une grotte au-delà, une tanière au plus profond de la montagne qui semble s'enfoncer à l'infini et contenir qui sait combien d'entre eux.

— Pourquoi es-tu venu ? demande une voix à moitié humaine, bien plus profonde et rauque et humide de souffle.

L'Enfant Sauvage est terrifié mais n'a toujours pas été remarqué.

Tout autour, le peuple loup circule dans la pénombre. L'Enfant Sauvage entend leurs pas délicats, qui se rapprochent et s'éloignent, flairant l'odeur de Kana'ti. Des yeux apparaissent un instant, puis disparaissent.

— J'ai deux mauvais garçons chez moi, dit Kana'ti.

— Que sont-ils ? demande le chef loup.

— Je l'ignore. J'en ai vu naître un. L'autre est venu de l'eau, de la rivière, du sang du gibier lavé dans les flots, et peut-être du sang de Selu, aussi. Mais l'autre m'est tout aussi inconnu, bien qu'il soit né de nous.

— On dirait bien que tu as des sorciers.

— Oui, peut-être. Ils ont dit que Selu était une sorcière. Ils l'ont tuée, lui ont coupé la tête et l'ont fichée face à l'ouest sur le toit de la hutte pour qu'elle me cherche.

— Alors c'est toi qu'ils prendront ensuite, dit le chef loup. Ils sont peut-être ici, en ce moment-même.

Des grognements dans l'obscurité, crocs dévoilés, des gémissements en réponse depuis les profondeurs de la grotte. Kana'ti regarde autour de lui, et au-dessus dans l'obscurité presque totale, et même au sol, comme si quelque chose risquait de jaillir sous ses pieds. Mais évidemment, il ne voit pas ce qui est tapi si près de son cou.

— Tu nous as peut-être tous condamnés en venant ici, dit le chef loup. Nous sommes peut-être déjà morts mais ne le savons pas encore.

— C'est ce qui arrivera à mon peuple, dit Kana'ti. Et au tien aussi, mais pas encore, pas à cause de ça.

— Jusqu'où peux-tu voir ?

— Je veux que vous alliez jouer à la balle avec eux, avec mes deux fils.

Un silence soudain dans la grotte, toutes les oreilles dressées et attentives.

— Tu as conscience de ce que tu nous demandes ?

— Oui.

— Et que c'est ta toute dernière demande ?

— Oui.

— Alors le peuple loup ira jouer à la balle avec tes fils.

Le son du peuple loup, partout, en mouvement, haletant, des gémissements dans les profondeurs de la grotte, sachant tous ce qui les attend. L'Enfant Sauvage sait que Kana'ti vient de leur demander de tuer ses deux fils.

Ils sont si nombreux, et capables de changer de forme. Rien qu'un seul d'entre eux pourrait aisément tuer son frère. L'Enfant Sauvage s'élève dans le vent léger qui souffle depuis les profondeurs de la grotte et sort en flottant, s'enfonce dans la forêt mais se sent encore en danger. Le peuple loup quitte sa tanière, prenant toutes les formes imaginables, pénètre dans la forêt et le traque, convaincu qu'il est ici. Certains sont debout sur leurs pattes arrière, d'autres bondissent à quatre pattes, regardant tous vers le ciel comme s'ils savaient exactement où il se trouve mais sans pouvoir le reconnaître.

Et ils le suivent. Tandis qu'il flotte et tourne et prend de l'altitude entre les arbres, qu'il accélère avec le vent, ils le traquent plus bas, avançant d'un pas sûr entre les arbres, la truffe levée, flairant sa trace. Il n'a pas conscience de dégager une odeur mais ils la décèlent pourtant. Il craint d'être suivi jusque chez lui, qu'il n'y ait plus jamais de lieu sûr où atterrir et retrouver forme humaine.

Mais alors qu'il s'élève, que les arbres deviennent plus petits en contrebas, qu'il flotte au-dessus des ruisseaux et des crêtes et des forêts, les loups perdent sa trace et s'éparpillent, errent, revenant sur leurs pas, essayant de le trouver mais il est trop loin.

L'Enfant Sauvage redescend lentement, regarde partout, inspecte les arbres en quête du moindre mouvement et atterrit enfin, lové sur la terre, né encore une fois. Il se lève et court chez lui pour avertir son frère, avance si vite qu'il a l'impression de voler, enjambant d'un bond les branches mortes et les rochers, effrayé que le bruit et l'odeur de ses pas n'attirent les loups.

24

Les arbres ne grandissent pas à mesure qu'ils avancent vers l'ouest. Les collines ne s'entrechoquent pas car elles n'existent pas, et la terre ne s'ouvre pas sous leurs pieds. Les hommes-oiseaux existent, d'une certaine manière, puisque tant de soldats attendent leur arrivée. Les coquillages émettent toujours leur mélodie. Et un autre messager est envoyé.

Ortiz s'entretient avec lui avant d'aller trouver de Soto.

— Le chef ignore à quel point il a effrayé tes soldats avec les oiseaux, dit Ortiz, car il envoie à présent un message de paix. Il ne se rend pas compte que sa stratégie a fonctionné.

— Elle n'a pas fonctionné. C'était absurde.

— Aucun de nos hommes n'a été effrayé par ces oiseaux, dit Moscoso.

— Croyez ce que vous voudrez, réplique Ortiz, mais vous avez de la chance que le chef n'ait pas été au courant. Il s'excuse à présent pour toutes ses menaces et promet de nous aider quand nous arriverons. Ce que je comprends maintenant, c'est que les croyances affaiblissent les hommes. Seul un homme qui ne croit en rien peut être fort.

— Et tu es ce genre d'homme ?

— Oui. Je pense que oui. Parce que j'ai été tiraillé entre deux mondes et que je n'appartiens à aucun. Je ne peux plus croire en aucun dieu. Cela me rend plus fort que vous ou eux.

— Notre Seigneur t'entendra, prévient Gallegos, et t'offrira sa clémence. Il verra l'étendue de tes souffrances.

— Oui, dit Ortiz. Console-toi comme tu peux. C'est tout ce qu'il te reste, avec la peur qui ne te quitte pas.

— Mais regarde-toi, rétorque Gallegos. Regarde-toi et demande-toi seulement après si tu as le droit de juger les autres.

Ortiz ne répond rien, et ils poursuivent leur route.

Le chemin vers Napituca n'est pas simple. Malgré les flûtes qui leur souhaitent une fois encore la bienvenue, malgré les messages de paix et le fait qu'aucun homme-démon n'apparaît dans le ciel, il se met cependant à pleuvoir abondamment et ils sont contraints de faire halte dans un village qu'ils baptisent Muchas Aguas, puis atteignent un vaste marécage, pataugent encore dans l'eau jusqu'au torse tout en tirant leurs montures derrière eux, et le moral baisse considérablement. Napituca était censé être plus proche.

Quand ils arrivent enfin, le 15 septembre, l'endroit est joli, agréablement sec et rassurant, regorgeant de maïs et de gibier. Ils sont accueillis comme des membres de la famille, de Soto et ses hommes de confiance invités à loger dans la maison du chef. De nombreux cadeaux sont échangés. Des compliments mutuels sur la cuisine. Certains soldats s'imaginent s'installer ici, trouver une épouse indigène. Les hommes-chauve-souris totalement oubliés.

Le chef d'Aguacaleyquen est important, de toute évidence, à voir comment tous les habitants de Napituca se montrent révérencieux. Puis sept autres chefs se présentent aux abords du village, annoncent que leur grand chef d'Uzachile les a envoyés pour demander sa libération. Ils offrent leur amitié en échange, et ils s'allieront avec eux pour combattre les Apalachee.

De Soto est conduit avec Ortiz et ses hommes de confiance aux abords du village, il toise ces sept chefs qui refusent de sortir de la forêt. Ils sont accompagnés de guerriers postés derrière eux.

— On ne peut pas renoncer à notre chef, dit de Soto.

— On ne veut pas non plus déclarer la guerre à toutes les tribus des environs, dit Moscoso. Et leur aide sera précieuse contre les Apalachee. C'est ce qu'on fait toujours. On les pousse à s'entretuer.

— C'est vrai, mon frère.

— Mais quelle excuse peut-on trouver pour ne pas le relâcher ? demande Gallegos.

— Je peux dire que tu ne retiens pas le chef contre son gré, dit Ortiz. Qu'il est ton ami, pas ton prisonnier. Tu veux juste qu'il t'accompagne jusqu'à Uzachile.

— Parfait, dit de Soto.

Et Ortiz entre dans la forêt avec son groupe d'interprètes pour délivrer ce message. Une longue discussion débute alors, Ortiz circule entre les arbres pour s'adresser aux différents chefs, et ses interprètes passent également de l'un à l'autre.

— Ils ne sont même pas capables de s'organiser pour discuter tous ensemble, dit de Soto. Trop compliqué. Chacun se tient à un endroit différent, et attend qu'on lui apporte les messages en personne.

— Et ils parlent tous comme si leurs propos avaient la moindre importance, ajoute Moscoso.

Ortiz revient enfin avec son cortège. Il leur ressemble vraiment, et il ne court jamais aucun risque quand il va quelque part. Il est aussi en sécurité qu'un rocher ou une branche morte.

— Ils vont revenir, dit Ortiz. Pour parler encore.

— Ah bon ? lâche de Soto. Ça ne leur a pas suffi ?

— Ils refusent d'entrer dans le campement car ils savent que tu les mettras aux fers ou que tu lâcheras les chiens.

De Soto sourit.

— Il y a un terrain à découvert un peu plus loin où l'on pourrait organiser une rencontre sans amener trop d'hommes, et le chef nous accompagnera.

— Tu penses que c'est sans danger ?

— Je pense que c'est la seule chose qu'ils accepteront.

Il en est donc ainsi.

Et la vie idyllique continue dans le village, avec des sauces de cerf aux châtaignes, des bouillies de maïs parfumées aux baies, des petits cœurs d'écureuils disposés sur le bord de l'assiette de de Soto comme autant de témoignages d'amour.

Ortiz prend ses repas avec les villageois de Napituca et les interprètes, accroupi et l'air totalement à sa place. L'armée se disperse en petits groupes de trois ou quatre dans les clairières environnantes. Des gardes sont postés çà et là, mais sans grande discipline. Les hommes se sentent en sécurité.

— Regardez mes compatriotes, dit Ortiz à ses interprètes. Ils se comportent comme s'ils étaient chez eux.

— Tu es le seul qui pourrait avoir ta place ici, répond l'un d'eux.

— Je n'ai ma place nulle part.

Ils ne répondent pas, marquant ainsi leur accord.

— Nous voulions te dire quelque chose. Nous avons pris notre décision. Mais tu dois nous protéger.

Ortiz cesse de manger, il sait qu'il doit prêter attention à leurs propos.

— Le chef nous fait des promesses. Nous pourrons vivre ici sur son territoire, il nous donnera de belles épouses. Nous serons couverts d'honneurs. Ou nous pourrons rentrer chez nous, il enverra des hommes pour nous protéger à travers les terres ennemies.

— Et que lui donnerez-vous en échange ? demande Ortiz.

— Le chef affirme que tes compatriotes vont nous voler nos terres et nos femmes, qu'ils nous réduiront en esclavage, nous obligeront à payer un tribut. Nous pensons qu'il a raison. Alors nous voulons l'aider. Nous voulons tuer tous tes compatriotes. Mais nous pensons que le chef va perdre, que nous serons torturés et tués. Alors nous n'aiderons pas le chef, mais nous t'en parlons.

— Quelle est sa stratégie ?

— Il dit que vous vous sentez en sécurité et que vous n'êtes plus aussi prudents.

— C'est vrai, admet Ortiz en regardant les soldats autour de lui qui parlent fort et mangent, comme si la forêt ne dissimulait aucune menace.

— Lors de votre prochaine rencontre, il y aura une offensive. Une douzaine d'hommes pour amener de Soto aux guerriers, qui le tueront. Ils attaqueront aussi tous les autres, qui seront faciles à capturer ou à tuer. Mais nous pensons que c'est faux. Nous pensons que ce ne sera pas aussi simple.

— C'est vrai, dit Ortiz. C'est une grande armée. Et nous avons des chevaux.

— Oui.

— A-t-il ajouté quelque chose ?

— Après, il fera tout ce que les Espagnols aiment faire. Il fera cuire certains d'entre vous dans les flammes d'un grand feu, en mettra d'autres à bouillir. Il enterrera des hommes en ne laissant dépasser que leur tête. Certains seront empoisonnés. Il en suspendra d'autres par les pieds dans les arbres jusqu'à ce que les oiseaux les mangent.

— Mes compatriotes méritent tout cela, mais j'ai subi les flammes d'un grand feu et je ne le souhaite à personne.

— Nous protégeras-tu ?

— Oui. J'aurais préféré ne rien savoir. J'aurais préféré que vous les laissiez nous tuer tous, mes compatriotes et moi, mais comme vous ne l'avez pas fait, je vais m'assurer que vous soyez protégés.

Ortiz s'éloigne et va s'asseoir avec d'autres Espagnols, comme si de rien n'était, au cas où le chef de Napituca l'observerait. Il attend et s'approche très lentement, bavarde avec Moscoso et Gallegos, puis se poste à côté de de Soto, faisant mine de lui apporter à boire.

— Ne réagis surtout pas, dit Ortiz. Ne change pas d'expression. Mais ils prévoient une attaque pendant notre prochaine rencontre, je t'en dirai davantage.

Ortiz s'en va, et cette nuit-là, il prend son temps, détaille le plan à de Soto, Moscoso et Gallegos, à Añasco, Lobillo et Tovar. La nouvelle circule bientôt, de Soto ordonne à tous de faire comme s'ils ne savaient rien.

Le chef de Napituca fait la fête et ne remarque visiblement rien. Ortiz observe tout le monde autour de lui, songe qu'il en sera toujours ainsi, deux peuples faisant semblant de cohabiter mais planifiant la mort de l'autre. Il ne pourra jamais y avoir de paix car ses compatriotes sont déterminés à tout prendre. Il aurait dû tuer Vasco, et il devrait tuer de Soto maintenant, sans doute, mettre un terme à l'expédition, mais cela ne servirait à rien car d'autres viendraient après lui. Il continuera donc à participer à ce massacre, il sera témoin de la destruction, ou du moins de son commencement.

Le jour de la rencontre, les Espagnols dissimulent leurs préparatifs pour le combat, des cavaliers sont prêts à jaillir des maisons, armés de lances. On charge aussi les arquebuses et les arbalètes.

Une immense armée d'indigènes se masse dans la forêt.

— Combien sont-ils ? demande de Soto à Ortiz.

Ils sont assis au centre du village et mangent comme si de rien n'était.

— Des centaines. Impossibles à compter, avec les arbres. Principalement des arcs, et des massues. Leur plus grande gloire sera de te fendre le crâne à coups de massue.

— C'est ce que tu souhaites ? demande de Soto, mais Ortiz ne répond pas.

Moscoso approche, s'efforçant d'avoir l'air détendu.

— Ils sont tous prêts, dit-il. Au son de la trompette, ils attaqueront.

— Nous avons assez de cavaliers ? demande de Soto.

— Bien assez.

Deux indigènes entrent dans le campement, intrépides, et se campent devant de Soto. Ils sont tatoués et impassibles, armés de massues.

— Ils exigent qu'on relâche le chef, traduit Ortiz.

— Oui, bien sûr, répond de Soto.

Il se lève et prend le chef d'Aguacaleyquen par la main, comme s'ils étaient amis, puis il le conduit vers le terrain dégagé.

De Soto n'est suivi que par une demi-douzaine de gardes armés d'épées, et Ortiz pour traduire. De Soto interroge le chef.

— Comment pouvez-vous connaître l'histoire, si vous n'écrivez jamais rien ?

Le chef est un homme calme et réfléchi.

— C'est la façon dont on parle, dit-il. Pas seulement ce que l'on dit. Il existe un temps pour les histoires, et seuls certains sont capables de les entendre, c'est ainsi que l'on sait qu'elles viennent d'une époque ancienne.

— Et d'où venez-vous ? Vous êtes ici depuis le début du monde ?

— Il n'y avait que de l'eau. Cet endroit a été créé. Et nous n'étions pas les premiers. Les animaux sont arrivés avant nous.

Ils approchent du lieu de rencontre, un champ bordé d'une forêt dense. De Soto distingue tous les guerriers dans l'ombre. Il n'a que six hommes et Ortiz. L'un d'eux porte une selle sur laquelle il s'assiéra pendant la rencontre, et il sait qu'à l'instant où il s'y installera, ils fondront sur lui. Mais c'est dans sa nature. Au Pérou, il était toujours en première ligne des combats. C'est pour cette raison qu'il conquerra toutes les terres et possédera La Florida.

— Ce qui importera surtout dans vos récits, dit de Soto, c'est que je suis ici, maintenant. Et quand vous raconterez cette histoire-là, vous le ferez à genoux.

Le chef contemple la forêt, les hommes de de Soto aussi. Mais on pose la selle à terre, de Soto s'y assied, et aussitôt, la forêt tout entière remue, des guerriers se ruent sur de Soto car il est au centre de tout. Il sourit car c'est parfait, ainsi va le monde.

Il voit des guerriers aux imposantes coiffes de plumes, d'immenses hommes ailés comme ceux qu'on leur a prédits, des sons aigus qui semblent jaillir des tréfonds du passé. Depuis des millénaires, même avant les Romains, rien n'a changé ici, il le sait. Il contemple un monde immémorial, des hommes nus brandissant des massues, et il apprécie chaque détail du spectacle, il aime l'idée de pouvoir écraser les premiers hommes, les ancêtres, de tuer ceux qui l'ont précédé, de tuer l'histoire elle-même.

Moscoso galope vers lui depuis le village, suivi de ses cavaliers, hurlant "Santiago !", l'ordre sacré, une nouvelle religion, un dieu vénéré, et déjà une centaine de chevaux envahissent la plaine, la trompette sonne, des cris de guerre dans chaque camp, magnifiques.

Les lances, des armes terribles, qui frappent avec une telle puissance du haut d'un cheval. Les hommes d'antan, projetés à terre et broyés, foudroyés par ce qui ressemble à une chevauchée de dieux. Faisant bravement front, agitant leurs massues, mais fauchés avant même d'avoir pu approcher. Ces chevaliers en armure, avec leurs boucliers et leurs lances de tournois si incongrus dans ce décor, ont un avantage redoutable en terrain découvert. Et les indigènes battent en retraite.

Moscoso a rejoint de Soto et lui donne un cheval, Aceytuno, mais ce dernier est soudain criblé de flèches, elles s'enfoncent dans ses flancs et son poitrail, même ses genoux, et il s'effondre, raide mort.

Les lanciers protègent de Soto. Un de ses pages, Viota, lui donne un autre cheval.

Des indigènes gisent par douzaines sur la plaine. Certains ont disparu dans la forêt, mais d'autres fuient en direction de deux lacs, se jettent à l'eau, plongent et nagent vers le centre, hors de portée. C'est une erreur colossale. L'eau est profonde, ils doivent lutter pour rester à la surface.

L'un des lacs est plus petit et les Espagnols parviennent à l'encercler. Sur les berges des deux lacs, arbalétriers et arquebusiers font feu, mais de Soto et Moscoso leur ordonnent d'arrêter. Les indigènes sont trop loin.

— Il nous suffit d'attendre, dit de Soto. Ils pourront s'échapper du plus grand lac, mais pas de celui-ci. Nous éliminerons tous ceux-là. Ils ne peuvent pas nager éternellement.

Les nageurs soulèvent parfois un guerrier au-dessus de l'eau pour qu'il tire une flèche, qui atteint faiblement la rive, ou fend l'eau. Ils sont trop loin, leurs efforts sont vains.

Sur la berge, de Soto s'assied sur une selle pour contempler le coucher du soleil tandis que les nageurs faiblissent.

— Tout général qui se respecte rêve d'une bataille aussi parfaite, dit-il à Moscoso. L'ennemi qui lutte pour rester à la surface, qui commence à fatiguer, à se refroidir. Soit ils restent dans l'eau où ils mourront, soit ils reviennent sur la rive pour se rendre ou mourir. Ce que je préfère, c'est les tuer. C'est bien mieux que ces interminables discussions.

Ortiz est à proximité et sera sans doute d'avis contraire, mais de Soto s'en moque. Il savoure cet instant parfait.

Le ciel vire au rose et se reflète dans l'eau, un si joli spectacle, des centaines d'indigènes peinant au centre des deux lacs, luttant encore à mesure que la lumière se fond lentement dans l'obscurité.

— Concentrez-vous sur le petit lac, dit de Soto. Que personne n'en sorte. Nous ne pourrons pas les contenir dans le plus grand.

Dans le grand lac, les nageurs parviennent donc à s'échapper, mais des centaines se trouvent encore dans le petit.

Les Espagnols allument des feux le long de la berge. Les eaux scintillent comme si les flammes jaillissaient de la surface elle-même, un lac embrasé au centre duquel des âmes perdues se débattent, certaines déjà englouties, noyées.

Des nénuphars se déplacent à proximité de la rive, des indigènes cachés dessous, et les cavaliers chargent pour les repousser.

Ortiz, à demi brûlé, se tient jusqu'à la taille dans les flots illuminés, suppliant ses frères de se rendre pour avoir la vie sauve. Le désespoir dans sa voix, et il est désormais clair aux yeux de tous qu'il a choisi son camp.

— Ils sont trop idiots pour rester en vie, lui dit de Soto. Laisse la nature faire son œuvre. Ils sont nés pour tout perdre. Dieu nous a confié leur domination, ainsi que celle des animaux. Il n'y a aucune différence.

Ils nagent pendant plus d'une demi-journée. Quatorze ou quinze heures. Le corps peut endurer jusqu'à un certain point. Au milieu de la nuit, ils commencent à capituler, d'abord une poignée d'entre eux, qui appellent Ortiz d'une voix faible. Leurs têtes, de petites ombres dans les eaux embrasées, avançant vers la rive. Quand ils l'atteignent, ils rampent juste assez pour s'effondrer sur la terre ferme. Les Espagnols les laissent là.

— Décevant, commente de Soto. Mais on ne transperce pas d'un coup de lance un homme qui ne peut pas tenir debout. Ils appartiennent à une race plus faible. Le mystère, c'est pourquoi ils ont été créés.

Il s'approche d'un brave et lui enfonce le bout de sa botte dans les côtes.

— À quoi sers-tu ? demande-t-il. De quel plan fais-tu partie ? Pourquoi ne pas avoir créé un meilleur âne ou un meilleur cochon, quelque chose de plus utile ?

Ortiz ne traduit pas. Il cherche d'autres nageurs, d'autres ombres en approche, il s'assure qu'ils atteignent la berge sans être tués.

La nuit la plus longue pour ces nageurs. Une épreuve pour prouver de quoi ils sont faits. Dix-huit heures à nager dans l'eau froide. Alors que le ciel pâlit, d'autres emploient leurs dernières forces pour se rendre et éviter la noyade.

Sur des centaines d'hommes, seuls douze surnagent encore, principalement des chefs. On aperçoit leur visage depuis la berge. Ortiz les appelle par leurs noms, aidé de ses interprètes. Il leur dit qu'il est inutile de se noyer.

— Envoyez les esclaves d'Urriparacoxi, ordonne de Soto. Ils sont plus puissants. Ils pourront les traîner à terre. J'ai besoin d'aller dormir. Comme pour le reste, ils mettent toujours trop de temps à tout faire.

Ces hommes plus robustes nagent donc jusqu'au centre du lac et empoignent les chefs par les cheveux pour les tirer vers la rive. Des gerbes d'eau tandis que les hommes se débattent et essaient de se défendre, mais ils sont trop affaiblis.

Le dernier à sortir du lac est le chef d'Uriutina, qui les avait accueillis en ami dans son joli village. Il échappe aux hommes d'Urriparacoxi mais des hommes d'Uzachile finissent par le tirer de l'eau.

Quand ils le portent sur la terre ferme, Ortiz et les autres Espagnols l'attendent.

— C'est toi qui as tenu le plus longtemps, mon frère, lui dit Ortiz. Si les dieux ou les esprits existaient, ils te récompenseraient, mais ils n'existent pas. Tout ce que tu as gagné, c'est d'avoir froid. Rien d'autre pour prouver ta bravoure.

— Envoie un message à mon peuple, demande le chef. Dis-leur de ne pas s'inquiéter. J'ai agi comme un chef. J'ai été le dernier à lutter. J'ai nagé dans un lac, pas pour échapper à la mort, mais pour encourager les autres, et je n'ai pas abandonné avant d'y être encouragé par les amis d'Uzachile. Je veux simplement que mon peuple garde ses distances. C'est ça, mon message. Vous êtes des démons. On ne peut pas vous combattre et il ne faut pas vous aider. Ils doivent garder leurs distances et ne pas s'inquiéter pour moi. Si je meurs, ce sera en brave.

— Pourquoi enverrions-nous un tel message ? s'interroge Añasco. C'est plutôt sa tête qu'on devrait envoyer en guise de message.

— On transmettra son message, déclare Ortiz.

— Peu importe, intervient de Soto. Est-ce qu'on cherche à savoir ce que se disent les cochons quand ils grognent ? Envoyez son message s'il y tient tant que ça. Ce n'est qu'un divertissement pour nous.

Le chef est relevé brutalement, ses mains ligotées dans son dos, comme les autres.

— Combien ? demande de Soto.

— Presque trois cents, répond Moscoso.

— Vasco a manqué sa chance. Je suis heureux de le savoir. Si notre jeune et valeureux Añasco possède un jour quelque chose, une petite porcherie peut-être, ou une mine de cailloux, il pourra en mettre quelques-uns au travail.

Les nouveaux esclaves sont regroupés à Napituca, on leur donne à boire et à manger, puis tout le monde s'écroule de sommeil, à l'exception des pauvres sentinelles.

De Soto rêve d'hommes tournoyant à la surface de l'eau, étranges disques de chair enflammés, et il patauge lui-même dans cette eau, mais il n'a pas froid. Le lac se change en une longue rivière, sur laquelle il flottera pour l'éternité. Il se réveille, songe à tout ce que cela peut signifier, puis se rendort.

Le lendemain matin, il décide de partager les esclaves entre ses hommes. Ils utilisent la plaine où les cadavres des indigènes gisent encore, sans tombes, mangés par les oiseaux, certains dévorés et leurs membres dispersés dans la nuit par des créatures plus grosses. La plaine est un bon endroit car le soleil y est ardent et les indigènes sont obligés de patienter, ligotés sous la chaleur, en attendant d'être répartis.

De Soto en donne la majeure partie à ses officiers, bien sûr, mais il y a tant d'esclaves, presque trois cents, qu'il peut en céder aux grades inférieurs, à tous sauf aux simples soldats.

— Regarde, ils ne se plaignent pas, dit de Soto à Moscoso. Ils savent qu'ils sont vaincus.

Le soleil est désormais à son zénith, les mouches en vol frénétique. De Soto sent l'odeur des cadavres.

— C'est l'heure d'aller manger, décrète-t-il enfin. Ramenez tout le monde au village.

Les Espagnols et les interprètes s'asseyent à l'ombre pendant que les premiers esclaves de l'expédition leur servent à boire et à manger. De larges tables construites par les Espagnols, si curieuses dans les maisons rondes. Les nouveaux esclaves sont enchaînés, d'autres ligotés avec de simples cordes. Moscoso fortement critiqué d'avoir ordonné à ses hommes de jeter le métal dans une fosse. Ils ont besoin de chaînes supplémentaires, à présent.

De Soto est assis en bout de table, visiblement ravi, tout se déroule à merveille. Il fait venir la demi-douzaine de chefs à proximité.

— Mes amis, commence-t-il, et Ortiz traduit. Je vais vous faire retirer vos chaînes. Vos actes n'étaient pas très réfléchis, vous lancer ainsi dans une bataille que vous ne pouviez pas remporter. Mais je vous pardonne. Nous pouvons faire la paix et combattre ensemble les Apalachee. Fini, les mauvais tours. Considérez-vous comme des enfants, et moi comme votre père. Si vous vous comportez bien, vous serez récompensés.

Ses hommes leur retirent les chaînes. Les chefs se tiennent là, impassibles et muets.

— Je ne comprends vraiment pas pourquoi vous avez été créés, continue de Soto. Mais venez boire et manger, soyez mes invités.

Un chef fait un pas en avant et écarte les bras, comme deux ailes. Il serre les poings, le visage furieux. Il les agite d'un côté et de l'autre.

De Soto applaudit.

— Une danse ! Charmant. Un divertissement vieux de plusieurs millénaires, ce que nos propres ancêtres ont sûrement fait avant de savoir faire autre chose, avant qu'ils ne sachent bâtir, ou écrire, ou même parler.

— Ce n'est pas une danse, dit Ortiz.

Le chef s'agite férocement d'un côté, de l'autre, puis replie ses ailes, poings à ses épaules.

— Mais bien sûr que si, insiste de Soto. Une danse d'oiseau. Nous serons de grands guerriers, si nous pouvons nous battre comme des pigeons.

Les soldats rient.

Le chef remue avec une telle violence qu'il émet un craquement, il écarte à nouveau les bras et recommence.

— Il rassemble ses forces, dit Ortiz.

Et c'est comme s'il s'envolait vraiment, aux yeux des hommes rassemblés. Il bondit sur de Soto à une vitesse incroyable, comble la distance qui le sépare de là avant qu'on l'ait vu bouger, il est brusquement sur l'Espagnol, une main sur sa gorge. De Soto s'envole aussi, tombe à la renverse de sa chaise. L'autre main du chef est levée, son poing cogne comme un grondement de tonnerre, si soudain et si terrible, il s'écrase sur la bouche de de Soto, du sang et des dents qui traversent l'air à leur tour, mais ce que les témoins garderont surtout en mémoire, c'est le rugissement, un son qui n'aurait jamais pu provenir d'un homme, un refus et une rage nés d'une source bien plus ancestrale.

Tout se produit si vite, personne n'a bougé. Le chef serre à présent la gorge à mains nues, et il faut un moment aux gardes pour comprendre ce qui est en train de se passer, pour dégainer leur épée. L'un frappe le chef au flanc, et Ortiz entend l'air qui s'échappe soudain de ses poumons, l'écume ensanglantée. Un autre coup de lame dans son dos, ouvrant une tranchée d'abord blanche, une zébrure plus claire parmi ses tatouages noirs, et un soldat le frappe à l'autre flanc. Le chef est déjà mort ou agonisant, mais ses mains sont toujours serrées autour du cou de de Soto.

Tous semblent soudain s'éveiller. Chaque homme ligoté se redresse et on dirait vraiment une danse, chorégraphiée à la perfection. Ils tendent les bras vers la cible la plus proche. Lancer un bol de soupe brûlante au visage d'un Espagnol et, pendant qu'il hurle, passer les chaînes autour de son cou et tirer en arrière. Une bûche incandescente prise dans le feu et enfoncée dans le flanc d'un Espagnol, une épée tombée, récupérée et brandie. Les chaînes elles-mêmes, les meilleures armes.

Les maîtres sont battus. Jetés à terre par des massues, des bâtons, des chaises et des chaînes, puis roués de coups jusqu'à devenir méconnaissables. Mais ils sont si nombreux, et ils sont libres de leurs mouvements, et ils ont des armes à portée de main, la chance va forcément tourner.

À coups d'épée, les Espagnols frappent la peau nue, laissant des entailles profondes, des membres mutilés. Les corps s'ouvrent brutalement, des couteaux tranchent la chair vivante.

Ortiz s'efforce de protéger ses interprètes et les autres captifs, les fait reculer dans une maison ronde et se poste devant la porte pour en défendre l'entrée. Mais il ressemble à l'un d'entre eux. Un de ses compatriotes abat son épée vers lui, et le voilà à combattre les siens. D'un coup de pied, il jette l'homme à terre et lui hurle d'observer attentivement son visage.

Les hommes ancestraux essaient simplement de survivre, à présent. Un brave empoigne une lance et défend une réserve de maïs, hurlant comme s'il était une meute à lui seul. Un groupe de soldats armés d'épées, mais aucun ne peut rivaliser avec sa lance. Un proche de de Soto, Diego de Soto, s'approche avec une arbalète et le brave lance son arme, lui transperce l'épaule et le cloue au sol, mais pas avant que le carreau ne lui ait atteint le torse. Une peau foncée et des pennes plus foncées encore, fichées dans son sternum. Il tire sur le carreau à deux mains mais celui-ci ne bouge pas, l'ancre définitivement à ce monde.

Certains Espagnols traînent au centre du village leurs esclaves recapturés et les remettent aux gardes de de Soto. Mais d'autres frappent et tuent, une soif de sang frénétique. Hallebardes et piques et épées et couteaux, un cercle de l'enfer dans lequel nul corps ne peut rester entier. Les Espagnols hurlant comme des possédés, poignardant encore et encore, pas seulement les corps mais aussi La Florida elle-même. Tranchant des bras, et des jambes, et des têtes. Les mains mutilées encore attachées aux chaînes.

De Soto est toujours inconscient, et Moscoso, Gallegos et Tovar n'ont rien de meneurs d'hommes, mais Añasco et Lobillo percent des entrailles, tuent autant d'indigènes que possible.

Tous les Espagnols ne participent pas au massacre. Francisco de Saldana conduit ses esclaves sur la place mais il est soulevé dans les airs par le col et le pantalon, puis violemment jeté au sol, tête la première. Si vite qu'il ne peut rien faire. Puis le brave lui saute dessus, l'écrase encore et encore. Une forme de combat sans âge, animale aux yeux des Espagnols, comme s'ils affrontaient désormais des singes. Et quand ils approchent, le brave saisit l'épée de Saldana, rugit et l'agite d'une manière si étrange, si imprévisible, que la douzaine d'hommes qui l'encerclent ne peuvent l'abattre. Ils essaient de le transpercer, mais soudain son épée est là, une créature vivante, maniée par un être qui n'a rien d'humain. Ils doivent attendre les hallebardiers qui viennent le frapper et le tailler en pièces à distance raisonnable si bien que le démon ne peut pas riposter.

Voilà donc l'enfer, songe Ortiz. S'il devait y croire un jour, ce serait maintenant, tandis que des centaines de créatures éclaboussent l'air de sang, car comment tout ceci pourrait être l'œuvre d'êtres humains ? Et comment a-t-il pu en devenir partie prenante ?

Quand la bataille prend fin et que toute résistance cesse, ses compatriotes tombent plus bas que des démons. Ils font ce qu'il déteste le plus, ils attachent un homme à un pieu et le suspendent au-dessus d'un grand brasier au centre du village. Des hurlements de douleur qui pourraient être les siens, l'odeur de cheveux brûlés et de chair calcinée mêlée au sang.

Un autre indigène est mené jusqu'à une marmite bouillante et deux Espagnols lui plongent le visage dans l'eau, le maintiennent tandis qu'il se débat et bondit comme une araignée, jusqu'à ce qu'il s'effondre et cesse de bouger.

Mais surtout, les indigènes ligotés sont alignés dans l'attente d'être tués. Les Espagnols écartent Ortiz de la porte qu'il protège, ils traînent dehors ses interprètes et d'autres esclaves qui hurlent. On ne les dispose cependant pas en rangs pour les massacrer. Au lieu de cela, on les poste face aux ligotés, on leur tend des arcs et des flèches, on leur ordonne de tirer.

Ses interprètes le regardent. Même s'ils sont encore vivants, il n'a pas pu les protéger, et leur échec est d'autant plus cuisant qu'ils sont chargés du massacre. Ortiz sait qu'ils se donneront la mort, après cela. Mais en attendant, ils bandent leurs arcs et criblent leurs frères de flèches.

De Soto revient à lui pendant les exécutions. Il ne s'y oppose pas. Ses lèvres sont enflées et ensanglantées, il a perdu des dents. Il a le nez cassé et le visage tuméfié. Il semble encore sonné.

— Pendez le chef, parvient-il enfin à ordonner. Je veux le voir suspendu au-dessus de nous par les pieds. Et livrez les autres aux chiens. N'oubliez pas les chiens.

Les chiens sont lâchés sur ceux qui attendent, ligotés, et les bêtes arrachent les parties génitales, les ventres, jettent les hommes hurlants dans la boue et le sang, déchiquètent, grognent, tirent en arrière, traînant toujours en arrière.

On noue une corde aux pieds du chef de Napituca et on le hisse au centre du village. Il a déjà été roués de coups, couvert de sang, et à demi mort. Il ne prononce aucun mot tandis qu'il tourne lentement dans le vent, dégoulinant.

On conserve les plus jeunes esclaves. Le reste est massacré, ils n'auront pas de tombes. Rien que des cadavres partout, par centaines, condamnés à pourrir et à être dévorés. Les Espagnols rassemblent leurs propres morts et ordonnent aux esclaves de creuser.

Ils ne partent que le 23 septembre, après plus d'une semaine à Napituca. De Soto a souffert plusieurs jours, il ne mange encore que de la bouillie de maïs, aussi décide-t-il de s'offrir un cadeau de départ.

— En mémoire de leurs interminables conversations, et du peu de valeur qu'avaient leurs paroles, je veux qu'on enterre deux d'entre eux jusqu'au cou, ici, au centre du village, face à face, afin qu'ils puissent encore bavasser après notre départ.

Les hommes regardent leurs esclaves. Parmi ceux de Napituca, il ne reste que de très jeunes indigènes.

— Ce ne sont que des enfants, dit Moscoso.

— Deux d'entre eux, insiste de Soto.

Les autres indigènes creusent deux fosses au centre du village, sous le chef suspendu. Moscoso choisit deux garçons qui paraissent plus grands que les autres, sinon plus âgés.

Ils ont les mains attachées dans le dos et, alors qu'on les conduits aux fosses, ils sautent et hurlent et donnent des coups de pieds. Ils doivent être maintenus en place tandis que la terre comble peu à peu l'espace autour d'eux, jusqu'à ce qu'elle atteigne leur taille et qu'ils ne puissent plus s'échapper. Les gardes reculent et observent la terre monter lentement jusqu'à leur torse, puis leur cou. Les garçons ne crient plus, désormais. Ils essaient simplement de respirer sous le poids étouffant de la terre.

— Dites-moi, je vous prie, commence de Soto, ce qu'aimerait votre peuple. Comment pouvons-nous vous être utiles ?

Ortiz ne traduit pas.

— Demande-leur, ordonne de Soto.

— Non.

— Et pourquoi ?

— Quand tu seras à l'agonie, je compte bien te traduire tout ce qu'ils te diront, alors j'économise mon souffle jusque-là.

De Soto fait mine de flâner sans regarder, trébuche sur un des jeunes indigènes et se rattrape juste à temps. Ses hommes rient.

— Oups, dit-il avant d'asséner un autre petit coup de pied à la tête. Enflammez leurs cheveux, afin qu'on puisse mieux les voir et éviter que quelqu'un d'autre ne trébuche.

De petits bâtons sont enfoncés dans les charbons ardents des brasiers jusqu'à ce qu'ils s'embrasent, puis apportés devant les deux garçons. Ils ont les cheveux longs, sans doute recouverts de graisse car ils s'enflamment aussitôt, un garçon commence à hurler, puis l'autre, leurs poumons compressés ne leur laissant émettre que des cris éraillés, deux visages face à face, tordus de douleur.

— Les frères d'Ortiz ! s'écrie de Soto. Des bougies humaines, comme lui. Des phares pour nous guider tous dans la nuit !

Les hommes s'esclaffent tandis que les deux bougies se consument. La chair est rouge et noire, elle cloque et dégouline, les visages déformés, et plus que des gémissements rauques.

— Salez-les, ordonne de Soto. Pour qu'ils puissent bien tout sentir.

Ses hommes reviennent quelques instants plus tard avec du sel qu'ils saupoudrent sur la tête des garçons. De nouveaux cris de douleur, étouffés par le manque d'air.

— On devrait les tuer pour abréger leurs souffrances, dit Ortiz.

— Non, non, rétorque de Soto. N'interrompons pas cette importante conversation.

Et l'armée part, abandonnant les deux garçons enterrés vivants.

Ils marchent jusqu'à une rivière. Une épaisse forêt sur chaque rive, les guides et les interprètes ne connaissent pas d'autre chemin.

— Ils disent qu'il faut traverser, indique Ortiz à de Soto.

De Soto déteste cette forêt qui tient davantage d'un marécage, de la mousse blanche et verte qui pend des arbres, des lianes, des fougères et une végétation dense, des serpents, de l'eau sombre. Impossible d'en connaître la profondeur avant de s'y être aventuré.

Des messagers d'Uzachile avancent sur la berge avec plusieurs cerfs fraîchement abattus. Ils les portent sur leur dos, ayant accroché les pattes de l'animal devant leur torse.

De Soto applaudit.

— De la viande de cerf!

Dans tous les concours culinaires, ils ont rarement eu de venaison. Ils n'ont jamais pu trouver de cerfs dans les endroits qu'ils traversaient. C'est sa viande préférée. Surtout le cœur et le foie.

— Qu'on apporte des châtaignes! hurle-t-il.

Puis il se souvient de sa bouche, combien mâcher lui est encore douloureux, et il regrette de n'avoir pas infligé davantage de sévices au chef de Napituca.

— Le démon qui m'a attaqué. Vous auriez dû le garder en vie, me laisser lui faire subir une mort plus lente.

Personne ne répond. Les messagers laissent tomber les cerfs et s'éclipsent aussitôt.

De Soto s'approche de l'eau avec ses gardes, ses officiers dans son sillage. La terre n'est pas submergée mais la berge est pentue, une roche calcaire, jaune et blanche. Il sera extrêmement difficile de faire descendre les chevaux et le matériel pour les faire remonter ensuite sur la rive d'en face.

— Encore un cadeau de La Florida, commente de Soto.

Des flèches, soudain, qui fendent l'eau ou se plantent dans le sol à ses pieds. De Soto fait un bond en arrière et bat en retraite derrière les arbres, ses hommes l'imitent.

Des cris de guerre haut perchés de l'autre côté de la rivière, des indigènes brandissant leurs arcs et leurs massues, à demi dissimulés dans la forêt.

— Dois-je faire tirer les arbalétriers ? demande Moscoso.

— Trop loin, répond de Soto. Ce serait du gâchis.

— Ils crient quelque chose, intervient Ortiz.

— Le contraire m'aurait étonné, lâche de Soto.

Ortiz s'entretient avec ses interprètes, s'approche de la rivière, puis revient.

— Ils nous traitent encore de voleurs, on s'invite là où l'on n'est pas chez nous, ils savent qu'il nous faut un pont. Ils disent qu'ils refusent de le construire.

De Soto s'esclaffe.

— Et c'est censé me surprendre ? Envoie une réponse, dis-leur que le soleil s'est levé ce matin et qu'on voit très bien, ce qui est très étonnant.

Ortiz attend.

— Eh bien ? demande de Soto.

Ortiz retourne au bord de l'eau avec ses interprètes pour crier le message.

Mais Bruto est encore plus impatient que de Soto. Constatant l'inaction et la lâcheté des hommes dissimulés entre les arbres, il s'arrache à l'homme qui le tient en laisse. Il bondit du haut de la berge, déploie à nouveau ses ailes pour s'envoler comme un chien-aigle, puis tombe lourdement dans l'eau sombre. Il nage, sa tête volontaire hors des flots, il traverse pour attaquer.

De Soto est désemparé. Posté sur la rive, ne craignant plus les flèches, il hurle :

— Bruto ! Bruto ! *Venga !* Au pied !

Mais Bruto refuse de se laisser convaincre. Comme Amadis, épuisé et blessé après avoir tué Daganel et Galain, après avoir défait une armée tout entière, après avoir refusé de retarder son combat contre l'infâme Roi Abies, feignant d'être frais et dispo, le vaillant Bruto se montre impatient de traverser les flots et de goûter aux entrejambes indigènes, il ne se laissera pas amadouer par ceux qui l'aiment. Bruto est amateur d'Amadis mais il se désintéresse des damoiselles, aussi vertueuses soient-elles, et leur préfère un élément trop absent, juge-t-il, de cette narration curieusement dépourvue d'odeurs : un cul d'indigène couvert d'un simple pagne qui flotte au vent comme une bannière annonçant la bataille.

Les indigènes rient, ils ne tirent pas tous en même temps, ils n'envoient qu'une ou deux flèches à la fois. Les deux premières manquent leur cible et tombent à l'eau, mais une troisième vient se ficher dans le dos de Bruto et se dresse là, comme une balise emplumée. Les Espagnols inquiets, de puissantes lamentations, les plus intenses émises par de Soto.

Bruto ne fait pas demi-tour, il n'hésite pas. Les blessures mortelles ne signifient rien pour lui. Il flaire ici toutes les odeurs qui le ravissent : magnolia âcre, fumée, eau croupie, sueur d'humains, et surtout, la plus attirante, celle qu'il adore plus que tout. Il ne peut vivre sans cet amour. Il traverse la rivière, rapide et impatient, jusqu'à ce qu'une nouvelle flèche lui pousse soudain sur la tête.

— Bruto ! hurle de Soto.

Le vaillant Bruto atteint l'autre rive. Ils lui accordent au moins cela. Mais il s'effondre, le dos criblé de flèches, et ne se relèvera plus jamais.

De Soto se sent perdu. Ses gardes le tirent en arrière, à l'abri des arbres, et il porte le deuil de son plus valeureux combattant, le seul chevalier capable de vaincre des armées entières.

— Nous avons perdu notre meilleur élément aujourd'hui, dit-il, et les hommes acquiescent.

25

Au campement, le garçon entend son frère courir dans la forêt, il le voit apparaître entre les arbres, courant à toutes jambes, effrayé.

— Qu'est-ce qui s'est passé ? s'écrie-t-il. Tu ne t'enfuies jamais devant rien.

Son frère est hors d'haleine, il s'affale devant le foyer et doit se reposer un instant avant de pouvoir parler. Il est trempé de sueur et tremble.

— Le peuple loup arrive pour jouer à la balle avec nous.

— Je ne sais pas encore jouer, dit le garçon. Mon père m'en a parlé mais ne m'a jamais montré. Tu es arrivé et tu as tout changé. J'étais censé apprendre bientôt.

— Mais ça signifie qu'ils viennent nous tuer.

Le garçon éprouve une terreur soudaine et suffocante.

— Il faut fuir.

— Non, lâche l'Enfant Sauvage. Je sais ce qu'on peut faire.

Après qu'il s'est reposé, ils se mettent à courir en un large cercle autour de la hutte, à travers le maïs, la forêt, jusqu'à la rivière. Un étrange trajet que l'Enfant Sauvage semble connaître d'instinct, qu'il peut suivre même si le garçon ne voit d'abord rien de particulier. Mais à mesure qu'ils courent en rond, il distingue le sol battu et le maïs cassé sous leurs pas, et il peut alors suivre seul le sentier.

Dans la direction par où les loups arriveront se trouve une étroite percée au milieu de la végétation. Ils l'enjambent à chaque passage, ils ne laissent pas leurs pieds marquer le sol à cet endroit.

— Qu'avons-nous fait ? demande le garçon.

— Tu verras.

— Il en sera toujours ainsi. Je ne saurai jamais ce que tu m'obliges à faire, avant qu'il ne soit trop tard.

Mais son frère ne l'écoute pas, comme d'habitude. Il s'éloigne déjà dans la forêt.

— Qu'est-ce qu'on fait, maintenant ? demande le garçon.

— On doit fabriquer des flèches, crie son frère par-dessus son épaule. Et deux arcs.

Le garçon le suit vers le marécage, descendant d'un pas rapide la forêt pentue.

— Dans le peuple loup, ils sont grands ?

— Plus grands que nous, répond l'Enfant Sauvage. Et ils peuvent changer de forme. Leur visage peut s'allonger en museau pourvu de crocs, ou rétrécir pour reprendre une apparence humaine. Ils peuvent marcher debout comme nous ou courir à quatre pattes. Leurs bras et leurs jambes peuvent s'étirer.

Tout ce que le garçon craignait au sujet des loups était bien loin de la réalité. Ils sont pires qu'il ne l'imaginait.

— Et ils sont si nombreux que je n'ai pas pu les compter, ajoute l'Enfant Sauvage. Une grotte s'enfonçait au plus profond de la montagne, qui sait combien ils sont.

— Pourquoi est-ce qu'on reste, alors ? demande le garçon. Ils vont nous mettre en pièces, ils sont peut-être des centaines. On n'a aucune chance.

— On va fabriquer des flèches.

Le marécage apparaît entre les arbres en contrebas, un lieu où le garçon n'a pas envie de retourner. L'eau sombre couverte d'une végétation gluante, l'odeur de pourriture, et ils doivent encore patauger pour trouver les bons roseaux. Le garçon se sent à demi enfoui dans le monde, son champ de vision rétréci. Les loups pourraient surgir de tous côtés et les piéger ici.

Mais son frère l'oblige à cueillir d'épais roseaux, le plus bas possible, plongeant son couteau dans l'eau pour couper les tubes creux. Pas seulement huit, cette fois, mais beaucoup plus, autant qu'ils peuvent en porter. De petits oiseaux les observent, se balançant sur les roseaux les plus chétifs. Des libellules en vol rasant, leurs couleurs chatoyantes, bleu et vert et même rouge. Le garçon songe aux yeux des loups.

Des sangsues qui lui grimpent sur les jambes, il le sait, bien qu'il ne les sente pas encore. Chose curieuse, qu'on puisse vous pomper le sang sans se faire remarquer.

— Il vaudrait mieux fuir, dit le garçon, mais son frère aîné ne répond pas.

Ils coupent des roseaux jusqu'à ne plus pouvoir en porter, ils doivent en abandonner sur la berge. Ils retirent les sangsues accrochées à leur peau, lentement, prudemment, les dents invisibles en mouvement, cherchant à s'attacher encore, tous les êtres autour d'eux affamés.

Les roseaux, encombrants mais légers, et l'air limpide, la forêt claire tandis qu'ils retournent au campement. Le garçon se sent à découvert.

— Comment sais-tu que les loups ne sont pas en train d'approcher à l'instant même ?

— Ils mettront du temps, dit l'Enfant Sauvage. Deux jours, je pense. Car ils sont trop prudents. Ils n'ont pas l'habitude de traquer quelque chose qui met à profit le temps.

Ils déposent les roseaux contre la hutte, à l'ombre, puis ils ramassent des pierres pour les pointes de flèches, à l'endroit où Kana'ti les a toujours trouvées, un affleurement de roche noire sur la crête suivante. Ils taillent les bords jusqu'à ce qu'ils soient fins et tranchants.

— Il y en a tellement, dit le garçon. On n'aura pas le temps.

— Continue à travailler, dit son frère à mesure que la pénombre s'installe.

Ils œuvrent ainsi toute la nuit, dorment peu et se lèvent aux premières lueurs pour travailler encore. Ils n'ont que des épis de maïs crus à manger. Le garçon se sent épuisé.

— Pas de repos, déclare son frère. Continue.

Il attache des plumes aux tubes et noue les têtes de flèches à l'aide de fines bandes de peau tannée.

À la fin de la journée, ils ont fabriqué beaucoup de flèches que l'Enfant Sauvage partage en quatre tas, puis qu'il emporte en quatre endroits différents en dehors du cercle et qu'il cache dans des buissons.

— Maintenant, on fabrique nos arcs, dit-il.

De longues branches, jeunes et souples, taillées pour être plus fines aux extrémités, d'épais boyaux séchés tendus afin de les ployer correctement. À la nuit tombée, ils ont chacun un arc et leurs pieds ont creusé un cercle autour de la hutte, et ils ont quatre tas de flèches cachés.

— Nous sommes prêts, dit l'Enfant Sauvage. Tu peux te reposer, maintenant, dors autant que tu veux. Je te préviendrai quand les loups arriveront. Mais allonge-toi en dehors du cercle, caché dans la forêt.

Le garçon sait que son frère ne dort jamais, il sait qu'il peut lui faire confiance pour rester éveillé, et il se recroqueville près d'un tas de flèches, son arc au flanc, et il rêve de sa mère, il s'efface lentement de ce monde.

Le garçon se réveille, convaincu qu'il est déjà mort. Comme dans un rêve, il est détaché de son propre corps. L'Enfant Sauvage lui murmure, "Ils sont là, mon frère. Tire seulement quand ils seront pris au piège." Puis il disparaît dans les bois, vers un autre tas de flèches.

Le garçon distingue la hutte à la lueur de la lune, non loin. Un monticule irrégulier, la tête de sa mère au sommet qui guette les loups.

Ils approchent, formes animales tapies, comme une brume au-dessus du sol, sombres et silencieux. Ils ne communiquent pas, ils savent qu'ils doivent encercler la hutte, en bloquer chaque issue, si nombreux que le garçon ne peut pas les compter. Certains se redressent à présent, formes humaines dotées de griffes.

La peur du garçon est un élément impossible à contenir, une entité qu'ils sentiront forcément. Il se plaque au sol, il sait qu'il est mort. Son rêve était réel.

D'autres arrivent encore à travers la forêt, se répandent comme une flaque autour de la hutte jusqu'à ce qu'enfin, les bois soient déserts et qu'ils attendent tous, puis l'un d'eux pousse un grognement et ils bondissent comme un seul corps sur la hutte.

Au même instant, une épaisse broussaille pousse à la limite du cercle que le garçon et son frère ont creusé en courant. Un bruissement, des tiges épaisses qui s'élèvent peu à peu en tresses vers la lune. L'Enfant Sauvage, une sorte de magicien, capable de ramener des années de croissance à quelques instants. Les loups s'écrasent contre la végétation mais retombent sur leurs pattes. Ils l'attaquent à coups de griffes, la poussent avec leurs museaux, mâchoires claquantes, mais la broussaille est entremêlée, si compacte et si résistante, et ils sont pris au piège.

Le garçon se lève avec son arc et encoche une flèche, il bande son arme et regarde le projectile voler bas, traverser la broussaille où les espaces suffisent à laisser passer une fine pointe de flèche, elle s'enfonce dans une chair, un loup lâche un cri perçant de douleur. Le garçon décoche une nouvelle flèche qui atteint une cible car les loups sont si entassés qu'il est impossible de manquer son coup. Ils hurlent et gémissent, ils se cognent les uns contre les autres, contre la hutte et le mur de broussaille, ils sautent mais jamais assez haut, ils tentent d'escalader mais retombent, et le garçon décoche flèche après flèche, et son frère l'imite.

Une nuit de sang et de tumulte, presque invisible, comme toute destruction. Le garçon sera présent à chaque grand malheur de ce monde. Il le sait, désormais. Ce massacre est sa responsabilité.

Il se rend au deuxième tas de flèches sans se presser, il sait que tout ira à la vitesse convenue, qu'il se hâte ou non. Cela ne fait aucune différence. Il encoche une nouvelle flèche, regarde le roseau s'envoler, la pierre percer la chair, le sang couler par le tube, le peuple loup mourir, s'effondrant les uns sur les autres, eux qui ont tout perdu, qui crient et s'interpellent sous les cieux, dans la nuit sans espoir.

Mais en contrebas, le garçon en voit quelques-uns s'échapper par la trouée que lui et son frère ont laissée, là où ils sautaient à chaque passage sans creuser la terre, là où rien n'a poussé. Un petit groupe de loups, qui s'élance dans la forêt en direction du marécage.

Le garçon continue à tuer ceux qui sont pris au piège. Son frère saura quoi faire des autres, plus tard. Il sait toujours.

Il décoche ses flèches jusqu'à ce qu'il ne lui en reste qu'une poignée, puis il s'approche de la broussaille et de la hutte. Il trouve son frère près de l'étroit passage.

— Quelques-uns se sont échappés.

— Oui, dit l'Enfant Sauvage.

Une immense masse de loups, gisant dans leur sang. Certains encore vivants, contournant discrètement la hutte vers les garçons, formes noires pareilles à des ombres, mais les garçons tirent et ceux-là agonisent à leur tour. Si facile. Ces incarnations de la peur, réduites au néant.

— Le peuple loup n'a pas de flèches, dit le garçon.

— Non.

Les loups blessés rampent ou gisent sur le flanc, haletant.

— Il faut qu'on les aide à partir, dit le garçon.

Et il avance avec son couteau de pierre, il tranche des gorges, prenant garde de toujours approcher par-derrière, de ne pas se faire mordre, il saisit les grandes têtes à l'épaisse fourrure qu'il craignait tant, et il abrège leurs souffrances sous les yeux de son frère qui ne fait rien.

— Il faut aller au marécage, finit par annoncer l'Enfant Sauvage. Ils se cachent là-bas.

Le garçon abandonne sa tâche sanglante en espérant qu'il n'y en ait plus aucun à l'agonie. Tant de corps autour de la hutte, trop pour les compter, et leur odeur est palpable dans l'air. Il est plus facile de s'en aller.

Il suit son frère dans la forêt qui descend vers le marécage, un trajet désormais familier dans l'obscurité, mais avant qu'ils aient atteint l'eau, l'Enfant Sauvage se remet à courir en cercle, tout autour du marécage, le garçon peine à le suivre, éraflé sur son passage par des branches mortes. Un cercle gigantesque, une longue distance à parcourir, et l'Enfant Sauvage ne s'arrête jamais, il oblige son frère à effectuer plusieurs tours, jusqu'au cœur de la nuit, jusqu'à ce que le garçon arrive à distinguer l'indentation dans la terre creusée par ses pieds.

Ses jambes se raidissent et se contractent, son corps vidé de ses forces, et il ignore où se trouvent les loups en cet instant, s'ils sont encore cachés près du marécage ou s'ils se tapissent dans la forêt, prêts à attaquer, ou s'ils ont filé en douce depuis longtemps. Cette course insensée pour faire apparaître une autre barrière de broussaille semble illogique aux yeux du garçon, car ils n'ont plus de flèches, et la zone est trop vaste.

L'Enfant Sauvage s'arrête enfin, le garçon se repose, plié en deux, hors d'haleine.

— Là-bas, dit l'Enfant Sauvage, et ils sortent du cercle, s'éloignent du marécage et retournent dans les bois.

À l'endroit où ils ont couru, des flammes jaillissent à présent, d'abord comme de petites fleurs poussant sur le sol piétiné, puis s'élevant haut, toujours plus haut, s'inclinant vers le marécage, se consumant en un cercle plus petit, rétrécissant encore. Les hurlements et les gémissements des loups, puis les plus terribles des sons tandis qu'ils brûlent et dansent, tordus de douleur dans la nuit. Le peuple loup est supplicié, massacré, et seul deux ou trois d'entre eux en réchappent, et tous les loups que nous connaissons aujourd'hui sont leurs descendants.

26

De Soto envoie une avant-garde sur des radeaux, puis il traverse la rivière sur un pont long de trois troncs et large de quatre, et ce jour-là, il progresse bien à travers plusieurs villages, terminant au village principal d'Uzachile. L'endroit a été abandonné mais regorge de nourriture, et pas seulement de maïs, mais aussi de haricots et de citrouilles.

Dans les concours culinaires, ces citrouilles sont encensées, meilleures que celles d'Espagne, et les menus connaissent une nouvelle variante, mais le moral est bas après la mort de Bruto, et de Soto a toujours mal à la bouche.

— Citrouille et viande de cerf, dit-il. Ce devrait être un repas de fête.

Il a sur la langue le goût amer de la perte.

Des flèches sont tirées cette nuit-là, et au matin, une brève offensive.

— Il nous faut des esclaves, dit Moscoso. Nous en avons trop tué à Napituca. Les hommes se plaignent de devoir puiser de l'eau, chercher du bois et creuser des latrines.

— Les hommes se plaignent, rétorque de Soto. C'est comme affirmer que l'air flotte au-dessus du sol.

— Ils se plaignent quand même, dit Moscoso.

De Soto envoie des troupes en quête d'esclaves qui, contre toute attente, reviennent victorieuses avec une centaine de captifs, hommes et femmes.

Les femmes sont amenées dans les maisons et commence alors le véritable châtiment, afin de terminer ce qui a été commencé à Napituca. L'armée tout entière les viole, encore et encore, pendant que leurs hommes triment dans le campement et les entendent.

— À partir de maintenant, n'importe quel indigène qui croise notre route devient esclave ou meurt, hurle de Soto au centre du campement.

Il est juché sur une petite souche qu'on lui a apportée, elle vacille un peu. Difficile de garder l'équilibre.

— Ils vont payer pour ce qu'ils ont fait à Bruto. Aucun ne doit être libéré.

Puis il se rend à la maison du chef, où deux femmes lui ont été réservées. Jeunes et ligotées au sol.

Il se place derrière l'une d'elle et la passe à tabac, lui martèle le dos et les flancs à coups de poing, de toutes ses forces, une vengeance contre l'homme qui l'a humilié et lui a cassé les dents.

Ses poings sont douloureux, alors il assène des coups de pied à la suivante, puis des coups de coude, les lui enfonçant violemment dans le dos. Il l'entend haleter. Rien de ce qu'il pourra faire ne suffira. Il les déteste tous, il déteste cet endroit, et il déteste le fait qu'il n'y ait pas d'or. Pas d'or, nulle part.

Il passe toute la nuit avec ces femmes, émerge de ses cauchemars pour les punir encore. Il fait tout son possible pour se venger, il entend les cris et les coups dans les autres maisons.

Le lendemain matin, il fait traîner les deux femmes dehors, dans la boue. Elles ne peuvent plus tenir debout.

— Les chiens, ordonne-t-il, et quatre sont lâchés, pour éventrer et mettre en pièces et dévorer.

Rien n'est plus satisfaisant que de voir des chiens au travail. Ses propres mains, incapables de faire autant de dégâts.

Les chiens s'attaquent à d'autres femmes que l'on a battues et jetées dehors, jusqu'à ce que tous aient été lâchés et nourris.

— Les hommes, dit de Soto. Prenez-en une douzaine et tranchez-leur les mains.

Les indigènes se montrent d'abord dociles lorsqu'on interrompt leur labeur et qu'on les mène à un large billot qui pourrait servir de tabouret. Mais quand l'un d'eux est saisi par deux soldats qui posent son bras sur le billot, il se met à crier et à se débattre.

Ils utilisent une hachette, pas une hache, si bien qu'ils doivent s'y reprendre à plusieurs fois pour lui sectionner la main. Juste au-dessus du poignet. Du sang gicle du moignon. Puis l'autre main de l'homme est posée. Nouveaux coups de hachette.

Vingt-quatre mains tombent au sol, certaines attachées à un avant-bras, et les Espagnols qui se chargent de la besogne sont désormais maculés de sang, le visage et les vêtements. Les indigènes sont relâchés, une fois leurs mains tranchées. Ils hurlent et s'enfuient dans la forêt. L'un d'eux s'effondre sur place.

— Voyons comment ils manient leurs arcs, maintenant, lance de Soto.

Uzachile n'est plus que sang. Celui des femmes après les chiens, celui des hommes et de leurs mains. Le centre du village, un bain de sang.

— Que l'un d'eux attache les mains ensemble pour les suspendre à un arbre, ordonne de Soto.

Ils quittent le village le 29 septembre. Une forêt facile, de hauts arbres, et ils campent parmi les pins. De Soto est si furieux qu'il menace même de tuer l'un des siens, un garçon retourné chercher une épée oubliée.

Le lendemain, ils découvrent un premier village apalachee, les gens fuient dans les bois, pris au dépourvu. Les soldats pourchassent les femmes dans la forêt, et les cavaliers les repoussent en terrain à découvert. Ils en capturent assez pour une nouvelle nuit. Mais l'une d'elles empoigne les couilles d'un jeune Espagnol, Herrera, et le fait tomber à genoux jusqu'à ce que ses camarades viennent le libérer. Elle est amenée au centre du village et violée par tous les hommes en guise d'avertissement.

Au-delà du village, ils trouvent une rivière trop profonde pour être franchie et, de chaque côté, de vastes marécages, et encore derrière, une épaisse jungle.

— Aucun château n'aura jamais de meilleures défenses, constate Moscoso.

— Oui, acquiesce de Soto. Demande s'il y a un chemin pour le contourner.

— Il n'y a plus personne à interroger, rétorque Ortiz.

— Cesse de te rebiffer sans arrêt, lâche de Soto. Obéis, c'est tout.

— Il n'y a plus personne à interroger.

— Il y a forcément quelqu'un.

— Non. Les nouvelles femmes sont mortes. Les autres viennent d'autres territoires ennemis. Ils ne sont jamais venus jusqu'ici.

— Très bien, dit de Soto. Alors faites traverser les hommes.

Les soldats de Moscoso découvrent un étroit sentier qui s'enfonce dans la végétation dense, juste assez large pour un homme ou deux.

— Ils veulent nous faire passer par ici, dit Añasco. Ils nous attendent.

— On nous a prévenus, dit Lobillo. Les Apalachees sont organisés. On va affronter une véritable armée, pas quelques groupes désordonnés.

— Hernando a raison à votre sujet, dit Gallegos.

Des fantassins armés de haches et de hachettes avancent les premiers, dégageant les côtés du chemin. Ils pataugent dans les eaux sombres du marécage jusqu'à la taille, luttant pour extraire leurs pieds de la vase à chaque pas. Des flèches les accueillent, aussi brandissent-ils leurs boucliers d'une main sans cesser de couper la végétation.

— Tout ça pour de l'or, dit Ortiz. Pour de l'or qui, de toute évidence, n'existe pas.

Ils progressent péniblement la journée entière dans ce marécage afin de trouver un lieu où franchir la rivière. Ils passent la nuit sur un sol trempé et sous leurs boucliers car les flèches pleuvent toujours, la pire nuit de toute l'expédition. Des alligators à proximité, des serpents, des araignées, tous les cauchemars imaginables.

De Soto fait réveiller l'armée plusieurs heures avant l'aube. Ce n'est pas difficile car la majeure partie des hommes n'a pas trouvé le sommeil. Aucune conversation, rien que des préparatifs silencieux, puis ils se mettent en route.

Mais ils font trop de bruit avec leurs armures. Alors qu'ils atteignent un endroit où un arbre est tombé en travers de la rivière, des cris de guerre retentissent et des flèches sifflent. Les Espagnols ripostent avec leurs arbalètes et leurs arquebuses, puis ils abattent d'autres arbres, permettant aux soldats armés de hallebardes et d'épée de passer. Les Apalachees les accueillent avec des massues dans le marécage suivant.

— Des renforts ! hurle de Soto. Envoyez des renforts immédiatement !

Les Espagnols ne sont pas à la hauteur des Apalachees, en petits groupes sur terrain restreint, sans leurs chevaux. Ils sont fauchés et tombent dans le marécage. Leurs épées et leurs armures, trop lourdes. Et pour chaque carreau tiré par un arbalétrier, le brave en face de lui décoche une demi-douzaine de flèches.

Mais les Espagnols ne cessent de déferler. De Soto et Moscoso les envoient jusqu'à ce qu'ils soient assez nombreux pour repousser l'ennemi, un mur de bouclier et d'épées, de piques et de hallebardes.

Ils marchent toute la journée et passent la nuit dans ce marécage, allongés de nouveau sur la terre détrempée, craignant les serpents, les alligators et les flèches. Les Apalachees les empêchent de dormir. Ils chantent et jouent du tambour et crient et envoient des flèches et feignent des attaques, chargeant avant de s'éclipser aussitôt.

— C'est ici que Narváez a commencé à se perdre, dit Ortiz. C'est pour ça qu'il a construit des embarcations et qu'il est parti. Je comprends maintenant.

— Nous ne sommes pas comme lui, réplique Gallegos.

— Oui, mon frère, acquiesce de Soto. Tu dis vrai. On quittera cet endroit dès demain soir et on couchera avec leurs femmes.

Au matin, encore un marécage et un étroit sentier. Ils ne peuvent toujours pas monter à cheval. Les fantassins armés d'une épée avancent les uns derrière les autres avec leurs boucliers, des flèches pleuvant de chaque côté, et s'ils tombent, blessés, la longue file ne s'arrête pas pour eux.

L'armée tout entière est contrainte de franchir ce chas d'aiguille, et quand ils parviennent enfin en terrain stable dans la forêt, ils sont à découvert et aperçoivent des rondins fixés à l'horizontale entre les arbres afin de bloquer le passage des chevaux.

— On nous a prévenus, dit Lobillo. C'est une armée qui sait combattre, et ils ont de l'expérience. Ils sont au courant qu'on a des chevaux.

— Retirez simplement les rondins, dit de Soto. Ce qu'ils ne savent pas, c'est que nous sommes trop nombreux et qu'on ne s'arrêtera pas. Et on ne perd pas d'hommes, aucun mort. Rien que quelques blessés. Leurs flèches ne font rien.

L'armée poursuit malgré les tirs, ils détachent les rondins jusqu'à libérer le passage, puis les lanciers montent en selle et peuvent enfin s'élancer au galop. La plus curieuse des armes. Elle semble incongrue, inoffensive, mais elle transfère la puissance redoutable du cheval, et les braves sont broyés, jetés à terre. Ils fuient ou se font renverser, impitoyablement piétinés.

La forêt débouche sur des champs de maïs, et quand les soldats émergent enfin d'entre les arbres, le 3 octobre à la mi-journée, ils pillent tout le maïs avant de continuer leur avancée, transperçant à coups de lances tous les Apalachees qui croisent leur route. Le soir, ils atteignent un village brûlé.

— Malin, remarque Moscoso. Ils sont plus malins que les autres. Mais ils auraient dû brûler le maïs, aussi. Nous affamer serait plus efficace.

— Tu es de leur côté, maintenant ? lâche de Soto.

Ils installent leur campement à cet endroit et s'y reposent toute la journée du lendemain, mais la nuit, les flèches et les cris et les chants et les tambours empêchent les hommes de dormir. Un sol stable, plus sec, mais ils tremblent toujours de peur sous leur bouclier.

De Soto s'adresse à eux, le lendemain matin.

— Regardez autour de vous, dit-il. Regardez vos frères espagnols. Aucun de vous n'a été tué, ces derniers jours. Pas un seul. Vous avez peur, vous ne cessez de parler des terribles Apalachees et de leur immense armée, mais qui est mort ? Il n'y a qu'eux, qui sont morts. N'oubliez pas que ce sont des animaux, sur terre pour être massacrés ou réduits en esclavage, et pour que l'on puisse disposer d'eux comme bon nous semble. Avez-vous peur des animaux ?

Les hommes, penauds. Ils étaient tous effrayés, mais c'est vrai qu'ils ne sont pas morts, et le sol est ferme, à présent, et ils ont le ventre plein. Ils prennent la direction du nord-ouest et très rapidement, ils aperçoivent des champs de maïs et des potagers, d'immenses étendues de chaque côté, et des maisons éparpillées çà et là.

— Vous voyez ! hurle de Soto. Une contrée différente, peuplée, riche, et tout est à nous, et où est donc cette grande armée d'Apalachees ? Nous arpentons leur jardin.

Les hommes cueillent les légumes sur leur passage, rêvent de louanges aux concours culinaires. Citrouilles et haricots et maïs et gombo, et d'autres mets encore.

Mais ils finissent pourtant par se heurter à une armée, des fortifications dressées tout le long de la rivière sur la berge opposée. Des pieux de formes et de tailles différentes afin d'entraver le passage des chevaux, des archers postés derrière.

— C'est du suicide, dit Moscoso. Un terrain à découvert où ils nous cueilleront avec leurs flèches, puis cette rivière à franchir en guise de douves, ensuite leur barricade, et encore des flèches, puis leurs massues.

Mais de Soto l'ignore.

— Tous ces indigènes ! s'écrie-t-il. Ils mourront ou deviendront nos esclaves ! Sans exception. Que les fantassins avancent dès maintenant, piques et hallebardes en première ligne !

Les fantassins se ruent en avant avec leur bouclier, rouges et bleus éclatants, hurlant de terreur, et les cavaliers attendent derrière. Les Apalachees hurlent aussi, et tirent des flèches, mais les boucliers et les armures sont efficaces. Les Espagnols parviennent à franchir le cours d'eau, ils s'attaquent aux Apalachees et à leur barricade à coups d'épées tandis que les longues piques et les hallebardes atteignent leur cible entre les interstices.

Les Apalachees ne battent pas en retraite. Ils mènent un combat acharné, comme s'il s'agissait de leur unique chance. Ils sont taillés en pièces et poignardés, mutilés et éventrés et massacrés, et quand les barricades sont démantelées, les chevaux et les lances entrent en scène, les balayant avec une facilité qui doit leur paraître inconcevable.

Le reste de l'armée les piétine, écrasant les morts, le sang imprégnant la terre, puis les soldats se dirigent vers une autre ville où ils capturent plusieurs Apalachees et trouvent de la viande de cerf séchée. Les hommes, fous de joie à cette découverte, comme s'ils avaient découvert des monceaux d'or, et leur guide file en douce pendant qu'ils ont le dos tourné.

Le lendemain, le 6 octobre, ils arrivent enfin au village principal des Apalachees, Anhayca. Les indigènes ont fui dans les marécages environnants.

— Les terribles armées apalachees ! hurle de Soto à l'intention de ses hommes. Regardez comme ils défendent férocement leur citadelle ! Tremble, Lobillo ! Tu avais raison de les craindre autant.

Ce village est assez grand pour héberger l'armée entière. Moscoso est ravi.

— C'était facile, dit-il. Tellement facile. On pourrait passer l'hiver ici. Il y a tant de maisons, et tant de provisions.

— Oui, dit de Soto. Oui, mon frère. Notre nouveau camp de base. C'est parfait.

De Soto s'installe dans la maison du chef et ne partage rien. On lui amène une femme capturée près de la réserve de viande séchée. Il la fait ligoter et prend son temps. Il confie toute la logistique du campement à Moscoso.

Les hommes s'effondrent, peuvent enfin se reposer après les marécages et les batailles. De Soto affirme que les guerriers apalachees ne valent rien, mais ils savent que c'est faux. Les pires batailles de l'expédition livrées contre eux, et toujours cette crainte qu'une armée plus importante encore ne les défie.

Mais après plusieurs jours, quand aucune armée ne s'est présentée et qu'ils ont trouvé davantage de cerf et de poisson séché, et tant de légumes, d'immenses réserves de nourriture, et qu'ils sont installés confortablement dans les maisons, les hommes savent que la vie sera plus facile. La seule chose qui manque, c'est l'or. Trouver les Apalachees, cette grande civilisation redoutée, signifiait aussi trouver de l'or.

Les Espagnols attaquent d'autres villages voisins pour y prendre esclaves et provisions. La région est constellée de lacs où les poissons abondent, bien que certains soient vides, de simples bassins peu profonds et asséchés. Les hommes en font le tour, songeant à ce qui a bien pu s'y passer.

De Soto se plante au centre de l'un d'eux avec son escorte.

— On dirait un des ports en eau profonde promis par Añasco, dit-il. Il devrait y avoir de l'eau mais il n'y en a pas.

— Il y a de l'eau, rétorque Añasco. Tu es sous la surface en ce moment. Tu es mort. Tu imagines simplement que tu nous parles.

— Encore plus fou qu'Ortiz, lâche de Soto.

— *Gracias*, dit Ortiz.

— *Gracias*, répète Lobillo en se moquant de sa prononciation.

— Nous risquons de prendre le même chemin que cette eau, avance Gallegos. Je n'aime pas rester ici. L'eau ne peut pas tomber vers le ciel, elle a donc dû être aspirée quelque part sous terre.

— Demande au guide, dit de Soto.

— Il m'a déjà expliqué que les lacs se vident parfois, dit Ortiz. L'eau se retire très vite. Il y a un lac, et soudain, il n'y en a plus. Le soleil est leur dieu, c'est donc sans doute un signe que le soleil est mécontent.

— Le soleil a dû être le premier dieu, partout, commente de Soto. La forme d'adoration la plus primitive et la plus stupide.

— Il dit que c'est peut-être aussi à cause des deux frères. La contrée Apalachee est régie par deux frères, un de chaque côté, et quand ils se disputent et qu'ils en viennent aux mains, ils déchirent la terre et l'eau s'y engouffre.

— C'est peut-être l'or, ironise Añasco. Les grandes quantités d'or sous la terre, des filons qui s'étirent sur plusieurs lieues et brillent avec une telle intensité que l'eau brûle.

De Soto est las des commentaires au sujet de l'or.

— Bon, alors où est l'or ? demande Añasco. On est dans l'Apalachee. On est censés en trouver, comme on aurait dû en trouver dans les trois derniers villages. Avons-nous traversé l'océan depuis l'Espagne pour ne dénicher que de la viande séchée ?

De Soto l'ignore et ressort du lac, remonte à la surface, il n'est plus submergé. Il retourne au campement à cheval, impatient de découvrir les prochains concours culinaires. C'est tout ce qui lui reste, à présent.

Tant de saveurs inédites, ici. Mûres noires et blanches, myrtilles, baies d'açaï, kakis. De nouvelles manières de préparer le maïs, aussi, mélangé à de la cendre avant de le moudre et d'en faire du gruau. Cette mixture cuite en galettes, ou en bouillie. Mais son nouvel ingrédient préféré, c'est la graisse d'ours, huileuse. Ils font aussi de l'huile de noix, mais celle d'ours lui évoque l'hiver et les montagnes et les rivières glaciales. S'il ferme les yeux en la mangeant, il rentre soudain chez lui.

Pendant un temps, de Soto en oublie presque l'or. Des chevauchées dans la forêt, des repas copieux, des femmes indigènes, ses soldats nourris et satisfaits, plus de plaintes. Il explore les grands tertres des villages voisins, en grimpe les larges marches sur son cheval, se demande pourquoi la maison d'un chef doit être construite sur un tas de terre. C'est peut-être parce que La Florida est si plate. Il a entendu parler d'autres excentricités, aussi, comme le fait de ne pas léguer son pouvoir à son fils, car il se transmet par le côté maternel. Tout se fait à l'envers, intéressant de constater qu'en marge de la civilisation les vies puissent devenir si saugrenues.

Mais il ne peut pas se contenter de passer le restant de sa vie ici. Ils doivent progresser.

Il missionne donc trois expéditions. Deux sont faciles, vers le nord, et rapportent avoir trouvé d'autres villages, des terres riches et clémentes. Il réserve la troisième à Añasco.

— Va chercher la côte, dit-il. C'est là où se trouve l'océan, une étendue d'eau plus vaste que ces lacs, et si tu la bois, tu y décèleras un goût salé. Tu verras peut-être des oiseaux marins, et des poissons aussi.

Les hommes sourient et se retiennent de rire.

Añasco s'éloigne avec des cavaliers, des fantassins et un guide apalachee. Ils prennent la direction du sud jusqu'à un village à la jonction de deux rivières. Les indigènes ont fui mais ont laissé des provisions.

— C'est gentil à eux, dit Añasco.

Après cette halte, la forêt devient plus difficile à parcourir. Un sol humide, les chevaux qui s'enlisent, les fantassins écorchés par les épines des mûriers et d'autres plantes qu'ils ne connaissent pas.

— Il nous entraîne dans les marécages, dit un lieutenant d'Añasco.

— Je sais, mais qui d'autre avons-nous pour nous guider ? Tu connais la route, toi ?

— De Soto inventera tant de plaisanteries en apprenant qu'on n'arrive même pas à trouver l'océan.

— Un jour, la lame de mon épée lui fermera définitivement la bouche.

— J'ai hâte de voir ça, mon commandant.

— On a tous hâte.

Añasco entend le bruit des vagues mais le son ne se rapproche jamais. Exactement comme dans les plaisanteries de de Soto.

Tout ceci est interminable, errer dans les marécages, entendre les vagues sans jamais voir l'océan, et ils doivent finalement retourner au village à la jonction des rivières pour y reprendre des provisions. Ils repartent et installent un nouveau campement, peut-être plus près de l'océan, ou peut-être pas.

Añasco toise le guide, ses hommes aussi. Ils le détestent tous, à présent. Ils l'autorisent à s'asseoir près du feu et à manger avec eux, pour s'assurer qu'il ne s'enfuie pas.

Le guide le sait. Il saisit une épaisse branche dans le feu et, de l'extrémité enflammée, il frappe un Espagnol au visage. Si rapide que personne n'a le temps de bouger. Le malchanceux se trouvait simplement dans le trajet des flammes et il tombe à la renverse.

Les autres se jettent sur le guide.

— Ne le blessez pas, ordonne Añasco. Il doit pouvoir marcher.

Ils le laissent se rasseoir, et même boire et manger, et les plaintes de l'Espagnol blessé restent sans réponse.

Puis quand vient l'heure de dormir, il saisit une pierre et frappe un autre Espagnol dans le dos, le jette à terre, et cette fois, ils le rouent de coups. Pendant la nuit, un troisième assaut après lequel ils se montrent plus créatifs, lui assènent des coups de masse, le traînent au sol dans le campement, l'enchaînent et postent une sentinelle.

Mais le guide ne renonce pas. Les Apalachees sont effectivement plus coriaces que tous les indigènes rencontrés jusque-là. Alors qu'ils se préparent à partir le lendemain, l'homme attaque l'Espagnol qui tient ses chaînes. Ils lâchent un chien mais l'homme insère ses pouces dans la gueule de l'animal et lui bloque les mâchoires. Añasco en a plus qu'assez, il lui enfonce son épée dans le dos jusqu'à la garde, songeant qu'il en fera de même avec de Soto. C'est pour bientôt.

Ils ont capturé un autre indigène dans le village, il affirme pouvoir les conduire à la mer mais ils doivent d'abord retourner au village. Cela semble difficile à croire car ils entendent le déferlement des vagues. Il doit y avoir un chemin plus court. Mais ils le suivent pourtant, et il disait vrai, finalement. Depuis le village, il les mène par un chemin droit et facile jusqu'à la côte, une vaste baie où Narváez a construit ses bateaux.

Ils découvrent la forge où Narváez a fait fabriquer ses clous, faisant fondre les fers à cheval et tout le métal qui leur restait. Ils trouvent un grand abreuvoir. Et tous les ossements des chevaux, assemblés en une gigantesque pile.

— Les chevaux ne meurent jamais de cette manière, constate un homme d'Añasco.

— Non, dit Añasco.

Les os ont tous été détachés, plus aucun n'est relié pour former des squelettes distincts.

— Ils les ont mangés.

Ils explorent la zone en quête d'une lettre ou d'un message quelconque, en vain.

— Narváez n'a pas pensé à nous, dit Añasco. Aucune dignité. Un vrai lâche.

Ils continuent jusqu'à la pointe et, à marée basse, Añasco envoie douze hommes pour tester la profondeur à la nage. Les hommes pensent aux alligators et aux requins mais ils obéissent, et l'eau est assez profonde pour les navires.

— Il faudra retrouver cet endroit quand nous rentrerons, dit Añasco. On ne plaisante plus. On mettra des drapeaux dans les arbres. Assurez-vous qu'ils soient bien visibles.

Après le départ d'Añasco, de Soto entend des histoires au sujet de l'or. Un jeune garçon apalachee qu'ils ont capturé a voyagé loin pour faire du commerce, un périple d'une douzaine de jours, il dit pouvoir les guider dans cette région. Ils le baptisent Marcos. Un autre qu'ils ont appelé Perico, capturé à Napituca, affirme venir d'un autre océan, là où le soleil se lève, un endroit nommé Yupaha, dirigé par une femme.

— Conquérir devient soudain plus amusant, dit de Soto. Et son armée est aussi composée de femmes ?

— Je refuse de traduire ça, dit Ortiz. On parle de ses terres natales, là. Et cette femme est sa chef.

— Contente-toi d'obtenir des informations sur l'or.

— Je crois que l'endroit s'appelle Cofitachequi, dit Ortiz. Et tous les peuples des environs versent un tribut à cette chef. Certains lui offrent des tissus raffinés.

Le garçon montre du doigt une bague en or que porte de Soto, puis un bracelet en or au poignet de Moscoso.

— Il dit que certains lui donnent de l'or, rapporte Ortiz.

De Soto applaudit.

Perico montre aussi une bague sertie d'une perle.

— Beaucoup de perles, aussi, continue Ortiz. Il a voyagé avec des marchands, et ils échangeaient surtout des métaux blancs et jaunes.

Perico fait mine de frapper la terre, à présent.

— Il dit qu'ils creusent pour trouver l'or.

À l'évocation de l'or, des hommes se sont rassemblés autour d'eux et ils se collent les uns aux autres pour écouter. Une centaine de soldats qui se démènent pour jeter un coup d'œil à ce garçon, qui se bousculent.

Les mains de Perico miment des flammes.

— Ils le fondent, peut-être pour le séparer de la roche, ou pour le verser dans des moules de formes différentes, dit Ortiz. Je ne suis pas sûr. Mais il semble savoir que l'or se trouve dans les mines et qu'on peut le faire fondre.

De Soto est aux anges. Il exige de garder ces deux garçons près de lui et qu'ils prennent part aux festins.

Les Espagnols racontent des histoires, à présent.

— Xapira, disent-ils. C'est Xapira.

Un lieu de légende, une rumeur lancée par les premiers explorateurs, Francisco de Chicora et Lucas Vázquez de Ayllón. Ils appliquent de l'argent sur la peau des femmes qu'ils maintiennent en place à l'aide de petits crochets, et ils percent des trous dans leur nez pour y passer des anneaux en or.

D'autres hommes évoquent les rubis, les émeraudes et les saphirs que Perico a également promis. Un soldat affirme avoir entendu un indigène parler d'une perle aussi grosse que son pouce.

La graisse d'ours coule à flots, agrémentant le maïs, la viande d'écureuil et de cerf séché. Les poissons sont fourrés de baies. Des noix concassées et mélangées à du foie. Du serpent rôti enroulé autour d'un grand plateau avec une sauce aux champignons. Des fleurs blanches ajoutées en garniture.

— Quand ils donnent une jeune femme en épouse, ils lui cachent une pépite d'or, là, en bas, rient les hommes.

Une grande fête tard dans la nuit, et tous les hommes se vantent des palais qu'ils construiront à leur retour en Espagne.

Dans leurs histoires, la chef de Yupaha est devenue reine de Xapira, ses tétons sont percés et on y a accroché de lourdes chaînes en or. Autour de la taille, elle porte une autre chaîne en or et des saphirs, mais à l'exception de ces parures, elle est nue. On a soufflé de la poussière d'or sur sa peau, qui brille la nuit. D'autres l'imaginent comme une abeille, qui s'accouple avec tous les hommes du village. Les soldats boivent un alcool local amer et mousseux, et ils ont la tête qui tourne. Ils se sentent fous.

Certains se déshabillent et dansent autour du feu en jouant le rôle des jeunes vierges de Xapira, se tiennent les tétons pour mimer le poids de l'or. D'autres rient et courent leur asséner des claques sur le cul. Une nuit dorée, l'expédition transformée. À partir de maintenant, chacun d'eux est un roi.

Quand Añasco revient le lendemain matin, il découvre les débris du festin, la plupart des hommes sont encore évanouis.

— Tu as posté des sentinelles très efficaces, dit-il à de Soto.

— Tu as trouvé l'océan ? Une grande étendue avec de l'eau dedans.

— On a trouvé l'endroit où Narváez a construit ses bateaux. Ils ont mangé tous leurs chevaux.

— On peut accoster à cet endroit ? Y a-t-il assez de fond ?

— Oui.

— Et si je t'envoie ramener les navires, arriveras-tu à retrouver l'emplacement exact ?

Mais de Soto ne peut plus se contenir. Il se met à rire. D'autres hommes l'imitent.

Añasco repart avec ses soldats pour panser les chevaux et se reposer.

De Soto retourne se coucher, puis se réveille pour manger. Il songe à l'or de Yupaha, il sait qu'il réussira là où tous les autres ont échoué. Narvaez qui a mangé ses chevaux. Cabeza de Vaca qui est rentré à pied à La Ciudad de Mexico. Comme des chiens, la queue entre les jambes.

Au cours du dîner, quand ses officiers sont réveillés et rassemblés, il expose son plan.

— Añasco retournera aux navires avec ses cavaliers.

Les lieutenants d'Añasco regardent leur supérieur dans l'espoir qu'il émette une objection mais il reste de marbre. De Soto attend lui aussi une réaction.

— Toutes ces rivières à traverser, lance finalement un lieutenant. Et l'hiver qui approche. L'eau sera glaciale.

— Et cet immense territoire à franchir en sens inverse, dit un autre. Avec tout ce qu'on a infligé aux indigènes là-bas.

— Quand vous arriverez, continue de Soto, renvoyez-nous Calderón avec ses cavaliers. Vous ramènerez les navires jusqu'à votre baie aux chevaux, avec les fantassins et les cargaisons. Ce seront nos nouvelles bases, le village ici, et la baie. De là, nous mènerons des expéditions à l'est vers Yupaha et au nord, où Marcos a déjà voyagé.

— Pourquoi Añasco ? interroge Gallegos. Et si on ne revoit jamais nos navires ?

— Tu as déjà vu une grosse abeille solitaire en quête d'un nouvel habitat ? demande de Soto. Elle se cogne partout, encore et encore, comme si elle était aveugle, mais elle trouve invariablement un endroit.

Les hommes rient, à l'exception d'Añasco.

— Añasco est un bon choix, admet Moscoso. Il a capturé beaucoup d'esclaves. Il a tué les braves sur l'île avec le canon à pivot.

— Combien de temps lui a-t-il fallu pour trouver la baie aux chevaux ? proteste Gallegos. Elle est proche pourtant, non ? Combien de temps pour s'y rendre à cheval ? Alors que s'est-il passé, tous les autres jours ?

— Notre guide nous a menés dans des marécages, rétorque un lieutenant.

— Ma décision est prise, tranche de Soto. Añasco part dès demain. Il fait venir les navires, et Calderón les chevaux. Il a le temps de se perdre des semaines entières pendant que nos expéditions chercheront de l'or, et comme ça, en attendant, je ne suis plus obligé de le voir.

— L'or, dit Añasco, ses premières paroles du dîner. L'or. Devrait-on modifier nos navires pour pouvoir transporter le poids supplémentaire ? Des bastingages relevés, au cas où la ligne de flottaison serait immergée ?

De Soto fait semblant de n'avoir rien entendu. Il se concentre sur la sauce aux mûres, si savoureuse sur la viande de cerf, et cette purée de tubercules locales inconnues. Dès demain, Añasco s'absentera longtemps et, avec un peu de chance, quelqu'un le tuera en chemin.

27

Le garçon dort tard, le lendemain, étendu dans le maïs, enlacé par sa mère. Il n'utilisera plus jamais la hutte, entourée par les cadavres du peuple loup et les hautes broussailles. Son frère aîné, éveillé quelque part, peut-être dans la rivière à changer de forme, une fois encore. Il espère qu'il partira et ne reviendra jamais.

Le peuple loup, tout ce qu'il représentait, détruit en une seule nuit. Et comment est-ce possible, pourquoi est-ce permis ? Le garçon ne comprend pas. Un monde brutal, sans règles, sans limites.

Il est surpris d'entendre des voix, des gens qui marchent dans la forêt, qui crient pour annoncer leur venue et ne pas donner l'impression qu'ils attaquent. Le garçon le sait, curieusement, bien qu'il n'ait encore jamais approché d'autres humains, à part Kana'ti, Selu et son frère.

Le garçon se lève aussitôt et crie à son tour, il brandit son arc. Plus aucune flèche, à part celles fichées dans les loups. Il devra les arracher et se cacher dans la hutte, si ces gens lui veulent du mal.

Deux hommes et deux femmes, alors l'Enfant Sauvage n'a pas éradiqué les humains en tuant Selu.

Ils ressemblent au garçon, comme s'ils pouvaient appartenir à la même famille, mais ils parlent une langue qu'il ne comprend pas. Des accents amicaux et des sourires, tête inclinée et gesticulation des mains, mais rien n'a de sens. Ils déambulent parmi les plants de maïs, les caressent, émerveillés. On dirait qu'ils sont venus pour le maïs, qu'ils en ont entendu parler, d'une manière ou d'une autre, car ils ne sont pas tout à fait surpris. Ils semblent savoir qu'ils le trouveraient ici.

Le garçon cueille un grain de maïs sur un vieil épi sec et leur montre comment le mettre en terre, indique le soleil et verse de l'eau. Puis il donne huit grains à ces gens et leur fait signe de marcher puis de les semer tous, puis de les observer sans dormir. Il espère qu'ils comprennent qu'il leur explique de veiller toute la nuit. Il espère qu'ils ne feront pas la même erreur que lui et l'Enfant Sauvage, de se laisser gagner par la fatigue sans terminer leur tâche.

Le garçon comprend que c'est une période de commencement, que rien n'est encore réel. Il sait que ces gens doivent vivre à huit jours d'ici, que tout se fera par huit à partir de maintenant, et il veut pouvoir leur parler, leur demander s'ils savent le but de tout ceci.

Mais les sons qu'ils émettent sont pareils à un chant d'oiseau, tout aussi éloquents, ni plus ni moins, et ils s'inclinent maintes fois en guise de remerciements puis s'en vont, retournant dans la forêt par où ils sont venus.

L'Enfant Sauvage apparaît alors, il a observé la scène.

— Je vais les suivre, dit-il.

— Le contraire m'aurait étonné, rétorque le garçon.

Son frère se penche en arrière et se métamorphose à nouveau en une plume d'oiseau, il est soulevé dans les airs, et le garçon sait qu'il ne reviendra pas avant huit jours, et qu'il aura tout vu à son retour.

Et voilà ce qu'aperçoit l'Enfant Sauvage tandis qu'il flotte au-dessus de ces gens. Ce sera, bien entendu, comme l'avait craint le garçon. Les gens marchent toute la journée et, le soir venu, ils sèment les huit grains. Ils restent éveillés toute la nuit, consciencieux, entonnent des chants que l'Enfant Sauvage ne connaît pas. Il vient se poser sur l'épaule d'une femme, il écoute et observe. Ils ont fait un petit feu, leurs visages sont pareils à des masques, dissociés de leurs corps tandis qu'ils chantent.

Au matin, huit plants de maïs ont poussé, ils portent chacun un épi mûr que ces gens cueillent avant de poursuivre leur route. Ils traversent des forêts glaciales, l'Enfant Sauvage se demande si le maïs poussera dans le froid.

Ce soir-là, ils sèment encore huit grains, refont un feu, frappent un petit tambourin pour maintenir à distance tout ce qui chasse, la nuit. Les femmes chantent d'une voix étrange qui ne semble pas humaine, censée tromper ce qui tend l'oreille. Elles chantent toute la nuit jusqu'au matin, et de nombreux épis ont poussé, un progrès, bien plus que huit. Les hommes et les femmes, ravis, cueillent tout.

Ils poursuivent ce manège nuit après nuit tandis qu'ils avancent dans une forêt plus froide encore, luttant contre tout ce qui est invisible, chaque nuit, avec leur feu, leurs chants, et ils sèment chaque jour pour voir la récolte augmenter le lendemain matin.

À la fin du périple, leur fardeau est lourd. Le septième jour, le soleil est brûlant et ils font de nombreuses haltes pour poser le maïs. Ils sont fatigués par le manque de sommeil, fatigués de marcher et de porter. Ils plantent huit épis entiers, font un feu mais ne chantent pas. Ils scrutent simplement les flammes, leurs paupières lourdes se ferment lentement, et ils s'affaissent peu à peu puis s'endorment.

Au matin, ce qu'ils ont planté n'a pas poussé. Ils échangent un regard, ils savent ce qu'ils ont fait mais ne disent rien. Ils portent tout le maïs restant, qui représente encore un lourd fardeau, et ils atteignent leur village. Ils montrent aux autres comment semer et soigner et attendre, et de nos jours, il faut encore surveiller et soigner le maïs pendant la moitié de l'année, car il ne pousse plus en une seule nuit.

28

Añasco prend la route avant l'aube, le 17 novembre 1539, avec trente cavaliers. Ils voyagent léger, rien que des casques, des cottes de mailles, des lances, des épées, des vivres et un peu de matériel pour les montures, des clous et des fers à cheval.

— Avançons aussi vite que possible, ordonne-t-il aux hommes. Et n'entrons pas dans les marécages. Si on ne peut pas utiliser les chevaux, on fera des cibles faciles.

Ils galopent en terrain découvert, souhaitant que le périple soit terminé avant même qu'il ne commence. Les deux premiers indigènes qu'ils croisent sont transpercés à coups de lance et piétinés.

— Pas de messagers, déclare Añasco en arrêtant sa monture près des cadavres. Pas d'avertissements. On avance vite et on tue tout le monde.

Ce jour-là, ils franchissent la première rivière et le marécage qui leur avaient causé tant de tracas à l'aller, quand les hommes avaient dormi dans la boue sous leurs boucliers. Cette fois, ils n'aperçoivent pas le moindre indigène. Le 18 novembre, ils reprennent la route avant l'aube, une fois encore, régulant leur allure pour arriver juste avant Uzachile, où de Soto avait fait trancher les mains des hommes après le viol des femmes. Ils se reposent et à la nuit tombée, ils traversent le village au trot. Aucune résistance, pas un bruit. Ils franchissent le village sans dommage et parcourent encore une distance de sécurité avant de s'arrêter pour dormir. Añasco ordonne à dix hommes de monter la garde, instaurant trois relèves au cours de la nuit.

Ils reprennent la route avant les premières lueurs de l'aube, les hommes fatiguent mais avancent à belle allure. Des indigènes travaillent aux champs et ne sont pas à portée des lances.

— Continuez droit devant, ordonne Añasco.

Ils atteignent la large rivière qu'ils avaient peiné à traverser, le courant a forci, les eaux ont monté, le pont a disparu. Des indigènes cachés dans l'épaisse broussaille de chaque côté, des hurlements.

— C'est ici qu'ils vont essayer de nous tuer, annonce Añasco. On ne peut pas tenter d'y aller à la nage. On est morts, si on s'y risque.

Ses hommes restent sur leur monture et observent les eaux brunes qui déferlent, charriant des troncs et d'autres débris. Les premières flèches se mettent à pleuvoir.

— Qu'on transperce déjà tous les *pendejos* sur cette rive, dit Añasco.

Ils chargent les indigènes au grand galop, qui se dispersent et fuient, certains sont jetés à terre par les lances et piétinés.

Puis ils dirigent leurs chevaux dans la direction opposée et tuent d'autres indigènes, avant de repartir dans l'autre sens.

— On va construire des radeaux, dit Añasco. Avec ces arbres. Et juste avant de traverser, on fera une dernière charge pour abattre ceux qui seraient revenus.

C'est une stratégie efficace. Ils dispersent tous les indigènes sur cette berge, puis ils se laissent porter en aval à bord des radeaux si bien que les indigènes sur la rive d'en face les poursuivent et se désorganisent. Et dès que les eaux sont moins profondes, ils chargent à nouveau et percent l'ennemi à coups de lance.

Ils continuent leur long périple en traversant les villages de nuit et abattant tout indigène susceptible d'envoyer un avertissement, seulement s'il est facile à tuer. Quand un brave se cache dans un arbre avec son arc, qu'il crie des insultes ou des railleries, Añasco oblige ses hommes à passer leur chemin.

— Il n'en vaut pas la peine, leur dit-il. Je ne veux pas de blessés, rien qui risque de nous ralentir.

La nuit, ils postent des sentinelles par deux à chaque extrémité du campement pour être prévenus à temps, et leur prudence est récompensée. Ils repèrent un groupe important qui avance sur eux et ils parviennent à s'éclipser avant l'attaque.

Quand ils atteignent Napituca, ils découvrent le village entièrement brûlé et dévasté. Les centaines d'indigènes morts au combat, puis lors de la révolte et des exécutions, n'ont pas été enterrés ni emportés. Ils sont empilés en immenses tas, abandonnés à pourrir ou à être dévorés.

— Voilà qui n'a aucun sens, commente un lieutenant. C'est ainsi qu'ils punissent ou insultent, en laissant les morts comme ça en pâture aux oiseaux.

— Je ne sais pas, dit Añasco. Peut-être qu'ils considèrent cet endroit comme l'enfer. Ce qui compte, c'est que les cadavres soient bien morts et que personne ne nous attaque.

Le 23 novembre, ils entrent en territoire d'Ocale et un homme d'Añasco, Pedro de Atienza, tombe malade, mais Añasco refuse de s'arrêter ou de ralentir, et Pedro meurt sur son cheval. Ils font halte le temps de lui donner une sépulture sommaire en bois.

Au coucher du soleil, ils arrivent au marécage d'Ocale et la température baisse considérablement, un vent souffle soudain du nord. Les hommes se plaignent amèrement et Añasco les autorise à faire du feu.

— Tout le monde saura qu'on est ici, dit-il. Et on ne peut pas monter à cheval dans les marécages. C'est ici qu'ils pourront nous décimer. Mais allez-y, faites donc vos feux. Jouissez de l'instant présent, sans penser à demain.

Un des hommes, Juan de Soto, meurt pendant la nuit.

— C'était l'ami de Pedro, dit un soldat. C'est la peste.

Il empoigne sa selle et grimpe sur sa monture pour s'en aller.

Mais un autre homme, Gomez Arias, lui lance :

— Si c'est la peste, on est déjà condamnés, tous autant qu'on est. Tu la portes déjà sur toi. Et où iras-tu ? Tu te crois à Séville, ou Xivilla comme dirait Ortiz ? Tu veux finir rôti comme lui, puis vivre parmi eux ?

L'homme reste mais refuse d'aider à enterrer Juan de Soto.

Au matin, ils pataugent dans le marécage. Ni arbalètes ni arquebuses, et les chevaux leur sont inutiles. Si les indigènes attaquent à bord de leurs canoës, la bataille sera de courte durée.

Quand ils arrivent à la rivière, huit hommes d'Añasco se mettent à l'eau pour réparer le pont. Puis ils reviennent pour porter les selles et les provisions. Les autres mènent leurs chevaux dans le courant mais l'eau est trop froide et les chevaux se débattent pour remonter sur la rive.

C'est le chaos. Le cheval d'Añasco se cabre, tourne et manque de le piétiner. Il tient encore les rênes, l'animal le soulève de terre, il atterrit dans la vase au bord du marécage et se fait traîner jusqu'à ce qu'il parvienne à se relever. Le tissu de protection sous son casque s'est délogé et lui recouvre le visage, si bien qu'il ne voit plus rien. Il hurle de frustration, puis cravache sa monture.

Ses hommes peinent tout autant. Aucun cheval n'accepte de nager dans l'eau froide. Et cela dure des heures.

— On va finir par les manger s'ils ne traversent pas bientôt ! s'écrie Añasco. C'est plus facile de continuer à pied.

Les hommes essaient toutes les techniques. Tirer vers l'avant, fouetter par-derrière. Mais les chevaux sont costauds. La journée est très avancée quand ils finissent par traverser, épuisés et frigorifiés.

— Trouvez un endroit sec, dit Añasco. On campera.

Ils n'ont pas à marcher longtemps, heureusement, pour atteindre l'extrémité du marécage. Ils attachent les chevaux, ramassent du bois pour le feu, puis s'effondrent.

— Et ça, c'était sans le moindre indigène, fait remarquer un homme d'Añasco. Imaginez s'ils nous avaient attaqués. Imaginez si on s'était pris des flèches en même temps.

— On serait morts, dit Añasco. Tous morts.

— La Vierge nous protège, dit un soldat.

— C'est toi le seul vierge, ici, raille un autre.

Avant l'aube, ils reprennent la route. Chevauchant vite, sans se préoccuper de malmener les montures, et ils surprennent un petit groupe d'indigènes, cinq d'entre eux, qu'ils jettent à terre de leurs lances. Une femme respire encore, à peine, sa poitrine écrasée, et Añasco la tourne sur le dos et la viole, puis laisse ses hommes l'imiter, tour à tour, et ils s'en vont.

Le lendemain matin, ils passent à proximité d'Urriparacoxi et à la nuit tombée, ils ne sont plus loin du village principal de Mocozo. Ils avancent encore après minuit et Pedron Moron affirme sentir une odeur de fumée. Les autres ne sentent rien. Ils parcourent encore une lieue, alertes, mais toujours rien.

— Tu es sûr que ce n'était pas l'odeur de tes propres pets ? demande un soldat.

Mais ils surprennent les gens de Mocozo en train de faire cuire des raies. Ils les chargent et capturent vingt femmes et enfants. Les hommes s'enfuient dans la forêt.

— Ortiz ! crient les femmes, répétant ce nom encore et encore.

— On est censés être corrects avec ces indigènes, fait remarquer un lieutenant. Ils ont pris soin d'Ortiz et ce sont nos alliés.

— Libérez les enfants, ordonne Añasco. Mais on va manger leur nourriture et garder leurs femmes pour plus tard. Nos chevaux peuvent porter deux cavaliers.

Les soldats sont affamés. Ils dévorent les raies qui, pour être honnête, sont bien meilleures que tous les plats de leurs concours culinaires, simplement grillées sur le feu, sans assaisonnement. Même avec un peu de sable, elles sont délicieuses.

— Au diable la graisse d'ours, dit un soldat.

— Cette saveur sablonneuse de cannelle, dit un autre.

Une douzaine d'entre eux continuent le périple en portant une femme ligotée à la selle devant eux. Les autres sont jaloux.

Ils chevauchent vers Ozita, sur un terrain familier. Fini, les difficultés du parcours, et les indigènes ici ne sont pas dangereux, à part pour Lobillo.

Un cheval finit par céder, sans doute à cause du poids supplémentaire. Un autre homme se charge volontiers de prendre la femme, quant à Juan Lopez Cacho, il est obligé de monter en croupe derrière un camarade. Ils retirent la selle sur le dos du cheval épuisé et le relâchent.

Ils voyagent ainsi jusqu'à approcher de leur base. Ils ne repèrent aucun signe de présence espagnole, pas même d'empreintes de chevaux.

— Et s'ils étaient déjà partis avec les navires ? avance un lieutenant.

— Ou s'ils s'étaient fait tuer ?

Añasco s'arrête et reste perché sur son cheval. La femme devant lui se débat encore et il lui assène un coup de poing dans les reins pour la calmer.

— Espérons que ce ne soit pas le cas, finit-il par répondre. Tous les démons derrière nous seront sur le qui-vive, à présent, si on repart en sens inverse sans les renforts de Calderón. Et sans les navires, on finira tous par vivre comme Ortiz au bout d'un temps.

Les hommes paraissent exténués, ils s'accrochent aux femmes devant eux.

— Continuons, ordonne Añasco. S'ils ne sont pas là, on se reposera quelques jours, on abattra un cheval pour faire sécher sa viande, puis on repartira.

Personne ne répond rien. Ils savent tous que si Calderón n'est pas là, c'est la fin.

Ils s'approchent encore, toujours aucune empreinte de cheval. Ils semblent véritablement condamnés. Mais à côté d'un lagon, ils repèrent des traces de sabots et des cendres.

— Ils ont lavé leurs vêtements, dit quelqu'un. Ils ont fait bouillir de l'eau.

Sur ces mots, ils s'élancent au galop. Il faut qu'ils en aient le cœur net.

Ils aperçoivent enfin le village d'Ozita. Des lanciers à cheval surgissent par deux.

— Par deux ! s'écrie Añasco, enthousiaste, et ses soldats obéissent, comme s'ils se préparaient à jouter.

Les hommes hurlent et galopent en brandissant leurs lances, une arrivée théâtrale.

C'est le 27 novembre, onze jours après avoir quitté le territoire apalachee, et les hommes d'Añasco sont soulagés d'avoir réussi, mais Calderón et ses troupes sont encore plus heureux de les voir.

Calderón empoigne la bride d'Añasco, un large sourire aux lèvres.

— Mon ami, demande-t-il, y a-t-il beaucoup d'or ?

Añasco pousse la femme sur le côté et la laisse atterrir lourdement.

— Non, mon frère. Je suis désolé. Il n'y a pas d'or. De Soto a entendu de nouvelles rumeurs, un endroit baptisé Yupaha, mais je ne pense pas qu'il y ait de l'or où que ce soit, dans La Florida. Ortiz est du même avis. Et tous les indigènes.

Le sourire de Calderón s'efface.

— Alors pourquoi sommes-nous encore là ? Pourquoi avons-nous attendu tout ce temps ?

— Tu dois retourner dans l'Apalachee avec tous tes cavaliers, où l'armée a établi son campement. C'est un grand village, avec toute la nourriture qu'il faut. Je dois conduire les navires dans une baie à proximité du village.

— Mais pourquoi, s'il n'y a pas d'or ?

— Nous avons traversé l'océan depuis l'Espagne pour trouver de la viande de cerf. De la graisse d'ours, aussi, et de délicieuses châtaignes, et des baies aussi. C'est une expédition culinaire. Ça ne te suffit pas ?

Calderón s'éloigne, dégoûté, laissant Añasco et ses hommes soigner les montures.

Le moral n'est plus au beau fixe dans le campement quand la rumeur se répand. Les récits du long périple et des traversées de ces rivières glaciales n'aident pas. L'unique consolation se trouve dans les huttes, où ils abusent des femmes. Añasco oblige ses hommes à partager, sauf celle qu'il garde pour lui seul, évidemment.

Au bout de deux jours, le chef Mocozo rapporte le cheval de Cacho. Il vient en paix. Il s'assied au centre du campement, il est au courant de la présence des femmes mais on ne lui propose pas leur retour, et il n'insiste pas. Il sait que tout peut être pris, tout peut être massacré, et ces femmes doivent être sacrifiées pour sauver le reste. Il sait que les Espagnols partiront bientôt et il espère qu'ils ne reviendront jamais. Il aimerait pouvoir planter des piques au fond de l'océan afin de couler leurs navires, appeler d'immenses oiseaux pour les cueillir sur leurs chevaux, mais la seule chose qu'il puisse faire, il le sait, c'est devenir invisible. Il a mis tous ses voisins en colère, aussi. Il pense qu'il va être tué, et tout son peuple aussi. Éradiqués, comme s'ils n'avaient jamais arpenté la terre, jamais respiré.

— Mon frère, s'écrie Calderón.

— Mon frère, répond-il.

Il a passé tellement de temps avec cet homme.

— Tu as fait en sorte que mes soldats soient en sécurité ici, dit Calderón. Rien qu'un seul mort. Mais deux sont encore manquants à l'appel. Tu dois les retrouver avant notre départ.

— Oui, dit Mocozo, sachant bien entendu qu'ils ne seront jamais retrouvés.

— La nourriture, dit Calderón. Nous te laissons ce que nous ne pourrons pas emporter.

— Merci, fidèle ami, répond Mocozo en essayant d'imaginer le visage de Calderón une fois dépecé.

Les Espagnols entreprennent de charger les deux brigantins. Añasco ordonne qu'on les répare.

— Tout ce temps passé ici, reproche-t-il à Calderón, à attendre et à vous tourner les pouces, et vous n'avez même pas été capables de réparer les navires. Ça ne t'est pas venu à l'idée qu'on les gardait pour les réutiliser ?

— Mes hommes sont encore en vie, tous sauf un, et deux ont disparu. On était encerclés et attaqués en permanence. Alors j'avais peut-être d'autres chats à fouetter.

— Quel héros tu fais, dit Añasco. Le chevalier du lion ne t'arrive pas à la cheville.

— Quand tu prendras la mer, si tu vois le soleil se lever à ta gauche, mieux vaudra que tu demandes à quelqu'un d'autre de fixer le cap.

Añasco et Arias lèvent les voiles avec trente hommes et les provisions. Calderón est accompagné de presque soixante-dix cavaliers et deux douzaines de fantassins.

Plusieurs hommes d'Añasco guident Calderón et leur trajet est aisé jusqu'à la rivière au passage étroit à travers le marécage, où les indigènes avaient résisté auparavant.

— Faites attention ici, prévient un des hommes d'Añasco.

Ils établissent leur campement dans une zone dégagée à proximité du marécage.

— On pourra monter à cheval, si jamais on essuie une attaque, dit Calderón.

Le lendemain matin, ils empruntent l'étroit sentier du marécage, anticipant les flèches et les massues, mais toujours rien. Ils réparent le petit pont pour les fantassins et font traverser les chevaux à la nage dans le chenal. Puis ils s'engagent dans l'étroit chemin sur la rive opposée.

— C'est une forteresse naturelle, fait remarquer Calderón.

— Oui, dit l'homme d'Añasco. C'est ici qu'ils ont attaqué, la dernière fois.

Calderón envoie dix chevaliers avec chacun un archer ou un porteur de bouclier en croupe.

— Hâtez-vous puis couvrez-nous, dit-il,

Il les regarde s'éloigner mais la forêt semble soudain se dresser autour d'eux, des indigènes apparaissent dans les buissons, bandent leurs arcs et tirent plusieurs volées de flèches successives.

Les chevaux se cabrent, hennissent et font demi-tour. La monture d'Alvaro Fernandez tuée sous lui, cinq autres blessées, transpercées de flèches. Les chevaux s'élancent vers la rivière, envoyant valser archers et porteurs de boucliers dans l'eau. Des flèches apparaissant soudain dans les hommes, comme surgies de nulle part, et du rouge qui s'épanouit.

— À l'attaque ! crie Calderón, et ses soldats, cavaliers et fantassins, chargent, mais ils sont trop loin.

À gauche, une sorte de chef arborant une coiffe de plumes mène un grand nombre de guerriers.

Mais les Espagnols ont pris part à de nombreuses guerres. Gonzalo Silvestre et Anton Galvan, tous deux tombés dans l'eau, conjuguent à présent leurs efforts. Silvestre avance avec un demi-bouclier, bloquant trois flèches du chef. Derrière lui, Galvan a chargé son arbalète et attend d'être assez proche pour ajuster son tir, et le carreau vient transpercer le torse de l'indigène.

Le chef baisse les yeux, éberlué. Un trou dans son corps, sans flèche ni carreau. Il se retourne et crie à ses hommes qu'il a été tué. Il s'effondre et ils se précipitent pour emporter son corps.

À droite, un autre groupe attaque. Andrés de Meneses est tué de quatre flèches aux cuisses et aux parties génitales. Ils visent les zones du corps que l'armure ne couvre pas. D'autres Espagnols sont blessés.

Les Apalachees sont difficiles à repousser, depuis l'étroit sentier jusqu'à la zone dégagée, où de Soto avait campé auparavant. L'endroit a été fortifié par les Apalachees, et Calderón et ses hommes l'utilisent désormais.

— Défendez ce secteur ! hurle-t-il à ses hommes. Nous passerons la nuit ici et soignerons nos blessés.

Toute la nuit, les Apalachees crient, les empêchent de dormir, tirent des flèches au hasard dans le campement.

Au matin, ils chargent dans les bois à découvert où les Apalachees ont fixé des rondins entre les arbres et érigé des barricades. Les indigènes tirent des flèches d'abord d'un côté, puis de l'autre, blessant un grand nombre d'Espagnols. Les arbalétriers répliquent mais sans toucher personne.

Calderón, hurle de frustration, agite son épée dans l'air.

— Battez-vous comme des hommes ! crie-t-il mais les flèches pleuvent encore, se fichant partout où l'armure ne protège pas les chairs.

Ils finissent par franchir les barricades et pénétrer dans la forêt où les cavaliers peuvent s'élancer au galop, et les Apalachees disparaissent.

— Ils apprennent vite, dit un homme d'Añasco. Avant, ils essayaient de combattre les chevaux.

Tant d'hommes sont blessés, Calderón est contraint d'arrêter le mouvement et d'établir un campement.

Retirer les flèches d'un corps est une tâche terrible. Si elle ne peut pas être poussée à travers le membre, il faut utiliser une lance pour ouvrir le pourtour de la plaie et dégager ensuite la pointe acérée. Plus d'une fois, les victimes demandent à garder la flèche enfoncée dans leur chair, mais c'est la mort assurée, ils le savent tous.

Cette nuit-là, les Apalachees hurlent dans les bois.

— Où irez-vous, maintenant que de Soto est mort ? crient-ils. Et tous ses hommes aussi. On les a découpés en morceaux, ils sont suspendus aux arbres pour nourrir les oiseaux.

Les hommes de Calderón sont des soldats aguerris mais certains ont pourtant peur. Ils avaient la vie trop facile, sous la protection de Mocozo. Ils se sont ramollis.

— Des petits becs qui déchiquètent votre corps morceau par morceau, beugle un Apalachee. On vous suspendra peut-être encore vivants.

— Ignorez-les, ordonne Calderón. Les seuls petits becs se trouvent entre leurs jambes.

Deux hommes s'esclaffent mais le moral pourrait difficilement être plus bas.

— Tout ça, alors qu'il n'y a pas d'or, lâche un de ses hommes. Je risque de mourir ici, criblé de flèches, et tout ça alors qu'il n'y a pas d'or.

— Pourquoi êtes-vous venus ici ? crient les Apalachees, comme s'ils avaient entendu les propos du soldat. Vous croyez vraiment qu'on a envie de devenir esclaves ?

— Oui ! hurle Calderón en réponse.

Dormir sera encore impossible cette nuit, avec leurs cris.

— On vous tuera tous, et votre peuple de Castille !

— Imbéciles de *pendejos*, dit Calderón. Ils sont prêts à dire n'importe quoi. Comme s'ils allaient traverser l'océan et conquérir l'Espagne.

Toute la nuit, des cris et quelques flèches occasionnelles. Les hommes sont étendus sous leurs boucliers sans trouver le sommeil, et ils préféreraient être n'importe où ailleurs.

Au matin, les Espagnols progressent lentement, surveillant de tous côtés.

— N'allez pas vous prendre une flèche dans le cul, dit Calderón.

Alors qu'ils atteignent une rivière qui coule au fond d'un ravin, l'homme d'Añasco avertit Calderón.

— C'est ici qu'ils ont attaqué sans battre en retraite. La pire bataille qu'on a essuyée.

Calderón arrête son cheval.

— Des barricades, une pente abrupte, et la rivière en guise de douves.

— Exactement.

— Ils apprennent bien trop vite, lâche Calderón, puis il crie à ses hommes : Cavaliers, pied à terre ! C'est vous qui portez les meilleures armures, avancez avec vos boucliers et des haches, et abattez ces barricades. Formez aussi une arrière-garde. Et fantassins, en selle. Restez assez loin pour éviter qu'on perde encore une monture.

C'est une curieuse tactique, une inversion totale mais elle fonctionne. Les cavaliers en armure se frayent un chemin à pied à travers le ravin, les barricades de rondins nouées avec des brins d'osier. Les flèches pleuvent et certaines trouvent leur cible, les failles des armures. Côté du genou, aisselle quand une hache est levée. Un cheval est tué de très loin.

Les Apalachees attaquent seulement quand les chevaux sont inutilisables. Dans les zones à découvert, ils disparaissent. Et ils ne cessent de railler les Espagnols.

— De Soto et ses hommes ont été donnés en pâture aux oiseaux. Où allez-vous comme ça ?

Les hommes de Calderón avancent car il n'y a pas d'autre choix, mais certains croient à ces rumeurs. Ils imaginent de Soto et tous les chevaliers d'Espagne tués, dévêtus et suspendus par les chevilles.

Alors qu'ils approchent d'Anhayca, les hommes d'Añasco crient pour réveiller le campement, appellent à l'aide, sans réponse.

— On est assez proches pour qu'ils vous entendent ? demande Calderón.

— Oui.

— Alors c'est mauvais signe.

Calderón inspecte les arbres, en quête de morceaux humains accrochés.

Ils poursuivent leur route, s'attendant à voir le campement rasé, mais ils entendent enfin des cris espagnols, les cavaliers de de Soto s'élancent vers eux, et les derniers indigènes qui les raillaient s'éclipsent soudain.

Un immense soulagement pour les hommes de Calderón. Ils découvrent un grand nombre de chevaux, et leurs camarades, et la sécurité.

Calderón fait aussitôt son rapport à de Soto, qui mange à une table. Il a grossi.

— Ton visage est plus large, lui fait-il remarquer. Plus rond.

— C'est la graisse d'ours, explique de Soto. La meilleure façon de passer l'hiver. Et il faudra que tu goûtes le foie aux châtaignes.

— J'ai perdu deux hommes, dit Calderón. Et beaucoup sont blessés.

— Et les chevaux ?

— Sept chevaux tués.

— Sept ? (De Soto est debout.) Comment as-tu pu en perdre sept ? Tu as conscience que notre avantage au combat dépend de nos chevaux ?

— Ils deviennent plus malins dans leurs méthodes de combat, dit Calderón.

— C'est vrai, acquiesce un homme d'Añasco.

— Et combien d'indigènes avez-vous tués ?

— Un avec une coiffe de plumes, qui devait être un chef.

— Un seul ? (De Soto tape du poing sur la table et renverse son verre.) Tu es Lobillo ou quoi ? Tu avais soixante-dix cavaliers et je ne sais combien de fantassins, et toutes ces pertes, pour n'en tuer qu'un seul ?

Calderón garde le silence. Il ne peut rien répliquer. Il se rend compte qu'il vient de rejoindre le clan de Lobillo, d'Añasco et de Tovar, alors qu'il n'y peut rien. Il repense à son coup de génie, combien de vies il a sauvées en envoyant à pied les cavaliers en armure. Il sait que Lobillo et Añasco ont combattu avec courage, eux aussi.

— Eh bien ? insiste de Soto.

— Je suis ton chevalier, dit Calderón. Comme le sont Añasco et Lobillo. Nous n'avons aucune excuse à formuler.

De Soto rit, pris au dépourvu.

— Magnifique. (Il secoue la tête et retourne à son repas.) Va trouver Añasco. Amène Lobillo avec toi. Allez sur une île loin d'ici, au large de La Ciudad de Mexico, vous pourrez partager ensemble les souvenirs de toutes vos gloires.

Calderón s'éloigne mais les hommes d'Añasco restent.

— Donc votre intrépide officier met plus longtemps à arriver en bateau qu'une poignée de fantassins à travers la jungle, constate de Soto. Est-il parti en même temps que Calderón ?

— Il est parti avant, mon commandant.

Gallegos rit.

— Quelle surprise. Añasco, encore perdu. Mais tu as raison, Moscoso, c'est l'homme idéal pour cette tâche.

De Soto ne rit plus, à présent.

— Sans les bateaux, nous sommes dans le pétrin. Ça fait loin, d'aller à la nage jusqu'en Espagne, ou même jusqu'à Cuba. Va et retrouve-le, Baltasar. Rends-toi à la Baie des Chevaux, construis un nouveau bateau, assez grand pour trente hommes, et sortez en mer chaque jour à la rame pour le chercher.

Gallegos prend donc la route le lendemain matin et il découvre avec étonnement à quel point la côte est proche.

— Añasco est ridicule, dit-il. Combien de jours lui a-t-il fallu pour trouver cet endroit ? Conduire les bateaux jusqu'ici risque de lui prendre une année entière.

Les hommes abattent les plus gros arbres qu'ils trouvent et scient des planches. Un labeur lent et frustrant.

— Inutile de le fignoler, dit Gallegos. Dépêchez-vous et assurez-vous simplement qu'il flotte. Une *piragua* merdique.

Les hommes construisent une embarcation à fond plat, aux bords verticaux. Pointue à la poupe et à la proue, mais aucune courbe, rien de difficile. Des bancs et des rames sommaires. Ils la mettent à l'eau à marée haute, et elle flotte.

— Le plus fier navire de l'armada du roi, déclare Gallegos. Bon, allons retrouver Añasco. Cherchons juste un bateau qui fait des allers-retours sans aller nulle part.

L'eau est si calme qu'il est difficile de l'imaginer reliée à un quelconque océan. Peu profonde, chaude, plate, ourlée de mangroves basses, sans colline ni montagne en vue.

— La côte la plus laide du monde, déclare Gallegos. Quand je la regarde, j'ai envie de m'endormir et de ne plus jamais me réveiller.

Les hommes rament en direction de nulle part et grillent au soleil. Ils ont apporté de l'eau potable, mais pas assez. Ils voient des indigènes s'introduire sur leur site de construction navale et voler leurs marteaux, leurs clous et leurs scies.

— J'imagine qu'on aurait dû emporter nos outils avec nous, dit Gallegos.

— De Soto aura de quoi commenter.

— Oui, il a toujours de quoi commenter.

— Peut-être que tu iras rejoindre Calderón et Añasco et Lobillo et Tovar.

— Peut-être que d'ici la fin, on aura tous rejoint la liste. Mais Añasco sera toujours en tête.

Sur le rivage, un indigène leur montre son cul et chie.

— Si seulement un carreau d'arbalète pouvait aller jusque-là, dit Gallegos. Une magnifique cible.

Ils contemplent la mer, plate, bleue pâle et blanche qui touche un ciel plat, bleu pâle et blanc, les limites se dissolvant dans la brume de chaleur. Il n'y a aucun navire en vue, il semble qu'il n'y en aura jamais.

— Il faut qu'on rentre, déclare Gallegos. On va mourir, sous ce soleil.

Ils reviennent avec facilité sur les hauts-fonds dans leur embarcation à fond plat, puis ils installent leur campement, postent des sentinelles au cas où les indigènes reviendraient.

— On va peut-être rester ici jusqu'à la fin de nos jours, dit Gallegos. Vous devriez chacun trouver un arbrisseau, lui donner un nom et le regarder grandir pour mesurer le temps qui passe.

Il voit que ses commentaires ne redonnent pas le moral à ses troupes mais il s'en fiche. Pas d'or, pas de bateaux, pas de femmes, pas de villes ni de cités, rien qu'une forêt et une mer plates qui recèlent des douzaines de façons de mourir.

Añasco contemple la même forêt plate et interminable, aucun drapeau.

— On les a dépassés, dit-il. On navigue vers l'ouest, à présent, pas le nord, alors on a manqué les drapeaux. De Soto et les autres en parleront pendant des siècles.

— Oui, répond un de ses lieutenants.

Ils cuisent au soleil, il n'y a pas le moindre vent pour faciliter la navigation. Les hommes rament et sont exténués. L'eau potable commence à manquer. Ils vont devoir accoster bientôt, n'importe où, pour survivre. Tous les hommes scrutent la côte qui se ressemble partout, où qu'ils aillent.

— Faites demi-tour, dit Añasco. Ramons vers l'est, à présent. J'ai navigué dans tellement d'endroits, et jamais je ne me suis perdu, mais ici, tout est parfaitement identique. J'abandonne.

Il sait qu'il est exactement comme on l'a décrit, une abeille qui se cogne sur tous les obstacles.

Ils passent Noël à ramer, à griller au soleil, affamés et assoiffés.

— Notre Seigneur n'a aucune miséricorde, dit Añasco. Il se fiche bien de nos souffrances. Et son fils est mort il y a plus de mille cinq cents ans, s'il a vraiment vécu un jour.

Mais il s'interrompt soudain car il voit que ses hommes sont à deux doigts de la mutinerie et qu'il serait plus facile de tuer un blasphémateur.

Ce n'est que le dimanche 28 décembre qu'Añasco atteint enfin la Baie des Chevaux, et uniquement parce que Gallegos les retrouve à bord d'une embarcation merdique à fond plat, ses hommes et lui hurlant et agitant les bras pour attirer son attention. Et c'est seulement après, quand ils rament vers la côte, qu'ils repèrent les drapeaux qui ont pâli au soleil. Añasco redoute son retour à Anhayco, il entend déjà les commentaires, mais il est surpris de découvrir un endroit totalement transformé. La quasi-totalité du village a été brûlé.

— Que s'est-il passé ? demande-t-il à de Soto. Comment as-tu pu détruire presque tout le village ?

De Soto est assis avec Moscoso et d'autres hommes, ils mangent du poisson. Añasco est affamé. Difficile de se concentrer sur autre chose que la nourriture, mais de Soto ne lui offre rien, bien entendu.

— Ça remonte à plus d'un mois, dit de Soto. L'un d'eux s'est faufilé parmi nous et a mis le feu. Le vent soufflait et l'incendie s'est propagé. Où étais-tu, toi ? À la Ciudad de Mexico ? Tu profitais bien de ton voyage ?

— En arrivant, j'ai vu un indigène avec le nez coupé, et un autre sans mains.

— Disons qu'on est en train de nouer une certaine relation avec eux, dit Moscoso. Ils tuent l'un des nôtres et le scalpent, ils lui coupent les cheveux avec la peau du crâne, puis ils lui tranchent les bras et les jambes, ils lui enfoncent une flèche dans le cul avant de suspendre les morceaux de son cadavre dans les arbres, mais ils en gardent un peu en guise de trophées. Généralement le scalp, mais parfois aussi un bras ou une jambe.

— Ça suffit, intervient de Soto. Ils ne sont rien du tout.

— Alors ce qu'on fait en retour, poursuit Moscoso, c'est de leur couper le nez ou les mains, ou les faire bouillir ou rôtir sur une pique, ou les brûler au bûcher, ou les dépecer, ou les fouetter.

— Mais ça ne te ressemble pas, Moscoso, dit Añasco. Tu ne parlais pas comme ça, avant.

— Cet endroit m'a corrompu. Les Apalachees sont différents. Ils ne nous disent absolument rien, ne nous aident jamais. Ils refusent de trahir les leurs. Ils se contrefichent même qu'on leur coupe le nez. Et ils adorent nous tuer.

— Ne parle pas comme ça, ordonne de Soto.

— Ce sont mes hommes, dit Moscoso. Je suis maître du campement. C'est ma responsabilité. Et régulièrement, j'en retrouve un découpé en morceaux.

Añasco s'éloigne en quête de nourriture, sachant qu'on ne lui offrira plus jamais rien à la table de de Soto. Ses hommes se sont dispersés. Gallegos est parti, lui aussi. Il n'a pas essuyé l'humiliation qu'il attendait à son retour mais ce qu'il a trouvé est bien pire.

Le lendemain, Añasco en apprend davantage auprès de ses hommes.

— De Soto a envoyé huit cavaliers pour tuer, punir ou infliger ce qu'ils voulaient aux Apalachees afin de les effrayer. Ils ont surpris deux hommes et une femme qui cueillaient des haricots, et qui ne se sont pas enfuis. L'un d'eux est devenu une sorte de légende, ici. Il a été piétiné par les chevaux mais il s'est relevé et il a tiré des flèches, il a touché trois chevaux, en a tué un. Et puis il a frappé Estevan Pegado d'Elvas à la tête avec son arc. Le visage maculé de sang. Estevan l'a transpercé d'un coup de lance fatal, mais c'était un seul homme contre huit chevaux, et il n'a jamais battu en retraite.

— Ce n'est pas bon de commencer à raconter des légendes à leur sujet, fait remarquer Añasco.

— Il y en a d'autres. Deux chevaliers qui essaient de transpercer un seul guerrier à coups de lance, mais ses flèches touchent les deux montures aux genoux, elles s'effondrent. Et il parvient à s'enfuir, mais sans courir trop vite, pas effrayé du tout, juste assez vite pour les narguer et les obliger à le poursuivre.

— Et ça se produit souvent ? demande Añasco.

— On dirait bien. On a interrogé tout le monde. Ils se terrent tous dans le campement, ils ont peur d'aller où que ce soit, même pour fendre du bois. Pas de grandes batailles, rien que des embuscades constantes, et ils feignent de nous attaquer la nuit, aussi, pour empêcher les hommes de dormir.

— De Soto est un meneur d'hommes si puissant, ironise Añasco. On dirait qu'il a la situation bien en main.

— Sans oublier l'or. On est ravis d'avoir trouvé tout cet or.

29

Les garçons attendent Kana'ti, mais il ne revient pas.

— Il faut qu'on aille le chercher, finit par dire l'Enfant Sauvage.

— Mon père est rapide, dit le garçon. On n'arrivera jamais à le rattraper.

Mais son frère aîné l'emmène à la rivière et lui dit :

— Cherche un galet tout plat.

Ils pataugent dans l'eau et le garçon remarque pour la première fois combien les pierres qui s'y trouvent sont différentes, des bleues rugueuses, d'autres veinées de vert, des petites taches rouges ou jaunes intenses, et bien sûr des grises, des marron, partout, et des noires. Toutes ont été polies par le courant, certaines sont plates, et le garçon ramasse des cailloux mais son frère les refuse systématiquement.

— Je ne comprends pas ce que tu cherches, dit-il pour finir.

Puis il aperçoit un bol jaune foncé, une pierre assez large et ronde pour que l'on puisse manger dedans, aussi grande que ses deux mains, et bosselée mais pas trop épaisse. Il la brandit, dorée dans la lumière, et son frère acquiesce, puis ils reviennent sur la berge.

— Il faudra être prudent, conseille l'Enfant Sauvage. Elle risque de se briser facilement.

La pierre est cristalline, des nuages blancs la traversent, des veines pareilles à des éclairs mais continus, immobiles et scellés dans le jaune laiteux et profond.

— Je pourrais admirer cette pierre éternellement, dit le garçon.

— Oui, tout est contenu dans cette pierre. Tu as trouvé la bonne.

Une surface des plus étranges, comme si le garçon pouvait tomber dedans à l'infini, sans jamais atteindre le fond, et pourtant quand il la touche, sa main ne s'y enfonce pas.

L'Enfant Sauvage entreprend de la façonner doucement avec sa hache de pierre, la même qu'il a utilisée pour tuer leur mère. Il ne frappe pas fort, juste assez pour en sculpter la surface, puis il essuie la poussière. Des centaines de petits coups pour l'affiner, pour lui donner davantage l'apparence d'une assiette ou d'un plat.

— C'est ainsi que sont créés les orages au Galunlati, avance le garçon.

— Non, rétorque son frère. C'est pour un jeu. On fait rouler cette pierre, puis on envoie nos lances pour voir laquelle se plante le plus près.

— Pourquoi va-t-on jouer ?

— On ne va pas jouer. Je vais faire rouler la pierre pour découvrir dans quelle direction Kana'ti est parti.

— Et pourquoi ça fonctionnerait ? demande le garçon, mais bien sûr, son frère ne répond pas.

Il ne répond jamais aux questions importantes.

L'Enfant Sauvage continue de tailler le disque pour le rendre parfait, peu profond, mince au centre, des bordures plus larges, suffisamment équilibré pour éviter qu'il ne tombe sur le côté. Le garçon plonge le regard dans ces nuages qui parcourent la surface, dans ces innombrables journées estivales qui défilent. Même la poussière qui s'accroche encore à la pierre ne ressemble à rien qu'il connaisse, une roche qui peut se changer en lumière.

— Ce doit être un morceau de l'arche, dit le garçon. Le coléoptère d'eau n'a trouvé que de la vase, alors c'est forcément tombé d'en haut.

Son frère refuse de parler, concentré sur sa tâche, et quand il a terminé le lendemain, il brandit le disque dans le soleil et ils voient la lumière qui le traverse, un deuxième orbe translucide pour éclairer le ciel.

— Tu as créé quelque chose de beau, dit le garçon.

L'Enfant Sauvage se met à courir vers l'ouest, vers Usunhiyi, la contrée obscure. Il se baisse et lance la pierre pour qu'elle roule sur le sol de la forêt. On dirait qu'elle ne ralentit pas, mais qu'au contraire, elle prend de la vitesse et disparaît rapidement.

— Tu connais plus de mystères que Kana'ti et Selu, dit le garçon.

— Attends qu'elle revienne. Si elle ne revient pas, c'est qu'elle avancera à côté de Kana'ti.

Ils patientent toute la journée, se prélassent au bord de la rivière, étendus sur de larges rochers où ils se chauffent au soleil comme des lézards car la saison est bien avancée et il fait plus froid. Ils mangent des épis de maïs crus, comme ils en ont désormais coutume, et le garçon se languit du goût de la viande, de la bouillie de maïs, des haricots que Selu préparait. C'était une vie parfaite, facile et idyllique, détruite par son frère.

La réserve de maïs diminue, et ils n'ont rien fait pour se préparer à l'hiver. Pas de bois fendu et empilé pour le feu, pas de viande mise à saler, pas de réserve de maïs ou de haricots. Ils vivent comme si l'hiver ne viendra jamais, que la fin du monde n'approchait pas, le garçon est allongé sur le dos au soleil, il attend. Sa vie a été trop facile, il n'a jamais appris à travailler.

L'Enfant Sauvage s'est à nouveau changé en eau, il a repris sa forme véritable, il fait désormais partie de la rivière. Il pourrait être n'importe où.

Mais alors que le soleil se couche, le garçon entend des craquements de brindilles dans la forêt et le disque arrive à toute vitesse, et l'Enfant Sauvage surgit de l'eau, reprend forme humaine juste à temps pour s'élancer et le rattraper à une main, comme si la pierre revenait naturellement dans cette main, que sa place était là.

— Kana'ti n'est pas à Usunhiyi, annonce l'Enfant Sauvage.

Le garçon est encore abasourdi de la rapidité avec laquelle son frère a repris forme humaine, son visage et son torse émergeant de l'eau, et aussitôt ses jambes lancées en pleine course. Une forme familière, irrésistible.

L'Enfant Sauvage marche alors vers le sud et le garçon le suit. Ils descendent la forêt pentue jusqu'à ce que l'Enfant Sauvage trouve une rangée d'arbres, un espace à découvert pour le disque. Il s'arrête, brandit la pierre dans une main, puis il se met à courir et la lance une fois encore au ras du sol. Un orbe doré qui rebondit et prend de la vitesse et disparaît encore, un deuxième soleil plus pâle.

— On doit encore attendre ? demande le garçon.

— Oui.

— Et si on ne retrouve pas mon père ?

— Notre père, corrige son frère.

Et il ne dit pas ce qu'il adviendra s'ils ne retrouvent pas Kana'ti. Il semble certain d'y parvenir.

Ils patientent jusqu'à la fin de la journée, ils préparent un petit feu pour se réchauffer et faire griller leur maïs.

— Combien de temps faudra-t-il attendre ? demande le garçon.

— Jusqu'à ce que nous sachions.

30

Le lendemain, de Soto fait venir Añasco pour s'entretenir avec ses officiers. Un repas de viande de cerf effilochée dans une bouillie de maïs, agrémentée de mûres. Añasco est encore affamé, même après avoir mangé hier. Il a l'impression qu'il restera affamé toute sa vie. Il engouffre la nourriture et se ressert.

— C'est ça, Añasco, dit de Soto. Prends des forces car une tâche importante t'attend. Nous cherchons leur chef depuis un moment, Capafi, sans réussir à le trouver. Il n'accepte aucun cadeau ni aucune invitation. Il n'a pas la décence de nous livrer son peuple en esclavage. Alors nous nous réjouissons de voir revenir notre grand explorateur. Il ne te faudra certainement pas longtemps pour mettre la main sur lui.

Añasco est excédé. Mais l'idée de remonter en selle et de quitter cet endroit lui plaît.

— Alors ? demande de Soto.

Añasco ne dit rien. Il ne parlera peut-être plus jamais à de Soto.

Mais il découvre, alors qu'il s'apprête à prendre la route avec ses hommes, que de Soto sait parfaitement où se trouve

Capafi, qu'il l'envoie juste pour s'amuser. Il ordonne à ses soldats d'aller se recoucher.

— Dormez et oubliez où vous êtes.

De Soto se charge lui-même d'aller capturer Capafi avec sa troupe.

— Ne le tuez pas, prévient-il. On a besoin de lui.

Ils s'enfoncent à cheval dans la forêt qui semble s'épaissir de manière déraisonnable.

— On ne pourrait jamais s'attendre à ça, dans une forêt espagnole, commente de Soto.

Chaque arbre est couvert de végétation, étranglé. Le sol est détrempé, l'entrée d'un nouveau marécage. Il déteste les marécages plus que n'importe quel autre paysage.

Les cavaliers et les fantassins s'engagent sur un sentier très étroit, à peine assez large pour donner passage à deux hommes ou un cheval.

— Gardez les chevaux à l'arrière, dit de Soto. Armures et boucliers à l'avant, avec les haches.

— Comme Calderón, fait remarquer un de ses hommes.

— Rien à voir avec Calderón, rétorque de Soto.

— Mais c'est ce qu'il a fait.

En voyant le visage de son supérieur, l'homme se tait.

Les soldats équipés des meilleures armures ouvrent la marche deux par deux, leurs boucliers brandis côte à côte. Les flèches pleuvent.

Puis les barricades, d'épais rondins attachés en travers du chemin. Les hommes les détruisent à coups de hache tandis que les hallebardiers défendent. Les Apalachees, plus forts et plus rapides et plus courageux, mais sans armures, équipés de simples massues qui ne peuvent rivaliser contre l'acier. Ils sont nus, n'arborant que leurs tatouages, leur pagne et l'ocre rougeâtre qu'ils ont étalé sur leur corps. Leurs cheveux noués en chignon au sommet de leur crâne et ornés de plumes colorées. Les hallebardes transpercent et mutilent, les barricades sont détruites et les Espagnols en armure enjambent les cadavres des indigènes.

Tous les Apalachees sont prêts à mourir pour leur chef. Aucun ne prend la fuite. À chaque barricade, ils combattent, hurlant et agitant leurs massues, puis sont réduits en charpie.

Capafi ordonne enfin à ses guerriers de cesser le combat.

De Soto avance, passe devant ses soldats maculés de sang. Les Apalachees sont agenouillés dans la boue.

— Que disent-ils ? demande de Soto à Ortiz.

— Ils nous demandent de les tuer, eux, et d'épargner leur chef. Ils nous supplient de les tuer. Ce n'est pas vraiment la même chose avec tes hommes. Tu imagines le moindre de tes soldats supplier d'être tué pour te laisser la vie sauve en échange ?

De Soto se fige et dévisage Ortiz.

— Quoi ? demande Ortiz. Est-ce que le moindre de tes soldats demanderait à mourir pour toi ? Parce que n'importe quel guerrier apalachee mourrait pour son chef. Il est comme un dieu.

— Emmenez le chef, ordonne de Soto à ses hommes.

Mais avant que les soldats aient le temps de l'atteindre, le chef est soulevé par ses hommes sur une litière, ce qui n'est pas chose aisée car Capafi est énorme, obèse.

— Qu'est-ce que ça signifie ? interroge de Soto.

— C'est ton prisonnier, explique Ortiz. Ils le porteront à Anhayca. Ses pieds ne peuvent pas toucher le sol. Nous sommes des gens ordinaires. Il ne peut pas partager le même monde que nous, la même terre que nous. Il est originaire d'un royaume différent.

— Je pense surtout qu'il est trop gras pour marcher, rétorque de Soto. Mais si ça permet de le faire venir jusqu'à nous, alors ça m'est égal.

Ils ressortent du marécage et de la forêt, leur chef maintenu loin au-dessus du sol et des cadavres de ses hommes massacrés, ils l'emmènent à Anhayca où de Soto l'autorise à loger dans une maison et à manger copieusement, dans l'espoir d'obtenir son aide.

Cette nuit-là, loin de diminuer, les cris et les railleries s'intensifient. Personne ne trouve le sommeil. Et au matin, un Espagnol qui s'éloigne pour uriner est scalpé vivant et retourne au pas de course dans le campement, aveuglé par son propre sang. Il trébuche et s'affale lourdement, puis se relève, bras tendus et gémissant, à l'agonie, le spectacle le plus effrayant que les soldats ont jamais vu. Personne n'ose le toucher. Les hommes reculent.

— Seigneur Jésus, dit de Soto. Abrégez ses souffrances, que quelqu'un l'abatte.

— Non, dit Ortiz. Il survivra, comme moi.

Et Ortiz est le seul à aider l'homme, il l'empoigne par les épaules et le conduit à une maison où il pourra s'allonger. Il demande à des esclaves indigènes de préparer un onguent à base de plantes qu'ils étalent sur sa plaie.

Cette nuit encore, d'autres cris et d'autres railleries, et des flèches.

Au matin, de Soto se rend auprès de Capafi avec Ortiz, Moscoso et Gallegos. Le chef n'a qu'une petite maison mais ses guerriers y ont installé une sorte d'estrade en bois, pareille à un trône, et Capafi y est assis, l'apparence calme d'un dieu suralimenté, ensommeillé. En contrebas, tous ses hommes sont agenouillés, le dos droit.

De Soto ne fanfaronne pas comme à son habitude, curieusement intimidé par la prestance du chef. Il s'installe sur un rondin face à lui, à une dizaine de pas, et envoie Ortiz en avant.

— Explique-lui qu'il faut arrêter les attaques. Il faut qu'il ordonne à ses hommes d'arrêter. Sinon, on brûlera ses terres, ses récoltes, et on le tuera.

Alors qu'Ortiz s'approche du chef, ses gardes se lèvent et Ortiz s'immobilise.

— C'est ridicule, lâche de Soto. C'est lui, notre prisonnier.

— Mais si on fait un faux-pas, ils sont prêts à périr et à nous emporter avec eux.

— Ils n'ont pas d'armes.

— Ils se battront à mains nues, jusqu'à la mort. Je te préviens simplement.

— Pourquoi tous les peuples du Nouveau Monde sont-ils invariablement cinglés ? interroge de Soto. Pourquoi ne peuvent-ils pas avoir un peu de jugeote, au moins certains ? Vénérer le soleil, se sacrifier les uns les autres, penser que son chef ne peut pas fouler le même sol qu'eux. A-t-on été un jour aussi fous ? Avant les Grecs de l'Antiquité, ou même encore avant ?

— Nous sommes toujours aussi fous, et nous le serons à jamais, répond Ortiz. Une vierge qui donne naissance au fils de Dieu, trois entités qui n'en font qu'une, la prédestination et le libre arbitre, nos rois de droit divin, le jugement par le feu, le jugement par les armes, comme si Dieu décidait de tout.

— D'accord, d'accord, tranche de Soto. J'interroge la mauvaise personne. J'avais oublié. Si tu ne nous étais pas utile ici, tu aurais été brûlé vif pour hérésie depuis longtemps.

Ortiz marque une pause.

— Et tu en serais vraiment capable. Alors même que j'ai déjà été supplicié.

— Contente-toi de convaincre ces *pendejos* de cesser leurs attaques. Il faut qu'on puisse dormir.

Ortiz s'agenouille et avance à quatre pattes. Il ne lève pas les yeux vers Capafi, il fixe le sol.

— C'est ridicule, commente Gallegos. Nous avons traversé l'océan depuis l'Espagne pour ramper devant eux ?

Ortiz s'adresse à voix basse au chef, qui garde les yeux rivés droit devant lui quand il répond, ne s'adressant à personne en particulier, comme si de Soto et les autres n'étaient pas là.

Toujours à genoux, Ortiz fait demi-tour, puis il se lève et revient auprès de de Soto.

— Il dit qu'on ne peut pas détruire ses terres. Qu'elles retourneront dans l'eau à la fin du monde.

— Ses récoltes peuvent brûler.

— Je crois que tu ne comprends pas, aucune destruction dans cette vie-là ne leur importe, car ils raisonnent sur une période bien plus longue. Tu peux brûler le maïs mais il repoussera l'année suivante. Et il dit aussi que tu ne peux pas le tuer.

— Il ne porte pas d'armure. N'importe qui pourrait le tuer en un clin d'œil, si tant est qu'on arrive à trancher dans sa graisse pour atteindre sa chair.

— Il affirme être un dieu, et qu'il ne peut pas être tué.

Moscoso rit.

— Il est doué. Il sait très bien qu'on ne peut pas le tuer car on a besoin de lui. On confirme en quelque sorte que c'est un dieu.

De Soto est écœuré.

— Débrouille-toi pour que les attaques cessent. Je refuse de ramper devant un sale indigène gras qui se fait passer pour un dieu.

Ortiz retourne vers Capafi à genoux et parle encore, les yeux toujours rivés au sol. Mais de Soto toise Capafi, l'examine, refuse d'obéir aux règles de ces fous. Capafi a un large torse et semble incapable de marcher.

— Demande-lui combien de temps il peut courir, intervient de Soto.

— Quoi ? fait Ortiz.

— Combien de jours. Combien de jours peut-il courir sans s'arrêter ?

Ortiz pose la question et le chef s'exprime à nouveau sans regarder personne en particulier, s'adressant à l'air autour de lui.

— Ses pieds ne touchent pas le sol quand il court, dit Ortiz.

De Soto renifle.

— Bien sûr. Pourquoi ne l'ai-je pas deviné ?

Capafi est impassible. Il poursuit sa conversation avec Ortiz qui se recroqueville.

Capafi a tiré ses cheveux noirs en chignon comme les autres, porte les mêmes plumes colorées, vertes et jaunes et bleues. On ne devinerait pas nécessairement qu'il est le chef, sauf à considérer son imposante carrure. Il arbore une sorte de bracelet en griffes d'ours et d'étranges tatouages inintelligibles.

Ortiz revient enfin.

— Il dit que son peuple ne croira aucun messager. Ils ne croiront que s'ils l'entendent parler, lui. Ils doivent le voir en personne.

— Bien sûr, lâche de Soto. Il faut toujours qu'ils préparent une évasion ou une embuscade.

— Admets aussi que tu n'arrêtes pas d'enlever leurs chefs, leurs filles, leurs femmes, et ainsi de suite.

— Je te demanderais bien dans quel camp tu es, mais je le sais déjà.

— Il dit qu'il ira vers le sud avec tes hommes et qu'il parlera à son peuple.

— D'accord, convient de Soto. Très bien.

Le lendemain matin, on soulève la litière de Capafi, un dieu-oiseau avec ses plumes, entouré de ses hommes. Devant lui, des cavaliers espagnols armés de lances, et des fantassins à leur suite.

Tous les Espagnols regardent partir le cortège.

— On dirait qu'on est leurs serviteurs, remarque Moscoso. Comme si on était sa garde rapprochée.

— Les apparences n'ont aucune importance, dit de Soto.

— Peut-être que si, rétorque Moscoso.

Ortiz se met en selle avec les chevaliers. Il s'attend à être tué pendant ce voyage et s'en moque. Il baisse le regard vers sa peau doublement brûlée, flammes et soleil, et songe qu'un dieu-soleil est la plus logique des divinités. Il voudrait courir sans que ses pieds touchent le sol. L'extase que cela provoquerait, le sentiment de s'envoler, la liberté. Il essaie de se laisser soulever par le soleil qui lui brûle le cuir chevelu. Il entonne une mélopée que lui a enseignée Mocozo, rien à voir avec les chansons espagnoles, pas inventée mais découverte, naturelle, comme un gémissement, un appel, un besoin.

— Arrête ça, ordonne un chevalier.

— Oui, ajoute un autre. On dirait un chant de mort.

— Je suis mort, dit Ortiz. C'est tout à fait vrai.

— Arrête ça, répète le premier.

Mais Ortiz ne s'arrête pas. Il chevauche les yeux fermés, le visage tourné vers le soleil, il voit le rouge écarlate de la paroi de ses paupières et il chante plus fort, il se laisse transporter par la mélopée. Il écarte les bras comme des ailes et se fiche de ce que penseront les autres. Et son cheval poursuit sa route d'un pas pesant, dans le sillage des autres. C'est une sorte de révélation, cette prise de conscience que tout suit son cours même si l'on ne suit plus le mouvement soi-même.

À midi, ils atteignent le point de rendez-vous et y trouvent une douzaine d'hommes de Capafi. Ils se plantent, sans crainte, face aux chevaliers espagnols qui s'écartent et laissent passer la litière de Capafi.

Ils s'expriment alors, Ortiz écoute et essaie de comprendre.

— Alors ? demande le capitaine des chevaliers.

— Je crois qu'il leur a demandé de faire venir les chefs qui lui sont soumis pour leur délivrer un message important demain.

Les Espagnols campent donc avec leurs prisonniers pour la nuit. Ils postent des sentinelles tout autour de Capafi et de ses guerriers.

Ortiz dort plus loin. Monter la garde ne relève pas de sa responsabilité, et il n'est jamais inquiet de se faire attaquer. Il est connu de tous, on le considère comme trop étrange pour être tué. Dans les deux camps, personne n'ose le toucher. Il le sait.

Il se réveille, tiré du sommeil par un bruit ou une prémonition. Et ce qu'il voit, c'est que les sentinelles, fatiguées, se sont endormies, toutes sans exception. Capafi est emporté sur sa litière, un oiseau nocturne qui s'échappe. La forêt regorge de membres de sa tribu. Ortiz les voit massés là, par douzaines. Ils pourraient abattre tous les Espagnols. Mais ils s'éclipsent simplement avec leur chef et Ortiz se rendort.

Au matin, le capitaine est au comble de la fureur. De son poing gantelé de métal, il bat ses sentinelles. Ensanglantées et recroquevillées. Il sait que les soldats se sont endormis.

Depuis la forêt, les hommes de Capafi leur hurlent un message.

— Que disent-ils ? demandent le capitaine à Ortiz.

— C'est clair, non ? Tous ces cris de joie et ces rires. Ils parlent de nos petites bites fripées et de notre absence de testicules.

— Quand on rentrera auprès de de Soto, tu me laisseras parler et tu ne diras rien du tout.

— D'accord. Je m'en fiche complètement.

À leur arrivée, de Soto déjeune, toujours en train de manger. Œufs de caille, des douzaines dans un panier en osier, cuits à la vapeur. Il les engouffre l'un après l'autre, entre deux bouchées de purée de tubercules baignant dans une sauce à la laitance de truite. Un plat où s'entrecroisent les éléments, qui permet de profiter des bénéfices de l'air et de l'eau, et des services de la terre. Il penche la tête de côté pour essayer de voir derrière le capitaine et ses troupes.

— Où avez-vous mis le chef? demande-t-il.

— Le chef a été emporté pendant la nuit par des êtres semblables à des humains, mais dotés d'ailes immenses, répond le capitaine. Des battements sourds, une chaleur torride, l'air autour de nous est devenu irrespirable. On a été projetés à terre et quand on s'est relevés, il avait disparu, quelque part dans le ciel avec tous ses hommes.

De Soto toise Ortiz.

— Ça ressemble à une de tes manigances.

— Je dormais, rétorque Ortiz. Je n'ai rien vu. J'étais plus loin sous les arbres.

— Évidemment. Sans surveiller le chef, souhaitant en secret qu'il s'évade.

— J'ai fait ce qu'on m'avait demandé, affirme Ortiz. J'ai traduit. Je n'étais pas chargé de monter la garde.

De Soto se lève, plus gros, à présent, et il regarde ses œufs de caille. Ils vont refroidir. Mais il contourne la table jusqu'au capitaine, et passe devant les rangées de soldats. Il marche, les bras dans le dos.

— On a tous vu Capafi, finit-il par dire. Il était étrange. C'est peut-être vrai qu'il venait d'un autre monde. C'est peut-être vrai que les démons l'ont emporté. Il y a tant de choses qu'on ignore. Les indigènes ici semblent tous être des sorciers. Chacun de nous a vu des indices qui l'indiquent.

Ortiz sourit. Il savoure chaque instant.

— Nous devons tous prier, continue de Soto. Prions Dieu qu'il nous protège dans cette sainte aventure menée en son nom, et au nom du roi. Amen.

La courte messe est dite, et de Soto retourne à son repas. Les hommes du capitaine sourient de s'en être tirés à si bon compte.

31

L'ENFANT Sauvage contemple les flammes comme s'il pouvait y déceler la réponse. De petites spirales s'élèvent des bûches comme les premières fleurs de feu qui ont consumé les loups au bord du marécage. Des yeux de lumière, des disques jaunes qui apparaissent et disparaissent. Tout est illisible pour le garçon mais que voit son frère aîné ?

Quand le disque de pierre revient, le garçon dort. Il se réveille, bien que le bruit ne soit pas fort. Il sent sa présence, curieusement, et l'Enfant Sauvage est déjà debout, la main tendue pour l'attraper.

— Kana'ti n'est pas dans les terres du sud.

Il passe devant la hutte et traverse la rivière dans l'obscurité, marche vers le nord en direction des contrées froides, empruntant la même direction que les gens venus chercher le maïs. Le garçon le suit dans la pénombre, distingue son frère aîné en brefs éclats de lumière dans le clair de lune, créé puis défait, comme les yeux dans les flammes.

L'Enfant Sauvage se remet à courir, rien qu'un moment, mais si vite, et le disque est lâché une fois encore dans la forêt, il disparaît, sachant étrangement qu'il doit chercher leur père. La pierre, aussi déterminée qu'un loup, à l'affût. Le monde entier animé, si même une pierre peut prendre vie.

Ils dorment encore et se réveillent à la lumière du jour, boivent l'eau de la rivière et mangent du maïs, puis attendent. Une longue journée à s'interroger sur le sens des choses, pourquoi tout se met en mouvement. Sur les origines, aussi, comment tout a été créé. Le garçon ne sait rien car il ne trouve pas l'élément de départ : le coléoptère d'eau ? Mais celui-ci a attendu longtemps au Galunlati avec tant d'autres créatures. Le Galunlati, alors, mais l'arche créée avant. Le monde au-delà de l'arche, une idée qui n'a pas pu exister sans l'arche elle-même, mais l'arche a été dessinée par le soleil, et le soleil n'était pas encore créé, il n'avait pas encore été installé dans sa course définitive. Le soleil est arrivé après le coléoptère d'eau. Rien n'est arrivé en premier, et rien n'est clair. Pourquoi l'Enfant Sauvage est-il apparu, et a-t-il été créé par le garçon, ou bien est-ce lui qui a créé le garçon. Et où finiront-ils ?

Le soir, le disque de pierre revient et le garçon ignore jusqu'où il a voyagé. Aussi loin que les gens au maïs, ou bien jusqu'au bout du monde, ou seulement à quelques heures de marche dans la forêt ? La pierre ne parle pas.

L'Enfant Sauvage ne semble pas s'en préoccuper. Il se contente de récupérer le disque, se dirige vers la contrée du soleil, le dos tourné au coucher de soleil.

— Poursuis le soleil, ordonne-t-il alors qu'il s'apprête à lancer la pierre.

— Le soleil est de l'autre côté, fait remarquer le garçon. Si tu veux vraiment qu'elle le poursuive.

— Il se lèvera de ce côté-ci.

— Oui, mais comment ? Comment peut-il tomber là-bas et se relever de l'autre côté ?

— Il décrit un demi-cercle au-dessus de l'arche, la nuit.

— Mais c'est plus haut que le ciel, le disque ne peut pas grimper jusque-là. Et pourquoi ne voit-on pas le soleil remonter pour franchir l'arche ?

— Tu veux savoir où est notre maison, dit l'Enfant Sauvage. Et où on est censés être. Mais on ne le sait pas encore.

Le garçon se demande si c'est vrai qu'il s'interroge sur leur maison. Il pensait n'avoir posé qu'une question sur le soleil. Comment est-il possible que des pensées cachent d'autres pensées ? Qui les a cachées, et pourquoi ?

L'Enfant Sauvage lance le disque, qui accélère dans la lumière déclinante, qui part en quête de nouveauté et fuit ce qu'il pourchasse.

Le garçon s'allonge sur une couche d'aiguilles de pin moelleuse, ordonne à son esprit de se taire. S'adressant à son intérieur comme s'il s'agissait d'une autre personne. Il veut dormir, il veut pouvoir oublier, ne plus avoir à se préoccuper de rien, mais le sommeil se fait capricieux depuis qu'il a tué sa mère. Des heures durant, il scrute les arbres et les étoiles au-dessus, éparpillées par le chien gigantesque, et le sommeil est comme une créature que le garçon ne peut pas rattraper. On le trouve seulement si on n'a pas envie de le trouver, si on n'y réfléchit pas. Dès qu'on y réfléchit ou qu'on le cherche, il s'éloigne.

— Pourquoi tu ne dors jamais ? demande-t-il à son frère aîné.

Mais l'Enfant Sauvage ne répond pas. Il peut se changer en eau ou en plume d'oiseau, ou peut-être est-il même capable de prendre d'autres formes. Le garçon est limité à cet unique corps, piégé, et à cet esprit qui peut voler en éclats, dissimuler, lui refuser ce dont il a besoin, sans jamais avancer.

La nuit la plus longue, chaque instant éveillé, le souffle lourd et le corps fatigué mais l'esprit grand ouvert, des pensées plus nombreuses que les grains de maïs répandus par le chien géant. C'est ce que le garçon apprécie le moins.

Au matin, le disque n'est pas revenu.

— Notre père est dans la contrée du soleil, annonce l'Enfant Sauvage.

Le soleil s'est levé, comme pour confirmer ses propos.

— Mais à quelle distance ? demande le garçon. Et comment pourra-t-on le retrouver ?

— Le disque nous guidera.

— Mais il a disparu.

— Le disque est un chien, un petit chien qui marche aux côtés de Kana'ti. Et si nous allons là-bas, nous trouverons le chien.

Rien n'est logique aux yeux du garçon, surtout pas son frère. Son frère, plus mystérieux que l'arche.

32

De Soto ne retrouve pas Capafi et le harcèlement nocturne continue. Un jour sur deux, un Espagnol est scalpé et démembré. Les esclaves indigènes au campement meurent, eux aussi, nus, de lourdes chaînes aux chevilles, aux poignets et au cou, dormant sur le sol froid et humide de l'hiver, à regarder les Espagnols festoyer, oubliés et affamés.

De Soto attend Maldonado, parti avec cinquante hommes à bord des deux navires après le retour d'Añasco. Il est chargé de trouver un port plus profond et de revenir avant deux mois.

Quand il rentre enfin, il a quatre jours de retard.

— On a failli partir sans toi, lui annonce de Soto. Pourquoi personne ne peut-il obéir à mes ordres ? Il faut que nous allions à Cofitachequi pour chercher l'or.

— J'ai trouvé un port, dit Maldonado. Mieux qu'on l'imaginait. Une eau profonde, près du rivage, à l'abri du vent d'où qu'il vienne, bien assez vaste pour toute une flotte, et un village indigène pas loin, baptisé Ochuse.

Les hommes de Maldonado poussent un indigène enchaîné.

— On en a capturé un à Ochuse. Il pourra nous guider. Et il faut absolument que tu voie les fourrures.

Ses hommes apportent un monceau de peaux tannées, leur douce fourrure épaisse et somptueuse.

De Soto est ravi.

— Le premier produit de vraie valeur à renvoyer chez nous.

— Sans oublier l'or, précise Añasco.

De Soto aimerait le tuer mais il ne peut rien faire.

Il est désormais libre de marcher sur Cofitachequi, à la rencontre de la reine dorée de Yupaha, mais il ordonne d'abord à Maldonado de voguer jusqu'à Cuba pour y chercher des provisions et des navires supplémentaires.

— Raconte à mon épouse tout ce qui s'est passé, lui dit-il. Et ramène Gomez Arias avec toi. Ce *pendejo* n'est jamais revenu. Je ferai route vers le nord-est, puis vers l'ouest, et je te retrouverai à Ochuse à l'été ou à l'automne. Si tu ne nous y trouves pas, longe la côte jusqu'à ce que tu nous voies.

De Soto quitte Anhayca avec son armée le 3 mars 1540, emportant autant de maïs que les chevaux et les hommes peuvent porter car ils ont été prévenus qu'ils allaient devoir parcourir des contrées sans nourriture. De Soto éprouve une profonde tristesse à l'idée de quitter tous ces festins. C'est à Anhayca qu'il a goûté la meilleure cuisine de sa vie, du poisson et des baies si succulents, de la viande de cerf à volonté, des oiseaux, des champignons, une variété qu'il a peu de chances de trouver ailleurs, il le sait.

Ils avancent entre les pins nus, leurs troncs immenses et très espacés qui s'étirent loin au-dessus du sol sablonneux où rien d'autre ne pousse que du pâturin. Les tortues creusent profond dans le sol, les piverts creusent dans les pins, toutes les autres créatures se sont enfuies. Ni cerf ni ours, pas de délicieuse graisse d'ours pour agrémenter le maïs. Pas de dindon, quelques cailles. Même les écureuils se font rares. Les hommes progressent en regardant le vide autour d'eux, puis ne regardant plus que le sol en attendant que cesse leur marche.

Le seul point positif, c'est qu'aucun indigène ne vit dans les parages. Aucune flèche ne fend l'air. Pas de railleries la nuit. Un sommeil plus facile.

Malheureusement, ce sont les serpents qui vivent dans les parages, et les araignées, et les scorpions, et les fourmis, et toutes les autres bêtes immondes et rampantes. Les hommes dorment en groupes serrés, personne ne s'aventure loin, à l'exception d'Ortiz. Même les serpents semblent avoir peur de lui.

La seule interruption dans cette forêt de pins nus, c'est une forêt marécageuse aux lianes et aux cannes si épaisses qu'elle est impossible à traverser.

— Un enfer bordé d'un autre enfer, dit de Soto.

Au bout de cinq jours, ils atteignent une rivière.

— Elle est large, commente de Soto.

Cristobal Mosquera, leur champion de lancer de pierres, fait un pas en avant et les hommes prennent les paris. De Soto, éternel optimiste, parie qu'il touchera la rive opposée.

Cristobal n'est ni costaud, ni épais. Il est dégingandé dans son collant, son pantalon rouge bouffant et sa chemise. Il retire sa chemise et son maillot de corps, torse nu, la peau pâle comparée à celle de son visage qui est si tanné que sa moustache noire en est presque invisible. Il a des tétons minuscules, deux petits points roses. Ses bras sont longs et fins.

Cristobal passe un certain temps à trouver un caillou convenable, pataugeant le long de la rive comme un échassier cherchant sa pitance. Il jette enfin son dévolu sur un galet en forme d'œuf, marron clair. Puis il fait dix pas en arrière et ferme les yeux, levant la pierre comme une offrande.

Ce qui se passe ensuite est si rapide, presque imperceptible à l'œil nu. Un brusque mouvement de rotation en avant, son bras qui fouette l'air comme un serpent, puis le caillou projeté tandis que Cristobal s'arrête en dérapant au bord de la rivière.

Tous contemplent l'envol au-dessus de l'eau vive et profonde. Même ceux qui ont parié contre sentent cet élan qui les attire vers la berge opposée. Hélas, le galet tombe dans l'eau avec un bruit sourd et une éclaboussure que nul ne peut ignorer ni contester.

Au lieu d'envoyer les soldats et les chevaux sur des pierres volantes, ils décident de construire encore une *piragua* merdique, et Gallegos dirige à nouveau les manœuvres. Longue et étroite, un fond plat et des côtés rectilignes, assemblée aussi vite que possible. Ils sont retardés à cause des planches. Les scier prend toujours du temps.

D'autres cherchent un moyen de tirer l'embarcation d'une rive à l'autre dans le courant puissant. Ils ont beaucoup de chaînes d'esclaves inutilisées, puisque la presque totalité d'entre eux sont morts, aussi relient-ils les chaînes entre elles à l'aide de crochets.

Quand la barque est prête, elle est mise à l'eau, les chaînes dans son sillage, les hommes ramant de toutes leurs forces en direction de la rive opposée. L'embarcation, pareille à l'aiguille d'une boussole en pleine tempête, sa trajectoire erratique, mais ils atteignent la berge d'en face et tournent la proue vers l'amont. Ils attachent les chaînes à la proue.

Ils tentent de tirer la *piragua* dans le courant à l'aide des chaînes mais la pression de l'eau est trop forte et les chaînes se brisent.

— Ce bateau n'a rien d'un esclave, dit de Soto. (Il se tient sur la rive avec Ortiz et les quelques guides qui leur restent, ainsi que les deux garçons, Marcos et Perico.) Un nouveau dieu à vénérer pour votre peuple, peut-être.

Les hommes entortillent des cordes pour faire des haussières et ils parviennent ainsi à tirer l'embarcation d'une rive à l'autre, permettant aux hommes et aux provisions de traverser. Ils entraînent les chevaux par l'encolure à côté de la barque. Maintes protestations des montures, nages affolées.

Le 10 mars, ils ont enfin traversé et montent leur campement entre les pins. Le lendemain, ils grimpent sur des collines boisées.

— Magnifique ! s'exclame de Soto, même si la plupart des arbres sont nus. Plus de pins ! Et nous avons pris de l'altitude, j'en ai le vertige.

Les hommes rient.

— On a dû gravir aussi haut qu'un navire, dit Gallegos.

— La plus haute montagne de La Florida.

Le lendemain, ils découvrent un village qui, d'après les deux garçons, fait partie du territoire de Capachequi. Difficile de savoir si c'est la même chose que Cofitachequi. Abandonné, tous les habitants réfugiés dans les marécages, mais de la nourriture en abondance.

— J'aime le fait qu'ils nous laissent toujours de quoi manger, dit de Soto. C'est très aimable.

Mais à mesure qu'ils avancent, il commence à se sentir frustré. Il aperçoit des villages inatteignables au-delà des marécages envahis d'arbres qui parviennent à pousser dans l'eau, il ignore comment.

— Il faut traverser quelque part, dit-il, et ses hommes trouvent enfin un endroit qui ne semble pas aussi horrible que le reste.

Ils pataugent, les chevaux ont de l'eau jusqu'au ventre, et le marécage semble grandir à mesure qu'ils s'y enfoncent.

— L'œuvre du diable, dit de Soto. La rive d'en face n'était pas si loin quand on a commencé. Je sais très bien ce que j'ai vu.

Les hommes acquiescent.

— Tout a changé, affirme Moscoso. Je pourrais le jurer.

— Il risque d'ouvrir des gouffres sous nos pieds, dit Gallegos, et il éperonne son cheval pour accélérer.

Les hommes sont effrayés, à présent, se hâtent dans les eaux marécageuses, craignant d'être aspirés d'un instant à l'autre dans un abysse.

— Le ciel tombe aussi, dit Ortiz, feignant la terreur. L'obscurité s'installe bien plus vite.

Les hommes jettent de rapides coups d'œil vers le ciel et Ortiz sourit.

— J'entends une respiration, hurle-t-il. Vous entendez ça ?

Les hommes foncent dans l'eau, paniqués. Une horrible tête démoniaque à proximité, sa gueule immense ouverte.

Ortiz aimerait rire mais cela mettrait fin à son divertissement. Le trajet est long. Le soleil se couche et la pénombre s'installe, et les hommes peinent dans l'eau.

— J'ai cru percevoir un mouvement, dit Ortiz. Dans l'eau derrière nous. Quelque chose de gros. Vous avez senti une vague ?

Mais il se met à rire. C'est plus fort que lui.

— Tu connaîtras la colère divine, lui crie Gallegos. Tu sentiras la puissance de sa furie, et il n'y aura aucune clémence. Et je veux être là pour voir ça.

— C'est déjà arrivé, rétorque Ortiz. Sur le bûcher. Tu penses qu'il peut y avoir pire que ça ? Et pourtant, je suis encore là. Dieu est faible.

— Hérétique, lance Gallegos.

— Hérétique, répètent d'autres hommes.

Ortiz se tait alors. S'ils sont assez nombreux à le traiter d'hérétique, il risque à nouveau le bûcher. Il n'y a peut-être pas de dieu, mais il n'y a pas non plus pénurie de fous.

Ils atteignent un village dans l'obscurité. Une mosaïque de ponts étroits comme une toile d'araignée entourant un tertre et la maison du chef. Les côtés trop pentus pour être gravis, mais de Soto lance son cheval au galop sur la côte en terre et l'escalier en bois à l'avant.

— Dieu du soleil ! s'exclame-t-il. Vous pouvez désormais me vénérer, moi le dieu du soleil, chevauchant chaque jour à travers le ciel !

Quelques soldats rient, pas beaucoup. De Soto est aussi fou qu'Ortiz, mais ils ne peuvent rien dire car il est marquis et gouverneur et tout le reste. Impossible de comprendre désormais comment ils ont pu se retrouver dans un endroit pareil, à suivre cet homme.

Ils se dispersent à travers le village, s'installent dans les maisons rondes, inspectent les lieux en quête de serpents et d'araignées. Tous les indigènes ont disparu, cachés dans les marécages, et ils ne les raillent pas pendant la nuit. Aucun bruit, aucun signe de vie à l'exception des maisons et des ponts dans cet étrange habitat au beau milieu d'un marais.

— Pourquoi vivre ici ? Personne ne pourra jamais me l'expliquer, commente de Soto.

Il mange de l'alligator rôti fourré au maïs, un plat à la fois mou et sec, sans les délicieuses sauces qu'il a connues avant, comme si toute imagination culinaire était morte au contact du marécage.

Le garçon, Marcos, affirme que le village est situé sur une voie de commerce mais il semble si perdu et reculé. Avec ses petits feux éparpillés çà et là, leurs reflets dans l'eau, et les arbres qui se penchent au-dessus du marais et laissent pendre de longues barbes de mousse, l'endroit semble étrangement magique, mais il est surtout infesté de moustiques.

Le 12 mars, de Soto missionne des hommes pour trouver de quoi améliorer la cuisine.

— Leurs mortiers pour le maïs. Et leurs réserves d'huile. Et du poisson séché, de la viande de cerf ou des baies, peu importe, bien qu'il n'y ait rien de goûteux par ici, je le crains.

Cinq hommes s'en chargent et ils découvrent d'autres maisons, non loin de là.

— Il y a quelqu'un, annonce le capitaine. On nous épie.

Cinq indigènes sortent de la forêt, armés de leurs arcs.

— Il y en a d'autres derrière les arbres, dit le capitaine. Mais ils en envoient cinq pour que le combat soit équitable.

— Ils sont trop stupides, mon frère, rétorque un soldat. C'est la seule raison pour laquelle on est encore en vie.

Les Espagnols avancent avec leurs armures, leurs épées et leurs boucliers. Les indigènes ne portent presque rien, ils viennent les huer et les railler. Dès qu'une épée fend l'air, ils font un bond de côté ou en arrière. Ils ne tirent aucune flèche car ce serait trop facile contre des fantassins. Ils manient plutôt leurs arcs comme des massues. Ils se liguent contre le capitaine, le désarment, brisent son bouclier puis le frappent au front jusqu'à mettre à nu l'os de son crâne.

Un Espagnol prend la fuite, ils le laissent partir, un lâche. Ils rouent de coups les trois autres soldats, lâchant des ululements aigus, enthousiastes. Ils en tuent un et épargnent les autres, blessés et rampant. Quand ils entendent les chevaux approcher, ils s'éclipsent dans le marécage.

Après cet épisode, les Espagnols se montrent plus prudents. Tout le monde attend que Lobillo émette un commentaire mais il garde le silence.

Ils poursuivent leur avancée le long de la rivière et arrivent à un lac plein de poissons délicieux. Puis d'autres traversées de cours d'eau au fil des jours suivants, des ponts à construire qui s'effondrent les uns après les autres, un labeur frustrant. Ils arrivent le 23 mars dans le village de Toa, un lieu comme ils n'en ont encore jamais vu. Les maisons n'y sont plus rondes ni faites de poteaux courbés. Elles ont la structure de maisons ordinaires, des toits de cannes entrecroisées. Les poteries y sont plus raffinées, décorées, et les indigènes qu'ils entraperçoivent entre les arbres portent des vêtements de tissu blanc, avec des airs de Gitans.

— On approche, remarque de Soto. Voyez les richesses, la sophistication manifeste.

— Ils font leurs maisons en bois et en canne, dit Añasco. Et de la poterie en argile. Tu essaies de nous faire croire que l'argile et la canne sont aussi précieuses que l'or ?

— Il y aura de l'or. Nous n'en sommes plus très loin.

— Oui, on en trouvera à Ocale. Il y en aura là-bas. Et chez les Apalachees.

— Nous partons demain pour Yupaha.

— Mon frère, dit Moscoso. Je m'inquiète pour les vivres. Nous avons déjà failli mourir de faim. Je ne vois aucune nourriture dans cette contrée.

De Soto se sent trahi, Moscoso qui se joint à Añasco pour se plaindre.

L'armée installe son campement, ils dînent de maïs séché, déprimant, mais de Soto a une idée.

Alors que les hommes vont se coucher, de Soto se dresse à côté du feu et s'adresse à eux.

— Rodrigo Rangel ! s'écrie-t-il. Rassemble quarante cavaliers. Nous partons maintenant et nous chevaucherons toute la nuit. Car nous sommes très proches de l'or.

Un cri de joie parmi les hommes. Ils veulent tellement y croire, encore et toujours.

De Soto monte en selle. Il emmène avec lui le jeune Perico.

Et ils chevauchent toute la nuit, et toute la journée suivante, et encore la nuit d'après, trente-cinq heures durant. Ils n'ont pas dormi depuis trente-cinq heures car ils ont pris la route en fin de journée.

Ils atteignent un des villages d'Ichisi après avoir franchi une large rivière, en nageant parfois, exténués. Le village est situé sur une île. Les indigènes complètement pris au dépourvu, sans la moindre idée de l'existence des Espagnols. Ils ont mis à cuire du cerf et du dindon sur un *barbacoa*, ils cuisinent comme s'ils attendaient des invités, et les hommes de Rangel engloutissent tout.

— C'est Jeudi Saint, fait remarquer l'un des hommes, hésitant, mais les autres l'ignorent et continuent à déchiqueter la viande.

De Soto prend la maison du chef et une de ses femmes. Il est si épuisé qu'il peine à garder les yeux ouverts, alors il s'allonge simplement sur elle pour l'empêcher de s'échapper, et il s'endort. Mais Rangel le réveille.

— On n'est pas en sécurité ici, dit-il. On est sur une île. Il vaudrait mieux rentrer.

— Tout ira bien, murmure de Soto.

Rangel insiste, et de Soto est contraint de se lever, de patauger et de nager dans la rivière sur le chemin du retour.

— Quel confort ici, dit de Soto quand ils arrivent. Quel bonheur de dormir à même le sol et de ne rien manger. Brillante idée.

Mais Perico a pu au moins discuter avec les indigènes qu'ils ont capturés.

— Vous voyez, lâche de Soto. On approche. Ils parlent sa langue, ici. Envoyez l'un d'eux auprès du chef pour le prévenir de notre arrivée et lui expliquer qu'on ne fait que passer, en chemin vers Yupaha.

Ils marchent vers le nord, le long de la berge ouest de la rivière mais ils se heurtent à de nouveaux marécages. Ils envoient les chevaux et leurs selles. Ils semblent un instant couler mais parviennent à traverser. Et les hommes avancent sur un large rondin flottant sur l'eau.

Benito Fernandez glisse dans les flots sombres et tout le monde rit. Mais il ne remonte pas à la surface.

— Son armure ! hurle Rodrigo. Aidez-le !

Ils essaient de le repêcher mais personne ne veut se noyer, et l'eau est profonde à cet endroit, si bien que Benito est définitivement perdu.

— La Florida, dit Rodrigo. Toujours à nous attendre au tournant.

De Soto n'émet aucun commentaire.

33

Ils prennent du maïs, leurs arcs, leurs couteaux et quelques flèches. Les haches en pierre sont trop lourdes. La hutte, la tombe de sa mère, le foyer, la rivière, la forêt qui constituaient son foyer, les cadavres du peuple loup, tout ceci est bien trop lourd pour être emporté. Sa mère qui observe leur départ, contemplant pour l'éternité la contrée du soleil où sont partis son époux et ses garçons.

La forêt est d'abord familière, et les collines, mais les collines se font plus nombreuses, les forêts plus denses, et une vallée les prend parfois par surprise. Les feuilles des arbres sont plus larges, les oiseaux chantent davantage.

— Tous les oiseaux qui se sont échappés, dit le garçon. Ils sont venus ici. On trouvera peut-être un cerf.

Son frère aîné qui marche vite, sûr de lui, guidé par une force invisible, et le garçon peine à tenir la cadence. Ils crapahutent toute la journée, sans jamais s'arrêter sauf pour boire l'eau de petits ruisseaux, avançant toujours même en mangeant leur maïs.

— Je pense que tu es le temps, et tout ce qui sera, dit le garçon. Je pense que tu n'es pas une personne, mais seulement ce qui va se passer.

— Continue à réfléchir, petit frère, dit l'Enfant Sauvage sans regarder en arrière, sans s'arrêter.

Le soleil se couche sur Usunhiyi où il se lèvera aussi, curieusement, et se cachera derrière l'arche pour revenir au-dessus d'eux. L'Enfant Sauvage ne ralentit pas, il se déplace toujours aussi lestement dans la forêt obscure.

— On ne va pas dormir ? demande le garçon.

— Non.

— Il est trop loin devant nous, même si on ne dort pas.

— Trois jours.

— Tu vois, tu es le temps. Tu n'es que le temps, jamais hésitant.

— Je suis de chair et d'os.

— Et d'eau, ou d'air.

— Parfois, seulement.

— Et une volonté de détruire. Cet aspect-là ne s'accorde pas avec le temps, ou peut-être que si.

L'Enfant Sauvage ne dit rien. Le son pesant de ses pieds dans les feuilles mortes, les arbres presque nus, à présent, l'hiver qui approche, les étoiles visibles.

La nuit plus froide, le garçon voit son souffle comme une fumée qui s'élève à la lueur des étoiles. Puis la lune se lève vite, elle se presse, elle aussi, et que pourchasse-t-elle ?

— La lune suit son propre cours, dit le garçon.

Mais aucune réponse. Son frère court presque.

La lune plus énorme que les nuits précédentes. Au centre, ce qui ressemble à la bouche d'un serpent, un garçon assis à l'intérieur. Mais les arbres lui bloquent la vue, rien que de brefs aperçus, frustrants.

Les jambes du garçon qui se raidissent, rêvant de se reposer, mais les jambes de l'Enfant Sauvage sont faites d'une autre matière.

— Tu mens, au sujet de la chair, dit-il à son frère aîné. Tu es fait de tout, sauf de chair.

Ils semblent voler dans la pénombre, les arbres défilant si vite, et le garçon ne sait pas exactement s'il s'agit d'un enchantement. Ils se déplacent peut-être bien plus vite qu'il n'est naturellement possible, et ses pieds ne touchent peut-être plus le sol.

Mais aux premières lueurs de l'aube, bleues, puis plus pâles, le monde redevient solide, il voit désormais que les pieds de son frère touchent la terre, y laissent des empreintes, creusées dans le flanc de la montagne, et tout semble réel. Des feuilles d'un rouge éclatant dans la forêt, incandescentes, d'autres aussi dorées que le disque, quelques-unes encore vertes. Une forêt bien plus belle qu'il n'en avait encore jamais vue, qui les enveloppe, et le soleil qui s'infiltre partout, une pluie de lumière au-dessus d'eux.

Ils boivent encore l'eau froide et limpide d'un ruisseau, son lit contenant des couleurs dorées, des veines blanches comme des nuages. Ils mangent leurs derniers grains de maïs, puis se remettent à courir. Le garçon n'arrive pas à croire que ses jambes puissent encore se mouvoir, mais c'est pourtant le cas.

Il leur faut trois jours pour rejoindre Kana'ti, comme l'avait annoncé son frère, et un petit chien marche à ses côtés, une pierre étrange capable de prendre d'autres formes.

— Vous êtes la destruction incarnée, dit Kana'ti. Tout ce qu'il y a de plus mauvais. Et voilà que vous êtes venus ici ?

— Oui, dit l'Enfant Sauvage. Nous sommes des hommes. Nous faisons ce que nous avons prévu de faire.

— Vous allez plutôt tout défaire, rétorque Kana'ti. Mieux vaudrait que les hommes ne prévoient jamais rien.

— Alors pourquoi auraient-ils été créés ? demande le garçon à son père.

— Pour connaître la perte.

— Non, dit l'Enfant Sauvage.

— J'étais sûr que tu répondrais ça, lâche Kana'ti.

Le garçon comprend clairement que c'est là la différence. Kana'ti a raison. Le garçon ressentira chaque perte, et l'Enfant Sauvage ne ressentira rien, à part la manière dont on l'a rejeté au commencement.

— Ce petit chien m'a trouvé il y a quatre jours, dit Kana'ti. Il reste toujours à mes côtés et refuse de partir.

— Le chien est en pierre, c'est un disque de jeu, dit le garçon.

— Je vois. Tu es donc sorcier comme ton frère.

— Non. Je ne sais encore rien faire.

— Tu as pourtant tout fait.

— Tu n'arrêtes pas de le répéter, mais c'est faux.

Kana'ti continue d'avancer de sa démarche rapide, qu'ils ont curieusement réussi à rattraper. Ils ont dû voler, cette nuit. C'est la seule explication. La magie de son frère, si puissante qu'elle est invisible.

— Puisque vous êtes ici, autant marcher ensemble, dit Kana'ti. Mais vous devrez me suivre. Je n'irai pas dans votre direction.

L'Enfant Sauvage a disparu. Parti pendant leur conversation. Le garçon suit donc son père, toujours à suivre quelqu'un, ils gravissent encore des collines, d'interminables collines. Son père portant une peau de bête, armé de son couteau et de son arc.

— Où va-t-on ? demande le garçon, mais évidemment, il ne reçoit aucune réponse.

Le bruit de leurs pas glissant dans les feuilles mortes et la terre meuble, imprimant de profondes empreintes dans le flanc de la montagne, et le garçon entend d'autres pas, se retourne et voit son frère.

— Tu es revenu.

— Je ne suis jamais parti, répond l'Enfant Sauvage.

La colline descend vers un immense marécage et Kana'ti marque une pause sur la berge, désigne les profondeurs.

— Quelque chose de dangereux là-dedans, dit-il. Gardez bien vos distances.

— Mais tu sais bien que l'Enfant Sauvage m'y emmènera, proteste le garçon. Pour la simple raison que tu as dit que c'était dangereux. Tu sais bien qu'il ne résiste jamais à causer des ennuis. Alors c'est que tu veux qu'on y aille.

— Non. Je vous avertis seulement.

— C'est faux. Tu m'accuses toujours de tout, alors que je ne fais rien. Tu montres à l'Enfant Sauvage où aller, et il y va immanquablement, et je suis toujours obligé de le suivre.

Kana'ti secoue la tête commc si les propos du garçon ne tenaient pas debout, puis il s'éloigne du marécage en direction d'autres collines.

— On devrait aller voir ce qu'il y a là-dedans, dit l'Enfant Sauvage.

— Quelle surprise, dit le garçon. Et si je te répondais non, hein ? Qu'est-ce qu'on a encore à détruire ?

Mais son frère aîné se contente de sourire, il entre dans l'eau du marécage et, bien entendu, le garçon lui emboîte le pas.

34

Le 25 mars, Jour de l'Annonciation, ils arrivent à un village et de Soto décide de renoncer. Il est épuisé, la terre et l'eau s'étendent à l'infini, ils n'ont trouvé aucun indice d'une éventuelle présence d'or. Il ne peut rien dire à voix haute, alors il prétexte qu'ils attendront le reste de l'armée. Mais il se demande pourquoi il a chevauché deux nuits durant, et pourquoi il est venu à La Florida. Pourquoi n'est-il pas resté en Espagne, ou au Pérou, ou au Nicaragua, ou à Cuba ? Pourquoi se trouve-t-il dans la contrée la plus laide et la plus insignifiante qu'il ait jamais vue ?

— C'est le jour où Dieu a baisé avec Marie, dit-il.

En entendant ce blasphème, les hommes gardent le silence. Ortiz n'est pas là pour en rajouter ou pour l'encourager.

— Plantant sa graine, on ignore comment, derrière une porte fermée. Vous ne vous êtes jamais demandé comment il avait fait, ni pourquoi ?

De Soto pose la main sur la femme capturée dans le village insulaire. Elle est plutôt docile, n'a pas essayé de s'échapper.

— Je vais essayer. Je vais emmener cette femme à l'intérieur et essayer ce tour de passe-passe. Et d'ici neuf mois, à Noël, nous pourrons célébrer le seul et véritable fils de de Soto, l'Immaculée Conception.

Un silence absolu parmi les hommes. De Soto se rend compte que c'est la chose la plus choquante qu'il ait jamais dite. Ses propos sur les cathédrales à bâtir, les morts levant les bras depuis le sol en marbre, tout ceci n'avait pas d'importance. Mais débattre pour savoir comment Dieu a baisé avec Marie sans vraiment la baiser, ça dépasse les bornes, visiblement.

Il traîne la femme à l'intérieur, franchissant une porte aux dimensions ridicules, obligé de se pencher en avant, presque jusqu'à terre, et dans la lumière faible, il la déshabille.

Elle essaie de se protéger en le repoussant et en serrant les jambes, mais il la frappe jusqu'à ce qu'elle cède et cesse de réagir, puis il lui écarte les jambes, ne voit pas comment entrer sans franchir ce portail, et c'est ce qu'il fait, et que Dieu aille au diable.

Au matin, des indigènes apparaissent avec des cadeaux.

— Ils célèbrent l'Immaculée Conception, dit de Soto.

À nouveau, aucune réponse.

Ils sont vêtus d'un tissu blanc raffiné.

— Ce sont les hommes de confiance envoyés par le chef d'Ichisi, dit Perico par l'intermédiaire d'Ortiz.

Ils offrent des peaux de cerfs et des châles finement tissés.

— Ils ont de l'or ? demande de Soto en montrant sa bague. Vous avez de ça, ici ?

Perico traduit mais les hommes semblent perplexes.

— Ils ont quatre questions à te poser, dit-il à de Soto par l'intermédiaire d'Ortiz.

— Très bien.

Mais l'absence d'or et de cohérence dans les conversations l'agacent. Et le fait que ces indigènes se comportent comme des émissaires de Rome, majestueux et cérémonieux. Leurs vêtements blancs sont élégants, certes, mais ils n'en demeurent pas moins de sales indigènes.

— Ils veulent savoir qui vous êtes, d'où vous venez, ce que vous voulez, et où vous allez.

— Bon, au moins ils raisonnent correctement, dit de Soto. Ce sont les quatre questions essentielles, après tout. Elles englobent tout.

Les émissaires attendent, visages impassibles.

— Pourquoi se tiennent-ils comme ça, si cérémonieux ? demande de Soto.

Perico discute un moment avec les hommes, de Soto s'impatiente.

— Ils sont habitués aux visites, dit Ortiz après avoir écouté Perico. Des grands chefs, au-dessus des autres chefs. Dès que l'un d'eux vient rendre visite, ils offrent des cadeaux, de la nourriture, ils les hébergent dans leurs maisons.

— Ils donnent leurs femmes, aussi ?

Perico chuchote avec les hommes.

— C'est envisageable, oui.

— Eh bien, dit de Soto avec un sourire. Dis-leur que je suis Hernando de Soto, chevalier de l'Ordre de Santiago, et que la pureté de mon sang a été certifiée.

Perico essaie de traduire, mais de toute évidence, tout ceci n'a aucun sens pour les hommes.

— Je suis marquis de La Florida, gouverneur de Cuba. Ils sont ici sur mes terres.

Perico traduit, et de toute évidence cette fois, ses propos ont du sens. Les hommes échangent des regards. Puis ils adressent à Perico une autre question.

— Ils demandent d'où vous venez.

— De Castille, loin de l'autre côté de l'océan.

Perico explique après avoir écouté la traduction d'Ortiz, et les hommes sont impressionnés.

— Je représente le roi d'Espagne, et je suis venu apporter Jésus Christ.

Perico essaie de leur expliquer. C'est un garçon maigre, debout devant des hommes qu'il respecte, qui lui sont bien supérieurs, et il est clairement mal à l'aise en prononçant ces mots.

— Perico a essayé de leur expliquer, dit Ortiz. Ils n'ont jamais entendu parler de Jésus Christ. On leur a dit que c'était notre Dieu.

— Le fils de notre Dieu.

Perico s'entretient encore avec les hommes.

— Ils demandent pourquoi vous vénérez le **fils.** Est-ce que son père est mort, et êtes-vous sûrs que ce n'était pas plutôt son oncle ?

Ortiz, visiblement amusé par cet échange.

— Non, putain, il n'est pas mort, et ce n'était pas son oncle. Je n'ai pas la patience d'essayer d'expliquer quoi que ce soit à ces dégénérés. Dites à ces hommes qu'ils ont plusieurs milliers d'années de retard. Environ cinq ou dix mille ans, à mon avis. Et donc tout leur paraîtra étrange car ils ne sont encore que des enfants, des bébés nés difformes, incapables de marcher ou de parler ou de bouger correctement les mains.

Perico tente de leur expliquer mais les émissaires semblent furieux.

— Dis-leur qu'ils doivent obéir à l'Église Apostolique de Rome et au représentant de Dieu, le souverain pontife.

— Désolé, dit Perico à Ortiz. Vous voulez dire que c'est un seul homme à Rome ?

— Oui.

Perico l'explique aux émissaires.

— Ils demandent à nouveau, vous vénérez le fils d'un dieu encore vivant, et vous suivez un seul homme à Rome ? Et où est Rome ?

— Arrêtez, ordonne de Soto. Arrêtez d'essayer de leur expliquer. Ce qu'ils doivent simplement savoir, c'est qu'ils sont désormais les vassaux du roi, qui est aussi empereur, et s'ils lui obéissent, ils pourront vivre en paix.

Perico parle encore aux émissaires.

— Ils demandent si le roi ou l'empereur est l'homme qui vit à Rome ?

De Soto pousse un grondement de frustration. Il ne peut s'en empêcher. Les émissaires reculent d'un pas à l'unisson, si étrange, comme s'ils ne faisaient qu'un.

— Non, ce n'est pas l'homme qui vit à Rome. Ce sont deux hommes différents.

Perico leur parle encore, puis à Ortiz.

— Ils demandent lequel vous suivez.

— Les deux, dit de Soto. C'est différent.

De Soto est condamné à vivre parmi les ignorants et les païens pendant plusieurs jours, avant que l'armée n'arrive. Il profite des femmes mais il s'impatiente. Il doit trouver de l'or, ou tout ce qu'il a fait n'aura servi à rien.

L'armée arrive enfin, puis ils partent tous le 29 mars le long de la berge ouest de la rivière. Il pleut comme si Marie perdait les eaux, des gouttes si épaisses qu'il n'y a plus d'air dans l'air. Des forêts marécageuses et des ruisseaux qui semblent soudain gonfler quand ils les traversent, l'armée tout entière presque balayée et noyée.

— Les plaies, dit de Soto. Si vous voyez des sauterelles, nous retournons aux navires en courant.

Le temps se dégage et leur envoie en guise de cadeau un groupe de femmes qui émergent de la forêt, vêtues de ce tissu blanc raffiné. Elles apportent du maïs et des oignons. Des hommes approchent aussi avec des offrandes. Aucune flèche.

L'armée se repose dans un village où abonde la nourriture. Les oignons sont délicieux, rôtis avec du poisson.

— Un petit goût d'Anhayca, dit de Soto qui festoie, heureux.

Il décide qu'ils resteront encore un jour pour savourer d'autres repas et jouir des femmes. Il n'est même pas obligé de les battre. Elles le laissent simplement faire. Ce n'est pas aussi excitant, mais c'est plus facile et plus reposant. Il peut s'endormir à leur côté sans craindre d'avoir la gorge tranchée.

Non loin de ce village, ils sont reçus par des hommes d'Ichisi. Des douzaines de canoës avançant sur la rivière, des hommes ramant debout comme des gondoliers.

— Arbalètes ! hurle Rangel, et les arbalètes sont chargées, puis pointées vers leurs cibles.

— Arrêtez ! s'écrie Ortiz. Si vous aviez des yeux, vous auriez vu qu'ils ne sont pas armés.

C'est vrai. Les hommes debout dans les canoës, élégamment vêtus d'étoles blanches drapées sur leurs épaules, ne portent ni arcs ni massues. Ils accostent et font signe aux soldats de grimper à bord.

— Peut-on leur faire confiance ? demande de Soto.

— Oui, répond Ortiz.

Les Espagnols embarquent donc dans les canoës et on les fait traverser. Tout est si étrange, reçus comme des dieux après avoir été scalpés et mis en pièces avant d'être suspendus aux arbres, livrés en pâture aux oiseaux. Impossible d'imaginer que cette La Florida puisse être la même qu'avant.

Quand de Soto atteint la berge d'en face, il y découvre un chef borgne.

— C'est peut-être pour ça que vous me recevez avec tant d'honneurs, plaisante-t-il.

— Comment ça ? demande Perico par l'intermédiaire d'Ortiz.

— Peu importe, rétorque de Soto. Dis-lui simplement qu'on leur transmet les salutations du roi d'Espagne, au-delà des vastes étendues d'eau.

Le chef Ichisi fait un long discours. De Soto est planté là dans son armure, en plein soleil, il ne comprend rien, s'agace. Un village entouré d'eau. Encore un peuple qui vit au milieu d'un marécage. Leurs maisons sont cubiques et ils ont deux tertres.

Perico essaie de traduire mais de Soto n'écoute pas. Il se contrefiche de savoir ce que pense ou dit l'habitant d'un marais. Il attend d'être escorté jusqu'à une petite maison carrée où on lui donne une femme. On leur a également prêté quinze porteurs et beaucoup de vivres.

— Remerciez-le, dit de Soto. Et préparez-moi un bon repas.

Puis il entre dans la maison avec la femme.

Le lendemain, de Soto a une idée. Il fait venir ses prêtres, des hommes qu'il a l'habitude d'ignorer royalement car ils sont étroits d'esprit, puis il ordonne aux soldats de Gallegos d'ériger une croix en bois. Elle est robuste, en planches épaisses, plus grande qu'un homme, et ils s'appliquent à en poncer les bords, à la rendre jolie.

— Tu as prévu de crucifier leur chef? demande Ortiz.

— Pourquoi dis-tu une chose pareille?

— Eh bien, en se basant sur tout ce que tu as déjà fait…

De Soto l'ignore et supervise la fin de la construction. Quand ils ont terminé, il ajoute ses initiales à l'arrière. Puis il la fait porter sur le plus grand monticule pour qu'elle soit installée au sommet, solidement enfoncée.

Le chef et ses hommes de confiance sont là. Ils patientent, vêtus de leurs habits blancs.

— Bénissez la croix, ordonne de Soto, et les prêtres se penchent, se prosternent et marmonnent et l'aspergent d'eau bénite.

— Nous vous offrons ce magnifique présent, dit de Soto au chef et à ses hommes. Notre Dieu, incarné. Il a envoyé son fils unique se faire crucifier sur cette croix, il est mort pour nous afin que nous puissions vivre.

Perico et Ortiz se chargent tous deux de la traduction. Beaucoup d'échanges et de gesticulations.

— Qu'est-ce qui leur prend si longtemps? demande enfin de Soto. Ils n'ont qu'à dire merci, c'est tout.

— Ils ont des questions, dit Ortiz.

— J'ai hâte de les entendre.

— Ils demandent si ce n'est pas un signe de faiblesse, que le fils d'un dieu puisse être cloué à un morceau de bois.

— Non, rétorque de Soto.

— Aurait-il aussi accepté qu'il soit suspendu à un arbre et donné en pâture aux oiseaux?

— Oui, dit de Soto. C'est tout l'intérêt. Il nous donne son fils. Scalpé, taillé en pièces, suspendu en pâture aux oiseaux, ou brûlé vif, tout ça.

Perico s'adresse encore au chef.

— Pourquoi ? finit par demander Perico à travers Ortiz.

— Parce qu'il prend notre place. Nous méritons d'être crucifiés pour tout le mal que nous avons fait.

Perico explique.

— Le chef trouve ça intéressant, dit Ortiz. Et il veut savoir quel mal tu as fait.

De Soto ferme les yeux et lève le visage vers le soleil brûlant. Il est censé convertir tout le monde, il le sait, mais il aimerait que cela se fasse plus vite. Faire changer un homme d'avis est plus long que de patauger dans un marécage. Et ces hommes n'ont peut-être même pas d'avis ni d'esprit. Difficile de savoir ce qu'ils ont dans la tête et ce qui les différencie des animaux.

— Je confesse mes péchés aux prêtres, rétorque de Soto. Et à Dieu. Pas aux autres hommes.

Perico explique et le chef acquiesce.

Puis il s'adresse à ses hommes qui apportent un arbuste, déraciné, et ils creusent un trou pour le planter au sommet du monticule. De Soto s'est assis sur une souche qu'on lui a proposée et se demande quand il pourra inventer une excuse pour prendre congé.

Ils apportent ensuite de fines bandes de peau tannée avec des crochets en os.

— Ils t'offrent ça, dit Perico. Un arbre pour le fils de votre dieu, où il pourra être accroché après avoir été démembré.

Ortiz s'esclaffe.

— Remercie-les, dit-il. C'est très généreux et c'est exactement ce qu'aurait voulu notre dieu.

— La ferme, Ortiz, lâche de Soto. Dis-leur qu'il n'y a que la croix. On n'utilise rien d'autre. Et ils doivent adorer notre seigneur Jésus Christ en s'agenouillant devant cette croix.

De Soto se prosterne devant la croix, penche la tête et se signe.

Perico essaie d'expliquer. Le chef et ses hommes sont perplexes mais finissent par s'agenouiller devant la croix et marmonnent un peu, et de Soto comprend qu'il n'obtiendra rien de mieux, alors il décide de s'arrêter là pour aujourd'hui.

— À quelles imbécilités ridicules sommes-nous obligés d'assister au nom de notre seigneur, dit-il.

De Soto retourne dans la maison et s'allonge à côté d'une des femmes, la tête sur ses seins. Il essaie de tout oublier.

— Personne ne me comprend, lui dit-il.

Et l'espace d'un étrange instant, très bref, il se languit de son épouse. Le sentiment s'estompe si vite qu'il a toutes les peines du monde à s'en souvenir. Mais il a l'impression de l'avoir véritablement éprouvé.

Au dîner, il essaie à nouveau de s'entretenir avec le chef et ses hommes de confiance. Ils mangent de la panthère, le gros félin mis à rôtir sur la broche devant eux, et de Soto se demande comment aucun de ses soldats n'a été tué par une telle bête. Ils ont été tués par tout le reste.

— Ça manque de sauce, déclare-t-il. Quelque chose de différent, avec des fleurs ou des fruits, quelque chose de léger. On ne peut pas se contenter de faire cuire la viande et de la servir sans assaisonnement.

Perico explique et le chef répond. Un œil en moins, l'autre enfoncé dans son orbite, la paupière tombante, trop proche du nez. Des arcs de miettes propulsées dans les airs alors qu'il parle, soufflant trop fort.

— Le chef dit que la panthère s'est offerte à nous, qu'elle aurait pu s'enfuir mais qu'elle est venue ici.

— Mauvais choix pour elle, commente de Soto. Et je parlais de la cuisine.

Le chef continue de parler, ce qui est agaçant.

— Le chef dit que son peuple nous accueille ici comme des frères et qu'ils espèrent une longue amitié entre nous.

— On a déjà écouté les discours à notre arrivée, lâche de Soto. Demande-lui où on peut trouver le plus important de leurs chefs et les terres les plus riches. Et tu sembles oublier que tu étais censé nous conduire à Yupaha, Perico.

Perico explique et le chef n'hésite pas, il ne s'entretient pas avec ses hommes.

— Ocute, dit-il. Ocute.

Et il pointe l'index dans la direction.

— D'autres détails ? demande de Soto.

Perico parle encore avec le chef. Celui-ci lâche un pet, un long bruit humide, il se cure les dents et lève les yeux vers les étoiles. Puis il reprend la parole, l'air de s'ennuyer.

— Il dit qu'il y a là-bas le plus grand des chefs, comme tu l'as demandé. Une terre riche, beaucoup de nourriture.

— De l'or ?

Perico interroge le chef qui sourit et échange des plaisanteries avec ses hommes.

— Le chef dit qu'il y avait beaucoup d'or, des rivières entières, mais que c'était trop joli et qu'ils s'en sont lassés, alors ils l'ont envoyé au-delà de l'arche pour qu'il soit transformé en d'autres choses plus utiles, comme les cerfs, les femmes, l'eau, le maïs.

— Seul le plus aveugle d'entre les aveugles ne comprendrait pas, dit Añasco. Combien de fois devras-tu l'entendre ? On ferait mieux de rentrer. Il n'y a rien ici.

— Il y aura de l'or, affirme de Soto.

— Alors pourquoi n'en portent-ils pas ? demande Añasco. Ces magnifiques châles blancs, le peuple le plus évolué qu'on ait rencontré jusqu'à présent, et tu ne penses pas que l'or irait à ravir sur leurs vêtements blancs ?

De Soto mâchonne la panthère fade et songe qu'il avait tort à propos de la sauce. Pas une saveur légère de fruits ou de fleurs, mais quelque chose de gras et d'épais car la viande est trop sèche.

Ils reprennent leur progression le lendemain, le 2 avril, vers le nord-est, accompagnés d'un guide et d'un interprète fourni par le chef. De Soto a rendu les esclaves capturés dans le village insulaire, un geste de clémence rare. Plusieurs des femmes lui manquent déjà.

C'est une journée de voyage plaisante, pas d'embuscade, les hommes oublient même qu'ils peuvent être attaqués, bercés par cette facilité.

Le lendemain, ils arrivent à une rivière et à un camp de pêcheurs, et ils sont accueillis par des indigènes qui s'entretiennent avec Perico et Ortiz.

— Ils viennent d'Altamaha, dit Perico. Ils nous offrent de la nourriture et un endroit pour camper. Et je crois que cette rivière va vers le soleil, vers le grand océan.

De Soto est ravi. Yupaha semble se rapprocher, et les indigènes deviennent plus dociles, plus serviables.

— C'est peut-être là-bas qu'était Ayllón, dit Gallegos. L'embouchure de la rivière.

— Oui, acquiesce Moscoso. C'est possible.

— Demandons à Añasco, dit de Soto. Il saura, lui.

Au matin, les hommes d'Altamaha arrivent en canoës pour aider l'armée à passer sur l'autre rive.

— Voilà qui me plaît, dit de Soto. Après tous les horribles ponts et les traversées et les flèches et les noyades d'hommes et de chevaux. Ça aurait dû se passer comme ça depuis le début.

De Soto envoie chercher leur chef, un dénommé Zamuno, pour discuter.

Perico parle avec le messager qui semble perturbé.

— Zamuno est en guerre contre Cofitachequi, donc il portera des armes.

— Ce n'est pas grave, dit de Soto. Nous en portons aussi. Il peut venir discuter.

Quand le chef arrive, il est armé d'une massue et d'un couteau, il porte une coiffe de plume avec une plaque en cuivre sur le front. De Soto s'approche pour le contempler. Il ressemble à un oiseau.

— Cet oiseau semble souffrir, dit de Soto. Comme s'il était sur le point de pondre un œuf.

— Il ne pond pas d'œuf, rétorque Ortiz.

Perico parle avec le chef.

— Oui, pas en train de pondre, confirme-t-il.

De Soto invite le chef et ses guerriers à s'asseoir avec lui pour manger. Et il lui offre un cadeau, une grande plume ornée d'argent le long du rachis, un présent d'Espagne.

— Pourquoi maintenant ? demande Ortiz. Tu n'offres jamais de cadeaux commc ça, qui ont de la valeur.

Le chef est visiblement ravi. Il prononce quelques mots, lève les yeux au ciel, puis regarde de Soto, s'exprime avec les mains, mime un repas, un combat à la massue puis une baise avec quelqu'un ou quelque chose.

— Il dit que vous venez du paradis, dit Perico.

— À l'évidence, il ne te connaît pas du tout, mon frère, lâche Moscoso avec un sourire.

— La ferme, Luís, rétorque de Soto. Je savoure cet instant.

— Il va utiliser cette plume, continue Perico. Il la portera pour manger, pour aller au combat, et quand il sera avec sa femme, aussi.

De Soto rit.

— Il me plaît, ce chef. Et oui, j'espère qu'il utilisera la plume pour toutes ces choses-là.

Ils se réunissent donc pour un festin, préparé par les Espagnols et les indigènes. Du castor et de la truite combinés dans une soupe, du serpent en croûte de maïs, du dindon fourré à la panthère. De nouvelles recettes sont inventées, des recettes partagées, la tortue côtoie l'écureuil. De Soto est fou de joie, ces mets lui dégoulinent dans la barbe, il fait claquer ses lèvres de délectation.

— C'est mieux qu'Anhayca, dit-il. Car personne ne nous tire dessus, ne nous empêche de dormir la nuit, personne ne déambule sans son cuir chevelu. Et je crois que l'eau ici est différente, sa qualité change le goût de la sauce.

Le chef et ses guerriers sourient et acquiescent dès que de Soto prend la parole.

— Ils disent sûrement qu'ils espèrent goûter tes testicules dans une sauce au lapin, dit Ortiz.

— Non, répond Perico.

— Bon garçon, dit de Soto et il lui tapote la tête.

Perico est désormais assis à ses côtés à chaque repas, mince et enchaîné, luttant pour manger plus. De Soto arrache des morceaux de viande sur les os avant de les déposer devant Perico, de petites récompenses.

— Bien, annonce enfin de Soto d'une voix plus forte. Et Cofitachequi, alors ? Et la reine de Yupaha. À quelle distance et comment y arriver, et que trouverons-nous là-bas ?

Perico traduit, le chef et ses guerriers tiennent une sorte de réunion, le visage désormais grave.

— Ils disent que c'est impossible, lâche Perico. Des terres vides, rien à manger. Et pas de chemin. Facile de se perdre. Si vous y allez, l'armée mourra de faim.

De Soto savoure une bouchée tendre de tortue mais ces propos l'obligent à marquer une pause. Il dévisage Perico, Perico qui lui a promis Yupaha.

— On ira. On ira ou bien tu seras jeté aux chiens.

Le chef reprend la parole, Perico lui accorde son attention et traduit.

— Il demande s'il doit vous payer un tribut à vous, maintenant, ou à Ocute.

De Soto sait qu'il s'agit d'un piège et il sourit.

— Regardez-moi ce type, dit-il à ses hommes. Il comprend la politique.

— Oui, acquiesce Gallegos. Impressionnant. Il pourrait survivre en Castille.

— Perico, réponds à mon ami que je considère Ocute comme un frère, et qu'il doit continuer à payer son tribut à Ocute jusqu'à ce que les instructions changent.

Perico traduit et le chef hoche la tête.

— Il faut qu'on surveille ce chef, dit de Soto. Mais il me plaît. Et je vais lui faire un autre cadeau. Vous verrez demain. Et demandez-lui de m'envoyer un messager pour Ocute.

Au matin, de Soto fait porter un petit canon à pivot, à la maison du chef, et on le détache du dos de la mule.

— Ce chef sera utile pour répandre les rumeurs, dit de Soto. Donc on va lui faire une démonstration et un cadeau. On n'a pas besoin de ce canon. C'est un poids mort.

— Tu vas donner un canon aux indigènes ? demande Añasco.

— Je sais que tu l'aimes beaucoup, mais oui, je vais le leur donner.

— Tu as conscience qu'ils vont nous tirer dessus, ou sur d'autres Espagnols plus tard ?

— Tu te fais trop de bile, dit de Soto. Ça te déséquilibre. Demande au chirurgien de te faire une saignée, et qu'il continue peut-être jusqu'à la dernière goutte de sang.

— La meilleure démonstration, ce serait que tu te postes devant la gueule du canon, rétorque Añasco.

— Une rébellion, lâche de Soto. Prends garde à ce que tu dis.

De Soto ordonne à ses hommes d'installer le canon devant un chêne robuste, puis il invite le chef et son peuple à observer. Un canonnier allume la mèche, et tout le monde doit attendre un moment. Puis la plus monstrueuse des explosions, et la mitraille fait exploser le chêne, révélant des éclats de chair blanche.

Les indigènes paraissent frappés par un dieu, ils tremblent de peur, certains s'agenouillent à terre.

— J'adore ça, dit de Soto. Faites feu une deuxième fois.

On recharge le canon et on tire un autre coup, le ciel s'ouvre pour offrir aux hommes le tonnerre et la foudre. L'arbre horriblement perforé et déchiqueté.

De Soto se tourne vers le chef.

— Dis-lui que je lui offre ce faiseur d'orage.

Perico traduit et le chef est profondément ému.

— Il dit que c'est le plus beau cadeau qu'il ait jamais reçu.

— Ne lui donnez ni poudre ni de munitions, ordonne de Soto. Ça lui fera un joli siège pour s'installer près du feu.

Quand le chef d'Ocute arrive enfin, de Soto lui offre un cadeau, mais sans valeur. Une chemise et un chapeau de satin orné d'une plume. Jaune vif, et le chef semble apprécier la couleur. Il accepte de les guider à travers son territoire.

Avant de quitter Altamaha, de Soto fait fabriquer une autre croix qu'il fait planter au centre du village, afin d'être vénérée.

— Jésus Christ, annonce de Soto. Votre nouveau dieu.

Le chef est redevable à de Soto et il s'agenouille aussitôt devant la croix. Il se met à parler et Perico traduit.

— Quand cette croix tombera, cela signifiera la fin du monde.

— Ça ne fonctionne pas comme ça, non, réplique de Soto.

— Que se passe-t-il quand elle se casse ? demande Perico.

— Elle ne se cassera pas. Ou si elle se casse, il faut simplement en fabriquer une nouvelle.

Perico l'explique au chef qui paraît décontenancé.

— Il demande si n'importe quels morceaux de bois peuvent être assemblés, et si c'est la même chose, dit Perico.

— Oui et non, répond de Soto. Je déteste ces questions. Contentez-vous de vénérer la croix et ne la cassez pas.

Le 8 avril, de Soto et son armée se mettent en route avec le chef d'Ocute.

— Il est mécontent de toi, dit Ortiz à de Soto. Tu as donné de meilleurs cadeaux à son sous-chef. Tous les tributs sont censés revenir au grand chef.

— Comme si je me préoccupais de ses sentiments, lâche de Soto.

Ils passent la nuit dans les maisons que le chef a trouvées sur la route, et le lendemain, ils atteignent un village plus grand. Mais le chef ne fait pas grand-chose pour de Soto. Pas de femmes, pas de bonnes réserves de nourriture, pas de porteurs pour se charger des équipements et des provisions. Les Espagnols râlent de toujours se charger des fardeaux. Et il fait chaud, trop chaud, l'été déjà bien entamé en avril.

— Il faut que je parle à ce chef, décrète de Soto.

Au matin, on amène le chef devant lui et de Soto lui demande :

— Mes hommes sont-ils des mules ?

Perico traduit et le chef semble perdu.

— Tu leur laisses tout porter, à part la nourriture. Tu es censé être le chef de tous les chefs, et pourtant, tu donnes l'impression de ne rien avoir. Pas de femmes, pas de nourriture, pas d'esclaves ni de porteurs, pas d'or, rien de valeur. Mes chiens ont faim. Peut-être que la chose la plus précieuse que tu aies à offrir, c'est ta propre chair.

Perico et Ortiz s'associent pour traduire. Le chef semble horrifié, sincèrement terrifié. Il regarde les chiens qu'on a fait approcher.

Le chef s'adresse à Perico.

— Aujourd'hui, dit-il. Vous verrez tout aujourd'hui.

— Je l'espère bien, répond de Soto. J'ai donné trop de cadeaux à l'autre chef. J'ignore pourquoi. Comme si j'avais été pris de folie pendant quelques jours. Mais je me souviens à présent ce que sont ces gens, et je sais que mes chiens ont faim. Je vois que ce chef ne fait rien pour moi.

De Soto va faire une sieste dans une des maisons, regrettant amèrement de n'y avoir ni femme, ni nourriture succulente. Il mange du maïs séché et boit de l'eau, un repas d'indigent. Il rêve d'hommes émaciés arpentant une colline sèche en Espagne. Les étoiles explosent et des serpents jaillissent du sol pour se transformer en arbres.

Perico le réveille et le mène dans un monde totalement différent. Non pas des dizaines d'indigènes, ni même des centaines, mais un ou deux milliers, innombrables, une masse immense, tous debout devant lui, prêts à servir.

— Seigneur, dit de Soto.

Le chef d'Ocute indique à ses gens d'avancer avec des offrandes, des plats qu'ils disposent sur une table, puis sur le sol autour car il y en a trop : d'énormes dindons, des lapins, des perdrix, du maïs et du pain de maïs, des champignons, de la tortue, un ours entier, deux cerfs, une panthère, des serpents, des écureuils.

— Ils ont dû tuer tout ce qui bougeait sur dix lieux à la ronde ! s'exclame de Soto, radieux.

— Oui, ils veulent t'impressionner, dit Añasco. Plus qu'aucun indigène jusqu'à présent. On sait donc qu'ils t'apportent là ce qu'ils ont de plus précieux.

De Soto ne veut pas entendre parler d'or.

— Que le concours culinaire commence !

Le chef amène aussi de nombreux chiens. Ce qui intéresse de Soto. Les chiens se sont avérés presque aussi efficaces au combat que les chevaux, et il ignorait que les indigènes en possédaient.

— Où les avez-vous eus ? demande-t-il.

Il se demande s'ils sont originaires d'ici ou s'ils ont été laissés ici par les précédentes expéditions.

— Nous avons des chiens, répond le chef.

— Oui, mais d'où viennent-ils ?

— D'ici.

— Depuis quand ?

— Depuis bien avant.

— Peu importe, dit de Soto. J'ai l'impression de parler à un bout de bois.

Le lendemain, de Soto fait installer une autre croix, gigantesque. Il grave à nouveau ses initiales à l'arrière. Il faudra du temps pour bâtir des cités. Il doit dès maintenant apposer sa signature ici.

Tous les Espagnols s'agenouillent devant la croix, et deux mille indigènes les imitent soudain.

— Vous devrez tous raconter ceci, annonce de Soto. Quand nous rentrerons en Castille, tout le monde devra raconter ce récit, combien d'indigènes se sont prosternés devant la croix.

— Être marquis ne te suffit pas ? demande Añasco. Tu veux aussi être un saint ? Tu as conscience de ce qui arrive parfois aux saints, non ?

L'argument d'Añasco est très recevable. De Soto ne tient pas à connaître une fin aussi haute en couleurs.

— J'ai une importante mission à te confier, Añasco. Un bosquet d'arbres poussait à l'envers sur le chemin jusqu'ici. Amènes-y tes hommes et replantez-les à l'endroit.

35

C'est un marécage différent de celui que le garçon connaissait près de chez lui. Il n'a pas l'air à sa place. Impossible qu'il existe à côté des forêts avec leurs feuilles mortes et leur air frais. Ce lieu est plus chaud et il respire, dense, des arbres qui poussent dans l'eau, leurs racines à nu. D'étranges fleurs blanches et rouges, si délicates au bout de longues tiges, des festons de lianes. Partout, de la mousse épaisse dans les branches, qui pend mollement. Le soleil, caché. Des moustiques qui tourmentent le garçon et son frère, des libellules et des papillons qui peignent l'air de couleurs éclatantes, orange et jaunes et bleues.

— C'est endroit est un peu magique, dit le garçon.

— Oui.

Ils pataugent dans l'eau sombre jusqu'aux cuisses, enjambant d'épaisses racines qui se déploient comme des serpents. L'eau, pas aussi froide qu'elle devrait l'être à cette période de l'année, un lieu à l'écart des saisons. Des grenouilles qui coassent et plongent, apeurées. Des oiseaux juchés sur de hautes pattes, qui s'éloignent en silence.

— Il est peut-être sans fin, chuchote le garçon à son frère. Cet endroit continue peut-être, encore et encore.

— Chaque lieu a une fin, répond l'Enfant Sauvage. Et chaque lieu a un centre.

Le garçon tourne sur lui-même et se rend compte que le paysage est identique dans toutes les directions. Et le soleil, un simple halo indéfini en plusieurs endroits du ciel, une chaleur relative parmi les nuages au-delà des arbres denses, mais pas à un endroit fixe, impossible à suivre.

— On n'arrivera jamais à sortir d'ici, dit-il.

Ils continuent à patauger, à enjamber les racines, à écraser les moustiques sur leur dos et leurs flancs nus. Ils portent leurs arcs et leurs couteaux, à l'affût du danger contre lequel Kana'ti les a mis en garde, mais rien n'apparaît.

— C'est peut-être nous, le danger, dit le garçon. Peut-être que Kana'ti nous a simplement prévenus que nous nous trouverions nous-mêmes.

— Non, tranche l'Enfant Sauvage.

— Comment peux-tu en être aussi certain ?

Mais son frère se contente de regarder autour de lui et d'écouter, et d'avancer plus loin dans l'eau.

Des arbres plus grands et plus vieux, à présent, le cœur originel du marécage. Son frère a peut-être raison quand il affirme que tout a un centre. De longs troncs qui se penchent à mesure qu'ils poussent, créant des ponts au-dessus de l'eau, et les garçons commencent à s'élever, marchant en partie dans le ciel, guidés par la force inconnue qui a créé cet endroit.

— On ferait mieux de revenir sur nos pas, dit le garçon.

Mais l'Enfant Sauvage s'est figé, accroupi, le regard tourné vers le côté, et le garçon aperçoit soudain une immense panthère, sa fourrure des plus soyeuses et d'un marron si profond qu'il se confond à la perfection parmi les grandes racines brunes. Si proche mais le garçon ne l'avait pas vue à cause de son camouflage. Une tête ronde et puissante, entièrement blanche sous le museau. Des yeux pareils au disque de pierre, jaunes et infinis. Oreilles dressées, alertes.

L'Enfant Sauvage encoche une flèche.

— Non, murmure le garçon.

Mais l'Enfant Sauvage décoche la flèche qui vient se loger dans la tête de la panthère, le côté de son crâne soudain orné d'un long roseau agrémenté de plumes.

Le félin ne se redresse pas. Il reste immobile, allongé sur le large tronc, ses pattes robustes pliées sous lui, l'onde interminable de ses muscles.

— À toi, maintenant, dit l'Enfant Sauvage tandis que la panthère pose son regard sur le garçon.

Les jambes du garçon tremblent si fort qu'il peine à rester debout, mais il décoche une flèche à son tour dans l'énorme tête. La panthère reste impassible, malgré les deux flèches fichées de chaque côté de son crâne. Si puissante que les pointes acérées n'ont aucun effet, et le sang ne coule pas.

— On a trouvé quelque chose qu'on ne peut pas détruire, dit le garçon. Je suis content. Cette panthère, c'est l'image de ce que devrait être le reste du monde, protégée de ta malveillance.

— Tire une autre flèche, ordonne l'Enfant Sauvage.

— Oui, bien sûr. Tire sur tout ce qui bouge, sans arrêt, jusqu'à ce que tout soit mort. Mais tu verras que tu ne pourras pas tuer celle-ci. Même un millier de flèches n'y feront rien.

Il encoche une flèche et ils tirent tous les deux tandis que la panthère tourne la tête, ils continuent à tirer jusqu'à ce que tous leurs roseaux soient enfoncés dans le crâne de la bête, qui ne semble toujours pas réagir, qui se contente de lever sa patte musclée pour en lécher la fourrure. Puis elle cille lentement, à demi endormie, et repose sa patte.

Ils n'ont plus de flèches. Le garçon se demande si son frère va lui ordonner de charger avec son couteau. Bondir sur ce large dos, y plonger sa lame de pierre, encore et encore. Mais l'Enfant Sauvage reste planté là, à observer le félin.

— Je ne sais pas ce que c'est, finit-il par admettre.

— Peut-être qu'on n'est pas obligés de la détruire, dit le garçon.

— Oui. Tu as raison. Cette panthère est le centre de quelque chose, et peut-être que sans ce centre, ce quelque chose ne peut exister.

L'imposant félin se tourne sur le flanc et bâille, sa gueule énorme aux crocs créés pour transpercer, pour faire couler le sang. Mais que chasse-t-il ? Les cerfs s'aventurent-ils dans ce marécage ? Cela paraît impossible. Il doit donc sortir du marécage pour manger.

— Bon, nous sommes des hommes, dit l'Enfant Sauvage. Ce gros chat ne peut pas nous faire de mal.

Les hampes de flèches commencent à tomber, trop fragiles pour rester plantées dans la tête. Le garçon se demande si les pointes sont repoussées de l'intérieur. Il n'est pas assez proche pour voir correctement.

— La panthère nous aurait dévorés, si on se trompait, dit le garçon. Alors d'une certaine manière, on doit avoir raison.

Ils quittent la panthère et repartent dans ce marécage enfoui sous les arbres qui cachent le soleil. Le garçon, perdu, mais son frère aîné retrouvant son chemin, facilement, infailliblement. Pataugeant dans l'eau profonde, grimpant sur les racines, s'envolant avec la précision d'une flèche.

Quand ils émergent enfin dans la forêt ordinaire, elle leur semble si clairsemée, si vide, la plupart des feuilles tombées au sol, l'air froid.

— Ces deux endroits ne peuvent pas exister côte à côte, remarque le garçon, mais son frère s'est déjà élancé aux trousses de Kana'ti, en quête d'un nouveau méfait à commettre.

C'est comme s'ils volaient entre les arbres sans que le garçon s'en rende compte, car en très peu de temps, ils rattrapent son père, et le petit chien est toujours à ses côtés, la pierre changée en chair, qui trottine avec obéissance, totalement différent d'un loup.

— Mes mauvais garçons, dit Kana'ti sans se retourner pour les regarder, les identifiant au son. Vous l'avez trouvée ?

— Oui, répond l'Enfant Sauvage, mais elle ne pouvait pas nous faire de mal. Nous sommes des hommes.

Kana'ti s'arrête net et se retourne pour les toiser tous les deux, les inspectant de la tête aux pieds, essayant de découvrir si un nouvel élément aurait subitement poussé sur leur corps. Il paraît surpris et méfiant, mais il ne dit rien. Il se contente de tourner les talons et se remet en route vers la contrée du soleil, un lieu apparemment inatteignable.

36

De Soto déteste quitter ce lieu de bonne pitance, mais il se met en marche le lendemain, le 12 avril, avec quatre cents porteurs indigènes. Les Espagnols, heureux d'être délestés de leurs fardeaux. Et de Soto a des femmes, aussi. Les meilleurs esclaves sont les consentants. Un peuple créé pour servir.

— Juste avant de créer les animaux, dit de Soto. Notre seigneur est venu ici pour créer ces gens-là, afin qu'ils grandissent et se multiplient, et attendent notre venue. Au fil du temps, nous les ramènerons en Castille, où ils nous laveront et porteront nos fardeaux, et creuseront et bâtiront et ploieront, génération après génération.

Ils atteignent Cofaqui et un nouveau chef leur offre encore de la nourriture. Une barbe fournie, chose rare parmi les indigènes. Accompagné de son neveu, Pafota, et c'est Pafota qui se charge de prononcer le long discours de bienvenue.

De Soto est fatigué par la route.

— Serait-il possible d'accélérer le mouvement ?

— Il te propose son aide, dit Ortiz. Il te traite comme un grand chef. Il te donne des vivres et des porteurs. C'est lui qui s'occupe de tout au nom de son oncle.

— Bien, parfait, dit de Soto. Deux jeunes femmes, une collation et une maison où dormir. Je suis fatigué.

— Je vais lui transmettre ta grande reconnaissance, lâche Ortiz. Et combien tu apprécies cet insigne honneur.

— Et quand arriverons-nous à Yupaha ? Perico ?

— C'est à quatre jours d'ici, dit Perico. Cofitachequi.

— Merveilleux.

De Soto boit de l'eau et va s'allonger dans une des maisons. Il a chaud, il ordonne à deux femmes de l'arroser avec des bols d'eau tandis qu'il reste étendu sur une paillasse en canne. Sa peau est comme écailleuse, gercée. Il les oblige à le lécher pour voir si la sensation s'efface, mais non.

Au dîner, de Soto interroge le chef barbu et son neveu à propos de Cofitachequi et de Yupaha.

— Coosa, dit le neveu en pointant l'index vers le nord-ouest.

— Mauvaise direction, corrige de Soto en montrant l'est.

— Ils affirment que Coosa est riche, avec de gros villages, dit Ortiz.

— Nous sommes venus pour trouver Cofitachequi et la reine dorée, dit de Soto. Repose la question.

Ortiz s'entretient avec Patofa par l'intermédiaire de Perico.

— Je pense que Perico ne traduit pas tout, dit Ortiz. C'est une langue différente, je ne comprends pas tout.

Perico l'entend et paraît inquiet.

— Perico ? demande de Soto.

— Ce qu'ils disent est faux, affirme Perico. Ils disent qu'ils ne connaissent personne à quatre jours d'ici. Ils disent, plus loin. Et ils disent, pas de nourriture ni de chemin dégagé.

— Comme on nous l'a déjà dit, fait remarquer Añasco.

— Merci, grand explorateur, lâche de Soto.

Ortiz parle à nouveau avec Patofa par l'intermédiaire de Perico. Ce dernier semble encore plus effrayé.

— Vingt jours, rapporte Ortiz. C'est ce qu'annonce Patofa. Pas quatre jours. Et il faudra emporter de la nourriture pour tout le trajet, du maïs séché.

De Soto toise Perico. Son cher garçon, qu'il a gâté à chaque festin, nourri de sa main. Et peut-être qu'il ne lui a raconté que des sornettes, qu'il a inventé ces histoires d'or. Mais de Soto décide de ne pas lâcher les chiens tout de suite. Il ne sait pas encore exactement quoi faire, ni où aller. Tout le monde le regarde, et les Espagnols ont besoin d'or. Il faut trouver de l'or, quoi qu'il en coûte.

Cette nuit-là, de Soto est réveillé par des cris alertant d'une attaque. Il empoigne son armure et son épée, il se précipite dehors mais ne voit que des Espagnols, aucune flèche. Tout le monde hurle. Ortiz l'emmène à une maisonnette où Perico est tombé de sa couchette et se contorsionne sur le sol. Des bulles de bave blanche aux lèvres, il crie des paroles hachées, sans cohérence.

— Que dit-il ? s'enquiert de Soto.

— Je ne comprends rien, répond Ortiz.

— Donnez-lui à boire.

Plusieurs personnes s'occupent de Perico, lui donnent de l'eau et l'aident à se calmer, lui essuient la bouche. Il tremble et il est trempé.

— Un démon, dit Perico, ses propos désormais assez intelligibles pour qu'Ortiz les comprenne. Et beaucoup de petits démons. Ils avaient des queues comme des serpents.

— Des diablotins ! s'écrie de Soto. Tu as vu le démon et ses diablotins.

— Oui ! hurle Perico. Et ils vont m'empêcher de vous conduire à Cofitachequi. La terre s'ouvrira sous nos pas.

De Soto regarde Perico de plus près, à présent, à la lueur de plusieurs brandons.

— Tu as été battu ! Tu es écorché et couvert d'ecchymoses !

— Oui, le démon m'a frappé.

— Mais en rêve, et pourtant ta chair est marquée !

De Soto est horrifié.

— Il m'a soulevé et jeté au sol.

De Soto se signe.

— Faites venir Fray Juan el Evangelico !

Le prêtre est déjà là, il avance pour exorciser le garçon et l'asperger d'eau bénite.

— Il est possédé. Je vais prier pour son âme.

Le prêtre se prosterne et touche le front du garçon, marmonne quelques paroles à l'intention de son dieu. Perico s'affale peu à peu, se calme et cesse de trembler.

Au matin, ils sont tous secoués par l'expérience de Perico, sauf Añasco.

— Je pense qu'ils l'ont juste roué de coups car ils ne veulent pas nous guider là-bas, dit Añasco.

De Soto réfléchit un moment.

— C'est rare que les propos sortant de ta bouche ne soient pas des crottes d'animaux, mais je pense que tu as peut-être raison. Et que cachent-ils ? Pourquoi ne veulent-ils pas qu'on y aille ?

— C'est peut-être à cause de l'or, mon frère, dit Moscoso. Peut-être qu'on touche enfin au but et ils essaient de nous effrayer.

De Soto demande à voir Patofa, qui arrive avec ses hommes de confiance.

— Nous pensons que tes hommes ont battu Perico. Nous pensons que vous cachez quelque chose, vous ne voulez pas qu'on trouve la reine dorée de Yupaha.

Patofa ne semble pas apeuré. Il dévisage de Soto comme un noble de Castille, digne et droit, et de Soto craint que le démon n'ait pris possession de son esprit pendant la nuit, et qu'il lui inflige à présent d'étranges visions. Il secoue la tête, bat plusieurs fois des paupières, mais personne ne semble rien remarquer, ce qui est d'autant plus curieux. Peut-être qu'il n'y a personne devant lui, en cet instant.

— Nous ne cachons rien, affirme Patofa par l'intermédiaire de Perico et d'Ortiz. Si vous devez affronter la dame de Cofitachequi, nous vous aiderons. Elle est notre ennemie depuis longtemps.

Patofa tourne les talons et s'éloigne à grandes enjambées. De Soto trouve qu'il est l'image même du preux chevalier et il sait qu'il a perdu l'esprit.

— Apportez-moi à manger, dit-il. Et de l'eau. Je ne suis plus moi-même.

De Soto est réconforté par une soupe de serpent et de blaireau, et des morceaux croustillants de chauve-souris frite. On lui offre un confit de citrouille épicé pour y tremper la viande. Après son repas, il s'allonge, la tête sur une paire de seins, les mains sur une autre paire. Il dort d'un sommeil sans rêves et se réveille quand Moscoso l'appelle dehors.

Patofa attend.

— Sept cents porteurs, dit-il. Armés de massues et d'arcs, et ils emportent des fruits secs, des noix, et du maïs, évidemment. Assez pour nourrir votre armée pendant quatre jours. Des guides, aussi, mais je vous préviens qu'il n'y a aucun sentier défini dans cette région.

De Soto se sent reposé et reconnaissant de voir tant d'hommes assemblés. Ce sera peut-être l'ultime avancée avant de trouver l'or. Il le sent si proche.

— Je vous confie mon meilleur élément pour mener mes guerriers, ajoute Patofa avec un large geste du bras en direction d'un homme très musclé qui fait un pas en avant, ses cuisses et ses biceps imposants. Il arbore une cape en peau de panthère et porte la plus grosse massue que de Soto ait jamais vue. Il l'agite à présent vers un ennemi invisible, et tout le monde recule.

— Aucun homme ne pourrait survivre à ce coup, dit Moscoso.

Le guerrier est imposant mais il bondit d'un côté et de l'autre, comme s'il ne pesait rien, si agile et si leste. Il brandit la massue et la fait tournoyer, puis il l'abat au sol en criant. Il lève le visage vers le ciel et entonne un chant guerrier haut perché, la fait tournoyer à nouveau et l'abat à chaque pas. Le spectacle est curieusement splendide et délicat, bien que meurtrier.

— Doux Jésus et sainte Vierge, dit de Soto.

Patofa est satisfait de sa réaction. Les Espagnols sont visiblement estomaqués. Ils n'ont jamais rien vu de tel.

Puis le guerrier prend la parole.

— Qu'a-t-il dit ? demande de Soto.

— Vengeance, explique Perico. Il se vengera de ce que la reine a infligé au peuple d'Ocute.

De Soto ne pourrait pas être plus ravi.

— Parfait.

Ils quittent Cofaqui le 13 avril, laissant enfin les pinèdes derrière eux pour découvrir une plus grande variété d'essences.

— Des chênes ! s'écrie de Soto. Dieu merci.

Ils installent deux campements distincts, ce soir-là, Espagnols et indigènes.

— Mangez le moins possible, ordonne-t-il à son armée. Et postez des sentinelles.

Le lendemain, ils atteignent une rivière et deux îles.

— Encore des rivières, dit de Soto. Il y a plus de rivières dans La Florida que dans le reste du monde entier.

— Celle-ci va être compliquée, avance Moscoso.

Le courant est vif, des galets glissants recouvrent son lit. Les cavaliers refusent de prendre les fantassins en croupe. Ces derniers entrent maladroitement dans l'eau et ne cessent de tomber, balayés en aval et nageant frénétiquement vers la rive. Ils finissent par s'encorder les uns aux autres, à trente ou quarante hommes par groupe, et évoluent tant bien que mal, pareils à des ancres humaines.

Ils tentent de faire nager les cochons vers la berge opposée, et un grand nombre est perdu, emporté en aval.

En fin de journée, de Soto est frustré.

— Une journée entière, dit-il. Et tellement de cochons disparus avant même qu'on soit entrés sur les terres sans nourriture. Parfait.

Le lendemain, le sentier se rétrécit et disparaît, et le jour d'après, leur progression est interrompue par une autre rivière, très large et qu'ils peinent une fois encore à traverser. Et deux jours plus tard, une autre rivière trop large avec une île au milieu. Le courant y est puissant.

— A-t-on atteint les cercles de l'enfer ? demande de Soto. Des rivières qui deviennent plus larges et plus dangereuses, et que nous devons franchir les unes après les autres ? Est-ce ici que nous trouverons le démon, enfin, au centre de tous ces cercles d'eau ?

Les hommes hurlant de terreur quand ils traversent. Les flots si profonds que les chevaux doivent nager. Tous emportés en aval, tournoyant dans le courant. Mais ils touchent enfin la rive d'en face et découvrent quelques petits abris de pêcheurs.

— Des abris, constate Gallegos, alors qu'on n'a pourtant vu personne. On nous avait prévenus.

Après neuf jours, ils n'ont toujours pas croisé âme qui vive, ni trouvé à manger.

— Une région où se perdre et mourir de faim, dit Añasco. On nous l'a répété, encore et encore. Seul Perico nous a affirmé qu'on trouverait des villages et de l'or. Tous les autres nous ont dit, pas de chemins et pas de nourriture.

De Soto empoigne Perico par le cou.

— Faites venir les chiens, ordonne-t-il. (On les fait approcher.) Qu'ils se contentent de le renifler.

Il pousse Perico à terre. Les chiens tirent sur leurs laisses tandis que Perico se recroqueville et se protège la tête.

— Tu nous as raconté des histoires. Y avait-il quoi que ce soit de vrai ?

Perico est trop effrayé pour répondre.

De Soto le laisse ainsi et va festoyer de quelques grains de maïs.

Plus tard, il tente d'interroger le grand guerrier d'Ocute, celui à la massue pareille à un estramaçon, il lui demande où ils se trouvent, mais Ortiz n'arrive pas vraiment à traduire et ils doivent faire appel à Perico.

— C'est la seule raison qui te permet d'être encore en vie, lui dit de Soto.

Perico est bouleversé, il n'est plus le favori de de Soto.

— Il ne sait pas où nous sommes, ni par où aller, traduit-il.

— Comment est-ce possible ? demande de Soto. On est juste à côté de là où ils vivent.

Perico parle encore avec le guerrier.

— Personne n'est jamais allé à Cofitachequi. Ils sont trop forts, alors personne n'y va. On les aperçoit seulement parfois quand on chasse, rien qu'une poignée d'entre eux.

De Soto tourne sur lui-même, bras levés.

— Mais regardez ! Regardez-moi toute cette belle terre, cette forêt. Personne ne vit ici. Par contre, ils vivent dans les marécages.

— Peut-être qu'on devrait essayer de trouver Coosa, propose Moscoso. Au nord-ouest. Ils nous ont dit qu'il y avait des richesses, là-bas.

— Je pense qu'on devrait plutôt faire demi-tour tant qu'on est encore capables de retrouver notre chemin, intervient Gallegos. Avant de mourir de faim. L'armée est affamée.

— Oui, mon frère, convient Moscoso. On peut aussi faire ça. Et peut-être chercher Coosa après.

— Vous voulez rentrer les mains vides ? demande de Soto. Vous vous serez contentés de quelques brasses dans les rivières avant de rentrer chez vous ? On a déjà parcouru tant de chemin, la seule direction possible, c'est vers l'avant.

Personne d'autre n'a d'opinion tranchée, pas même Añasco. Ils sont tous perdus, aucune idée de l'orientation à prendre.

Le 22 avril, de Soto envoie des éclaireurs aux quatre points cardinaux, chacun avec huit cavaliers en escorte, mais ils reviennent exténués et ne rapportent que des nouvelles de terres désertes.

— Je vais aller voir moi-même, déclare Añasco. La situation devient désespérée.

En temps normal, de Soto aurait lâché une plaisanterie mais la nourriture commence à manquer et ils vont tous mourir bientôt s'ils ne trouvent pas un village.

— J'y vais aussi, ajoute Gallegos.

De Soto les envoie donc chacun avec dix cavaliers et des vivres pour dix jours, Añasco suit le cours de la rivière vers le sud-est et Gallegos, vers le nord-ouest. Quelques jours plus tard, il envoie Lobillo au nord avec quatre cavaliers, et Alonso Romo au nord-est.

— Les hommes s'inquiètent, dit Moscoso. Tout le monde sait que nous sommes perdus et que nous risquons de mourir de faim.

— Perico, dit de Soto en secouant la tête. Perico.

Une pluie impitoyable tombe jour après jour, si bien que les hommes sont trempés, en plus d'être fatigués et affamés.

— *Gracias!* hurle de Soto vers le ciel.

La rivière gonfle et déborde, les hommes peinent à trouver un sol sec. C'est comme si La Florida allait bientôt être submergée.

— Tout retournera à l'eau, prédit le guerrier vêtu d'une peau de panthère.

— La fin du monde n'est pas encore arrivée, rétorque de Soto.

Toute la nourriture apportée au début du trajet a été mangée. Il ne reste que les cochons.

— Tuez-en quelques-uns, dit de Soto. Pas tous.

On donne un morceau de porc à chaque homme, cuit avec des tubercules et des plantes que les indigènes de Cofaqui ont cueillies.

— Vous pouvez rentrer chez vous, annonce de Soto au grand guerrier. Je n'ai plus de nourriture pour vous. Et je vais vous offrir des cadeaux.

De Soto agit ainsi car il ne peut se permettre d'avoir des ennemis, quand ses soldats sont épuisés et presque morts de faim. Ils sont incapables de combattre.

De Soto ordonne qu'on apporte des cadeaux : de beaux tissus bleus de Castille, des ciseaux, des miroirs, des couteaux.

— Tu leur donnes trop, murmure Moscoso.

— Il faut absolument qu'on atteigne notre but, cette fois-ci, admet de Soto. Si je pouvais faire des offrandes à Dieu lui-même, j'en ferais.

— Et il te remercierait, dit Ortiz.

— La ferme, Ortiz, coupe de Soto. Rien de tout ça ne t'importe. Tu peux juste disparaître dans la forêt comme le serpent que tu es et vivre d'air pur, mais nous autres, les hommes, nous avons besoin de nourriture.

— Que se passera-t-il, le jour où tu prononceras les mots de trop et que je ne t'aiderai plus ?

— Ce jour-là, les chiens seront un peu plus rassasiés.

Les indigènes partent tous, si bien que de Soto se retrouve également sans femmes. Pas de maisons, pas d'abri, rien que cette éternelle pluie drue. Pas de nourriture, pas de sentier défini. Il regrette de ne pas avoir écouté les avertissements. Il semblait impossible qu'il puisse exister une si vaste contrée de néant. Même son cheval semble perdu et désespéré.

Le jour vient où ils font cuire les derniers grains de maïs. Des centaines d'hommes, debout sous la pluie, observant la cuisson. Une marmite sur le feu, sifflant et fumant dans l'averse.

— Voici Dieu en personne, dit Ortiz d'une voix puissante. Cette marmite, remplie d'élixir, et nous sommes tous des cadavres attendant d'être ressuscités.

Personne ne le contredit. Ils ne quittent pas les flammes des yeux. Chaque homme obtiendra sa part, ou il est prêt à tuer pour s'en assurer.

Une fois les grains de maïs cuits et égouttés, ils doivent refroidir assez pour être comptés. On place un pan de tissu sur le sol, les grains y sont déposés avec soin, puis Moscoso les compte et effectue le calcul.

— Dix-huit grains chacun ! finit-il par hurler aux hommes, et on lui répond par un hourra, car c'est plus que prévu.

Les hommes avancent un par un pour récupérer leur part, une longue file. Gonzalo Silvestre conserve les siens dans un mouchoir. Il ne les mangera pas tout de suite. Il attendra aussi longtemps que possible.

Ce soir-là, il est assis, adossé à un arbre non loin de Francisco de Troche, qui lui demande :

— Mon frère, il te reste quelque chose à manger ?

Silvestre lève un doigt en l'air.

— Mon frère. J'arrive à l'instant de Séville.

— Xivilla, lance quelqu'un en se moquant d'Ortiz.

L'invariable plaisanterie.

— Et j'en ai rapporté de la pâte d'amande, très, très bonne, et fraîche.

Troche rit.

— Tu as quelque chose pour moi ? demande Pedro de Torres. Tu as de la nourriture à partager, mon frère ?

Silvestre agite le doigt.

— Tu arrives au moment opportun, mon frère. Il se trouve justement que je reviens de la boulangerie, et j'ai une belle miche d'Utrera qui sort à peine du four, plus douce et moelleuse entre mes mains que n'importe quelle femme.

D'autres hommes se sont rassemblés, la seule occasion de rire depuis une semaine.

— Je peux vous prouver que tout ceci est vrai, continue Silvestre. Car pour celui qui se languit des miches d'Utrera, j'en ai ici. (Il donne six grains de maïs à Pedro de Torres.) Et pour celui qui rêve de pâte d'amandes, j'en ai aussi.

Et il donne six autres grains à Troche qui les mange avant de lever les mains en l'air et de déclarer :

— Merveilleux ! Le goût d'amande de mon enfance.

Il ferme les yeux, lève le visage et l'offre à la pluie, puis ouvre la bouche pour boire.

Les hommes n'ont désormais plus rien d'autre à faire qu'à attendre, avec quelques cochons, des plantes et des tubercules, qui doivent être sérieusement rationnés.

Mais Añasco revient. Le 25 avril.

— Un village et de la nourriture ! hurle-t-il.

Il paraît exténué. Ses dix cavaliers l'accompagnent, ainsi qu'une indigène et un garçon, deux preuves. Il les amène devant de Soto et Perico.

— Mon frère, dit de Soto. Tu nous sauves.

Añasco reste perché sur son cheval et attend la raillerie. De Soto le voit bien.

— Sincèrement, mon frère, insiste de Soto. Je te demande pardon pour les plaisanteries que j'ai pu faire avant. C'est terminé.

Añasco acquiesce.

— Merci, mon frère.

Perico parle avec la femme et le garçon.

— Vous voyez ! dit de Soto en se tournant vers ses hommes. Perico parle leur langue ! Cofitachequi ne doit pas être loin.

Les soldats se sont assemblés pour entendre parler de ce village.

— Il s'appelle Hymahi, explique Añasco. Du maïs. On ne mourra pas de faim.

Un puissant hourra jaillit parmi les hommes, on loue Añasco.

— Arrêtons de tuer les cochons, annonce de Soto d'une voix forte pour que tous entendent. Nous devons les garder pour plus tard. Et nous partons demain. Préparez-vous.

De Soto laisse une lettre à l'intention de Gallegos, de Lobillo et de Romo. Añasco grave un message sur le tronc d'un pin : "Creusez ici pour trouver une lettre." Il a également gravé des symboles tout le long du chemin depuis Hymahi. Il ne se perdra plus.

De Soto enfourche sa monture le lendemain matin et part avec ses cavaliers, devançant le reste de l'armée. La faim lui donne des vertiges et il a l'impression de ne plus pouvoir tenir les rênes. Il laisse son cheval suivre le mouvement.

Ses hommes l'imitent, de longs écarts se forment entre les chevaux, certains avançant d'un bon pas, d'autres prenant du retard.

Añasco et ses hommes sont encore plus épuisés que les autres.

— Si on nous attaque maintenant, dit-il, on est tous morts.

Et c'est vrai. L'avant-garde trop dispersée, l'armée derrière elle qui s'étire sur plusieurs lieues. Moscoso n'a fait aucun effort pour poster des gardes à l'arrière. C'est chacun pour soi, les hommes s'efforçant de combler la distance entre eux et la nourriture.

De Soto et ses cavaliers trouvent enfin le village alors que le soleil se couche. Abandonné, mais un *barbacoa* de maïs a été laissé, ainsi que des réserves de maïs. Des mûres poussent un peu partout, et des fraises des bois.

— Soccoro ! s'exclame de Soto. Je rebaptise ce village Soccoro, pour le secours qu'il nous apporte.

De Soto et ses cavaliers mangent, puis s'effondrent dans les maisons pour dormir, sans même penser à apporter à manger au reste de l'armée.

Moscoso et ses fantassins arrivent le lendemain en petits groupes épars, une armée de traînards, se ruant aussitôt sur le maïs et les baies.

Le jour suivant, Romo entre dans le village avec ses cavaliers et quelques captifs. De Soto envoie Perico et Ortiz parler avec eux, mais ils refusent de révéler où se trouve leur chef.

Ils sont cinq, des hommes. Ils ne portent pas de tissu blanc raffiné comme le peuple de Patofa. Ils ressemblent davantage à Ortiz, tatoués, presque nus, la peau sombre.

— Nous revoilà avec de sales indigènes, remarque de Soto. Comme avant.

— Ces gens-là n'ont rien à voir avec ceux d'avant, proteste Ortiz. Je ne comprends rien à leur langue. Seul Perico les comprend.

— Je voulais dire qu'ils leur ressemblent.

— Ils ne leur ressemblent pas du tout.

De Soto est pris d'une envie de crier, tant il déteste Ortiz. Mais il se concentre plutôt sur les captifs. Ils le toisent avec une haine palpable.

— Dis-leur que j'ai besoin de savoir où se trouve leur village principal, le village où vit leur chef, ordonne de Soto à Perico. S'ils n'avouent pas, l'un d'eux sera brûlé vif.

Perico explique, les indigènes ne répondent pas.

— Est-ce qu'ils comprennent ?

— Oui, ils comprennent, dit Perico. Mais ils ne vous aideront pas. Ils refusent de trahir leur chef. Ils mourront pour lui.

De Soto regarde autour de lui. Il se sent toujours affamé, même après une journée entière à manger. Cet endroit merdique, un peu de maïs, pas d'or.

— Je veux voir brûler quelqu'un, déclare-t-il. C'est ça que je veux, encore plus que je veux connaître l'emplacement de leur village. C'est parfait. Dis-leur que je suis d'accord. J'aime leur détermination à mourir pour leur chef.

Perico traduit, et l'un d'eux répond.

— Il dit que vous allez mourir, et ce sera la terre qui vous tuera, même pas les hommes. Car vous n'avez pas votre place ici.

De Soto sourit.

— C'est sans doute vrai. La Florida et ses rivières pareilles aux cercles de l'enfer. C'est sans doute vrai. Mais que cet homme passe avant moi. Je ne veux pas attendre qu'on érige un bûcher correct. Attachez-le à un tronc de pin assez fin et disposez les bûches autour de lui. Si sa mort est lente, tant mieux.

Les gardes emmènent l'homme à un arbre et lui tirent les bras en arrière. Il n'essaie pas de fuir. Il dévisage simplement de Soto comme s'il était un moins-que-rien.

Les gardes lui ligotent aussi les jambes, puis apportent le bois le plus sec qu'ils trouvent et qu'ils déposent autour de l'homme, mais il est si trempé par les averses récentes qu'il se met à fumer dès qu'on l'allume.

Le brasier est très difficile à faire naître. Les pieds de l'indigène et le bas de ses jambes brûlent longuement avant que les flammes ne commencent à monter. Il chante d'abord, une mélopée adressée au ciel, mais il se met bientôt à hurler. Il est brûlé vif, lentement.

— Arrêtez ça, dit Ortiz. Je ne peux pas regarder.

— Si, tu vas regarder, ordonne de Soto.

Les pieds et les tibias de l'homme sont noirs et cloqués, ils fondent, mais ses cuisses sont à peine rougies, les flammes ne les atteignent pas. La douleur finit par être trop intense et il s'évanouit, la tête inclinée mollement sur le torse.

— Que Dieu ait pitié, dit Ortiz.

— Je croyais que tu n'avais pas la foi, dit de Soto. Réveillez-le. Jetez-lui de l'eau au visage. Faites quelque chose. Je n'en ai pas terminé avec lui.

— Tu paieras pour tous tes crimes, prévient Ortiz.

— Tu ne sais rien du monde, mon frère, rétorque de Soto.

Les gardes s'efforcent de maintenir l'homme conscient pendant son agonie, mais il est déjà mort.

Les autres indigènes ont assisté à la scène, et Perico leur demande à nouveau de révéler l'emplacement de leur village, mais aucun ne parle.

— Faites la même chose aux autres, ordonne de Soto. Je déteste cet endroit et cette pluie interminable et l'absence de nourriture. Mon seul plaisir, c'est de les voir brûler. Venez vous réchauffer près des flammes, mes frères.

On ligote donc les quatre autres aux arbres, on prépare des feux qui, une fois encore, fument et prennent lentement, cuisant les pieds et les tibias des indigènes sans monter davantage. Les Espagnols s'approchent et tendent les mains vers le brasier pour se réchauffer, souriant et échangeant des plaisanteries pendant que les indigènes hurlent.

Gallegos revient le 28 avril avec une femme indigène.

— Elle connaît un village, dit-il, mais loin d'ici, au nord-ouest.

Lobillo arrive le lendemain.

— On dirait que tu ne rapportes rien, remarque de Soto. Pas même de captifs.

— J'ai trouvé des sentiers.

— Des sentiers. On ne peut ni les vendre ni les manger. Et où sont tes deux hommes ?

— Ils sont derrière. Leurs chevaux sont fatigués.

De Soto est furieux.

— Tu n'as que quatre cavaliers et tu en abandonnes deux quelque part derrière toi ? Fais demi-tour immédiatement et retrouve-les, ou je te fais exécuter.

— Mon frère, intervient Moscoso. Nous avons fait pareil, nous étions si fatigués et affamés. Ton avant-garde s'était dispersée, nous avons lâché la bride des chevaux, et l'armée est arrivée après, étirée sur plus de deux lieues.

— Vas-y immédiatement ! hurle de Soto à Lobillo.

Ce dernier fait demi-tour avec ses deux cavaliers pour aller retrouver leurs camarades.

Ce que les Espagnols apprennent des quelques captifs qu'ils ont gardés en vie, c'est que le peuple de Cofitachequi est au courant de leur approche.

— Ils vous attendent, dit la femme que Gallegos a capturée.

Le 30 avril, elle guide de Soto et son avant-garde en direction de Cofitachequi, et au soir du premier jour de voyage, ils atteignent une rivière profonde.

— Añasco, dit de Soto. Trouve des interprètes et des canoës. Nous devons traverser demain.

Añasco ne bronche pas. Curieusement, l'animosité qui couvait depuis plusieurs mois a disparu après les excuses de de Soto.

— Il y a peut-être de l'espoir pour toi aussi, murmure Moscoso à Lobillo.

— Je mangerai dans son crâne comme si c'était un grand bol, lâche Lobillo. Je le retournerai et mangerai par l'ouverture du cou. Il aura un goût de tortue, je pense. Et après ça, oui, on deviendra amis.

Añasco et ses hommes partent en silence dans l'obscurité le long de la rivière, en direction du nord. Ils entendent, puis aperçoivent un village indigène, des feux et des aboiements de chiens, des pleurs d'enfants, des bavardages et des rires.

— On en capture quelques-uns.

Mais le village se trouve sur la berge d'en face, difficile à atteindre.

Au matin, Añasco revient avec de Soto et l'avant-garde. Ils demandent à Perico de crier aux hommes de la rive opposée.

— Dis-leur que leur chef devrait écouter notre message, ordonne de Soto.

Sans hésitation, sans peur, les indigènes traversent à la rame dans quatre canoës. Des hommes importants parmi eux, solennels et respectés. L'un d'eux pointe le doigt vers le nord, le sud, l'est et l'ouest, puis pose une question.

De Soto est impatient. Il est las des longs discours et des rituels, et tout doit être traduit par Perico, puis par Ortiz, et il est contraint d'écouter Ortiz s'exprimer dans son espagnol merdique.

— Ils demandent si tu viens en ennemi ou en ami.

— En ami, évidemment, dit de Soto avec un sourire et ses hommes ricanent. Toujours en ami. Nous voulons des vivres pour continuer notre route, c'est tout.

Une jeune femme a traversé avec les hommes.

— Elle appartient à une famille puissante, dit Ortiz. Pas la plus haute classe mais la deuxième, je crois, *orata* plutôt que *mico*.

— Mon Dieu, Ortiz, je me fiche de connaître l'organisation sociale de ces sauvages.

— Désolé d'évoquer les informations importantes.

— Contente-toi de traduire.

— Elle te souhaite la bienvenue, Dieu sait pourquoi, et dit qu'ils préparent d'autres canoës pour nous faire traverser, ils invitent le Démon chez eux.

— *Gracias*, dit de Soto en s'inclinant légèrement depuis l'endroit où il est assis.

Il n'a pas pris la peine de se lever à l'arrivée des indigènes. Ils repartent vers la rive opposée à bord de leurs canoës et de Soto doit encore attendre. Mais il voit bientôt qu'on apporte une litière sur la berge. Du tissu blanc et quatre guerriers pour la porter.

Perico est enthousiaste, toutes ses promesses deviennent réalité.

— La dame de Cofitachequi, traduit Ortiz. Tu l'as enfin trouvée.

De Soto se lève d'un bond et applaudit.

— Vous voyez ! (Il fait les cent pas le long de la rivière.) De l'or, enfin. De l'or, mes frères !

37

La nuit tombe derrière eux, les enveloppe et les rattrape, mais ils courent toujours entre les arbres, dans la pénombre puis dans le clair de lune, trois hommes dans un monde presque sans hommes, dans une époque trop proche du commencement. L'esprit du garçon galope, lui aussi, et il pense être encore un garçon, innocent, et il se sent comme un être presque absent mais en devenir. Il n'a plus besoin de respirer, n'éprouve plus la fatigue, ses pieds se posent sans aucun poids. La tête de sa mère qui l'observe encore dans son dos, et il doit aller plus vite, et voilà ce qui se produit. Ils courent de plus en plus vite au fil de la nuit, traversant des contrées vers d'autres contrées, créant de nouvelles forêts sur leur passage, faisant émerger de nouveaux sols qui les soutiennent jusqu'à ce qu'enfin, le soleil qu'ils pourchassent se lève devant eux, et ils sont désormais tout proches.

— Soyez prudents, dit Kana'ti. Nous arrivons sur les terres des Anadaduntaski, les rôtisseurs. S'ils vous trouvent, ils vous feront tourner au-dessus d'un feu, lentement, jusqu'à ce que votre graisse cloque et que votre chair se détache de vos os, puis ils vous mangeront. Ou peut-être vous mettront-ils dans une grande marmite pour vous préparer en soupe.

Kana'ti rit et le garçon sait que son père souhaite la mort de ses deux fils. Il a déjà essayé avec le peuple loup et la panthère. Voilà qu'il les guide vers les humains les plus dangereux qu'il connaisse.

— Père, dit le garçon. Pourquoi me détestes-tu ?

— Ça te surprend ? s'étonne Kana'ti. Tu as tué ta mère.

— C'est faux. Je l'ai seulement achevée, comme elle l'a demandé, afin qu'elle ne souffre pas. Je l'ai enlacée.

— Un destructeur qui n'a pas conscience de détruire.

— Un suiveur, rien d'autre.

— Menteur.

Son père reprend sa marche, lui montre à nouveau son dos, ses peaux de cerf, ce qu'il chassait quand tout était facile, quand il lui suffisait de faire rouler un rocher pour rapporter à manger à Selu.

— Tu m'as pris mon père, dit le garçon à son frère. Pas seulement ma mère.

— Il faut qu'on trouve un arbre frappé par la foudre, dit l'Enfant Sauvage.

— Oui, bien sûr, encore des malfaisances, toujours un nouveau projet.

Kana'ti et le chien ont disparu, en quête de l'endroit où ils pourront saisir le soleil quand il se lèvera, une falaise encore inconnue, et les garçons cherchent un arbre brûlé, comme celui dans lequel la petite araignée d'eau s'est emparée du premier feu.

— C'est presque pareil, dit le garçon à voix haute. On cherche le soleil sous une autre forme.

Son frère trop loin devant pour l'entendrc, avançant vite, mû une fois encore par quelque chose que le garçon ne sent pas, ne voit pas, n'entend pas, et n'a aucune possibilité de connaître.

Ils arrivent à un endroit où le sol est meurtri, noirci par le feu, une immense brûlure qui s'étire aussi loin que porte le regard. Et des petites pousses partout, une vie nouvelle.

L'Enfant Sauvage s'arrête près d'un large tronc brisé en éclats et tordu au sommet, tombé et calciné, constellé de motifs en cendre.

— Celui-ci a été frappé depuis le Galunlati, dit-il. C'est là qu'est né le feu.

Cela paraît possible.

— Que fait-on maintenant ? demande le garçon. Pourquoi a-t-on besoin de cet arbre ?

— Contente-toi de faire ce que je te dis. Ramasse toutes les échardes et les brindilles de cet arbre, tout ce que tu pourras trouver. Et quand les rôtisseurs m'auront mis dans la marmite, jette les brindilles dans leur feu comme si tu essayais de l'attiser.

— Oui, mieux vaut que mon frère soit cuit à point. Ce serait dommage que sa viande soit froide ou trop sèche.

— Tu aimerais pouvoir me détruire, dit l'Enfant Sauvage.

— Oui.

— Rejeté. Toujours rejeté.

Ils arpentent la forêt calcinée, observés par les vautours et les buses qui n'ont plus aucun camouflage parmi les branches nues. Inclinant la tête, réajustant sans cesse leurs serres, dans l'attente.

Mais les rôtisseurs savent se camoufler, eux. Soudain, chaque tronc se dédouble, un homme couvert de cendres fait un pas de côté derrière chaque arbre, une lance à la main. Plusieurs dizaines en un instant.

Les garçons sont contraints de s'arrêter et d'attendre que les hommes approchent.

— On a entendu parler de vous, dit l'Enfant Sauvage.

Des hommes plus petits, une tête de moins que le garçon et son frère, sourire aux lèvres qui dévoilent des dents blanches ou noires.

— Si vous essayez de me changer en repas, vous ne mangerez que de l'eau ou du feu ou de l'air, annonce l'Enfant Sauvage, mais ils ne semblent pas le comprendre.

Une malédiction qui empêchera les gens de différentes contrées de communiquer, leurs langues suivant chacune leur propre cours. Toute sa vie, le garçon a cru qu'il n'existait qu'une seule langue, il n'avait pas imaginé qu'il soit possible de parler différemment, mais il a entendu les gens du maïs et les rôtisseurs, et il sait qu'il doit en exister bien d'autres.

Les hommes ne portent que de petits pagnes en peau de cerf, le reste de leur corps est nu. Ils se sont recouverts de cendre et on dirait qu'ils n'ont pas de peau. Du bout de leurs doigts, ils se sont peint des points blancs sur le visage.

Le garçon est si effrayé qu'il ne ressent même pas la peur, rien qu'une profonde tristesse, sachant qu'il va être tué bientôt, d'une affreuse manière, la pire des manières, cuit sur le feu et mangé. Il transporte même des brindilles pour attiser le feu et le rendre plus puissant.

Des pointes de lances derrière eux leur indiquent la direction à prendre, à travers la forêt puis dans un ravin sombre, un sillon caché dans la terre, où tout peut être fait loin des regards. Des femmes et des enfants couverts de cendre surgissant soudainement, comme s'ils avaient vu le jour à l'instant même.

Tant de voix, se superposant toutes, des cris et des disputes et des rires, tout le monde qui les montre du doigt, s'exclamant sans doute : "Regardez, un bon repas, deux garçons dodus, nourris au maïs et au cerf."

Le garçon se languit de Selu, il se languit de chez lui, de la rivière, de sa vie avant l'arrivée de l'Enfant Sauvage.

— Vous vous mangez entre vous ? demande-t-il aux villageois.

Il montre un garçon et fait mine de le poignarder. Puis il montre ses parents et fait mine de porter de la nourriture à sa bouche.

Tous se mettent alors à lui crier dessus, furieux, et se baissent pour ramasser des cailloux à lui jeter. Les rôtisseurs, très susceptibles quant à savoir qui peut être mangé ou non.

Les femmes sans aucune graisse sur les joues, rien que la peau sur les os. Un peuple affamé qui ne connaît pas encore le maïs, qui attend simplement le passage d'inconnus ou de cerfs. Leur sol, une terre banale et merdique et abîmée, le village tout entier désertique. Comme si les humains venaient d'une cinquième jarre en argile au fond de la grotte dans la montagne, qu'on aurait ouverte en même temps que les poux, les punaises de lits et les autres vermines, afin de détruire tout sur leur passage.

L'Enfant Sauvage s'esclaffe, se délecte des cris et des jets de pierres, un divertissement de qualité. Il se baisse et évite les cailloux pour en faire un jeu, saisissant une lance d'une main leste qu'il projette haut dans les airs, riant tandis que tous s'enfuient pour échapper à sa redescente.

— C'est drôle d'être mangé ? demande le garçon.

— C'est drôle que des gens puissent vivre comme ça. Regarde comme les pointes de leurs lances sont grossières, comme leurs corps sont faibles, comme leurs huttes sont petites.

Ils ont construit une structure plus grande en branches et en boue, un lieu plus vaste où ils tiennent leurs conseils, sous un toit de branchages percé d'un trou en son centre. Pas un haut plafond, mais un large foyer et une marmite gigantesque faite de boudins d'argile tressés posés les uns sur les autres et grossièrement aplatis avant d'avoir été durcis au contact des flammes. Assez grande pour contenir une personne accroupie.

— Voilà notre nouvelle maison, dit le garçon. Cette marmite, où on sera mis à bouillir. Merci, mon frère. Merci de tout ce que tu as fait afin de me guider jusqu'à cet instant.

L'Enfant Sauvage sourit.

— Je passe en premier. Tu vas voir.

Les villageois s'affairent à préparer le feu sous la marmite, le nourrissant de branches sèches plus grandes, soufflant dessus avec leurs joues creuses, attendant le festin avec impatience.

38

Un plus grand canoë a été préparé pour la dame de Cofitachequi. Une protection contre le soleil est installée à la poupe. Ses porteurs déposent une natte et des coussins avant qu'elle s'asseye. Même de loin, elle paraît gracieuse.

On la fait traverser à la rame au milieu d'une flottille de canoës.

— Elle est belle, commente de Soto.

— Brune de peau mais bien proportionnée, dit Añasco.

De Soto songe à Tocto, aux après-midi où il faisait courir ses doigts sur sa peau lisse. La dame a un visage plus rond, moins anguleux que celui de Tocto, ce qui la rend sans doute moins belle, mais tout son être respire la douceur, bien qu'elle ne sourie pas.

Elle descend de l'embarcation, tous les yeux rivés sur ses seins, et elle prend place sur le siège installé pour elle, couvert du même tissu blanc délicat dont elle est vêtue.

Elle prend la parole, tous les indigènes demeurent silencieux.

Quand elle a terminé, Perico traduit, puis Ortiz.

— Elle te souhaite la bienvenue à Cofitachequi, dit Ortiz.

— Dommage que sa voix soit corrompue en passant par la tienne.

— De rien, lâche Ortiz. Et je crois qu'elle est la chef suprême, au-dessus des autres. Ces hommes qui l'accompagnent sont des chefs, mais ils lui obéissent.

— Une fois encore, merci pour tes connaissances fascinantes sur l'organisation des sauvages. J'espère encore consacrer de nombreuses heures à apprendre qui peut manger le maïs en premier et qui détermine l'ordre de passage. Mais demande-lui plutôt jusqu'où s'étend son territoire, et dans quelles directions.

Ortiz s'exprime par l'intermédiaire de Perico, et la dame reprend la parole de sa voix suave. De Soto n'a pas le temps de l'observer assez, ses lèvres et ses yeux et son cou et sa poitrine. Il prend les femmes qu'il veut, et il la veut plus que tout, mais il craint de ne pas pouvoir l'obtenir.

— Je peux l'avoir ? demande-t-il à Ortiz.

— Quoi ? Mais je me renseigne sur son territoire.

— Est-ce que je peux l'avoir ?

— Si tu veux déclarer la guerre à chaque homme ici présent et à tous ceux qui vivent à plusieurs jours de voyage à la ronde, alors oui. Autrement, c'est non.

De Soto est submergé par un sentiment d'échec.

La dame offre des peaux de bêtes et des tissus raffinés tendus par ses hommes de confiance.

— *Gracias*, dit de Soto mais sa tristesse est profonde.

La dame finit par retirer un collier de perles à son cou. Elle le confie à Ortiz qui, dans un rare élan de générosité envers de Soto, indique à la femme de le lui offrir directement.

Elle avance vers lui, si près. Elle se tient juste devant de Soto, sans peur, presque aussi grande que lui. Elle dégage un parfum de miel et de fumée. Elle tend les bras pour attacher les perles derrière le cou de de Soto, et c'est comme une étreinte. Leurs lèvres si proches. Il se sent défaillir.

Puis c'est terminé. Elle recule et il est plus blessé qu'Amadis dans son amour pour Oriana. Aucun chevalier n'a sans doute jamais connu ce qu'éprouve de Soto en cet instant. La chef d'un vaste peuple du Nouveau Monde, non seulement belle et douce et bonne, mais également puissante. Oriana, une comparaison bien fade, noble de naissance mais sans armée sous ses ordres, vivant dans l'Ancien Monde fatigué, sans mystère, sans rien à découvrir. De Soto veut conquérir cette femme plus qu'il ne veut conquérir La Florida.

Mais tout va trop vite, avec cette histoire d'aider ses hommes à traverser dans les canoës. La romance détruite par la logistique. La dame déjà partie.

Elle leur laisse la moitié du village et fait apporter de la nourriture en grande quantité. Viande de cerf, de dindon, du sel, du pain frit. Mais elle-même se fait discrète. Il ne la trouve jamais, ses soldats ne cessent de lui tenir la jambe à propos de choses futiles. Perico et Ortiz essaient de lui communiquer d'autres informations sur leur organisation sociale.

— Elle ne vit pas ici, explique Ortiz. Elle est venue chercher son tribut auprès des hommes importants. Et Perico dit qu'elle n'est pas la chef suprême, mais la nièce du chef suprême.

— On s'en fout, dit de Soto. L'avez-vous vue ? L'avez-vous vue, ou avez-vous senti son parfum ?

— Si je n'étais pas certain que tu es sans cœur, je jurerais que tu es tombé amoureux, lâche Ortiz.

— Nul chevalier n'a jamais eu le cœur percé aussi profondément.

— Tu n'as pas de cœur. Crois-moi.

De Soto ignore l'amertume d'Ortiz. Il imagine ce qu'on écrira de sa grande histoire d'amour, dans ce nouveau monde, de Soto et sa reine à la peau brune.

— Prends des notes, dit-il à Gallegos. Consigne tout ce qui se passe ici. Les récits de cet amour se dissémineront, les auteurs devront en connaître tous les détails. (Il en parle aussi aux prêtres.) C'est un amour plus grand que celui de Dieu. Vous devez en garder trace écrite.

Tous ceux à qui l'on ordonne de griffonner griffonnent quelques lignes, que de Soto ne lit jamais, bien entendu.

Il arbore ses perles avec une immense fierté, mais Ortiz tente de tout gâcher.

— Ce ne sont que des perles d'eau douce. Elles sont petites et irrégulières, bosselées et tachées. Elles n'ont presque aucune valeur.

— Il est temps de l'interroger au sujet de l'or et de l'argent, dit de Soto. J'ai été poli et patient, mais ça suffit.

On fait donc venir la dame, et de Soto se sent au bord de l'évanouissement à côté d'elle. Ses manières sont royales, comme si rien ne pouvait jamais la perturber. Il lui manque une incisive et cet espace entre ses dents la rend plus désirable encore lorsqu'elle parle. Ce vide comme un plaisir, une porte vers un autre monde.

— Elle va faire apporter de l'or et de l'argent, dit la voix merdique d'Ortiz dans le lointain, comme s'il se trouvait au fond d'un puits.

Et ses gens arrivent rapidement. Ils sont tous si beaux, contrairement aux autres indigènes. Certains portent des peaux de puma, odorantes, couleur ocre, et des châles tissés. Ils ont tanné d'une main experte les peaux de cerf, d'ours, et même d'écureuil et de lapin. De Soto n'est pas le seul à s'en émerveiller. Ses hommes eux aussi, inhabituellement calmes et respectueux.

Mais ils n'apportent ni or ni argent.

— C'est du cuivre, mon frère, dit Añasco en faisant tourner quelques objets entre ses mains. Peut-être contiennent-ils un peu d'or ? ajoute-t-il sans conviction.

— Du cuivre, dit de Soto. Et l'argent n'en est pas. C'est du mica.

Perico se tient tout près de lui, et de Soto le toise à présent.

— Tu ne connais pas la différence entre l'argent et le mica, entre l'or et le cuivre ?

Perico se sentait en sécurité, leur livrant la dame promise, mais le voilà qui observe à nouveau les chiens.

— Et des pierres précieuses ? demande de Soto.

Il attend longtemps, alors, qu'Ortiz et Perico en aient terminé de leur bafouillage.

— Non, finit par répondre Ortiz.

— Non, c'est tout ?

— Je t'ai déjà dit qu'il n'y avait rien à La Florida. Mais ce que je dis n'a aucune importance.

De Soto est pris d'une envie de meurtre. Mais il ne peut tuer personne ici, en cet instant.

— Où avez-vous trouvé le cuivre ? demande-t-il. Là où il y a du cuivre, il y aura peut-être aussi de l'or.

— Tout comme là où il y a des gens mauvais, il y a peut-être aussi des gens bien, et là où il y a du maïs, il y a peut-être aussi de la pâte d'amande.

Mais Ortiz pose tout de même la question et de Soto doit attendre encore, blessé par le spectacle de cette dame qu'il ne possèdera jamais. Tout ceci, une véritable torture.

— Chiscas, dit Ortiz. Mais on ne peut pas y aller. Des montagnes que nos chevaux ne pourront pas franchir, et aucun village, aucune nourriture. Peut-être qu'on peut les écouter, cette fois-ci, quand ils nous parlent d'un territoire sans nourriture.

De Soto est si déçu qu'il ne peut plus parler. Il se lève et retourne s'allonger dans la maison, mais on l'appelle car Moscoso arrive avec l'armée.

Encore de la logistique. L'expédition presque tout entière n'aura été que transport d'hommes, chevaux et vivres d'une berge à l'autre des rivières.

— On ne fait que ça, dit de Soto à personne en particulier. Nous traversons de l'eau, encore et toujours, et pour rien du tout.

Des canoës transportent déjà les hommes quand de Soto arrive sur la berge. Il salue Moscoso de la main sur la rive d'en face. Les chevaux sont menés dans l'eau, les plus faibles sont balayés par le courant, leur tête s'agitant comme une pompe. Mais les plus robustes luttent contre les flots, paniquent, essaient de traverser trop vite et les hommes leur crient des ordres, mais ils n'écoutent pas, évidemment. Ils se débattent et hennissent, puis coulent.

— Nom de Dieu! s'écrie de Soto, obligé de regarder les chevaux se noyer. Combien va-t-on en perdre comme ça? Et pour rien, alors que personne ne nous attaque.

Quand Moscoso traverse enfin, sept chevaux ont été engloutis.

— Quelle brillante organisation, lui dit de Soto. Félicitations.

— Je suis désolé, mon frère. Les hommes étaient trop impatients. Ils auraient dû trouver un meilleur endroit pour traverser.

— Pas les hommes. Toi.

— Oui, mon frère.

— Et il n'y a pas d'or. Tu seras ravi d'apprendre aussi qu'il n'y a ni or ni argent, rien que du cuivre et du mica.

De Soto est si écœuré qu'il va faire la sieste tout l'après-midi et n'émerge que pour manger.

Des mûres charnues utilisées en cuisine ici, succulentes avec la viande de cerf, et de Soto y trouve une certaine consolation. Et la vision de sa dame, assise plus loin qu'il ne l'aurait aimé, entourée de ses chefs, mais assez proche pour qu'il la contemple. Ses lèvres pulpeuses et luisantes de graisse tandis qu'elle mange. Elle préfère la viande d'ours à celle de cerf.

— Dis-lui qu'elle m'a blessé.

— Comment ça ? demande Ortiz. Du genre, une flèche dans l'œil qui t'a atteint en plein cœur ?

— Exactement.

— Je vais essayer de le lui expliquer. Mais je n'ai aucun espoir qu'ils comprennent.

Il travaille de concert avec Perico. Ils miment avec leurs mains, essaient de montrer des flèches jaillissant des yeux de la dame, de ses lèvres, de ses seins et de son entrejambe, frappant de Soto à l'œil, puis descendant jusqu'à son torse et à son cœur.

— Pour ce soir, on fera croire qu'il y a un cœur là-dedans, dit Ortiz en montrant le torse de de Soto.

La dame est amusée, elle sourit.

— Elle dit que les hommes de notre pays sont très faibles, si une seule femme peut mettre en déroute une armée entière sans même tirer la moindre flèche véritable.

— Ce n'était pas le but de la conversation, rétorque de Soto. C'était censé tourner autour de mon amour.

— Nous voilà donc bloqués dans son fantasme à elle, dit Ortiz. Mais aucun des deux n'est réel, alors quelle importance ?

— Tu es impitoyable, lâche de Soto. Tu n'as jamais souffert d'un chagrin d'amour. Alors contente-toi de demander où ils conservent leurs perles et leur cuivre. On devrait aller vérifier qu'il n'y a pas d'or. Peut-être qu'ils en ont mais ne savent pas faire la différence.

Ortiz parle à nouveau par l'intermédiaire de Perico, et la dame pointe l'index.

— Elle va nous y conduire, dit Ortiz.

Ce n'est pas loin. Ils s'y rendent, torches à la main. Une clairière entre les arbres où la terre a été tassée en un haut tertre, et de grands *barbacoas* ont été installés, des grilles, utilisées non pas pour cuisiner, mais pour soutenir des boîtes en bois.

L'odeur est pestilentielle. Plusieurs soldats vomissent déjà, de Soto se couvre la bouche et le nez de sa manche. La dame, imperturbable, ses lèvres toujours luisantes de graisse, indifférente à cet air que la putréfaction épaissit et qu'on doit traverser comme une rivière.

De Soto se hâte d'avancer car son avidité surpasse son dégoût. Il soulève un des couvercles.

Des corps à l'intérieur, pas un seul mais beaucoup, à divers stades de décomposition. Tant de colliers de perles, enroulés autour des cous, des bras, des jambes, et des rangées d'asticots blancs pareils à des perles vivantes dévorant les corps les plus frais sur le dessus de la pile. De Soto tend la main et détache un collier.

— Tu vas détrousser les morts ? demande Ortiz.

— Tout ce qui est précieux et ancien a été volé aux morts, rétorque de Soto, et il tend les perles à Ortiz qui ne les laisse pas tomber, mais les examine.

— Décolorées, dit-il en grattant la surface. Par la terre et la chair en décomposition, peut-être même par la chaleur. Sans aucune valeur.

— Prenez les perles, ordonne de Soto à ses hommes, et les soldats ouvrent les boîtes, plongent les mains dans les amas de chair pourrissante.

La dame ne semble pas contrariée. Ses gardes, ses hommes de confiance, sont détendus, eux aussi.

— Ça ne les dérange pas, qu'on dépouille leurs morts ? s'enquiert de Soto.

Ortiz et Perico parlent avec eux, une conversation ponctuée de longues pauses et de confusion évidente, mais Ortiz finit par rapporter :

— Ces gens sont morts.

— C'est ça, le fruit de toute votre conversation ? lâche de Soto.

— Il semblerait que ce ne soit pas un temple, ici. Ils ne viennent pas prier ou honorer les défunts comme nous le faisons. Ils se contentent d'y stocker les cadavres. Donc notre pillage revient à trier un tas d'ossements banal, comme ceux qu'on trouve à côté des feux de cuisson.

La dame s'exprime encore, montre de Soto.

Le cœur de l'Espagnol fond.

— Que dit-elle ?

Il imagine qu'elle a enfin remarqué son amour.

Ortiz met un temps avant de traduire, car Perico est lent, lui aussi.

— Elle dit que si tu aimes ces perles, tu peux aller dans son village, Talimeco, où tu en trouveras plus que ton cheval ne pourra en porter.

De Soto se sent désormais minable, ses hommes arrachant des centaines de colliers aux cadavres, fouillant parmi les dépouilles humaines comme des indigents.

— Merci, mais réponds-lui qu'elle peut les garder. Que celui qui reçoit un Cadeau de Dieu le voie béni par saint Pierre.

— Tu veux vraiment que je lui explique qui est saint Pierre ?

— Répète-lui juste ce que je viens de dire.

— Et comment cela aura-t-il le moindre sens pour elle, si elle ne comprend pas le concept des saints ?

— Doux Jésus, Ortiz, prononce juste ces mots.

Ortiz et Perico reprennent leur conversation, s'aidant de leurs mains, montrant les cieux, mais Rodrigo Rangel attire soudain de Soto à l'écart pour lui montrer une matière verte enfoncée parmi les cadavres.

— De l'émeraude ? murmure-t-il pour que seul de Soto l'entende. Est-ce que ça pourrait être de l'émeraude ?

— Fais venir Añasco, ordonne de Soto. C'est lui le *contador*. Il représente les intérêts du roi.

Mais Rangel continue de chuchoter et de regarder autour de lui pour s'assurer que personne ne remarque rien.

— C'est peut-être précieux.

— Bon Dieu, Rodrigo, dit de Soto. Est-ce que je vais me le voler à moi-même ? Je suis marquis de ces terres. Et si ça doit revenir au roi, alors ça reviendra au roi.

— Désolé, mon commandant, dit Rodrigo, et il appelle Añasco.

Ce dernier arrive aussitôt, et d'autres soldats se massent autour de la boîte tandis qu'il enfonce son doigt à travers les chairs en putréfaction jusqu'à atteindre le matériau vert. À la lueur des torches, la couleur faiblit mais il soulève l'objet pour regarder au travers.

— Du verre, annonce-t-il enfin. Une perle en verre.

Ils découvrent d'autres objets provenant d'Espagne. Des rosaires, d'autres perles en verre et deux haches castillanes.

— Ayllón, dit Moscoso.

— Oui, acquiesce Gallegos. On doit être au bord de la rivière de Santa Elena.

De Soto est mécontent de marcher dans les traces d'un autre homme. Il veut être le premier.

— Maudit soit Ayllón, dit-il.

Et il considère d'un autre œil la dame et son peuple. Il comprend désormais pourquoi ils paraissent si raffinés par rapport aux autres indigènes. Leurs vêtements sont en partie espagnols. Les lacets de cuir blanc à leurs collants, les franges colorées.

— Nous marchons au milieu de fantômes, dit de Soto.

Le halo des torches, les caisses de cadavres, l'odeur pestilentielle, les indigènes vêtus de costumes castillans, des êtres soumis mais sans trésors – en cet instant précis, la scène ressemble au pire des cauchemars. Entreprendre un voyage trompeur vers une destination trompeuse où tout ce que l'on touche est sans valeur. De Soto n'exclut pas l'idée d'être déjà mort, en enfer.

Les jours suivants, de Soto ne parle plus et ses hommes inventent de nombreuses théories. Ils pensent qu'il va s'approprier Cofitachequi et en faire sa première cité, car c'est l'endroit le plus joli qu'ils aient trouvé, entouré de bonnes terres, de champs fertiles et de bosquets de chênes, de pacaniers, de cèdres, très peu de pins, pas une infestation de conifères.

Il décide finalement de partir pour Talimeco, et sur le chemin, ils longent plusieurs grands villages abandonnés, envahis de végétation.

— Qu'est-ce que c'est ? demande-t-il.

Ortiz s'associe à Perico pour interroger la dame. Elle est portée dans une litière et Ortiz doit marcher à côté, la tête au niveau de ses pieds.

— Une grande maladie, rapporte-t-il.

De Soto sait que ses hommes vont paniquer. Observer par les portes ouvertes, attendre d'apercevoir une âme errante. Des toits presque intacts mais troués ici et là, des visages grisâtres entrevus un bref instant, puis disparus. Des lianes enroulées partout, se changeant en serpents dans la pénombre, et parfois même à la lumière du jour.

— Ne vous en approchez pas, ordonne de Soto. Dis-leur qu'on veut un itinéraire qui s'en écarte.

Ils s'en détournent légèrement mais de Soto ne peut s'empêcher de jeter des coups d'œil en arrière.

— Tu as peur, dit Ortiz.

— Non.

— Tu sais qu'à l'instant où les morts te voient, ils te suivent. Ils seront à côté de toi ce soir, dans ton lit.

— Arrête, Ortiz.

Ortiz sourit.

— Ils entendent les battements de ton cœur. Le goût du sang leur manque.

De Soto éperonne son cheval et laisse Ortiz loin derrière.

Ils passent encore devant un village abandonné, en si grand nombre dans cette région, ils font un large détour pour le contourner, certains de voir les hordes perdues s'élancer avec fracas parmi les cannes et le chiendent.

Et ils atteignent enfin Talimeco, impressionnant mais à l'abandon aussi, un autre repaire de fantômes. La dame prend la parole, le doigt tendu.

— La maison de la chef de tribu, dit Ortiz.

— C'est une autre femme ? interroge de Soto.

Ortiz discute encore.

— Oui, répond-il enfin.

— Eh bien, où est-elle ?

Ortiz pose la question.

— La dame dit que nous pourrons la rencontrer à notre retour.

— Incroyable, dit de Soto. C'est comme un terrier de lapins, il y en a toujours un nouveau qui surgit. Combien de chefs y a-t-il dans cette contrée ?

Construite au sommet d'un haut tertre pentu, la maison de la chef de tribu est la plus grande qu'ils aient vue à La Florida, le sol couvert de nattes en cannes tressées. Le motif est superbe, ouvragé.

— À voir cette maison, on pourrait presque les croire civilisés, commente de Soto.

Devant cette structure, un grand temple au toit très haut, tout en cannes et le sol également couvert de nattes tressées. Ils mettent pied à terre entre les deux bâtiments, la dame mène de Soto et Ortiz dans le temple, franchissant une large double porte.

De Soto est stupéfait.

— Leurs anciens, dit-il. Ils ont une certaine notion de leurs anciens.

Deux rangées de statues massives, des guerriers brandissant leurs massues et leurs couteaux.

— Des rois, ajoute de Soto. Ce doit être leurs rois d'antan.

Ortiz s'entretient avec la dame par l'intermédiaire de Perico.

— Dommage qu'ils sachent seulement travailler le bois, dit de Soto. Elles devraient être sculptées dans la pierre.

Les deux plus grandes sont installées à l'entrée, plus hautes que des hommes, intimidantes, tenant d'immenses massues de guerre, prêtes à frapper. Et elles deviennent de plus en plus petites à mesure qu'on avance dans la salle, si bien que les dernières au fond semblent plus loin encore.

— C'est si étrange, dit de Soto. Ce temple semble s'agrandir. Il ne finit peut-être jamais.

— La dame explique que ce sont ses ancêtres et d'autres guerriers de renom.

— Silence, le coupe de Soto. Que tout le monde se taise. Je veux observer tout ça sans vos bafouillements incessants. Restez où vous êtes.

De Soto arpente seul la rangée de rois en bois. Des lances aux pointes de cuivre. Des arcs bandés. Les massues de guerre, sur le point de pulvériser des crânes. Les visages grimaçant de fureur. Le travail de sculpture est excellent, bien meilleur qu'on aurait pu l'imaginer de ces indigènes. Ils ne sont inspirés ni par Dieu, ni par aucune tradition. Et pourtant, ce temple est bien là, des colliers de perles sont suspendus au plafond, des coquillages, des coiffes de plumes, certaines sont attachées afin de flotter dans les airs. Un lieu plus intéressant que toutes les cathédrales qu'il a déjà visitées. Les cathédrales, vides et nues, rien ne comble l'air, aucun guerrier aussi proche. Un dieu absent, mais ce lieu, peut-être habité par des divinités vivantes. De Soto sait qu'il devient fou et s'inquiète de cette épidémie, de ce qui a pu dépeupler ces villages.

— Cet endroit est dangereux, s'écrie-t-il. Il faut partir.

Mais il ne part pas. Il continue à avancer, à regarder encore. D'autres rangées de statues, des hommes aux armes ornées de perles et de fils colorés, des femmes aux mains vides mais tendues. De grands coffres, aussi, installés sur des couchettes en bois surélevées, et surmontés chacun d'une statue.

— Ils contiennent les dépouilles des morts, dit Ortiz au loin.

— Ortiz, je ne veux plus jamais entendre le son de ta voix.

De Soto s'approche d'une statue de femme dont le visage est plus anguleux que celui de Tocto, il soulève le couvercle du coffre qui continent sa dépouille, voit des colliers de perles entrelacés sur ses os. Il saisit une parure.

Sur le mur devant lui, un bouclier en cannes fermement tissées, épaisses. Il en voit à présent sur toute la longueur du mur, de formes arrondies mais de tailles différentes. Plus il regarde, et plus des objets apparaissent dans ce temple, comme s'ils changeaient ou se créaient sous ses yeux. Des armures et des casques en cuir.

De Soto ouvre d'autres coffres sans statues, il y trouve des châles, des étoles de plumes colorées, des peaux de panthères et de martre, d'autres peaux de cerfs peintes, décorées de motifs qu'il n'avait encore jamais vus, même au Pérou ou au Guatemala.

— Un monde perdu, chuchote-t-il. Une grande civilisation vivait jadis ici, ils doivent forcément avoir de l'or. Ils doivent avoir d'autres temples remplis d'or.

Personne sur les lieux, mais l'endroit est propre et entretenu.

— Ils l'utilisent encore. Et ils ont caché tout l'or.

Il doit sortir du temple car il se sent rétrécir, rapetisser, disparaître. Il se hâte de franchir la porte et inspire à grandes goulées.

— De l'or, dit-il. Demande-lui où ils cachent leur or.

Ortiz s'exprime à travers Perico. La dame s'est rassise dans sa litière, elle n'adresse à de Soto aucune expression aimable, aucun sourire, pas le moindre regard. Il sent la plaie s'ouvrir plus profondément dans sa poitrine.

— Elle dit qu'ils n'ont rien d'autre que ça. On peut prendre les perles, si ça nous chante. Il n'y a pas d'or.

— Mensonges, dit de Soto. Dis-lui que je sais qu'elle cache l'or.

Ortiz parle encore, Perico traduit, et la dame regarde enfin de Soto, mais pas d'un air aimable. C'est un regard qu'il a déjà vu, qui évalue les occasions de s'échapper, ou de tuer.

— Gente dame, dit-il, mais il ne trouve rien à ajouter.

Cet endroit est trop différent de tout, trop incompréhensible.

Quand ils reviennent à Cofitachequi, les hommes se plaignent que le maïs vient déjà à manquer.

— Il n'y a pas assez à manger ici, dit Moscoso. On ne peut pas rester.

— De l'or, mon frère, dit de Soto. De l'or et des perles. Pourquoi les hommes ne peuvent-ils pas se concentrer là-dessus ? Toujours à parler de nourriture et de rivières à traverser.

— Il faut manger ou mourir.

— D'accord, d'accord. Envoie Gallegos dès demain matin. Qu'Ortiz découvre où elle cache le reste de leur maïs.

Au matin, Gallegos prend la route avec une importante troupe de fantassins en direction de Llasi, où la dame affirme qu'elle conserve des *barbacoas* de maïs.

Toujours pas de signes de la chef de tribu. De Soto demande de ses nouvelles pendant le dîner.

— Où est-elle ? Ortiz ?

Ortiz se lève.

— Je ne peux jamais manger. C'est moi qui t'apprécie le moins, à l'exception de Lobillo, et pourtant, je dois toujours rester à tes côtés.

— Eh bien, voilà une bonne occasion de t'éloigner.

De Soto termine son plat de dindon, un peu sec, et ses fritures de lézards, la nourriture commence à devenir un souci. Une simple purée d'abats en guise de sauce.

— Le prochain qui cuisine un lézard, je lui fais couper la main, annonce-t-il. Une bouillie qui crisse, pleine d'écailles, sans chair, et j'ai dû recracher la peau. Comment suis-je censé mâcher une chose pareille ?

Ortiz revient bredouille.

— La chef de tribu, qui qu'elle soit, a disparu. Ainsi que ses hommes de confiance. Visiblement, elle n'appréciait pas ton comportement.

— Añasco, lance de Soto. Pourras-tu, s'il te plaît, aller la chercher demain matin ?

— Oui, mon frère, répond Añasco.

Personne n'ose commenter, mais il est presque impossible de croire en ce changement d'attitude entre de Soto et

Añasco, devenus frères. Pour Moscoso, surtout, remplacé par un ennemi.

Au matin, Añasco se met en selle avec ses hommes et un guide fourni par la dame.

Le guide doit avoir à peine vingt ans mais c'est déjà un homme respecté, élevé par la chef de tribu, un neveu ou quelque chose de ce goût-là.

— Elle l'a élevé comme son propre fils, dit Ortiz. Alors tu sais envers qui il se montrera loyal.

— Il nous faut un guide, dit Añasco. Et il paraît être le meilleur de tous.

Grand et beau, il arbore une cape en peau de cerf, une coiffe de plumes colorées et un arc étincelant, comme un dieu.

— Apollon, dit de Soto. Il ressemble à Apollon. Il porte même un carquois sur le dos. Les collants en peau de cerf, c'est un peu différent des sandales, mais c'est sans doute la seule différence.

— La cuisine et la mode vestimentaire, dit Ortiz. Le roi sera ravi de ton rapport. L'or ne lui manquera absolument pas.

Ce matin-là, ils arpentent un terrain facile en forêt, ils progressent à une allure correcte, puis font halte dans une clairière à l'ombre de grands arbres.

— La contrée la plus clémente qu'on ait parcourue jusqu'ici, affirme Añasco.

Le guide paraît morose, son entrain d'avant a disparu. Il est assis contre un arbre, tête baissée. Ils le regardent tous.

Il lâche un soupir amer, théâtral, puis il se lève, retire son carquois.

— Que se passe-t-il ? veut savoir Añasco.

Ortiz l'interroge par l'intermédiaire de Perico mais ne reçoit aucune réponse. Le guide se contente de scruter ses flèches, les sort l'une après l'autre, les fait tourner entre ses mains, encore et encore, les montre à Ortiz et aux Espagnols qui osent s'approcher de lui.

— Elles sont de facture magnifique, commente Ortiz.

Des pointes délicatement taillées, des hampes lisses et poncées, parfaitement droites, trois plumes formant un triangle.

Une demi-douzaine d'Espagnols se sont massés non loin de lui et manipulent ses flèches. La dernière est en silex, très acérée. Ortiz tend la main pour la saisir mais le jeune homme l'enfonce dans sa propre cage thoracique, un geste si rapide, si violent, il tire sur la hampe pour faire remonter la flèche au plus profond, dans son cœur, alors même qu'il s'écroule déjà. Prostré dans l'herbe, à gémir, à saigner, agité de convulsions, recroquevillé sur le flanc, puis il s'immobilise et meurt.

Ortiz attend que les quatre cordes soutenant le monde se cassent et que tout retombe dans la mer. Il semble que la fin est venue, car tout ce qui se passe n'a aucun sens. Mais la terre demeure solide sous ses pieds, la journée est belle, une légère brise qui souffle, et de l'ombre, et des papillons jaunes qui volètent dans l'air au-dessus du jeune homme mort, comme s'ils incarnaient son âme transformée. Tout est trop étrange pour être normal.

Añasco exige de savoir ce qui s'est passé, un nouveau de Soto, et Ortiz essaie de se concentrer pour interroger les rares indigènes qui l'accompagnent, s'exprimant par l'intermédiaire de Perico.

— Il était loyal envers sa chef de tribu, finit-il par rapporter à Añasco. Il l'aimait. Et cette situation était invivable pour lui. Il ne pouvait pas nous aider à la trouver et à la réduire en esclavage, mais il ne pouvait pas non plus désobéir aux ordres de la dame, qui lui demandait de nous aider. Il lui est fidèle, à elle aussi.

Añasco acquiesce simplement.

— Un vrai chevalier, dit Ortiz. Qui se sacrifie pour ne pas désobéir aux ordres des deux femmes.

— Ce ne sont que des sauvages, rétorque Añasco. Mais oui, c'est très curieux. Je n'oublierai jamais cette journée.

— Il n'y a pas de chevalier plus intègre, dit Ortiz. Et aussi beau que dans les contes, et la dame aussi noble, bien qu'elle ne soit pas son amante. Et la chef de tribu, un peu comme sa mère, et n'est-ce pas là un sacrifice bien plus grand ?

— Ça suffit, ordonne Añasco.

— Tu ressembles chaque jour un peu plus à de Soto.

Ils rentrent à Cofitachequi, où un autre indigène leur propose de les guider là où se cache la chef de tribu, et Añasco embarque donc avec vingt hommes dans deux canoës mais il ne trouve que les chevaux noyés, empêtrés contre un arbre tombé en travers de la rivière. La chef de tribu semble s'être cachée bien plus loin.

— Oubliez Amadis, lance Ortiz d'une voix puissante au dîner, ce soir-là. Venez écouter, tous, ce dont nous avons été témoins aujourd'hui.

— La ferme, Ortiz, ordonne de Soto.

Ortiz raconte pourtant l'histoire du jeune guerrier, et il tombe même au sol en s'agrippant le flanc, et tous sont époustouflés.

La dame est en deuil, le visage baigné de larmes, elle observe Ortiz sans comprendre ses paroles mais ses gestes sont bien assez expressifs.

Perico est à nouveau assis aux côtés de de Soto pendant les repas, trop loin de la dame pour lui traduire le récit.

Et Perico saisit sa chance. Quand Ortiz a terminé son spectacle et qu'il s'est remis à table, Perico lui explique qu'ils sont désormais dans les terres qu'il avait promises. Et il demande à être baptisé.

— Il est rusé, dit Ortiz. Il faut bien le lui accorder.

— On est censés convertir et baptiser, rétorque de Soto.

— Oui, c'est vrai, pour la gloire de notre Roi, l'élu de Dieu.

— Méfie-toi, Ortiz. Tous tes propos ressemblent à des blasphèmes.

— C'est un blasphème d'affirmer que notre Roi est l'élu de Dieu ?

— Tu sais ce que je veux dire.

Le lendemain matin, ils amènent Perico à la rivière. Ils lui retirent ses chaînes pour la première fois. Il tend les mains devant lui comme si elles étaient soudain devenues trop légères.

Fray Juan el Evangelico, qui avait exorcisé Perico quand il était possédé, le fait plonger en arrière dans les flots et marmonne quelque chose au sujet d'autres Jean, il invoque le seigneur afin qu'il fasse son tour de magie Marie, qu'il fasse renaître sans conception, sans accouchement, sans croissance, ni apparition de protubérances, bien qu'il sente soudain le sang lui engorger le bas-ventre lorsqu'il tient le garçon par-derrière, ses hanches étroites, et qu'il plonge ses épaules minces dans l'eau. Lorsqu'il émerge à nouveau dans la lumière, Perico a des joues douces et ses lèvres s'ouvrent en un O parfait tandis qu'il inspire.

— C'est bon, dit de Soto. Je pense que tu peux le lâcher, maintenant.

Et Perico revient sur la rive dans une grande gerbe d'eau, un jeune homme tout neuf, chrétien et sauvé.

39

Le garçon éprouve une sensation curieuse en voyant les jeunes femmes, quelque chose qu'il n'avait encore jamais connu. Certaines ne rient pas, ne crient pas, elles le regardent simplement sans détourner les yeux. Il voudrait les toucher mais de jeunes hommes armés de lances l'encerclent, et il va être bientôt mis à cuire, de toute façon.

Des femmes plus âgées se hâtent de remplir la marmite d'eau à l'aide de calebasses séchées. Une rivière coule non loin. Les hommes plus âgés ne font rien, ils restent assis en tailleur dans un demi-cercle derrière la marmite et font circuler une pipe. Ils paraissent ensommeillés, ils n'ont peut-être pas mangé depuis longtemps. Ils contemplent leur repas d'un air absent, aussi patients que la panthère.

— Kana'ti voulait qu'on vienne ici, dit le garçon.

— Oui, dit l'Enfant Sauvage. Il nous met toujours à l'épreuve. Il veut savoir qui nous sommes.

— Et qui sommes-nous ?

— Tu sais bien que cette question n'a jamais de réponse.

L'eau mettra du temps à bouillir. Ils mourront plutôt d'ennui. Le feu tout neuf, pas encore de braises, la marmite qu'on remplit petit à petit d'eau froide, et tout le monde intéressé par ce spectacle et par leur repas. Des mains qui jaillissent brusquement pour toucher la peau du garçon, ses cheveux, curieuses.

Le garçon se demande s'il serait possible de rejoindre le village plutôt que d'être mangé par ses habitants. Il tend la main vers une jeune femme qui le dévisage. Elle n'est pas loin, penchée contre un arbuste frêle. Elle est affamée mais paraît douce. Il ne cesse de scruter ses lèvres et ses yeux, il ignore pourquoi. Il la montre du doigt, puis se montre lui-même, et lui fait signe d'approcher.

Des cris excités, et des rires, et d'autres jeunes femmes qui lui claquent la cuisse, mais elle ne détourne pas le regard. Elle fait un pas en avant. Des yeux de biche, aussi grands et bruns et doux, des joues anguleuses et cette bouche ronde qui semble presque trop tendre, et dont il a envie mais ne sait pas comment ni pour quoi. Il n'a encore jamais connu tout ceci, on ne lui a rien expliqué. Kana'ti et Selu s'embrassaient parfois et s'allongeaient ensemble en se cachant de lui. Il n'a entendu que les sons, sans comprendre.

Il fait un pas vers elle, lentement, jauge ce que lui accorderont les pointes de lances. Les hommes qui les brandissent sont des fous furieux, ils frappent et tranchent l'air si près de sa peau, ils rient et regardent par-dessus leurs épaules sans faire attention. Il va être tué par accident avant même d'être bouilli.

Mais il a fait un pas en avant, elle en fait encore un aussi, sans le lâcher des yeux. Le garçon a la sensation curieuse que tous les autres s'effacent autour d'eux, leurs voix étouffées et leurs bras incapables de les atteindre. Il avance encore et personne ne l'en empêche, et elle avance aussi.

De la chaleur partout en lui, son sang qui bat, son cœur comme un lièvre. Ses lèvres à elle s'étirent un peu en ce qui pourrait être un sourire, mais encore caché. Les gens autour d'eux se déchaînent dans leurs mouvements et dans leurs cris, mais ils semblent si lointains.

Elle approche tant qu'il pourrait la toucher, mais il garde les bras le long du corps, et elle aussi. Il voudrait qu'elle se presse contre lui, et il sait qu'elle veut la même chose. Son regard qui semble fondre pour lui, ses lèvres entrouvertes, son souffle court.

Ils avancent encore et elle est si proche de lui, il passe les bras autour d'elle, il l'enlace plus intensément que sa mère. Les lèvres de la jeune femme contre son cou, son souffle chaud, et ses petits bras qui lui étreignent le dos, quelque chose qu'il n'a encore jamais ressenti, ni même imaginé, le geste le plus doux qui soit, le seul et unique geste qui soit.

Mais il est tiré par de nombreuses mains, on ne lui accorde rien d'autre. Les hommes qui rient et lui bloquent le passage, les femmes qui entraînent la jeune fille. Il sera tout de même mangé. Rien n'a changé. Il ne les rejoindra pas.

L'Enfant Sauvage est déjà dans la marmite, ses bras reposent sur les rebords comme s'il prenait un bain.

— Mon frère, annonce-t-il. Tu as trouvé quelque chose.

— Oui. J'ai tout trouvé.

— Je n'ai jamais connu ça, dit l'Enfant Sauvage. Et nous ne le connaîtrons jamais.

— Comment ça ?

— Nous serons frères, rien que des frères, pour l'éternité. Tu ne pourras jamais me quitter. Tu n'auras jamais personne d'autre que moi.

Le garçon ressent une perte immense, impossible à contenir.

— C'est faux.

— Mais si, c'est vrai.

— Comment le sais-tu ?

— Je le sais, c'est tout. Je sais que nous serons ensemble jusqu'à ce que les quatre cordes qui tiennent le monde se brisent, et que tout retombe dans la mer. Je ne peux pas voir au-delà de ce temps, mais je sais que nous resterons ensemble jusque-là.

Le garçon sait que son frère dit toujours la vérité. Il ne ment jamais. Et cela le heurte de plein fouet, un impact irréversible, immuable, tout ce que veut le garçon lui est arraché à l'instant même où il le découvre. C'est arrivé avec sa mère, qui lui a été enlevée alors qu'il venait juste de la voir réellement, et avec les cerfs, et le maïs, et la vie facile, à l'instant où il commençait à l'apprécier. Kana'ti avait raison, son unique rôle est de connaître la perte alors qu'on lui arrache les choses qu'il aime. Et son frère sera toujours celui qui les lui arrache.

— Je te déteste, dit-il à son frère. Tu as tout volé. Non, pas volé car tu ne veux rien. Tu as juste pris, et détruit, et jeté sans aucune raison.

— Tu n'aimes pas ce que tu as fait ? demande l'Enfant Sauvage.

— Arrête.

Les rôtisseurs poussent l'Enfant Sauvage plus profond dans la marmite, comme s'ils obéissaient directement au garçon. Il préférerait le voir cuit et mangé. Mais il sait que son frère se changera simplement en eau et ne sentira rien. Et il sait aussi qu'il doit obéir aux ordres de son frère, et il saisit les brindilles qu'il lance dans le feu tout autour de la marmite pour la faire chauffer davantage.

Les rôtisseurs sont ravis de son geste, ils sourient. C'est sans doute la première fois qu'ils voient un repas contribuer à sa propre cuisson. La jeune femme qu'il a touchée ne sourit pas. Elle éprouve le même sentiment de perte que lui, elle l'observe comme lui l'observe, elle remarque elle aussi tous les gens qui se dressent entre eux, elle sait que tout est détruit.

Les brindilles s'embrasent lentement, comme des brindilles ordinaires. Elles ne paraissent pas inhabituelles, et le garçon s'interroge sur la stratégie de son frère. Peut-être qu'il se changera simplement en eau et disparaîtra, laissant son frère cadet être mangé. Peut-être que son crâne sera ensuite conservé et placé sur un toit pour regarder vers l'ouest, en direction de sa mère, tous deux impuissants.

Une fois les brindilles jetées, il n'y a plus qu'à attendre, le garçon n'est pas autorisé à s'asseoir, il est encerclé par des pointes de lances, et il dévisage la jeune femme qui lui rend son regard sans ciller, comme si leur simple volonté pouvait faire disparaître tous les autres.

Des vautours sont venus se percher en hauteur aux abords du village, flairant l'odeur du feu. Difficile de croire que ces gens jetteront le moindre reste, alors les vautours ont sans doute mauvaise mémoire. Mais ils ont de la patience.

La marmite se met enfin à bouillir, de la vapeur s'en échappe, son frère se volatilise dans les airs. Les villageois se sont massés autour du feu, ils veulent chacun leur part, prêts avec leurs bols en bois ou en argile et leurs couteaux en pierre.

Le garçon a pitié d'eux. Affamés, en grand besoin d'un repas, dans l'attente, ignorant qu'on les dupe.

Un des hommes du conseil se lève enfin, pose une pierre près de la marmite et s'approche pour voir si la viande est cuite, mais à cet instant, une lumière aveuglante emplit la salle du conseil, tous les visages se détournent, des éclairs crépitent dans chaque direction, jaillissant du feu autour de la marmite comme s'il s'agissait de la création du monde, de son centre véritable. Des grondements tandis que le ciel se déchire, une odeur de brûlé dans l'air, et les éclairs transpercent les corps des rôtisseurs, les traversent si vite que personne n'a le temps de fuir ni de crier, pas même la jeune femme, sous les yeux du garçon, frappée par la lumière et brûlée et effacée en un instant, tous les villageois touchés, et les éclairs remontent par le trou d'évacuation de la fumée, retournent à une source inconnue, et le garçon se retrouve debout dans la forêt aux abords du village, près de son frère, tous deux indemnes, comme si rien ne s'était passé.

— Ils étaient tous obligés de mourir ? demande le garçon. Tous jusqu'au dernier ?

— Je n'ai rien fait.

— Pourquoi tant de choses sont-elles créées, si c'est juste pour s'en débarrasser ?

Pendant le déjeuner, Perico reprend son travail de traduction. De Soto veut savoir où aller ensuite. S'il n'y a pas d'or ici, et pas assez de nourriture non plus, alors ils n'ont d'autre choix que de poursuivre leur route.

— Chiaha, dit Perico à Ortiz. Le territoire du chef de Coosa.

— Coosa, répète Ortiz à de Soto et aux autres Espagnols. Vous vous souvenez ? On nous en a parlé, à Ocute.

— Cela impliquerait de revenir en arrière, dit Moscoso. Nous sommes actuellement dans la contrée la plus agréable que nous ayons trouvée. Le meilleur village, les gens les plus doux et les plus beaux. Si nous installons une colonie ici et un port non loin, nous pourrions devenir un carrefour pour toutes les prochaines expéditions. Des navires du Pérou, de la Nouvelle-Espagne, de Santa Marta, de Tierra Firme. Nous pourrions faire fortune, ici.

— Mais il n'y a rien à manger, dit Añasco. Pas assez pour tenir un mois avec l'armée.

— Tu sais ce que j'ai gagné, au Pérou ? demande de Soto. Tu sais combien d'or ? A-t-on traversé un océan entier et toutes les rivières de La Florida pour ne trouver qu'une terre agréable et des gens beaux ?

— Si nous restons assez longtemps, la dame surmontera peut-être son mal d'amour et commencera à satisfaire ses vrais désirs, avance Ortiz.

— Ça suffit, Ortiz, lâche de Soto.

— Une nuit, elle te réveillera et t'enfilera des colliers de perles autour du cou, tellement que tu ne pourras plus te lever, et elle prendra ce qu'elle est venue chercher, ton petit chorizo épicé.

Lobillo rit si fort qu'il s'étouffe.

De Soto se lève.

— Nous partons pour Chiaha. Et nous retrouverons Maldonado à Ochuse, comme prévu. Nous pourrons toujours revenir ici quand le moment sera venu de coloniser définitivement.

— Comme l'attente sera longue pour elle, dit Ortiz.

Au matin, alors qu'ils se préparent au périple, ils constatent qu'ils n'ont pas assez de guides et de porteurs. Comme si, soudain, les indigènes avaient déserté le village. Les Espagnols vont devoir porter leurs propres équipements et provisions, et les récriminations sont immédiates.

— Dis à la dame qu'il nous faut plus d'hommes, ordonne de Soto, et Ortiz va la chercher avec Perico, mais elle est introuvable.

Il vient faire son rapport à de Soto.

— Trouve-la sur-le-champ, dit de Soto. Et place-la sous étroite surveillance.

Au bout d'une heure, Ortiz revient avec la dame, maintenue par quatre gardes. Ses servantes la suivent.

La dame s'exprime avec passion, cherchant à se dégager des gardes.

— Elle dit qu'elle t'a bien accueilli, transmet Ortiz à de Soto. Qu'elle t'a donné la moitié du village et toute la nourriture qu'ils pouvaient partager.

— Oui, répond de Soto, indifférent.

La dame paraît bien moins puissante maintenant qu'elle n'est plus juchée sur sa litière. Elle n'est pas aussi grande qu'il l'avait cru, non plus. Le jour où elle lui avait mis les perles autour du cou, elle ressemblait à une déesse.

— Elle dit qu'elle t'a offert des perles, qu'elle t'a amené dans son village, qu'elle a fait preuve de toutes les bontés.

— Pas toutes les bontés, non, corrige de Soto.

— Et tes hommes ont à présent mangé toute la nourriture, ils ont maltraité son peuple, ils ont essayé de réduire en esclavage la chef de tribu et l'ont obligée à partir se cacher, ils ont poussé son meilleur guerrier au suicide, et voilà que tu exiges d'emmener une partie de son peuple avec toi ?

— Oui, répond de Soto. Nous l'exigeons.

La dame est prise d'une évidente envie de meurtre. De Soto connaît bien cet air. Elle est toujours aussi belle, et aussi bien proportionnée.

— Alors ? demande Ortiz.

— On dirait bien une rébellion, affirme de Soto. Cette dame et son peuple.

— Oui.

— Apportez des chaînes et passez-les lui.

— Ne fais pas ça, prévient Ortiz.

— Pardon ? Encore une rébellion ? Faudra-t-il d'autres chaînes ?

— Ce serait malavisé.

— Je décide de ce qui est bien ou mal avisé. Apportez les chaînes.

On apporte donc des chaînes, de Soto les soupèse, bien plus lourdes que nécessaire. Il attache lui-même un des fers au poignet de la dame et le verrouille.

— Tu es à moi, à présent, dit-il. Te voilà esclave.

Les yeux de la dame sont noirs et enflammés. La nature royale du Nouveau Monde. De Soto tire brutalement la chaîne qui lui tient les poignets et elle tombe à genoux devant tout son peuple et devant les soldats. Qu'ils voient cela. Il la traîne vers sa maison. Elle essaie de se relever mais les gardes la repoussent à terre tandis que de Soto la tire au sol.

La dame ne hurle pas. Aucune parole. Rien qu'une lutte pour se redresser, encore et encore. Il la traîne dans la maisonnette et fait attacher les chaînes à la base d'un poteau.

— Tu vivras à terre, désormais, déclare-t-il, et il se fiche qu'elle le comprenne ou non.

Elle est penchée en avant, à genoux, et il lui assène un coup de botte dans la poitrine, ces jolis seins tendres. Elle pousse un cri aigu comme celui d'un chien, et la force de l'impact la projette sur le flanc, mais elle se redresse et il la frappe à nouveau, la pointe de sa botte s'enfonce dans son ventre. Il l'entend prendre une inspiration étouffée.

— Je vais revenir, dit-il. Réfléchis à ce que tu es devenue.

Et il veut qu'elle comprenne ses paroles, aussi appelle-t-il Perico et Ortiz pour se charger de les traduire.

Aucun d'eux n'apprécie la tâche, c'est évident, et il a envie de les étrangler tous les deux.

— Contentez-vous de traduire.

Ils obéissent, et transmettent aussi sa réponse.

— Elle dit qu'elle t'éventrera, annonce Ortiz. Et qu'elle tressera un panier avec tes entrailles.

De Soto sourit.

— Elle me plaît. Je vais la savourer ce soir.

Le 12 mai au matin, ils prennent la route pour Chiaha.

— On quitte enfin Cofitachequi, dit de Soto.

— Cet endroit me manquera, ajoute Añasco. Celui-là, mais aucun autre territoire de La Florida.

Ils montent en selle. La dame marche à leurs côtés, sans chaînes, accompagnée de plusieurs femmes afin qu'elle soit tout de même respectée dans les villages qu'ils traversent. Une idée d'Ortiz, que de Soto a acceptée à contrecœur. Il préfère la voir enchaînée.

Ils arpentent une belle contrée, facile. Dans chaque village, la population obéit à la dame lorsqu'elle demande des porteurs. Par fierté, elle ne leur avoue pas qu'elle est esclave. Vêtue d'habits blancs raffinés, et ses ecchymoses ne sont pas visibles.

Ils arrivent à Chalaque le 14 mai.

— Chilokkita, dit Perico.

Ce sont des Cherokees. Il n'y a presque pas de maïs.

— Comment font-ils pour manger ? demande de Soto.

— Ce sont des chasseurs, répond Ortiz.

Mais de Soto ne voit que des vieillards, hommes et femmes assis autour des arbres, la plupart aveugles.

— Ils ne peuvent pas chasser, remarque de Soto. Même un ver de terre les battrait à la course.

— Les autres ont fui, dit Ortiz. Avant notre arrivée. Tu vois seulement ceux qui ne pouvaient pas partir.

Un vieil homme s'approche en tenant deux peaux de cerf dans les bras.

— C'est comme s'il portait de l'or, lâche de Soto. Une grande cérémonie. Mais ce ne sont que des peaux de bêtes, non ?

— Oui, dit Añasco. Ils sont pauvres.

Un autre homme apporte des dindons, un troupeau entier.

— Il faut quitter cet endroit au plus vite, ordonne de Soto. Ils sont tellement misérables que je vais finir par prendre des indigènes en pitié. Je vais ressembler à Ortiz.

Le lendemain matin, ils continuent leur route et établissent leur campement dans une pinède. De Soto décide d'y rester un jour supplémentaire pour permettre à Gallegos de les rattraper.

Pendant qu'ils attendent, des indigènes apparaissent régulièrement entre les arbres et leur portent des offrandes, nourriture et babioles, mais pas d'or, bien sûr.

— Ils sont juste agaçants, dit de Soto. Notre Seigneur aurait mieux fait de ne pas les créer du tout. Les services qu'ils rendent n'en valent pas la peine.

Ils offrent des cadeaux à de Soto ou à la dame, assise tête haute, entourée de ses servantes. La nuit, de Soto la fait enchaîner à un arbre et fait ce qu'il veut d'elle, sans se préoccuper de qui regarde.

Le village qu'ils atteignent ensuite est baptisé Guaquili, on leur donne d'autres dindons, du maïs et des petits chiens.

— Qu'est-ce que c'est ? interroge de Soto.

— Je ne sais pas, répond Ortiz. Mais ils les mangent.

De Soto rit.

— Parfait.

Les chiens sont maigres et petits, ils n'aboient pas. De Soto les inspecte longuement, il n'arrive pas à déterminer s'il s'agit vraiment de chiens. D'une certaine manière, ils leur ressemblent, d'une autre, pas du tout.

— Encore l'œuvre du diable. Créer des chiens qui ne sont peut-être pas des chiens, tout comme il a créé des hommes ici qui n'en sont pas, et qui n'ont pas d'âme. Et pourtant, on attend de moi que je les convertisse, et on attend de moi que je mange ces chiens. Un homme rencontre bien plus d'épreuves lors de sa vie sur terre qu'en enfer.

— Je pense que l'enfer te réserve bien des choses, rétorque Ortiz. Tu ne manqueras pas de divertissement là-bas, à mon avis.

— Dixit le messager de Dieu.

— Oui. J'ai été envoyé par Dieu lui-même pour te faire passer dans l'autre monde.

Les hommes autour écoutent.

— Méfie-toi, Ortiz, prévient Añasco.

— Toi, quelqu'un d'autre viendra pour toi, continue Ortiz. Mais ne t'inquiète pas, ta place est réservée, juste à côté de Vasco, une place dédiée aux âmes purement cruelles.

Añasco se contente de sourire.

Ils repartent le lendemain matin, en quête d'un meilleur village. Ils ne trouvent que des fourrés de roseaux entre lesquels camper cette nuit-là.

Le jour suivant, ils campent à découvert dans une étendue d'herbe sèche où un cheval meurt de faim. Mais les éclaireurs de Gallegos les rejoignent et leur annoncent qu'il est en chemin.

— Excellent, dit de Soto.

Il poursuit leur avancée le lendemain, arrivant à Joara le 21 mai. Ils sont à présent au pied d'une montagne, des torrents limpides aux eaux froides et potables.

La dame prévient de Soto, par l'intermédiaire de Perico et d'Ortiz, qu'ils ont atteint les frontières de son influence.

— Un si petit territoire ? s'étonne de Soto.

Ortiz parle encore avec elle.

— Ici commence la contrée d'un autre peuple, un peuple de montagnards baptisés Pisgah. Ils parlent la même langue que ceux que Perico appelle les Chilokkita.

— Ceux qui étaient vieux et aveugles, et qui m'ont donné cette précieuse offrande de deux peaux de bête ?

— Oui.

Ortiz parle encore avec elle, trop longtemps.

— On se fiche de leur organisation sociale, intervient de Soto. Tu l'as oublié ? Je veux que tu te concentres sur l'or. Dans les montagnes, il peut y avoir de l'or.

— Tout comme il peut parfois y avoir un cœur dans une poitrine, et d'autres fois, non. Et ce qu'elle est en train de dire est capital pour toi, car on est ici à un carrefour chez les indigènes. Dans ce village, une route du nord au sud vient croiser une route d'est en ouest. Ils y font du commerce, du sel et du cuivre, et beaucoup d'autres choses. Ici, tu pourras apprendre ce qui se trouve dans chaque direction.

— Excellent. Alors où y a-t-il de l'or ?

Les hommes ont cette conviction tenace que l'or se trouve dans les montagnes, surtout quand celles-ci contiennent déjà du cuivre. Dans le campement, tous regardent vers le nord.

Le lendemain, le 22 mai, Gallegos arrive enfin avec le reste de ses soldats. Ils titubent dans le campement, les pieds douloureux, certains éclopés, et affamés.

— Nous avons frôlé la mutinerie, explique Gallegos.

— Vous n'avez pas trouvé de maïs à l'endroit indiqué ? demande de Soto en regardant la dame enchaînée.

— Si, répond Gallegos, mais la route était trop longue et vous avanciez plus vite que nous, les hommes ont cru qu'on ne vous rattraperait jamais.

— Même tes chevaux ont l'air malades.

— Oui.

Gallegos et ses soldats se reposent. Il y a assez de nourriture. Ils apprennent à manger les petits chiens. Mais de Soto est impatient de repartir.

— D'ici combien de temps tes hommes pourront-ils reprendre la route ? demande-t-il à Gallegos le jour suivant.

— Mon frère, ils ont besoin de repos.

— On ne partira pas demain, alors, mais dans deux jours.

Gallegos n'apprécie visiblement pas l'idée mais ne proteste pas.

Le 25 mai, ils gravissent la montagne, de nombreux soldats de Gallegos boitent et prennent du retard. Ils passent la nuit dans une forêt froide et continuent le lendemain en altitude, où la nuit suivante est plus froide encore.

— Nos vêtements ne sont pas adaptés, fait remarquer Gallegos.

— C'est vrai, acquiesce Moscoso. On ne s'est pas préparés pour une expédition en montagne. Ce n'est pas l'hiver mais dans ces montagnes, si.

Du givre sur l'herbe, le matin, les hommes qui toussent. L'air si limpide.

Ils pataugent dans une rivière peu profonde, l'eau leur arrive aux tibias mais elle est glaciale. Et au-dessus d'eux, la forêt change. D'énormes châtaigniers, leurs troncs plus gros qu'une hauteur d'homme, parfois même deux fois plus. D'immenses canopées.

— Il en suffirait de cinq ou six pour abriter du soleil une armée tout entière, dit de Soto.

Des chênes gigantesques, aussi, blancs et rouges, mais paraissant plus petits à côté des châtaigniers. D'innombrables indices du passage de cerfs, d'ours et de dindons se nourrissant des châtaignes.

La dame parvient à s'éclipser pendant que de Soto s'intéresse à la forêt. Et une de ses servantes aussi, avec un panier de perles.

— Comment avez-vous pu la laisser partir ? demande de Soto mais à personne en particulier, et tous les hommes demeurent muets.

— Les affres de l'amour sont parfois trop violentes, dit Ortiz.

— Nous avons aussi plusieurs déserteurs, annonce Moscoso. Deux hommes ne répondent plus à l'appel. Mendoza de Montanjes et Alaminos de Cuba.

— Qui s'occupait de l'arrière-garde ?

— Romo.

— Alors qu'il fasse demi-tour et aille les chercher.

Ils font halte en attendant Romo, et de Soto ordonne qu'on cuisine les châtaignes avec de la viande de cerf et d'ours. C'est si délicieux qu'il mange les yeux fermés. La température est repassée en dessous de zéro mais la consistance riche de ces châtaignes, pareille à de la chair, qui unit les autres viandes entre elles comme des amantes, le réchauffe et lui donne l'impression que le monde est à portée de main, que l'air n'est plus si difficile à respirer.

— Je me souviendrai de ça toute ma vie, affirme-t-il. De ce repas.

Romo revient enfin avec les deux déserteurs et quelques esclaves, et il rapporte des informations sur la dame.

— Elle a trouvé refuge auprès d'un esclave noir d'Andre de Vasconcelos et ils vont retourner ensemble à Cofitachequi.

— Elle est avec un esclave noir ? répète de Soto.

— Oh, cœur torturé ! s'écrie Ortiz et les hommes rient. L'amour est si imprévisible ! Comment ose-t-elle, elle qui a saisi ton petit chorizo d'une main si douce, caresser désormais cette saucisse d'ours, si noire et si ignoble ?

De Soto aimerait tuer Ortiz, il aimerait sincèrement le voir brûler à nouveau, ses yeux bouillir. Tous les soldats qui s'esclaffent à présent. Marquis, certes, mais impuissant face aux propos d'Ortiz. Et trop dangereux de lancer une repartie cinglante. La plaisanterie gagne toujours. De Soto a au moins le bon sens de tenir sa langue.

Ils continuent dans la montagne et, le lendemain, trouvent un village pisgah. Perico ne cesse de les appeler les Cherokees, Chilokkita, ou ceux qui parlent une autre langue, et il peine à les comprendre, mais il dit qu'ils sont alliés avec Cofitachequi.

— Si la dame était encore avec nous, ces gens lui auraient témoigné du respect, traduit Ortiz. Mais malheureusement, l'objet de son attention est tout autre, en ce moment. Elle reçoit d'autres marques de respect.

De Soto aimerait qu'un immense rocher tombe du ciel et s'écrase sur Ortiz.

Le village est situé au-dessus d'une rivière afin d'éviter les inondations hivernales. Ils ont érigé une palissade tout autour, une barrière en rondins taillés en pointes, comme de Soto et ses hommes en ont déjà vu, mais ce sont les maisons qui les intriguent.

— Ils vivent comme des trolls, remarque de Soto. Ou des ours.

Leurs habitations, à demi creusées dans la paroi de la montagne, des toits et des murs couverts de morceaux d'écorce et de terre, verts de mousse. Les gens **qui** sortent des maisons paraissent hirsutes, eux aussi, couverts de peaux de bêtes en couches plus épaisses que les autres indigènes croisés jusqu'ici.

— Tu veux que je traduise ça ? s'enquiert Ortiz.

— Demande-leur s'ils ont de l'or.

— Oui, bien sûr. Même quand tous les autres nous ont affirmé le contraire, et qu'il n'y a jamais eu aucun indice, tu gardes la foi. Si l'or était Dieu en personne, tu serais récompensé de ta ténacité.

Les hommes importants qui s'entretiennent avec Ortiz et Perico ont la peau sombre et tatouée. Ils tiennent des massues et des arcs, ils pourraient paraître féroces mais ils n'ont pas l'air de vouloir se battre. De Soto trouve que tout le monde, sur cette montagne, semble soumis, pauvre et faible.

Perico et Ortiz parlent longtemps. Il fait froid et de Soto aimerait rentrer dans une habitation. Il voit des volutes s'élever du centre de chaque toit en écorce, comme des petites montagnes fumantes.

— On pourrait peut-être se mettre à l'intérieur ? demande de Soto. Continuer à échanger des inepties à l'abri ? Je suis certain que tu aimerais savoir quel oncle est de la même famille qu'un chef insignifiant vivant à trois jours de marche d'ici.

Ortiz toise de Soto comme un enfant agaçant, puis retourne à sa conversation. Les sonorités de cette langue donnent l'impression qu'ils ont quelque chose de coincé dans la gorge, comme s'ils s'étranglaient avec de petits os.

Mais de Soto est enfin accueilli dans une maison un peu plus grande que les autres, leur hutte commune, peut-être. Il pose les pieds sur un sol creusé en terre battue, il distingue un âtre en argile où brûle un feu agréable. Il est aussitôt réchauffé, malgré le trou de cheminée dans le toit. Celui-ci est soutenu par quatre rondins plus larges, la construction paraît robuste.

De Soto s'assied contre l'un d'eux, il se voit offrir de l'eau et un plat chaud, un ragoût sombre, par une femme aux airs plutôt acceptables.

— De l'ours et des châtaignes ! s'exclame-t-il. Et il fait chaud ici. La situation s'améliore. Maintenant, il nous faut de l'or.

— Il n'y a pas d'or, tranche Ortiz.

— Bon, pour ce soir, ils peuvent juste me donner deux femmes. Demain, on les interrogera davantage sur l'or. Et s'il n'y en a toujours pas, on fera rôtir plusieurs d'entre eux sur ces feux-là, jusqu'à ce qu'ils nous avouent où ils le cachent.

Añasco ricane. Il est assis à côté de de Soto avec une poignée de ses hommes, presque comme une garde royale. Moscoso est plus loin, et Gallegos encore davantage, l'air abattu. Lobillo loge ailleurs.

Le vent se lève dehors, atténué à l'intérieur. Gallegos et Moscoso sortent s'occuper de leurs soldats.

— Cet homme est comme leur *orata*, dit Ortiz. Il paie un tribut au *mico* de Joara. Mais je ne pense pas que ce soit un terme qu'ils utilisent vraiment, ils ont dû l'emprunter au peuple de Cofitachequi.

Perico discute encore avec le vieil homme, qui n'a presque plus de dents et parle très doucement. Il lève maintenant les bras vers le trou dans le toit, ferme les yeux et marmonne, peut-être à l'intention de dieux anciens.

— Il vénère le soleil ? interroge de Soto. Ou les arbres ? Ou les petits chiens ? Ils en ont, ici ?

Añasco ricane encore.

— Il parle d'Usunhiyi, dit Ortiz. À l'ouest.

— C'est quel genre d'endroit ? Il y a de l'or ?

— C'est une contrée d'ombres, une contrée de fantômes, une contrée de nuit, après que la fille du soleil a été tuée.

— Donc il vénère bien le soleil.

— J'essaie d'en comprendre davantage, coupe Ortiz. Perico ne les comprend pas totalement.

De Soto déteste leurs marmonnements et leurs râles interminables.

— Ici, ils sont encore plus arriérés. Dis-lui que son peuple a cent ans de retard sur celui de Cofitachequi. Quand vont-ils les rattraper ?

— Et dans cette contrée obscure, les gens vivent comme ici, continue Ortiz. Ils chassent, ils habitent des maisons comme celles-ci, ils ont les mêmes familles, des *micos* et des chefs suprêmes. Quand nous mourons ici, nous allons là-bas.

— Pas nous, corrige de Soto.

— Ils pêchent eux aussi des poissons dans les rivières, ils ont les mêmes chants et les mêmes danses.

Le vieil homme entonne un chant, une mélopée tremblante qui s'élève dans les aigus pour redescendre dans les graves, sans motif régulier.

— On dirait qu'il est ivre, commente de Soto. Ou mourant.

Le vieil homme qui gémit, puis qui crie, puis une voix étrange, presque éthérée. Derrière lui, quelqu'un se met à jouer d'un tambourin.

— C'est de plus en plus agaçant, lâche de Soto.

Mais le vieil homme semble perdu, sourd aux autres voix. Les bras levés, le visage tourné vers la fumée. Sa mélopée est rauque, désormais, gutturale, insistante.

— Perico a enfin compris ce que le chef cherchait à expliquer, dit Ortiz. Peu importe qui tu tues ou ce que tu détruis, car ils se retrouveront tous après à Usunhiyi, et ils vivront là-bas une existence identique, à chasser et à pêcher, à jouer aux mêmes jeux de balle. Ils auront les mêmes chants et les mêmes danses qu'ici, et ils seront réunis avec leurs familles. Tu ne peux rien détruire.

De Soto sourit et regarde Añasco. Puis il se lève et dégaine son épée.

— Que fais-tu ? demande Ortiz.

Le vieil homme regarde désormais de Soto droit dans les yeux, sans cesser de chanter, les bras toujours levés, paumes ouvertes. Aucun membre de sa tribu n'intervient. Ils restent en arrière, les battements du tambourin continuent.

De Soto lève la pointe de son épée à quelques centimètres du torse du chef.

— Ne fais pas ça, dit Ortiz.

Le chef crie, des exclamations perçantes adressées aux dieux, quelque part dans un lieu inconnu, et de Soto s'élance et plonge sa lame dans le cœur de l'homme, le projetant sur le dos. Ses bras toujours tendus, aucune résistance, sa voix un faible gémissement, puis muette.

Tous demeurent silencieux. Le crépitement des flammes comme unique son.

De Soto essuie son épée sur les peaux de bêtes que porte le chef, la rengaine et se rassied contre le poteau. Il récupère son bol et se remet à manger.

— La paix, dit-il. C'est agréable d'avoir enfin un peu de paix.

Ses bruits de mastication, puis les hommes se mettent à manger peu à peu. Puis des voix discrètes, qui parlent de chez eux, et de la dame, et de l'or et des perles. Le peuple du chef n'a pas déplacé son corps. Il gît dans son sang à côté du feu, la fumée s'élevant vers le ciel.

Après le dîner, de Soto exige d'avoir sa propre maison, on obéit, plus petite que la hutte commune mais avec le même âtre d'argile et un feu.

— Et maintenant, deux femmes, ordonne-t-il. Leurs plus jeunes. Le chef avait-il des filles ?

Ortiz traduit en passant par Perico, bien qu'il aurait aimé en cet instant ne plus être doué de la parole, ne plus pouvoir aider de Soto.

— Ils refusent, rapporte-t-il enfin.

— Alors ils brûleront ce soir, et leurs femmes seront éventrées. Réponds-leur ça. Voyons combien d'hommes ils comptent parmi eux.

Ortiz explique les propos de de Soto aux hommes d'influence. Leur fureur dépasse l'entendement mais ils comprennent et capitulent, et deux filles sont amenées, l'une d'elles l'enfant du chef défunt.

La maison a une petite porte couverte d'écorce, elle aussi, et les deux filles restent plantées devant, refusant d'entrer, et on les pousse dans le dos, on referme la porte derrière elles.

Ortiz demeure avec les hommes importants, sous un ciel lourd. Ils ne disent rien, ils attendent simplement devant la maison et écoutent ce qui se passe à l'intérieur. Tous les Espagnols sont partis. Bruits de gifles et cris de douleur.

De Soto prend ce qu'il veut, et davantage encore, puis il s'endort, son sommeil peuplé d'étranges rêves. Tocto qui nage dans une mer bleue et plate, couverte d'écailles, se mouvant comme un serpent, et la Vierge Marie donnant naissance par la bouche à tous les bébés du monde, qui s'avancent comme des insectes.

Il est réveillé par Ortiz, Ortiz et son odeur infecte, qui murmure à son oreille :

— De l'or. Je crois que j'ai enfin trouvé l'or. Viens vite.

L'adrénaline envahit de Soto, son cœur s'emballe et panique, ses membres reprennent vie. Il se lève aussi vite qu'il peut, se démène pour enfiler ses vêtements, tout est trop long.

— Où ? veut-il savoir. Où l'as-tu trouvé ?

Ortiz porte un doigt à ses lèvres.

— Qu'ils ne t'entendent pas. Ils risqueraient de le déplacer à nouveau.

De Soto suit Ortiz hors de la maison, dans la nuit froide et sans lune, marchant d'un pas vif mais aussi silencieux que possible. Ils devaient le cacher depuis le début, dans tous les villages. Toujours si proches de l'or, sans jamais le savoir.

Ortiz le conduit de l'autre côté de la palissade et en aval de la rivière. Ils doivent traverser l'eau glaciale, le courant vif. Il s'accroche à l'épaule d'Ortiz dans l'obscurité, son éclaireur.

Ils gravissent une côte sur l'autre versant et pénètrent dans une forêt.

— C'est encore loin ? murmure de Soto.

— Plus très loin. Ne fais aucun bruit. Ils le cachent dans une petite maison construite par ici.

Une maison d'or, offerte au roi, et lui qui prend sa part du butin. Marquis, et bien plus encore.

Le trajet est difficile, pas de sentier clair, de Soto trébuche. Pas de lune, pas d'étoiles, pas de torche. Le monde, d'un froid et d'une noirceur inimaginable.

Mais il aperçoit enfin de la lumière, ils s'en approchent, c'est une de ces maisons recouvertes de terre et d'écorce, le feu est visible derrière la porte. De Soto se hâte, repousse Ortiz sur le côté pour ouvrir la porte.

À l'intérieur se trouvent de nombreux indigènes, leurs lourdes peaux de bêtes abandonnées au sol. Tatoués et presque nus. Hommes et femmes, au moins une vingtaine. De Soto cherche l'or autour de lui, des coffres entiers, ou des pépites éparses, des éclats de pierre aux veines scintillantes.

— Ortiz, lance-t-il enfin. Où est l'or ?

Mais quand il se retourne, Ortiz a disparu, la porte est fermée, et voilà qu'il comprend.

— Ortiz ! hurle-t-il, mais on lui empoigne la tête par-derrière et on le jette au sol, brutalement, il a le souffle coupé.

Tant de mains lui arrachent ses vêtements et il est nu, puis ils marquent une pause. Ils reculent tous et attendent, il ignore quoi. Il est recroquevillé sur le flanc, il voudrait être n'importe où ailleurs.

Un marmonnement rauque, d'autres qui le rejoignent, qui forment une mélopée, un chant funèbre. Il les observe, tous ont levé les mains, et il sait qu'il va être sacrifié par le peuple le plus barbare qui soit, en retard de plusieurs millénaires. Il ne sera pas différent d'un animal égorgé sur une pierre.

— Marie mère de Dieu, dit-il. Aie pitié de moi. Dieu et ton fils tout-puissant, ayez pitié de moi. Sauvez-moi de ces païens.

Un homme s'approche et agite une branche incandescente devant lui. Il marmonne dans cette langue étranglée et souffle la fumée. Puis il se redresse et, d'un seul geste, balaye presque toutes les flammes dans l'âtre, ne laissant qu'une fine couche de braises.

D'autres hommes empoignent de Soto par les poignets, puis par les chevilles et ils le soulèvent, ainsi écartelé, les yeux vers le trou du toit. Ils le portent au-dessus de l'âtre. Il ressent aussitôt la chaleur dans le bas de son dos et ses fesses, puis ils l'abaissent encore et il sait qu'il s'apprête à souffrir comme Ortiz a souffert, et il hurle, avant même que la douleur soit insoutenable, un cri de peur, puis la véritable douleur arrive, elle lui coupe le souffle, bien plus terrible qu'il ne l'aurait imaginée.

De Soto pousse des cris aigus et il supplie, mais il sait qu'ils ne comprennent pas un traître mot de ce qu'il dit. Il insulte et maudit Ortiz mais il ne parvient plus à former de pensées ou de paroles claires. Il n'y a plus que la douleur, sa peau plus épaisse qu'il ne l'aurait pensé, dotée de couches successives, chacune à vif.

Ils le posent sur les braises, sa chair bouillonne et fond, puis ils le soulèvent à nouveau, le tournent et lui jettent de l'eau froide qui semble brûler davantage. Face contre terre, et il éprouve à présent un tourment différent, humiliant, tandis qu'ils le violent tour à tour par-derrière, mais il s'en moque car il n'est plus sur les braises, cette douleur bien moins intense que la brûlure du feu. Le sol tangue sous lui, le sang lui monte à la tête et ils lui jettent encore de l'eau froide sur le corps et il reprend connaissance pour tout sentir à nouveau.

Un homme lui présente une massue pour qu'il en voie le large manche, puis il la sent qui le viole et le déchire, enfoncée à une profondeur improbable, ses entrailles déchiquetées, et il sait qu'il est mutilé, à présent, que son corps ne guérira pas, qu'il ne s'en remettra jamais, qu'on ne pourra pas le sauver, et il les déteste tous, il veut tous les brûler, tous jusqu'au dernier de ces sales indigènes, dans toute La Florida, mais il défaille une fois encore, et on lui plonge la tête dans un seau d'eau glaciale.

— Arrêtez ! crie-t-il. Tuez-moi !

Mais ils refusent. Ils retirent la massue et le retournent sur le dos. Ils lui écartent les bras et les jambes, une femme s'agenouille entre ses jambes avec un couteau. Une nouvelle douleur ardente qui s'ajoute à toutes les autres, aucune ne peut plus être localisée, une chaleur plus que tout, et il s'entend pousser des cris aigus, interminables, mais on lui fourre bientôt ses couilles dans la bouche. Il ne peut que regarder en silence tandis qu'ils le toisent avec haine, qu'ils entonnent chants et mélopées, qu'ils dansent au-dessus de lui, silhouettes fantomatiques, nues, sombres, démons des pires cauchemars. Les femmes qui lui crachent dessus, qui pissent sur son corps et le piétinent en dansant, frappant sa tête de leurs pieds.

Un homme le prend dans ses bras, comme une mère venue le sauver, mais du sang coule désormais dans ses yeux et l'aveugle. On détache lentement son scalp. Une brûlure qui surpasse toutes les autres brûlures.

De l'eau froide jetée à son visage, et il voit à nouveau, plusieurs tambours et des danses, il les entend, une époque avant que les humains deviennent humains, une époque où les humains étaient des animaux, et voilà qu'une femme s'agenouille à nouveau entre ses jambes avec un couteau, et cette fois, elle lui ouvre le ventre, elle soulève ses entrailles palpitantes et les lui enroule autour du cou comme un épais collier de perles.

L'eau n'a plus aucun effet, son corps n'est plus qu'une immense brûlure, il ne peut plus parler, peut-être qu'il ne peut plus respirer non plus, il sait que tout va se terminer maintenant, qu'ils seront bien floués car tout ce qu'il a commis ne pourra jamais être vengé en une seule nuit, et cette pensée l'enchante. Tous ceux qu'il a tués et torturés et violés à travers ces contrées, tout ceci est bien plus considérable et restera à jamais plus considérable.

Une hache qui lui tranche une jambe, à présent, secouant son corps tout entier. D'autres haches, et tout est fini.

Ils repartent ensuite avec Ortiz jusqu'à la palissade. Aucune sentinelle en poste, la nuit trop froide. Ortiz se déplace le plus silencieusement possible pour sortir une ou deux épées à la fois, ou des arbalètes, ou des piques. Ils brandissent ces armes étranges, puis les reposent à terre et ramassent leurs massues de guerre. C'est un petit groupe. Ils ne pourront pas gagner. Il leur faudrait abattre chacun trente Espagnols. Mais ils vont en tuer autant qu'ils peuvent.

— Usunhiyi, dit Ortiz. On se reverra à Usunhiyi.

41

Ils marchent à nouveau vers l'est, toujours l'est, en direction du soleil, et ils rattrapent bientôt Kana'ti et son petit chien. Il paraît surpris de les voir.

— Vous êtes encore là ? demande-t-il.

— Oui, répond l'Enfant Sauvage. On ne renonce jamais.

— C'est vrai, admet Kana'ti. C'est comme se battre contre l'eau.

— Alors ne te bats pas.

— Que vous ont fait les rôtisseurs ?

— Ils nous ont invités dans leur hutte commune et ne nous ont fait aucun mal.

— C'est une façon étrange de raconter l'histoire, constate le garçon. Ce qui s'est vraiment passé, c'est que j'ai trouvé ma Selu, une femme de leur village. Je comprends maintenant ce que tu as perdu. Mais c'est pire pour moi car je ne l'aurai jamais, pas même pour une seule nuit. Mon frère m'a dit que je n'aurai que lui.

— J'ignore ce que tu auras ou non, dit Kana'ti.

— Père étrange, qui ne sait rien de ce qu'il a créé, dit le garçon.

Mais Kana'ti a déjà repris sa marche, le chien dans son sillage. Il se dirige vers la contrée du soleil, il avance vite, et cette fois, l'Enfant Sauvage n'use d'aucune magie et les frères perdent du terrain.

— Il n'y a plus que nous deux ? demande le garçon.

— Oui.

— Et où allons-nous ?

— Jusqu'à la contrée du soleil, et encore au-delà.

Le garçon tente de faire demi-tour et de marcher dans l'autre direction, vers l'ouest. Mais son frère aîné rit.

— Tu crois que c'est aussi simple que ça ?

Et le garçon tourne à nouveau les talons pour suivre son frère.

Ils marchent longtemps, d'innombrables journées, des années, toujours en direction de l'est, et ils créent de nouvelles terres jusqu'aux confins du monde, là où se lève le soleil. Ils se postent près de ce rebord et observent le ciel qui tombe, toute cette masse qui dégringole, le fracas de sa chute en contrebas, et ils attendent la nuit entière pour le voir se lever à nouveau, sans savoir si ce sera le cas, mais il se relève, et à l'aube, ils l'escaladent pour traverser et atteindre l'autre côté.

Là, ils trouvent Kana'ti et Selu qui les accueillent près du feu.

— Asseyez-vous, dit Selu. Venez manger.

L'endroit ressemble à leur ancienne maison, la même hutte, la forêt et la rivière et le foyer, identiques. Sa mère, aussi belle que dans ses souvenirs, qui lui adresse un sourire, et même à l'Enfant Sauvage, tout est pardonné, comme s'il ne s'était jamais rien passé.

— Comment puis-je croire en tout ceci ? demande le garçon. Quel genre de magie est-ce là ?

— C'est la réalité, dit Kana'ti. Tu n'es pas un être humain. Tu as été créé seulement pour comprendre ce que c'était, que d'être humain, ce que l'on éprouve à se savoir mortel, à connaître la perte.

Le garçon contemple ses mains et ses bras. Ils semblent réels. Mais il vient d'escalader le ciel et de passer de l'autre côté, ce que n'auraient jamais pu faire les rôtisseurs ou le peuple du maïs.

— Pourquoi ? demande-t-il.

— Tu les aideras. Parfois, tu les aideras.

Et c'est la vérité, le garçon le sait. Mais il se sent piégé.

— Vous auriez pu me l'expliquer. Vous ne m'avez jamais rien expliqué.

— Nous t'avons dit tout ce qu'il y avait à dire.

Sa mère lui sourit, impossible de se sentir furieux car il est si heureux de la revoir, elle lui a tant manqué. Il passe les bras autour d'elle, il l'enlace comme il l'a fait pendant son agonie, il a le sentiment que tous ses souhaits sont exaucés en même temps. Mais il se souvient soudain de la jeune fille du village.

— J'en ai trouvé une qui me plaisait, lui dit-il. Et mon frère l'a tuée d'un coup d'éclair, et pas seulement elle, mais tous les membres de son village, jusqu'au dernier, il n'a épargné personne.

— Tu peux rester avec nous un moment, dit sa mère, mais tu devras ensuite aller vivre à Usunhiyi.

— Je croyais que c'était ici, Usunhiyi, dit le garçon.

— Non. Ce n'est pas un endroit où aurait pu venir la jeune fille.

— Je ne veux pas être seul.

— Tu n'es pas seul, tu éprouves seulement ce qu'ils éprouvent quand ils sont seuls.

— C'est terrible.

— Oui.

Le garçon mange la viande de cerf qu'on lui offre, la première viande depuis très longtemps, et la bouillie de maïs que sa mère a préparée, il revient à la vie facile qui lui manquait, mais il comprend désormais qu'une existence éternellement immuable est vide de sens, et qu'il connaît l'insatisfaction à présent qu'il a été presque humain.

Ce lieu semble réel, la terre aussi solide que celle qu'il a arpentée avant, l'air identique, le chant des oiseaux libérés dans la montagne, le bruissement de la rivière pareille au souffle du vent, toujours présent en fond sonore, et le vent lui-même, qui coule comme une rivière, haut dans les arbres, en vagues et déferlements. Il ignore comment cela peut exister de l'autre côté du ciel, au-delà des confins du monde.

L'Enfant Sauvage semble heureux pour la première fois, calme, il n'est plus rejeté, on l'invite avec autant de chaleur que son frère. Le garçon ne sait toujours pas qui il est, ni pourquoi, et peut-être que cela n'a plus d'importance. C'est avec lui qu'il passera son existence jusqu'à ce que les quatre cordes du monde se rompent et que tout retombe dans la mer. C'est quelque chose qu'il devra comprendre et apprendre à accepter.

Ils restent huit jours avec Kana'ti et Selu, les jours les plus faciles de toute sa vie, rien n'est plus perturbé, rien n'est perdu. Selu et Kana'ti chantent des mélopées sur chaque élément du monde, ils les enseignent à leurs fils afin qu'ils les partagent avec d'autres. Ce qui est curieux, en revanche, c'est qu'il n'y a pas de nuit. La trajectoire du soleil visible en permanence dans les deux directions, et la température invariable, toujours identique, aucune feuille ne tombe, aucune pluie, mais la rivière toujours gorgée d'eau.

— D'où vient-elle ? demande le garçon. La rivière.

— Oh, tu as remarqué.

— Oui.

— C'est vrai qu'elle vient de nulle part et ne va nulle part.

— C'est bien ce qu'il me semblait.

— C'est pour cette raison que tu as vécu là, afin de connaître le poids du monde.

— Mais je ne pourrai plus jamais y retourner ?

— Non.

Le garçon éprouve un sentiment de perte bien plus intense que personne n'éprouvera jamais après lui. La pluie, le vent, les feuilles mortes, toutes les formes de la mort, il ne connaîtra plus jamais cela. L'eau qui est tombée et qui coule. Un jour, comme un moment jamais répété, qui ne se produit qu'une seule fois.

— Tout me manque, dit-il.

— Oui, à nous aussi, dit Kana'ti.

Les huit jours sont l'unique indice du temps qui passe, identifiés même en l'absence de nuit, une mesure définie qui dicte tout, toujours un compte en huit, car le huit est la perfection, il peut être divisé à l'infini, il symbolisera à jamais l'équilibre.

Le garçon et son frère attendent le moment de partir, attendent les dernières paroles, mais il n'y en a pas, les instructions déjà livrées à travers les chants. Kana'ti et Selu leur adressent un simple sourire, ne les touchent pas, ont déjà disparu, et les garçons tournent les talons, ils voudraient franchir à nouveau le ciel qui vient de se lever, ils voudraient toucher la terre une fois encore, mais ils ne peuvent marcher que de ce côté-ci de l'arche, la trajectoire de la nuit, un lieu éternellement plongé dans la pénombre, et inconnu d'en bas.

La roche nue, un granit blanc, rugueux sous la plante de leurs pieds, dessinant une courbe qui semble descendre à l'infini, et ils la parcourent sans parler, ils marchent plus loin que les corps peuvent marcher, ils dépassent la terre en contrebas, baissent les yeux vers les montagnes, les vallées, les rivières, tout ce qu'ils ne pourront plus jamais toucher, d'une extrémité du monde à l'autre, un périple de plusieurs années jusqu'à ce qu'enfin, ils rattrapent le soleil qui descend en dessous d'eux. Une boule de feu d'un rouge profond qui s'éteint le long d'une falaise sculptée, presque étouffé mais soudain libéré par des mains invisibles qui le replacent sur sa trajectoire derrière l'arche, puis qui repasse au-dessus des garçons, si brûlant qu'ils auraient été pulvérisés s'ils avaient été créés dans une matière inflammable.

Ils suivent la courbe de granit plus bas, plus pentue, ils apprennent à marcher penchés en arrière, puis s'asseyent et se laissent glisser lentement jusqu'à un lieu dépourvu de clarté. Comme un trou d'eau dans une rivière, un tourbillon qui aspire la lumière, l'emprisonne, chaque jour incapable de capturer le soleil, gardant à jamais son royaume dans l'obscurité.

— Usunhiyi, dit le garçon.

— Oui.

— Pourquoi ne peut-on pas avoir de lumière ?

— La lumière va me manquer, dit l'Enfant Sauvage. Rien que ta voix et la mienne, et quoi d'autre ?

Ils descendent encore dans une région sans fond, ils regardent la lumière faner au-dessus d'eux jusqu'à ce qu'elle ne soit plus qu'un lavis de couleur au loin. Le garçon ne distingue plus le visage de son frère.

— Dis quelque chose, mon frère. N'importe quoi. Ne me laisse pas sans rien.

— Nous avons tout ce que nous avions déjà, avant, répond l'Enfant Sauvage. Nous nous avons, nous-mêmes, comme avant, nous n'avions rien d'autre que ça.

— Si, nous avions le monde, avant. Nous avions Selu et Kana'ti, ou du moins, je les avais, moi.

— Tu ne les as jamais eus.

Aucun parfum, ici, les sens confisqués : ni vue, ni toucher, à l'exception de ses pieds contre la roche, ni goût car il n'y a pas de nourriture, impossible désormais de jouer à l'humain. Plus qu'un seul sens, l'ouïe, rien d'autre.

— C'est la seule chose qui me reste, dit le garçon tout haut, pour entendre le son de sa voix et s'assurer qu'elle aussi n'a pas été confisquée. Ma voix. Rien d'autre.

Mais son frère ne répond pas.

NOTE DE L'AUTEUR

MON grand-père, Royal Ivory Vann (1904-1991) était dentiste dans une petite ville des États-Unis et n'a jamais évoqué ses origines cherokees. Mais il soignait les Amérindiens de la région, gratuitement ou par un système de troc, et il ne semblait chez lui que dans notre ranch de Goat Mountain où nous allions chasser, et où il dormait à même le sol. Il me construisait de petits moulins à eau dans le ruisseau et m'a raconté un jour l'histoire d'un enfant sauvage né dans les flots, créé par le sang des cerfs que nous vidions là.

Bien plus tard, quand j'ai lu le mythe de la création cherokee qui met en scène l'Enfant Sauvage et son frère, j'ai été frappé par l'évidence. Tout ce que j'ai appris par la suite de mon héritage cherokee s'est produit avec le même étonnement. Quelle surprise de lire mon propre nom, David Vann (1800-1863), également celui du Secrétaire de la Nation Cherokee à l'époque de la Piste des Larmes, le déplacement forcé au cours duquel vingt-cinq pour cent du peuple Cherokee perdit la vie. Quelle surprise encore de voir le même nom que mon père, James Vann, celui d'un Cherokee né en 1766, le plus riche que la tribu ait jamais connu, un homme terrifiant qui finit assassiné par ses semblables. Nous descendons tous de Wah Li Vann (~1746-1837), mon aïeule dont il reste très peu de traces écrites.

Dans ce roman, je remonte le temps jusqu'au premier contact entre les Cherokees et les conquistadors espagnols, cinq cents ans plus tôt, sans doute parce que j'ai vécu à Tallahassee en Floride lorsque j'étais professeur à FSU. C'est dans la région de Tallahassee que les Apalachees opposèrent une résistance farouche à de Soto. Je suis resté très fidèle aux événements et aux détails historiques, décrits dans l'ouvrage de Charles Hudson, *Knights of Spain, Warriors of the Sun: Hernando de Soto and the South's Ancient Chieftains*, publié en 1997 et auquel je dois beaucoup. Mais j'ai aussi enjolivé le récit et j'ai fait subir à de Soto une fin qu'il mérite bien davantage.

J'aurais aimé que mon grand-père me raconte d'autres histoires. Quand j'étais étudiant à Stanford à la fin des années 1980, je passais du temps au Native American Cultural Center, je suis allé au célèbre Stanford Powwow et dans des huttes de sudation, mais l'héritage se transmet de façon plus intime et personnelle, et il me manque tant de récits comme celui de l'Enfant Sauvage. Après le suicide de mon père, mon grand-père a plus ou moins cessé de parler à qui que ce soit, et tout ce qu'il aurait encore pu transmettre a été définitivement perdu.

DERNIÈRES PARUTIONS

Piergiorgio Pulixi, *Le Chant des innocents*
Edward Hoagland, *Journal d'un siècle disparu*
Julia Glass, *En ces temps de tempêtes*
Ted Flanagan, *Tout ce qui est secret*
Corrado Fortuna, *Le Dernier Loup*
Erin Swan, *Parcourir la Terre disparue*
Dennis Lehane, *Le Silence*
Kim Zupan, *Trop loin de Dieu*
Maren Uthaug, *Une fin heureuse*
Doug Peacock, *Itinéraire d'un éco-guerrier*
Tess Gunty, *Écoutez-moi jusqu'à la fin*
Peter Farris, *Le Présage*
Henning Ahrens, *Les Péchés des pères*
Andy Davidson, *La Fille du batelier*
Jennifer Haigh, *Mercy Street*
William Boyle, *Éteindre la Lune*
Cedar Bowers, *Astra*
John Gierach, *Debout dans la rivière*
James Crumley, *La Contrée finale*
Craig Johnson, *Le Cœur de l'hiver*
Paul Tremblay, *Le Chant des survivants*
Barry Lopez, *À ciel ouvert*
Lizzie Pook, *La Fille du pêcheur de perles*
Andrew J. Graff, *Le Radeau des étoiles*
Piergiorgio Pulixi, *L'Illusion du mal*
Joe Wilkins, *La Montagne et les pères*
Tiffany McDaniel, *L'été où tout a fondu*
Larry McMurtry, *Adieu Cheyenne*
Peter Swanson, *Chaque serment que tu brises*
Jake Hinkson, *Rattrape-le !*
Gregory Brown, *Les Jours sombres*
Jenny Lund Madsen, *Trente Jours d'obscurité*

*Cet ouvrage a été imprimé sur du papier
dont les fibres de bois proviennent
de forêts durablement gérées*

IMPRIM'VERT®

CET OUVRAGE A ÉTÉ COMPOSÉ PAR ATLANT'COMMUNICATION (VENDÉE)

ACHEVÉ D'IMPRIMER SUR ROTO-PAGE
PAR L'IMPRIMERIE FLOCH À MAYENNE
EN JUILLET 2023
POUR LE COMPTE DES ÉDITIONS GALLMEISTER
13, RUE DE NESLE
75006 PARIS

DÉPÔT LÉGAL : AOÛT 2023
1re ÉDITION
N° D'IMPRESSION : 102879
IMPRIMÉ EN FRANCE